KB239554

성스러운 여행

순례 이야기

The Art of Pilgrimage by Phil Cousineau
Copyright ⓒ Phil Cousineau, 1998
Korean translation copyright ⓒ Munhakdongne, 2003
All rights reserved.

The Korean translation rights arranged with Conari Press, CA
through Sibylle Books Literary Agency, Seoul.

이 책의 한국어판 저작권은 시빌 에이전시를 통해
Conari Press와 독점 계약한 (주)문학동네에 있습니다.
저작권법에 의해 한국 내에서 보호를 받는 저작물이므로
무단 전제 및 무단 복제를 금합니다.

성스러운 여행

THE ART OF PILGRIMAGE

순례 이야기

필 쿠지노 지음 · 황보석 옮김

문학동네

일러두기

- 이 책의 각주는 모두 옮긴이 주이다.
- 주요 인명과 지명은 원어를 병기하였으며 책은 『』, 논문이나 단편소설 등은 「」, 연극이나 영화, 음악 등은 〈 〉으로 묶었다.

동료 순례자인

리처드 비번에게 바칩니다.

기법이란 행동으로 구현된 지식을 의미한다.

— 르네 도멀 [1]

순례자 : 진지하게 받아들여지는 여행자.

— 앰브로즈 비어스 [2]

누구도 행복이 찾아올 때를

점치거나 예언할 수 없다.

다만 우연히, 어느 운 좋은 시간에

이 세상 끝 어딘가에서 마주쳐

나날이 그대로 이어지는 것일 뿐……

— 윌라 캐서 [3]

1) Rene Daumal, 1908~1944. 프랑스의 사상가. 초현실주의가 득세한 상황에서 빛을 보지 못하다가 사후에 『산(Mount Analogue)』의 출간과 더불어 세상에 알려졌다.
2) Ambrose Bierce, 1842~1914. 미국의 신문기자, 풍자가, 냉소적인 단편소설 작가.
3) Willa Cather, 1873~1947. 북아메리카 대평원 정착민들의 개척자적인 삶을 묘사해 문명을 얻은 미국의 소설가.

차례

추천의 말

순례의 목적은 휴식이나 기분전환에 있는 것이 아니라 번거로운 일상으로부터 벗어나는 데 있다. 순례를 떠난다는 것은 곧 나날의 삶에 도전장을 던진다는 뜻이다. 이제는 순례라는 이 모험 외엔 아무것도 문제가 되지 않는다. 여행자들은 며칠씩 걸릴 수도 있는 여행을 떠나기 위해 밀고 밀리면서 북새통을 이루게 될 기차에 오른다. 그 다음에는 걸어서 올라가야 하는 자갈길이 기다리고 있다. 생소하기 그지없는 풍경 속으로 뻗어나간 거칠고 황량하고 좁은 길이다. 성스러운 산의 적나라한 번뜩임이 상상력을 휘젓고, 이제 자신을 정복하는 모험이 시작되었다. 세세한 부분은 서로 다를 수 있으나 그 본질은 항상 같다.

여행은 우리가 마음을 열고 있기만 하면 언제나 특별한 지혜를 가져다준다. 국내에서건 국외에서건 세속적인 것들이 엄청난 힘으로 우리를 끌어당기고 있는 지금, 살아가는 내내 정신을 바짝 차리지 않으면 그런 것들의 외면적인 모습에 빠져들 수도 있다. 그러나 주의 깊은 여행을 함으로써 그 본질을 좀더 잘 알 수 있게 된다. 끊임없이 바뀌는 외부의 경치가 세상의 겉치레를 꿰뚫어볼 수 있게 해주기 때문이다. 이 세상의 환영 같고 주마등 같은 특징들이 벗겨지고, 우리는 그것의 참된 모습 ─ 끊임없이 사라져가는 환영으로서의 현상계 ─ 이 무엇인지를 보고 세상은 내기에 진다. 우리는 끊임없는 방랑이 어떻게 헌신적인 순례자와 힌두교 고행자들의 여행처럼 영적인 사명이 될 수 있는지를 알 수 있다.

*

필 쿠지노가 최근에 동시성을 주제로 한 책을 출간한 만큼, 내가 그 예를 중심으로 해서 추천의 글을 엮는다 하더라도, 여간해서는 반대를 할 수 없을 것이다.

그에게서 추천의 글을 써달라는 부탁을 받고 무슨 말을 하면 좋을까 생각하고 있었을 때, 마침 내가 읽고 있던 어줄라 헤기의 『강에서 온 돌멩이들(Stones from the River)』의 마지막 장에서 대답이 튀어나왔다. 제2차 세계대전중의 나치 독일을 배경으로 한 그 책은 평생 동안 어딘가에 소속되기를 갈망했던, 환경에 순응하지 못한 난쟁이 트루디에 관한 이야기였다. 어린 시절 그녀는 몸이 당겨져 키가 늘어나기를 바라면서 몇 시간씩 문틀에 매달려 있곤 했다. 또 머리가 몸에 비해 너무 커지고 있다는 것을 알게 된 뒤로는 머리를 붕대로 칭칭 동여매어 밤새도록 견디기 힘든 고통을 겪기도 했다. 그러나 물론 아무 소용도 없었다.

피아라는 난쟁이가 서커스단과 함께 그녀의 마을로 찾아오자 그녀는 기쁨에 넘쳤다. 이제 그녀는 혼자가 아니었다. 이 세상에 그녀와 같은 또다른 여자가 있었던 것이다. 서커스 공연이 열린 며칠 동안 그녀는 기회 있을 때마다 피아를 찾아갔고, 피아도 그녀에게 호감을 보이면서 모든 사람들이 다 난쟁이인 나라의 이야기를 해주었다. 서커스단이 마을을 떠날 때 트루디는 피아에게 자기도 같이 데려가달라고 애원했지만, 피아의 대답은 원래 있던 곳에 그대로 있으라는 것이었다.

세월이 흘렀다. 트루디는 나치로부터 탈출하려는 피난민들을 돕는 일에 목숨을 걸었고, 사람들이 그녀에게 자신의 고민거리를 털어놓기 시작하자 마을의 귀가 되었다 — 남다른 모습 덕분에 오히려 다른 사람들로부터 신뢰를 살 수 있었던 것이다.

삶이 거의 막바지에 이른 어느 날 저녁, 트루디는 저녁 준비를 하는 대신 자전거에 올라타고 허물어진 채 방치되어 있는 방앗간을 찾아갔다. 거기에서 전날 밤 꿈에 보였던, 항상 그녀를 사랑하고 아껴주다 최근에 작고한 아버지가 그녀 앞에 다시 나타났다.

그 충격이 너무도 강해서 그녀는 바로 그 자리에 웅크려 앉아 양팔로 배를 끌어안았다. 카밀레 꽃의 향기가 그녀를 감싸 아래쪽을 내려다보자, 그 조그만 꽃들이, 하얀 꽃잎으로 둘러싸이고 가운데가 노란 꽃들이 바로 눈앞에 있었다. 그 꽃들을 더 가까이, 더 자세히 들여다볼수록 그녀는 점점 더 자기 자신과 고통을 잊었고, 그녀로서는 잘 알 수 없는 어떤 것의 일부가 되었다. 마치 더 조그만 세상에 더 가까이 감으로써 더 큰 세상을 찾아내기라도 한 것처럼. 얼마나 여러 번 그녀는 자기가 속해 있다고 여겨지는 세상을 갈망했던가! 얼마나 자주 난쟁이들이 사는 섬에서 살아가는 상상을 했던가! 하지만 그녀가 원했던 것은 모두 거기에, 이미 거기에 있었다. 피아의 말이 옳았다 — 원래 있던 곳에 그대로 있으라는. 전쟁의 두려움에도 불구하고, 아니 그 두려움 때문에, 그녀는 지하에서 피난민들과 함께 일하며 소속된다는 것이 무엇인지를 배웠다. 그것은 자기 스스로 시작하고 만들어가고 이루어낼 수 있는 일이었다.

*

그 통찰과 함께 트루디는 그녀의 목적지, 인생 목표에 도달했다. 그러나 비록 순례가 언제나 내면적인 것이라 할지라도—트루디의 경우에는 다른 곳으로 여행하는 일이 불가능했기에 완전히 내면적일 수밖에 없었다—그 여행은, 말하자면 바로 눈앞에 펼쳐짐으로써, 순례를 하나의 대상으로 볼 수 있도록 도와준다. 그러니 먼 곳—메카, 예루살렘, 메루 산[1]—을 목표로 삼아 길을 떠나라. 고행자의 거친 모직 셔츠를 입을 필요는 없다. 장애물은 얼마든지 나타날 테니까. 그러나 이제 우리는 그런 장애물에 유의함으로써—열린 마음과 주의 깊은 태도와 민감한 반응은 순례의 핵심이다—삶이 항상 우리에게 요구해온 것과 같은 식으로 그런 장애물에 복종함으로써, 그것을 극복할 수 있을 것이다. 그리고 순례자들은 고난을 견딜 줄 아는 사람들이기에, 앞서갔던 사람들에게서 필요한 복원력을 끌어낼 수 있을 것이다. 예전의 순례자들은 거친 길을 걷고 긴긴 날을 보내며 빵껍질로 연명했다. 그러나 배고픔은 빵껍질을 미식가의 진수성찬으로 바꾸고, 순례자들은 비록 돌멩이를 베개 삼아 단단한 땅에 잠자리를 펼지라도 몸이 피곤한 덕으로 편한 잠을 이룬다. 그리고 맑은 밤이면 그들을 인도한 별들이 천구(天球)로 그들을 덮어 영원을 보여준다.

우리는 그들로부터, 우리보다 앞서 간 그 순례자들로부터 무엇을 배울 수 있을까? 많이 있겠지만 나는 한두 가지 지적하는 것으로 마무리하고자 한다.

그들은 영적인 견지에서 본다면 여행이란 언제나 양날의 칼과 같다는 사실을 깨달을 준비가 되어 있어야 한다고 말한다. 그토록 많은 새로운 것들과 접함으로써 마음이 흐트러질 수도 있기 때문이다. 우리는 이

---

1) 탄자니아 북부, 킬리만자로 남서쪽에 있는 산. 높이 4564미터.

새로운 것들을 간단히 못 본 척해버릴 수 없다. 그런다면 그것은 집에 그대로 머물러 있는 것이나 마찬가지다. 여행을 떠나는 바에야 우리는 당연히 뭔가를 배우고 싶어한다. 그러나 만일 그 새로운 것들이 우리를 압도하려 든다면, 그것은 주기적으로 자아를 경직시키는 원인이 될 수도 있다. 마치 정신이 흐트러져 자신을 잃는 두려움에 대한 반응으로 주체성을 고수할 필요가 있다고 느끼게 되는 것처럼. 그러나 이처럼 편협한 주체성은 틀림없이 초조감과 당혹감으로 시작되는 고통을 안겨준다. 오늘의 피할 수 없는 상황을, 내일의 결과에 직면하기 위한 준비로서, 우리가 끌어모을 수 있는 최대한의 평정으로 극복하는 법을 배우는 것이다.

그런 훈련을 하는 과정에서 바깥 세상 어떤 곳이 아니라 우리 자신에게 집중함으로써 주변 환경에 대해 유리한 입장이 되는 것이 얼마나 필요한 일인지를 분명히 알게 된다. 항상 밖으로부터 위안을 기대하는 사람은 흔들리는 갈대나 폭풍우 치는 바다에 떠 있는 조각배와 같다. 마치 우리 주위를 둘러싼 세상, 현상계를 움직이는 범우주적인 힘이 어떤 알 수 없는 방법으로 그 점을 알아차리고 우리와 놀고 싶어하는 것처럼 보인다 — 분명히 악의는 없지만 약간의 장난기를 가지고. 이 장난을 이해하는 것이 신성함의 징표이다.

그것으로 족하다. 우리보다 앞서간 사람들로부터 하나 하나 모은 징표들을 마음에 품고 『성스러운 여행 순례 이야기』를 읽어보자. 필 쿠지노는 그 특유의 박학다식함과 뛰어난 재능으로 지금까지 본 것들과 앞으로 펼쳐질 페이지들에서 보게 될 더 많은 것들을 모두 섭렵한다.

새벽이 밝아오고 있다. 이제 말머리를 돌려야 할 시간이다.

캘리포니아 버클리

1998년 6월

휴스턴 스미스

서문

    평생 동안 나는 길과 인연을 맺고 살아왔다. 내가 생후 2주밖에 안 되었을 때 우리 부모는 나를 포대기에 싸서 1949년형 허드슨 승용차에 싣고 내가 태어난 사우스캐롤라이나 주 콜롬비아의 포트 잭슨 육군 병원에서부터 내가 자라난 디트로이트까지 내리 30시간이나 차를 몰았는데, 아마도 그 때이른 여행이 내게 이리저리 돌아다니는 방랑벽을 심어준 모양이다.

    우리 가족은 할 수 있을 때면 언제나 여행을 했다. 아버지는 여행이 정신 건강에 좋다고 확신했고, 어머니는 그 일이 영혼에 좋다고 믿었기 때문이다. 우리의 여행은 온타리오 북부에 있는 조상들의 농가를 찾아가는 향수 어린 방문으로부터 주말에 차를 몰아 멀리 떨어진 박물관들이며 발명가들의 집, 그리고 유명한 작가들의 무덤을 찾아가는 일에 이르기까지 광범위하게 걸쳐 있었다. 그런 여행은 자체로도 썩 좋은 출발이었지만, 그중에서도 특히 내 기억에 남는 것은 아버지가 나를 데리고 뉴욕 쿠퍼즈타운에 있는 야구의 전당을 찾아간 일이었다. 당시 내가 숭배했던 영

이집트의 기자 근처에서 낙타를 모는 베두인 족 청년이 장난기가 발동한 여행객에게 낙타를 태워준다. 그 뒤로 키오프스 왕[1]의 거대한 피라미드가 솟아 있다.

웅들의 전당을 찾아간 그 일은 나중에 델포이[2]나 에베소,[3] 또는 예루살렘으로의 여행만큼이나 강렬한 인상을 남겼는데, 야구 경기가 처음 열렸다고 전해오는 그 성스러운 땅을 밟으며 걷는 것은 말 그대로 깨어 있는 꿈이었다. 나는 베이브 루스의 배트, 타이 콥[4]의 스파이크, 그리고 맨발의 조 잭슨[5]이 쓰던 글러브 같은 위대한 야구 유물들을 보며 넋을 잃었다.

---

1) 이집트 제4왕조의 두번째 왕이며 쿠프 왕이라 불리기도 한다. 기자의 대 피라미드를 건축했다.

2) 아폴로의 신탁이 내려졌던, 고대 그리스의 가장 중요한 사원들 가운데 하나.

3) 소아시아 서부의 옛 도시로, 세계 7대 불가사의 중의 하나인 아르테미스 신전이 있다. 현재의 셀주크.

4) Ty Cobb, 1886~1961. 미국 야구 사상 가장 위대한 타자로 평가받는 야구선수. 그가 1959경기에 출전하여 세운 2244개의 안타 기록은 1970년대 중반까지 깨지지 않았다.

1974년, 대학을 졸업한 뒤 나는 예전의 그랜드 투어(Grand Tour)[6]를 재창조함으로써 우리 시대에 수천 명이 거쳐간 통과의식을 치렀다. 더 없이 즐거웠던 그 여섯 달 동안 자갈길을 밟거나 유럽대륙의 철도를 타고 돌아다닌 일이 내 영혼에 불을 지폈던 것이다. 나는 고대 역사의 경이에 너무도 매혹되어 우리 가족에게 한동안 집으로 돌아갈 수 없을 것 같다는 전보를 띄웠다. 지금까지 이처럼 활기찬 기분을 느껴본 적이 없으며, 그래서 본국으로 돌아가 직장생활을 시작하기 전에 한동안 다른 곳에서 살아보고 싶다는 취지로. 아니, 사실대로 얘기하자면 그 당시에는 미국으로 돌아간다는 생각 자체가 두려웠다.

나는 런던 북부 킬번의 어느 하숙집에 조그만 방을 구한 뒤, 여행을 처음부터 다시 시작할 수 있을 만큼 돈을 모을 때까지 여섯 달 동안 여러 곳의 일자리를 전전했다. 헨리 데이비드 소로[7]의 말을 알기 쉽게 바꾸어 말하자면, 나는 목적을 가지고 여행하면서 역사의 '본질적인 것들'을 만나고 싶었다. 이상하고 알려지지 않은 곳, 오랜 역사를 지닌 근본적인 곳으로 모험 여행을 떠나고 싶었다.

어느 날 나는 마블 아치 근처의 어느 항공사 앞을 지나다가 사무실 창문에 붙은 이집트 여행 안내 포스터를 보게 되었고, 그 포스터가 눈에 띈 순간 가슴이 기쁨으로 줄달음쳤다. 어린 시절부터 나는 파라오들의 땅을 탐험하는 꿈을 꾸어왔었다. 그곳이 내게 손짓을 하는 듯한 느낌이었다.

눈앞에 떠오르는 고대 역사의 광대무변함에 매혹되어 나는 대영 박물관을 찾아가 고대 이집트 관을 둘러보고 채링 크로스 거리로를 따라 늘

---

5) Joe Jackson. 1919년까지 전성기를 구가한, 타이 콥이 미국 최고의 타자라고 했던 야구선수.
6) 옛날 영국 상류층 자제들이 했던 유럽 주유(周遊)여행.
7) Henry David Thoreau, 1817~1862. 미국의 수필가, 사상가. 구체적 사물의 이면에서 보편성을 간파하기 위해 노력했고 개인의 양심에 바탕을 둔 불복종을 역설하여 훗날 간디와 마틴 루터 킹 목사에게 영향을 미쳤다.

어선 곰팡내 풍기는 고서점들에서 고고학과 신화를 다룬 난해한 책들을 구해 읽으면서 부지런히 여행 채비를 해나갔다.

그러나 카이로로 떠나야 할 날이 차츰차츰 다가오자 나는 초조감에 휩싸였다. 출발 예정일 전날 밤, 같은 하숙집에서 기거하고 있던 젊은 이집트인 아메트가 나를 찾아와 여행길에 행운을 빌어주었다. 그는 내게 어째서 자기의 고국 땅을 찾아가기로 했는지, 그리고 또 어떤 목적을 가지고 가는지 물었다. 그 뜻밖의 질문에 나는 잠시 생각을 해본 다음 전시회를 보았다고 대답했다. 대학 시절 디트로이트 예술협회에서 보았던 〈이집트 태양왕들의 예술〉이 그후로 내 머리에서 떠나지 않았던 것이다. 이제 나는 '그 모든 일이 시작된 곳', 말하자면 문명 그 자체를 내 눈으로 직접 보고 싶었다. 갑자기 내 마음속으로 다른 어떤 것, 그러니까 전시회에서 내 기억 속으로 깊이 파고들었던 한 장의 사진, 고고학자 하워드 카터[8]가 1923년 투탕카멘 왕의 묘실을 연 순간에 찍은 흑백사진이 떠올랐다. 나는 지금도 그 사진을 서재에 걸어두고 있는데, 카터의 얼굴에는 황금 공예품들을 보고 느낀 탐욕이 아니라 신성한 미스터리를 드러낸 데서 연유한 기쁨이 빛나고 있었다. 순간적으로 나는 내가 추구하고 있는 것이 무엇인지를 알았다. 그것은 너무 많은 인상을 받는 현대 여행의 병폐를 실컷 보자는 것이 아니라 고대의 미스터리를 일별(一瞥)하자는 것이었다.

아메트가 점잖게 고개를 끄덕이더니 담배갑에서 조그만 마분지 조각을 꺼냈다. 그리고 거기에다 날아가는 새처럼 보이는 아라비아 글자로 몇 단어를 적었다.

평안하고 건강하기를.
평화, 사랑, 용기.

---

8) Howard Carter, 1873~1939. 이집트학에 커다란 공헌을 한 영국의 고고학자.

"이건 우리나라에서 순례를 떠나는 사람들에게 하는 전통적인 작별 인삽니다." 그가 설명했다. 나는 처음에 그가 이제 곧 펼쳐질 내 여행을 그런 식으로 표현한 것에 좀 놀랐다. 순례라는 말이 비밀스럽게, 심지어는 교리문답 수업에서 오래 전에 잊혀진 강의를 암시하는 것처럼 경건하게까지 들렸기 때문이다. 이상한 얘기지만, 아메트가 나일 강변을 따라 늘어서 있는 고고학적 의미를 지닌 유적지들을 열거하면서, 순례라는 말을 씀으로써 보인 존경심 덕분에 나는 마음속으로 나일강을 떠올릴 수 있었다. 순례를 떠난다는 것은 곧 자신의 믿음을 증명하고 가장 깊은 의문에 대한 답을 찾는 방법이라고 했던 그의 말을 나는 지금까지도 기억하고 있다. 하지만 그 때문에 좀 혼란스러워진 것도 사실이었다. 내가 그처럼 단단히 믿고 있던 것이 무엇인지를 나 자신에게 묻지 않을 수 없었던 것이다. 그러나 아메트가 몇몇 친구들의 이름과 '그 땅의 영혼'이라는 느낌을 내게 안겨줄 고고학적 의미를 지닌 장소들을 적어내리는 동안, 나는 순례라는 말에 내가 여행을 끝마치기 위해서 은밀히 바라고 있던 것이 모두 다 들어 있음을 알게 되었다.

우리가 그 하숙집의 어두컴컴한 복도에 서 있을 동안 아래층에서 차 끓이는 냄새가 풍겨왔고, 근처에 있는 지하철역에서는 우르르 울리며 지나가는 열차 소리가 들렸다. 서서히, 내가 어린 시절 가족과 함께 했던 여행과 최근에 노트르담 성당이며 콘월[9]의 거석문화 유적지, 제임스 조이스[10]가 태어난 집, 치료 효과가 있다는 루르드[11]의 물, 1차대전중에 수많은 사람이 전사한 플랑드르[12]의 참호 같은 신성한 곳들을 찾아헤맸던 일

---

9) 영국 서남부의 대서양 쪽으로 돌출한 반도를 포함하는 지역.
10) James Joyce, 1882~1941. 아일랜드의 소설가. 『율리시즈(Ulysses)』에서 의식의 흐름이라는 기법을 선보이는 등 언어의 실험적 용법과 새로운 소설 기법을 탐구한 것으로 유명하다.
11) 프랑스의 툴루즈 남서쪽에 있는 순례 도시.
12) 프랑스, 벨기에, 독일의 국경이 접해 있는 지역.

기자의 스핑크스는 4천 년이 넘게 사막을 가로질러 그 수수께끼 같은 눈길을 던지고 있다. 케페른(왼쪽)과 키오프스(오른쪽)의 피라미드는 산을 만들려는 인간의 신비한 열망을 대변하고 있다.

사이에서 연결고리가 나타났다. 우리 부모는 내게 삶에서 영적인 것들 — 세계의 숭고한 미스터리 — 의 진가를 인정하는 힘을 불어넣어주었고, 그 열정은 아직도 내 마음속에서 불타고 있었다.

　그 뒤로 몇 주일 동안 나는 한밤중에 키오프스 왕의 피라미드를 오르고, 카이로 박물관에서 기념비적인 조각상들의 소름끼치는 혼돈을 탐사하고, 삼각 돛을 단 남색 보트로 나일강을 따라 내려가고 하면서 아메트의 말을 거듭거듭 떠올렸다. 어느 날 오후, 나는 카르나크[13]의 광대한 유적지에서 강을 건너 왕들의 계곡에 있는 무덤들을 답사한 뒤, 델 듯이 뜨거운 햇볕을 가릴 셈으로 머리에 커다란 흰 수건을 두르고 몇 시간 동안 근처의 모래 언덕을 이리저리 돌아다녔다. 그렇게 혼자서 헤매고 다니다

---

　13) 이집트 키나 주에 있는 신전 유적지. 중앙에 아몬 신의 신전이 있고 그 뒤에는 제19왕조의 세티 1세와 람세스 2세가 세운 대열주(大列柱) 홀이 있다.

20

가 어느 이름 모를 사원의 무너진 폐허 사이를 비틀거리며 걷고 있을 때, 우뚝 솟은 대추야자나무 그늘에 앉아 있는 한 무리의 베두인 족[14] 사람들이 눈에 들어왔다. 참으로 친절하게도 그들은 내게 자리를 같이 하자고 청한 다음, 내가 지금까지도 그 맛을 잊지 못하는 산뜻하고 향기로운 박하차를 따라주었다. 그리고 무너진 원기둥들에 적힌 상형문자들을 가리키며 가슴과 눈과 영혼을 나타내는 상징들을 끈기 있게 설명했다. 그들 중에서 가장 나이 든 남자가 상의 호주머니에서 구겨진 사진을 한 장 꺼내어 내 앞으로 내밀더니, 그 사진 속의 유물 발굴 조사 현장에서 일하는 젊은 남자를 가리켰다가 다음에는 자기 자신과 우리 주위로 흩어져 있는 돌 조각들을 가리켰다. 자기가 여러 해 전 사원 유적지의 발굴에 참가했다는 사실을 알리려는 것이었다. 그가 손으로 땅을 파는 시늉을 하는 동안 햇볕에 그을린 얼굴 전체로 미소가 번졌다. 그 조용한 춤사위 같은 동작이 그때까지도 내 상상 속에서 떠돌고 있던 초등학교 시절 교과서의 삽화가 되었고, 고대에 그곳을 찾았던 헤로도투스와 파우사니아스[15] 같은 여행자들에 관한 아버지의 설명을 다시 떠올려주었다.

예스럽고 성스러운 기운이 온 주위로 퍼지고 있었다. 그것은 일본의 방랑시인 마쓰오 바쇼[16]가 '언뜻 본 어렴풋한 빛' 이라고 했던 것, 여러 세기 동안 우리가 다른 사람들과 다른 장소와 다른 시대를 참되게 보지 못하도록 가로막은 상투적인 문구와 거짓된 이미지 밑에 숨어 있던 심오한 진실을 본 경험이었다. 이방인인 나에게 그처럼 친절을 베풀어주는 사람들에 대한 끝없는 고마움이 마음속 깊은 곳에서 우러나왔다. 그 몇 시간

---

14) 아라비아 반도를 중심으로 중근동과 북아프리카의 사막, 스텝 지역 일대에 거주하는 아랍계 유목민.
15) Pausanias. 고대 그리스의 여행가, 지리학자.
16) 松尾芭蕉, 1644~1694. 17음절로 이루어진 일본 고유의 시 장르인 하이쿠(俳句)를 집대성한 일본의 시인.

동안 참으로 이상하게도 나는 낯선 땅에 와 있는 이방인도 아니었고 또 그렇다고 내 고국에 있는 것도 아니었다. 그 만남은 내가 살아오는 동안 마음 아프지만 피할 수 없는 사실, 즉 이 세상에서 우리는 모두 이방인이라는 사실을 분명히 깨우쳐준 여러 번의 만남 가운데 첫번째였다. 여간해서 드러나지 않는 여행의 경이 가운데 하나는, 우리가 익히 알고 있는 모든 것들로부터 멀리 떨어져 있는 동안, 여기 이승에서 하는 정신적 여행의 신성한 진실에 직면해야 한다는 것이다. 그것이 바로 여행하는 이방인이 언제나 경외감에 사로잡혀 경탄하는 존재인 이유이다.

황혼녘이 가까워지자 베두인 족 사람들의 머리 위로 고요가 내려앉았다. 끝없이 펼쳐진 사막의 붉은 지평선 아래로 해가 지고 있었다. 차가 부글부글 끓고 대기중으로 계피향이 퍼지는 가운데, 우리는 조용히 그 정경을 지켜보았다. 그것은 피라미드들 앞에서의 정적, 그때까지 내가 갈망하고 있었는지조차 알지 못했던 영원함이었다.

나는 더없는 행복을 느꼈다.

그날 저녁에 맛본 여행의 소박한 즐거움 덕분에 나는 달라졌다. 그 뒤로 이집트에서부터 그리스의 섬들을 지나 이스라엘을 한 바퀴 도는 1년여에 걸친 여행기간 내내, 아메트의 정중한 목소리가 머릿속에서 축복처럼 울렸다. 그는 내 여행을 순례라고 함으로써 일종의 권위를 부여했고, 그후로 나는 여행방식을 바꾸었다. 그는 내가 삶의 기로에 서서 해답을 찾고 있다는 사실을 간파했던 것이다. 그런 의도와 열정을 지닌 내 여행은, 마치 신탁을 받기 위한 고대의 여행처럼, 움직이는 의문부호들이었다. 그 다음 1년 동안 지중해 전역을 두루 거친 내 길고 힘든 여행의 각 단계는 순례의 정신으로 고취되었고, 그 여행에서 나는 신성함을 찾아 신들이 빛을 발하는 곳으로, 의미가 불타오르는 신성한 땅으로 되돌아가는 법을 처음으로 알게 되었다. 그러나 내가 그 의미를 찾은 것은 전혀 기대하지 않았던 곳, 투탕카멘과 람세스 6세의 유명한 무덤에서 불과 몇백 미터 밖에 떨어지지 않은 베두인 족 사람들의 야영지, 그 영원한 그늘이었다.

그 여행 이후로 20년이 넘도록 나는 세상을 두루 돌아다니며 7천 번을 일곱 번 곱한 만큼의 경이에 놀랐고, 그 똑같은 유적지에서, 소리 내서는 아니더라도 표정으로, '겨우 이것뿐이야?' 라고 토치송[17] 가수처럼 외치는 동료 여행자들의 좌절하는 모습에 놀랐다.

지금도 나는 스톤헨지[18]에서 선사시대의 거석에 기대 선 채 드루이드[19]들과 아더 왕을 꿈꾸며 사흘을 보내고도 아무것도 느끼지 못했던 옛 친구의 기억이 머리에서 떠나지 않는다. 또 크레타의 사마리아 조르주를 가로지르는 25킬로미터의 자전거 여행에서 지난 5년 동안 여행을 계속했던 호주의 방랑자를 만난 일도 기억하고 있다. 그는 자기 말로 이 세상의 산들을 거의 다 '구경했다'고 자랑했지만, 그 다음에는 물릴 대로 물린 것처럼 한숨을 내쉬었다. 그가 털어놓은 대로라면 어떤 것에서도, 어느 곳에서도 정말로 감명을 받지 못했다는 것이었다. 우리가 자전거 여행의 목적지에 이르렀을 때 그가 맥빠진 소리로 말했다. "역사는 과대 평가되어 있습니다." 이에 대한 반발심으로 그는 바닷가의 동굴에서 몇 년을 더 살기로 했다. 또 나는 여러 나라를 순회하는 유람선들에서 강연을 했던 일이며 발리,[20] 이스탄불, 크레타, 코모도[21] 같은 곳들에서 뭍에 한 번 오르지 않고 배에 남아 카드 게임을 하거나 비디오 보는 것을 더 좋아했던 승객들도 기억하고 있다. 지난 여러 해 동안 나는 싫증이 나고 실망한 여행자들에게서 수많은 불평을 들은 것 외에도, 여행작가들로부터 우리는 단지 고

17) 실연, 짝사랑 등을 읊은 감상적인 블루스곡.
18) 영국 남부 솔즈베리 평야 중앙에 있는 거석 기념물.
19) 영국의 웨일즈와 아일랜드에 많았던 골 족과 켈트 족의 밀교 신봉자.
20) 인도네시아 중남부 소순다 열도 서쪽 끝에 있는 섬.
21) 인도네시아 중남부 소순다 열도 중간에 있는 섬. 1912년에 코모도왕도마뱀이 발견됨으로써 유명해졌다.

전적인 폐허의 세계로부터 너무 많은 (다른) 관광객들이 망쳐버린 유적지로 옮겨갔을 뿐이라는, 분노 실린 불평이 터져나왔다는 것도 알고 있다.

이 모든 예에서 내게 가장 충격적으로 다가온 것은 동료 여행자들이 비판을 하거나 넌더리를 낸다는 것이 아니라, 그들이 여행이 줄 수 있는 것 이상을 갈망한다는—얼굴 표정과 목소리와 말투로—사실이다. 그들의 집단적인 실망을 생각하면서 나는 몇 년 전 『아이리시 타임즈』에 실렸던, 코네마라[22]의 한 남자가 자동차 사고를 내고 체포된 뒤에 한 진술을 떠올렸다. "구경꾼들은 많았지만 목격자는 없었습니다." 말하자면 우리는 여행을 하면서 상당히 먼 거리를 주파할 수는 있지만 실은 아무것도 보지 못하고, 여행잡지에 실린 온갖 충고를 따르면서도 열광은 거의 하지 못한다.

우리가 여행이라는 영역에서 경험하는 열광과 실망 사이의 차이는 당연히 현대생활에서 겪는 혼돈을 반영한다. 그 현상이 이 책의 핵심을 이루고 있다. 나는 문제가 유적지에 있다기보다는 관찰, 즉 우리가 보는 방식에 있다고 생각한다. 말하자면 문제는 우리를 유적지로 끌어들여 실망시키는 기념물들에 있는 것이 아니라, 우리에게 요구되는 상상력에 있는 것이다. 또 수많은 사람들에게 종교적, 예술적, 문화적 기념물을 찾아가도록 영감을 주는 믿음을 탓할 수도 없다. 그보다는 믿음이 결여되어 더이상 진정한 것을 경험할 수 없는 우리 자신을 탓해야 한다.

우리 모두가 찾아가고 싶어하는 이름난 곳들로 통하는 길들이 어느 때보다 붐비는 지금, 우리는 점점 더 많은 것을 둘러보지만 실제로는 점점 더 적게 본다. 우리에게는 더 많은 장비와 기구는 필요치 않다. 정작 우리에게 필요한 것은 여행할 길을 다시 상상하는 것뿐이다. 만일 정신으로 충만한 여행의 비결을 정말로 알고 싶다면, 사실상 어느 여행에나 발견되

---

22) 아일랜드의 갤웨이 시 서쪽의, 바위들이 흩어진 지역.

기를 기다리는 신성한 뭔가가 있다고 믿어야 한다.

여행을 하는 방법은, 속담에도 나오듯, 로마로 통하는 길만큼이나 많다. 여행사들은 편안하고 예측할 수 있고 즐거운 여행을 제공한다. 그리고 업무 여행은 전 세계의 사업계를 1일 생활권으로 만든다. 또 미지의 것을 만나고 인간의 지적 유산에 보탬이 되고자 하는 인문학자와 과학자들에게는 탐험 여행이 있다. 사회적 지위를 높이려는 여행 또한 로즈 매콜리[23]가 기술한 것처럼, "순전한 심미적 즐거움"에서 폐허들을 보기 위해 고대 유적지를 여행하는 형태로 수세기의 전통을 지키며 존속되고 있다. 17세기에는 그랜드 투어라는 관례가 생겨나 신사 교육의 마지막 단계로 이 여행을 장려했다. 그리고 최근에는 방랑을 위한 방랑자로 알려진 'W.T.' 즉 세계 일주 여행자(World Traveler)들과 'F.B.T.' 즉 빈번한 업무 여행자(Frequent Business Traveler)들이 생겨났다.

그런 종류의 여행을 위해서는 그 어느 때보다도 더 많은 수단과 방법이 있다. 서점의 선반들은 전 세계 200개 국이 넘는 나라들의 중요한 관광지들과 특색 있는 식당, 유흥가, 건축, 정원, 야구장, 유명한 예술가들과 작가들의 집, 안전한 여행을 위한 안내, 심지어는 '이 세상에서 가장 위험한 곳들'에 대해서까지 다루는 안내 책자들의 무게로 신음하고 있다.

로마로 통하는 이 모든 길은 삶의 다른 단계에서, 다른 여행자들에게는 적절하다. 그러나 만일 우리가 기분전환이나 오락, 또는 도피나 단순한 여흥이 아니라 블루스 가수들의 슬픈 노래처럼 기로에 서서 다른 어떤 것을 갈망하고 있다면 어떻게 해야 할까? 마침내 우리가 편안한 여행을 약속하는 사람들의 주장에 싫증나서 진정한 영혼의 외침, 신비적 취향과 성스러움에 접하려는 갈망에 부응하는 그런 여행을 원한다면?

---

23) Rose Macaulay, 1881~1958. 영국의 소설가, 여행작가.

지난 천년 동안 의미 있는 여행을 떠나려는 이 마음의 외침은 순례, 즉 '삶을 바꾸어주는 성스러운 중심을 향한 여행'으로 이끌렸다. 그 외침이 우리에게 신이나 성자나 영웅들과 관련된 신성한 유적지로, 영적인 힘이 밴 자연으로, 혹은 조언을 구하기 위해 숭배받는 사원으로 여행을 떠나라고 재촉했던 것이다. 세계 도처의 사람들에게 순례는 영적인 훈련이자 치료의 근원을 찾기 위한, 또는 심지어 고행을 하기 위한 헌신적 행위이며, 언제나 모험과 쇄신을 수반하는 여행이다. 도전이 없는 여행은 의미가 없고 목적이 없는 여행에는 정신이 없기 때문이다.

여러 해 동안 나는 현대의 세속적인 여행뿐 아니라 전통적인 형태의 종교적 순례에도 여러 번 참가했고, 역사를 통틀어 각계각층의 여행자들이 남긴 상세한 기록을 좇아 길고 힘든 여행을 해왔다. 나는 순례가 아직까지도 정신을 새롭게 해주는 참된 의식이라고 믿지만, 또 한편으로는 그 여행이 뭔가 중요한 것을 찾아내려는 목적을 지닌 모든 여행을 대변한다고도 믿는다. 점점 더 깊이 초점을 맞추어 면밀하게 준비를 하고, 우리가 지나는 길을 주의 깊게 살피며 다가오는 목적지에 유의한다면, 평범하기 그지없는 여행이라도 우리는 그것을 성스러운 여행, 순례로 바꿀 수 있다. '관찰되지 않은' 저술을 가장 날카롭게 비판했던 시인 존 베리맨[24]과 마찬가지로, 나는 관광여행이 문제가 된다고는 생각하지 않는다. 우리가 경계해야 할 것은 상상력이 없는 여행이다. 파우사니우스와 마르코 폴로 이래로 전설적인 여행자들이 우리에게 가르쳐준 것은, 여행의 기법이란 곧 성스러운 것을 보는 기법이라는 점이다.

순례는 생각 없는 여행을 주의 깊게, 무감동한 여행을 감동적으로 바

---

24) John Berryman, 1914~1972. 미국의 시인으로 1956년 장시 『브래드스트리트 부인에게 바치는 경의』를 출간하여 중요성을 인정받았다.

꾸어준다. 그 차이는 미세할 수도 있고 극적일 수도 있으나 당연히 삶을 변화시킨다. 그러므로 우리는 자신을 잃어버리기 위해 뚝 떨어진 곳으로 여행을 떠나기만 하면 되는 때와 자신을 발견하기 위해 온갖 영광과 두려움에 싸인 성스러운 곳으로 여행해야 하는 때를 잘 구분해야 한다. 최초의 인간이 편력을 시작한 이래로 가장 성가신 질문은 이런 것이었다. 어떻게 하면 더 결실이 많고 더 현명하고 더 충실한 여행을 할 수 있을까? 어떻게 하면 우리는 각자의 특별한 여행에서 루이 파스퇴르가 말한 대로 '세계 도처에서 무한 개념에 꼭 들어맞는 표현을 볼 수 있도록', 또는 헨리 데이비드 소로처럼 '도처에서 성스러운 에너지'를 알아보도록, 아니면 에번 코넬[25]처럼 중세 여행자들에게 일러준 좋아하지 않는 것을 지나가라는 충고를 떠올리도록 상상력을 동원하고 마음을 활기차게 할 수 있을까?

기록에 남아 있는 최초의 순례자는 아브라함이다. 그는 4천 년 전 광대한 사막에서 불가해한 신의 존재를 찾아 우르[26]를 떠났고, 그의 후손들인 모세, 바울, 모하메드가 신성한 여행이라는 개념을 구체화시켰다. 성경, 토라,[27] 코란, 불교와 힌두교의 경전들 — 그 모든 것들이 신봉자들에게 예언자들의 출생지나 무덤, 기적이 일어난 곳들, 또는 그들이 깨달음을 얻기 위해 걸은 길로 모여들 것을 권한다.

우리는 이미 4~5세기부터 사람들이 그리스도의 발자취를 더듬기 위해 고향마을을 떠나 거룩한 땅으로 이르는 '영광의 길'을 따라 여행했음을 알고 있다. 8세기에는 최초의 여행자들이 예언자 모하메드로 인해 거룩해진 성소들을 찾아가기 위해 메디나와 메카로 순례를 떠났다. 그리

---

25) Evan Connel, 1902~1973. 아프리카의 문화를 연구한 영국의 사회인류학자.
26) 고대 메소포타미아 남부의 도시.
27) 모세의 5서.

고 5세기에서 10세기 사이에는 아일랜드 사람들이 투라(tura), 즉 성인들과 고대 켈트 족 영웅들의 사당을 순회하는 여행을 만들어냈다. 또 그런 종교적인 순례 외에도, 철학과 시의 애호가들이 아테네, 에베소, 알렉산드리아 등지에 있는 고전 작가들의 사당과 단테, 버질, 그리고 11~14세기에 주로 남 프랑스에서 활약했던 음유시인들의 묘지를 찾아갔다는 증거를 얼마든지 찾을 수 있다.

중세에는 성스러운 곳으로 순례를 떠나는 일이 지극히 일반적인 관행이었고, 어느 면에서는 현대 관광여행의 선례가 되었다. 중세의 순례자들은 예루살렘, 로마, 메카, 또는 캔터베리로 이르는 멀고 때로는 위험스러운 길에서 도움을 받기 위해 흔히 영감을 주는 책, 즉 조그만 성경과 과시서(科時書), 그리고 심지어는 『일리아드』나 단테의 작품 같은 고전 문학작품까지도 가지고 다녔다. 그리고 마침내는 『로마의 경이(Marvels of Rome)』 같은 일종의 여행 안내서가 나타나기 시작했는데, 이 책은 그 도시의 고대 유적지들을 찾는 여행자들과 순례자들에게 대단한 인기가 있었다.

스페인 북서부의 산티아고 데 콤포스텔라에 있는 성 야고보의 무덤을 찾아가는 예전의 순례는 11세기부터 18세기까지 해마다 수십만 명의 순례자들을 끌었고, 그 여행을 하기 위해 여행자들은 이른바 『순례자 안내서(The Pilgrim's Guide)』라는, 없어서는 안 될 소책자를 참고했다. 사람에 따라서 교황 칼릭투스[28]가 썼다고도 하고 13세기에 에메리 피코라는 프랑스인이 썼다고도 하는 『순례자 안내서』는, 영감(靈感)과 유용한 참고 문헌들이 결합된 것으로서, 현대 여행 안내서의 원형으로 간주되고 있다. 가죽으로 장정된 그 책의 페이지들에는 여행자가 '순례여행길'에서 마주치게 될 법한 '경치, 성지, 국민들'에 대한 설명과 더불어 안전한

---

28) Callixtus, ?~222. 교회 분립기에 대립(對立) 교황 히폴리투스와 맞섰던 로마교황.

여행을 위한 기도, 유물들의 목록, 건축학적인 경이, 길을 가다가 마주치게 될 법한 것들에 대한 친절하면서도 신랄한 논평, 그리고 공짜 음식과 잠자리로 순례자들을 반기는 주막들의 목록 등이 수록되어 있다.

현대에 들어와서는 바이런 경의 『차일드 해롤드의 순례여행(Childe Harold's Pilgrimage)』이 그리스를 여행하는 낭만파 시인들의 '신성한' 교과서였던 반면, 마크 트웨인의 『해외의 얼간이들(Innocents Abroad)』은 유럽과 성스러운 땅을 찾아가는 미국의 제1세대 여행자들에게 별난 여행 안내서로 도움을 주었다. 그런데 신성한 것은 또한 부당하게 이용될 수도 있다. 안내서가 나쁘게 쓰인 예로는 『매장된 진주와 소중한 신비(Book of Buried Pearls and of the Treasure Mystery)』『발견물과 보물이 숨겨진 장소에 관한 정보(Giving Instruction Regarding the Hiding Places of Finds and Treasure)』 같은 책들이 도굴꾼의 지침서가 되어 이집트의 무덤들을 약탈하는 데 한몫 거들었던 것을 들 수 있다.

우리 시대에는 이작 디네센[29]의 『아웃 오브 아프리카(Out of Africa)』, 잭 케루악[30]의 『길에서(On the Road)』 같은 책들이 움베르토 에코의 말—찾아가기를 꿈꾸었던 곳에 실제로 가 있는 동안 그곳에 관한 글을 읽는 것은 '감전당하는' 느낌이라고 한—에 공감하는 수많은 여행객들의 배낭을 채웠다. 『성스러운 여행 순례 이야기』는 저 유명한 『순례자 안내서』의 예를 따르고 있다. 이 책은 '기로에 선 여행자들', 즉 의미심장하거나 상징적인 여행을 하려는 강렬한 희망을 품고 여행길에 관한 몇 가지 정신적 도구와 어느 정도의 영감을 필요로 하는 사람들을 위해 쓰여졌다. 그러나 이 책은 또한 빈번하게 업무 여행을 하는 사람들과 여행을 좀더 기억할 만한 것으로 만들기 위해 몇 가지 조언을 원하는 휴일 여행객들을 위한 것이기도 하다. 이 책의 근저에는 사실상 모든 여행자들이 그들 각자에게

---

29) Isac Dinesen, 1885~1962. 덴마크의 소설가.

30) Jack Kerouac, 1922~1969. 미국의 시인, 소설가, 비트 문학 운동 지도자.

성스러운 어떤 것을 찾아냄으로써 모든 여행을 순례로 바꿀 수 있다는 믿음이 깔려 있다.

오늘날 순례는 활기찬 부활의 시기를 구가하고 있다. 어쩌면 해마다 수백만 명의 사람들이 유럽 도처에 흩어진 수천 곳의 성소를 향해 순례를 떠났던 중세의 절정기 이후로, 그 어느 때보다도 더 인기가 있는지도 모른다. 새 천년기를 맞는 축하 행사의 일환으로 바티칸 교황청은 2000년을 '순례여행의 해'로 선언했다. 관광 경기가 좋은 해에는 3~4백만 명이 로마를 방문하는데, 2000년에는 5천만 명의 사람들이 유물들과 접하고 성스러운 땅을 밟기 위해 로마를 찾을 것으로 예상된다.

아일랜드에서부터 루마니아, 그린란드, 파타고니아[31]까지 이르는 지역들에서 오랫동안 방치되어 있던 낡은 교회들, 저명한 작가와 과학자들의 생가, 심지어는 상트페테르부르크와 프놈펜의 고문실마저도 관광객을 끌기 위해 복원되거나 문이 열렸다. 상업적인 안내인들은 문학 순례자들이 천재들과 접하는 스릴을 느낄 수 있도록 그리니치 빌리지[32]의 비트 문학가들, 런던의 블룸즈버리[33] 그룹, 파리의 로스트 제너레이션[34] 같은 문학가들의 발자취를 따라 여행자들을 안내하고 있다. 호랑이들을 위한 인도의 자연보호 구역과 코끼리들을 위한 아프리카의 자연보호 구역 또한 야생의 마지막 보루를 아끼고 싶어하는 애호가들을 위해 외부와 차단되어 순례여행지로 광고되고 있다. 로스앤젤레스에서는 낡은 영구차가, 유명했던(혹은 그렇지 못했던) 배우들이 사망한 호텔이나 허름한 술

---

31) 아르헨티나 남부의 고원.

32) 미국 뉴욕 맨해튼 남부의 시가지로 1차대전 직후부터 옛 유럽풍의 거리와 싼 집세 때문에 예술가와 작가들이 정착했다.

33) 영국 런던 도심의 한 지구로 대영박물관과 런던 대학에 인접해 있으며, 20세기에 들어와 그곳에서 교류한 예술가, 문인, 학자들은 블룸즈버리 그룹이라는 이름을 얻었다.

34) 젊은 시절에 1차대전을 맞아 전쟁의 참화를 체험함으로써 기존의 모든 가치관에 대한 신념을 잃어버린 작가들이 문장의 단순화와 솔직한 표현을 추구한 문학운동.

집들로 스타를 동경하는 사람들을 실어나른다.

실로 순례라는 현상은 지금도 번성하고 있으며 절대로 사라지지 않았다. 관광여행의 번쩍거리는 이미지를 한 꺼풀만 벗겨내면 우리는 고대의 이상을 발견하게 될 것이다. 지금까지도 그 일은 지난 몇 세기 동안 순례자들이 성직자, 교리 연구자, 회교국의 교주, 정신적 스승, 존경할 만한 분야의 경험 많은 대가로 바뀌었던 것처럼, 중요한 일로 남아 있다. 그렇다면 우리는 어떻게 순례를 떠날 것인가? 평범한 여행을 어떻게 신성한 여행으로 바꿀 것인가? 어떻게 하면 우리의 모든 여행에서, 카일라스 산[35]이나 메카나 멤피스로 길고 힘든 여행을 하는 동안, 또는 멀리 떨어진 곳의 경치나 유명한 박물관이나 고향의 공원을 탐사하면서, 더 충실하게 보고 더 주의 깊게 듣고 더 예리하게 상상하기 위해 그 지혜를 이용할 수 있을까? 우리의 여행을 성스럽게 만들기 위해 위대한 여행자들로부터 배워야 할 교훈이나 진정한 순례자들의 태도에서 본받아야 할 일이 무엇일까?

2500년 전에 노자는 이렇게 말했다. '천리 길도 한 걸음부터.' 정신적인 탐구에 매혹된 사람들에게는 건축이나 역사, 음악, 책, 자연, 음식, 종교, 유산, 가족사, 성인과 학자들과 영웅들과 예술가들의 삶 가운데서 자기에게 성스러운 것이 무엇인지를 묻는 순간부터 여행을 깊이 있게 하는 일이 시작된다.

그러나 주의할 것이 한 가지 있다. 여행작가인 올리버 스타틀러(Oliver Statler)가 일본의 시코쿠 섬을 일주할 때 한 승려가 말했듯이, "순례의 요점은 어려움을 견디고 극복함으로써 자신을 고양시키는 데 있는 것이다." 달리 말해서 우리가 선택한 여행이 진정한 순례, 정신으로 충만한 감동적인 여행이 되려면, 그것은 엄격한 여행이어야 한다. 고대의 지혜가 암시하는 바에 따르면, 신성한 것을 향해 다가갈 때 가슴이 떨리지

---

35) 중국 티베트 자치구 남쪽에 있는 험한 바위산. 높이 6714미터.

않는다면 그것은 진짜가 아니다. 신성한 것은 거룩한 땅이나 예술, 또는 지식 같은 여러 가지 모습으로 위장을 하고 있어도 흥분과 동요를 불러일으키기 때문이다.

『성스러운 여행 순례 이야기』는 심오한 목적이 있는 여행을 떠나고자 하지만 그 여행을 어떻게 준비해야 할지, 또는 어떻게 견뎌야 할지 자신이 없는 사람들을 위해 씌어졌다. 이 책은 순례의 기법을 강조하는데, 그 기법은 자신의 여행을 개별적으로 창조하는 기술과 매일같이 페이스를 늦추고 즐거움을 맛보며 각각의 단계를 음미하고 흡수하는 훈련을 의미한다. 이 책은 말 그대로 불교도들이 자기 성찰이라고 부르는 것, 그리고 레이 찰스[36]가 '충만한 감정' — 우리의 마음속 가장 깊은 곳에서 반응하는 능력 — 이라고 한 것을 조장하기 위해 씌어진, 기억을 일깨우고 방법을 제시하는 책이다.

일곱 장으로 이루어진 이 책은 순례의 공통적인 의식이 오늘날의 여행자들에게 똑같은 영감을 불러일으킬 수 있는 방법을 탐구하면서 성스러운 여행의 보편적인 '순환 과정'을 따르고 있다. 존 버니언[37]의 유명한 순례처럼 이 책은 열망으로부터 시작해서 우리에게 오라고 손짓하는 부름, 출발의 드라마, 순례자의 길을 걷는 일, 미궁을 지나 도착한 뒤 한 바퀴를 다 돌아 혜택을 가지고 돌아오는 일 순으로 진행된다.

그 일곱 장에는 전설, 일화, 인용문, 삽화 등이 동서고금의 여행자들, 예술가들, 순례자들이 제시한 실용적인 이야기들과 어우러져 있다. 또 그 이야기들은 순례자와 시인과 감수성 예민한 여행자들이 수세기 동안 해 왔던 일을 실천에 옮길 수 있도록 다른 방법들을 제시하는 일련의 명상이나 관조와 연결되어 있는데, 그것은 이슬람교 신비주의자들의 말처럼

---

36) Ray Charles, 1930~ . 미국의 작곡가, 가수, 피아니스트.
37) John Bunyan, 1628~1688. 영국의 성직자, 설교자. 저서로 『천로역정(The Pilgrim's Progress)』이 있다.

'마음의 눈'으로 보고 여행에 반드시 따르게 마련인 시련을 자기 자신과 주위의 넓은 세상에 대해 무엇인가를 배울 수 있는 기회로 바꿀 수 있도록 하려는 것이다. 이 책에는 또한 나 자신이 여행에서 활용했고, 나와 함께 아일랜드, 영국, 프랑스, 그리스, 터키 같은 나라들로 예술 문학 기행을 한 사람들에게 용기를 준 상상력 훈련도 포함되어 있다. 그런 훈련은 다른 사람들이 본 세상의 이미지에 의존하는 일로부터 어떻게 하면 자신의 마음이 소망하는 성스러운 땅을 향해 자신의 길을 걸을 수 있을지 상상하는 일로 옮아오도록 고안된 것이다.

이슬람 신비주의자인 메블라나 루미는 13세기에 다음과 같이 적었다. "그대 앞으로 오는 이야기에 만족하지 말고 그대 자신의 이야기를 펼쳐라." 그리고 서방 세계의 시적인 형제 월트 휘트먼[38]이 다음과 같이 노래했다. "나도 또다른 누구도 당신의 길을 걸을 수 없다. 당신 스스로 그 길을 가야 한다."

그와 같은 성찰은 세계 도처에 있는 탐구자들이 하는 일에 반영된 생각, 즉 여행자들은 정말로 성스러운 것과 마주치기 전까지 여행의 깊은 의미를 알 수 없다는 생각과 맞닿아 있다. 성스러운 것은 곧 숭배할 가치가 있는 것, 인간의 마음에 경외심과 경이감을 불러일으키는 것이며, 심사숙고되었을 때는 우리를 완전히 바꾸어준다.

어느 날 밤 아일랜드의 도네갈에 있는 옛 성의 폐허에서 어떤 목소리가 내게 속삭였다. 틀림없이 어떤 비밀스러운 길이 있다.

히스속(屬) 식물로 덮인 언덕 위로 거울 같은 달이 떠오르고 있었다. 해안선을 따라 기암괴석을 이루고 늘어서 있는 현무암 절벽에 파도가 철썩철썩 부딪혔고, 윙윙거리는 바람이 게일 족[39] 사람들의 파이프처럼 울었다. 멀

---

38) Walt Whitman, 1819~1892. 미국의 시인, 수필가, 저널리스트. 그의 시집 『풀잎(Leaves of Glass)』은 미국 문학사에서 이정표가 되었다.

리 떨어진 농가에서 불타는 이탄(泥炭)의 향긋한 냄새가 풍겨왔다.

나는 오래된 예배당의 석조 아치 밑에 떨며 서 있었다. 고개를 돌리자 수백 년 동안 비바람에 쓸린 영원한 매듭, 하나하나의 올이 중심으로부터 멀어졌다가 소용돌이치며 다시 돌아오는 조각상이 보였다. 고대 켈트 족은 그것이 삶의 여행을 의미하는 강력한 상징, 정신을 다시 채우는 근원으로 되돌아오려는 소망이라고 믿었다.

나는 천천히 그 오래된 돌의 홈을 손가락으로 쓸어보았다. 빙글빙글 도는 홈을 따라 내 손길이 고대에 끌로 새겨진 자국들, 오랜 세월 비바람과 햇빛에 마모되고 침식되어 부드러워진 흔적들을 느끼며 움직이고 있었다. 나는 한 걸음 한 걸음 옮길 때마다 기도를 올리면서 그곳을 찾아왔던 모든 여행자들을 생각했다. 그들이 추구하고 있었던 것을 찾아냈는지, 그들의 믿음이 되살아났는지 궁금해하면서.

은은한 달빛이 그 오래된 돌을 비추었다. 싸늘한 밤 공기에 눈이 아렸다. 내 손은 그 나선형의 돌 밑에 숨어 있는 무늬를 찾아내려 영원한 매듭을 가로질러 계속 움직이고 있었다.

그 장엄한 순간에 내 마음속에서는 고대의 모습이 떠올랐고, 손가락 끝에서는 소용돌이치는 기쁨이 솟아났다.

『성스러운 여행 순례 이야기』가 따르고 있는 길은 온갖 부류의 순례자들, 장기 여행자들, 그리고 탐구자들이 천년 동안 이용해온 훈련과 과제, 그리고 실행의 소박한 아름다움으로 아로새겨진 길이다. 우리들 각자의 마음속에는 방랑자, 집시, 순례자가 깃들여 있다. 이 책의 목적은 그러한 정신을 불러내는 것이다. 우리의 여행에서 가장 중요한 것은 얼마나 주의 깊게 보고, 얼마나 귀기울여 듣고, 마주치는 것들을 마음과 정신으

---

39) 아일랜드의 켈트 족.

로 얼마나 충실하게 느끼느냐 하는 것이다.

카비르[40]는 다음과 같이 적었다. "경험하지 못했다면 그것은 참된 것이 아니다." 순례도 마찬가지다. 순례는 움직임의 예술, 행보(行步)의 시, 앞으로 영원히 빛나리라고 알려진 곳들에서 개인적으로 성스러움을 경험하는 음악인 것이다. 만일 그런 가능성에 놀라워하지 않는다면 우리는 결코 자신의 영혼이나 또는 세상 사람들의 영혼의 깊이를 헤아릴 수 없을 것이다.

지금까지 본 것을 마음에 새기고 항해를 떠나자. 스페인의 시인 안토니오 마차도의 말을 떠올리면서.

여행자여 길은 없나니,
길은 걸어서 만들어가는 것.

샌프란시스코, 캘리포니아
1998년 4월
필 쿠지노

---

40) Kabir, 1440~1518. 힌두교와 이슬람교를 통합하려 한 인도의 신비주의자, 시인.

I
열망

The Longing

가슴속에서 대자연이 그토록 마음을 휘젓기에
사람들은 순례를 떠나고자 갈망한다.
그리고 순례자들은 낯선 해변들과
널리 알려진 머나먼 사원들을 찾아나선다.
—초서(Geoffrey Chaucer), 『캔터베리 이야기(The Canterbury Tales)』

    1996년 2월, 나는 동생 폴과 함께 캄보디아의 메콩 강을 거슬러올라가는 긴 보트 여행에 나섰다. 고대의 놀라운 수수께끼들 가운데 하나로, 12세기의 어느 여행자가 '무수한 경이를 간직한 곳'이라고 했던, 사원과 궁전들의 폐허가 흩어져 있는 신성한 유적지를 보기 위해서였다.

    여행 첫날 아침, 우리는 성곽으로 둘러싸인 도시 앙코르와트에서 연꽃 모양의 옥개석(屋蓋石)으로 장식된 탑들 위로 태양이 장엄하게 떠오르는 광경을 지켜보고, 긴 둑길을 따라 사원을 향해 의식을 치르듯 걷기 시작했다. 우리의 손은 서로의 어깨에 걸쳐져 있었고, 우리의 마음은 그 '경이로운 수수께끼', 오래 전에 유럽의 사가(史家)들이 세계의 불가사의 가운데 하나로 보았고, 식민지 개척자들은 성스러운 영감을 주는 솔로몬의 건축물에 못지않다고 했던, 그 형언할 수 없이 아름다운 모습에 매료되었다.

    우리는 열에 들뜬 꿈속에서처럼 걷다가 둑길을 반쯤 내려간 곳에서 잠시 걸음을 멈추고 시시각각 바뀌는 빛의 아름다움을 가슴에 새겼다. 해자(垓字)를 따라 굽이치는, 머리가 다섯 개인 큰 뱀을 돌에 새긴 '나가(naga)'와 우리 앞으로 떠오르는 거대한 출입구에 끌로 새긴 레이스 모양의 무늬들…… 우리는 그것들의 사진을 몇 장 찍은 뒤, 서로를 보고 싱긋이 웃으며 맑은 아침 공기를 가슴 깊이 들이마셨다. 바로 그때 우리 옆으로 절뚝거리며 사원을 향해 걸어가는, 회색 옷을 걸친 여승이 눈에 띄었다. 삭발한 머리는 볕에 그을려 있었다. 그녀가 옆으로 다가왔을 때 나는 시주돈을 내밀었고, 그녀는 손이 잘려나가 뭉툭해진 손목으로 그 돈을 받았다. 깜짝 놀란 나는 다음 순간 그녀가 왜 죽마를 탄 것처럼 걷는지 알 수 있었다. 발목께에서 발이 잘려나간 탓에 관절 마디로 뒤뚱뒤뚱 걷고 있었던 것이다. 악마 같은 크메르루즈가 그녀의 발목을 절단하는 모습을 떠올리고 가슴이 저렸지만, 그녀 또한 캄보디아의 숲과 들판과 길에 매설된 채 잊혀진 천백만 개의 대인지뢰의 피해를 입은 사람들 가운데 하나일지도 모른다는 생각을 했다.

초연하리만큼 평온한 눈길로 우리를 바라보는 그녀의 모습이 너무도 감동적이어서 우리는 그 사원의 성소에 몇 달러를 더 시주했다. 그녀는 말없이 우리가 바친 시주를 받아 조그만 자루에 넣고 고개 숙여 감사한 다음 절뚝거리며 멀어져갔다. 근처에 있는 연못들 중의 한 곳에서 흙탕물을 헤치며 천천히 돌아다니는, 다리가 길고 가는 한 마리 학처럼.

그 캄보디아 여승과의 만남은 여행의 시작을 알리는 불길한 전조, 불안감으로 살짝 가려진 선물 같은 것이었다. 불가사의하게도 그녀의 신비한 미소가 근처 바이욘 사원의 피라미드 식 건물들 위로 우뚝 솟은 54위(位)의 거대한 보살상에 새겨진 미소 — 그 불상들의 영원한 응시를 마주할 때마다 나는 가슴이 뛰었다 — 를 미리 보여주었다. 그 사원 유적지 곳곳에 조성되어 각각의 종교적 예술품을 반사시키는 연못과 웅덩이들처럼, 불상들과 여승의 얼굴이 서로를 반영하고 있었다. 나는 그 여승을 수백만의 순례자들에게 앙코르와트의 기적을 상징하는 신이 된, 무한히 자비로운 관세음보살의 화신으로 생각하게 되었다.

그대의 용서는 어디까지 미치는가? 천 위의 불상에 새겨진 얼굴들이 묻고 있었다.

기도가 허용하는 데까지입니다. 여승의 눈은 그렇게 대답하고 있는 것처럼 보였다.

그후로 몇 시간 동안 나는 동생과 함께 폐허가 된 사원 이곳저곳을 둘러보았다. 우리가 그곳에 와 있다는 진정한 행운에 도취된 채로. 앙코르와트 유적지는 15세기에 파괴되었고, 그 뒤로 400년 동안 잊혀진 채, 돌을 휘감은 정글의 덩굴식물들에 덮여 황폐해졌다. 우리를 안내한 젊은 캄보디아인(그는 우리에게 그 지역 주민들은 천사와 거인들이 앙코르와트를 세웠다고 믿는다고 했다)의 이야기를 들으면서 두려움과 아름다움에 경탄하는 동안, 시간이 세상의 정지점(停止點)에 멈춰 있는 것 같았다. 그것은 건축학적인 호기심 이상의 것, 덧없는 영광의 경건한 비유, 우주 그 자체의 축

앙코르톰 바이온 사원의 부조(浮彫) 옆에 앉아 순례자들에게 향과 초를 팔고 있는 여승.

도였다. 학자들에 따르면 성벽과 해자, 그리고 공중누각들은 삶 그 자체의 각기 다른 차원을 반영한다고 한다. 즉, 앙코르와트의 다섯 탑당(塔堂)들은 힌두교의 우주론에서 세상의 중심인 수미산(須彌山)의 다섯 봉우리를 상징하며, 그것은 돌로 된 세계의 산, 태양을 상징하는 해자로 둘러싸인 기념비적 만다라(曼陀羅)인 것이다. 그곳을 방문하려면 깎아지른 듯 가파른 계단을 올라가야 하는데, 탑당이 그런 식으로 지어진 데에는 필시 어떤 이유가 있을 터였다.

그 점에 대해서 초기 식민지 개척자인 보나르[1] 해군 준장은 이렇게 적고 있다.

"그 사원을 찾은 숭배자들이 점점 더 높은 차원으로 올라간다는 확실한 느낌을 받으려고 한 것은 분명하다."

사흘 예정이던 여행이 점점 길어졌다. 마치 꿈속의 모험에서처럼, 한 시간에 하루가 들어가고 하루에 한 주일이 들어가 있는 것 같았다. 우리는 기묘하도록 감동적인 만남에 이어 또다른 만남을 갖는 영광을 누렸고, 캄보디아와 타이와 인도에서 조상들의 발자취를 따라 수백 마일을 걸어온 노란 승복 차림의 승려들, 그리고 수천 년 동안 세상의 중심으로 여겨진 곳에서 기도를 드리기 위해 찾아온 일본인들과 조용히 섞였다. 또 버마, 베트남, 중국 등지를 거쳐온 여행객들과 노변정담을 나눌 수도 있었다. 어둠이 내리고 나면 우리는 고대로부터 수세기에 걸쳐 중국과 일본으로부터 고되고 지루한 도보여행을 했던, 그리고 현대에 들어와서는 프랑스와 영국과 미국으로부터 자동차와 배를 타고 찾아온 순례자들의 여행기를 읽었다.

나는 불교도, 힌두교도도 아니었지만 유적지를 이곳저곳 돌아다니면서 진기하게 꾸며진 오래된 돌들에 크나큰 감동을 받았다. 이상하게

---

1) Louis-Adolphe Bonard, 1805~1867. 코친차이나 초대 총독을 지낸 프랑스의 제독.

도 마음이 끌리는 순례 중심지에서, 버려진 별채들과 방치된 도서관들과 약탈당한 수도원들을 탐사하며 놀라우리만큼 평온함을 느꼈던 것이다. 더군다나 1860년대에 앙코르와트가 재발견되었을 당시에는 그 사원의 판석(板石)들 위로 호랑이며 팬더, 코끼리들이 어슬렁거렸다는 사실을 알게 되자, 내 상상력은 시간이 파괴해버린 것을 복원하려는 의욕으로 활기에 넘쳤다.

그러나 우리가 그 사원을 찾은 내내 암울한 기운이 가시지 않았다.

고대 사원 부지의 유령 같은 영광을 헤치고 한 걸음 한 걸음을 내디딜 때마다, 나는 폴 포트 정권이 끼친 재앙과 상존(常存)하는 지뢰의 위협, 역사적 혼돈의 와중에서 천년 세월을 견뎌온 그 유적지의 허무함을 다시 떠올리지 않을 수 없었다. 어디에서나 볼 수 있었던 불구가 된 어린 아이들과 사나운 군인들은 결코 끝나지 않은 전쟁의 우울한 증거였다. 옛날에는 외국인들이 자신들과는 무관한 변혁을 두려워하지 않아도 되었지만 이제는 아니었다. 그 지역의 영자신문에서 우리는 폴 포트가 "그자들을 박살내라"는 말 한마디로 세 명의 호주 관광객들을 처형하라고 명령했다는 기사를 읽었다.

그보다도 더 나를 우울하게 했던 것은 여행을 떠나온 것에 대해 느끼는 일말의 죄책감이었다. 샌프란시스코에 남아 있던 아내 조가 임신 7개월이었기 때문이다. 비록 그녀가 선뜻 동의를 했다 하더라도 나는 불안했다. 그런데 왜 그처럼 위험한 여행을 떠났던 것일까?

맹세를 지키기 위해서였다.

지난 15년 동안, 앙코르와트의 폐허까지 거슬러올라가는 긴 여행을 하려던 내 계획은 타이와 캄보디아 국경에서 두 번이나 좌절되었다. 나는 전쟁이 일어나 또다시 20년 동안 국경이 봉쇄될까 두려웠고, 그래서 동생과 내가 필리핀에 있는 동안 뜻밖의 행운처럼 찾아든 연구여행을 아버지와의 약속을 실현할 수 있는 마지막 기회로 믿었던 것이다.

내가 열한번째 생일을 맞던 날, 아버지는 내게 책을 한 권 선물했다. 하지만 내가 사달라고 했던 제인 그레이 웨스턴[2]의 소설이나 우리 고향 출신 야구선수 알 칼리네[3]의 자서전은 아니었고, 청동색 표지에 전설적인 창조물들의 조각상들이 그려진 책이었다. 그 창조물들은 공상과학 소설에 나오는 환영(幻影) 같은 혹성에서 온 것이 아니라, 크메르라는 오래 전에 잊혀진 세계, 앙코르와트를 건설한 고대문명에서 온 것이었다.

그날 이후로 그 책은 나에게 세상의 숨겨진 아름다움을 상징하는 것이 되어, 책만이 갖는 황홀한 매력으로 미시건 주에 있는 내 조그만 고향 마을 밖의 넓은 세상에 대해 꿈꾸게 했다. 그 책이 내 가슴에 불을 당겨 지난 수십 년 동안 내 마음속에 이 불가사의한 곳을 내 눈으로 직접 보겠다는 순례자의 욕망을 불어넣었던 것이다.

1984년 가을, 아버지의 건강이 악화되자 나는 병문안을 드리러 샌프란시스코에서 디트로이트까지 대륙을 가로질러 차를 몰았다. 그리고 기운을 돋워주기 위해 건강이 회복되기만 하면 아버지와 함께 여행을 떠나겠다고 약속했다. 여러 해 전부터 세워두었던 유럽 여행 계획을 실행에 옮길 것이고, 그러면 암스테르담에서 건너가 반 고흐의 조카를 찾아갈 수 있으리라는 확신을 심어주려고 애썼다. 아버지는 반 고흐의 조카가 디어 본에 있는 리버 루즈[4] 유적지로 여행을 왔을 때 그를 안내해준 일이 있었다. 나는 아버지에게 네덜란드를 둘러본 뒤 남프랑스의 페리게까지 기차를 타고 가서 1678년에 그곳을 떠난 우리 조상들의 이야기를 더듬어보자고 제안했다. 그리고 잠시 망설이다가 파리에서 비행기를 타고 곧장 프놈펜으로 날아가 앙코르와트를 보러 갈 수 있을 것이라고 덧붙였다. 아버지

2) Jane Gray Western, 1872~1939. 미국의 작가. 서부를 배경으로 웨스턴이라는 새로운 장르를 창시했다.

3) Al Kaline, 1934~ . 3000안타 기록을 세운 1루수. 본명은 앨버트 윌리엄 칼리네.

4) 초기 프랑스 식민지로 1920년대에 포드 자동차 공장이 설립되면서부터 도시로 성장했다.

앙코르와트의 설립자 야소바르만이 세운 문둥이 왕의 테라스 중 최근에 복원된 조각상들과 벽.

는 처음엔 기뻐했지만 나중에는 어찌해야 좋을지를 모르는 것 같았다.

"아버지, 제가 어렸을 때 주신 책 기억하시죠?" 아버지가 보인 반응에 실망해서 내가 물었다. "앙코르와트의 발굴에 관한 책 말입니다." 아버지가 평생 동안 친구들과 가족에게 선물했던 책들을 하나하나 떠올리다가 이내 얼굴이 환해지면서 헛기침을 했다. "아, 그래, 앙코르. 말콤 맥도널드가 쓴 책이었지. 표지에 문둥이 왕의 사원에 있는 조각상들이 실려 있는 거." 아버지가 말을 멈추고 나와 함께 여행을 할 수 있을지 생각해보다가 낡은 독서용 의자에서 힘겹게 자세를 바로잡았다.

"내가 회복될지 어떨지에 대해서 너처럼 자신이 있으면 좋겠구나."

아버지가 처음으로 자포자기한 기색을 보이면서 대답했다.

"물론 나는 너하고 그런 곳들을 둘러보고 싶다. 그러면 정말 굉장할 거야." 아버지의 목소리가 갈라졌다. "하지만 모르겠구나, 내가 그 일을 해낼 수 있을지."

내가 만났던 사람들 중에 누구도 '굉장하다(wonderful)'는 말을 아버지처럼 한 사람은 없었다. 아버지는 마치 그 형용사가 정말로 승리와 개선에 근거하고 있는 것처럼 첫 음절에 강세를 두었는데, 평소에는 여간해서 강한 어조를 쓰지 않았던 만큼, 그런 식으로 말을 할 때면 무슨 뜻으로 그러는지를 분명히 알 수 있었다. 그 말을 들으면서 나는 예전엔 불같고 자신만만했던 분이 신경질환 때문에 손발도 마음대로 움직이지 못한 채 의자에 앉아 있는 것이 몹시 마음 아팠다. 하지만 그렇더라도 나는 자신감과 용기를 잃지 않은 척하면서 아버지가 회복되는 대로 함께 여행을 떠나겠다고 다짐했다.

그러나 아버지는 끝내 회복되지 못했다. 넉 달 뒤인 3월 15일, 시저가 암살당했던 바로 그날(아버지는 해마다 그날이 마치 1년 중에서 가장 이상한 날이라도 되는 것처럼 큰 소리로 알려주곤 했다) 밤 주무시던 중에 세상을 뜨고 말았다.

장례식이 끝난 직후, 아버지의 텅 빈 아파트에서 책들을 챙기다가 나는 평생에 몇 번 하지 않은 맹세를 했다. 아버지와 나 둘 모두를 위해 여행을 떠나기로. 신성한 조각상을 직접 만져보고 바람결에 날리는 향 속에서 기도를 드리기 위해, 놀라우리만큼 먼 길을 걸었던 순례자들의 헌신과 석상들에 비치는 빛의 어우러짐으로 성스러워진 곳을 향해 순례를 떠나겠다고 나 자신과 약속했던 것이다.

그러는 동안 어쩌면 삶 그 자체에 대한 믿음을 회복할지도 모를 일이었다.

순례 기법

돌 위로 파도가 넘나들 듯, 우리는 시간을 가로질러 여행한다. ─ 폴 발레리

모든 여행은 발견이라는 주제를 다루는 서사시다. 집에서는 찾을 수 없는 대답을 추구하는 탐구자들은 여행을 떠나며, 마음을 바꾸기가 기후를 바꾸기보다 더 어렵다는 사실을 얼마 안 가서 알게 된다. 여행과 관련된 괴로우면서도 즐거운 진실은, 중세의 고문대를 트리팔리움(tripalium)을 어원으로 하는, 노고(travail)라는 옛말에서 파생된 말에 근거를 두고 있다. 먼길을 여행한 수많은 방랑자들이 느꼈던 것처럼, 여행에는 '고문을 당하는' 것 같은 순간들이 있다. 방랑하는 베두인 족에게는 '여행이 곧 노역'이었다. 고대 그리스인들은 장애물들이 신의 시험이라고 배웠으며, 중세 일본인들은 여행이 슬픔을 이겨내어 시와 노래로 바꾸는 도전이라고 믿었다. 휴가여행을 떠나건, 업무여행을 하건 또는 멀리 떨어진 곳으로 탐험여행을 가건 우리는 여행길에서의 어려운 시간들을 고문으로

볼 수도 있고 스스로 '분발할' 기회로도 볼 수 있다.

그러나 만일 우리가 여행을 하면서 장기간 계속되는 도전과 즐거움 이상의 어떤 것이 있어야 한다고 느낀다면 어떻게 해야 할까? 새로운 것을 추구하는 것만으로는 만족할 수 없다면 어떤 일이 일어날까? 우리의 마음이 무슨 수로도 설명할 수 없는 여행을 갈망한다면 어떻게 될까?

수세기에 걸쳐 전해내려온 여행 지식에 따르면 우리가 어디에서 돌아서야 할지를 모르게 되었을 때 진정한 여행이 시작된다고 한다. 그 기로에 선 순간에 어떤 목소리가 우리의 순례적인 정신을 일깨운다. 우리의 마음을 휘젓고 경이감을 회복시켜줄 신성한 땅 ― 산, 사원, 조상들의 집 ― 을 향해 출발할 때가 온 것이다. 그 심오한 진실로 이르는 길에서는 시간이 흐르기를 멈추고 우리는 신비로움에 사로잡힌다. 그것은 우리가 하지 않을 수 없는 여행이다.

그 길고 구불구불한 여정에서는 길을 잃기 쉽다. 귀기울여 들어보라. 길가에서 늙은 은자들이 속삭이고 있다. 낯선 자여, 그대가 좋아하지 않는 것을 지나가라.

*

"나는 1325년 6월 13일에 내가 태어난 탕헤르[5]를 떠났다." 이 세상의 길고 구불구불한 길을 따라 여행했던 정신적 탐구자들 중에서 가장 주목할 만한 사람들 가운데 하나인 이븐 바투타(Ibn Battutah)는 이렇게 적었다. "스물두 살 나이에 메카의 신성한 집과 메디나에 있는 예언자의 무덤을 순례할 목적으로. 나는 혼자 길을 떠났고, 정다운 이야기로 여행을 즐겁게 해줄 길동무도, 함께 어울릴 여행자들도 만나지 못했다. 내 마음

---

5) 아프리카 북서부 끝에 있는 모로코의 항구 도시.

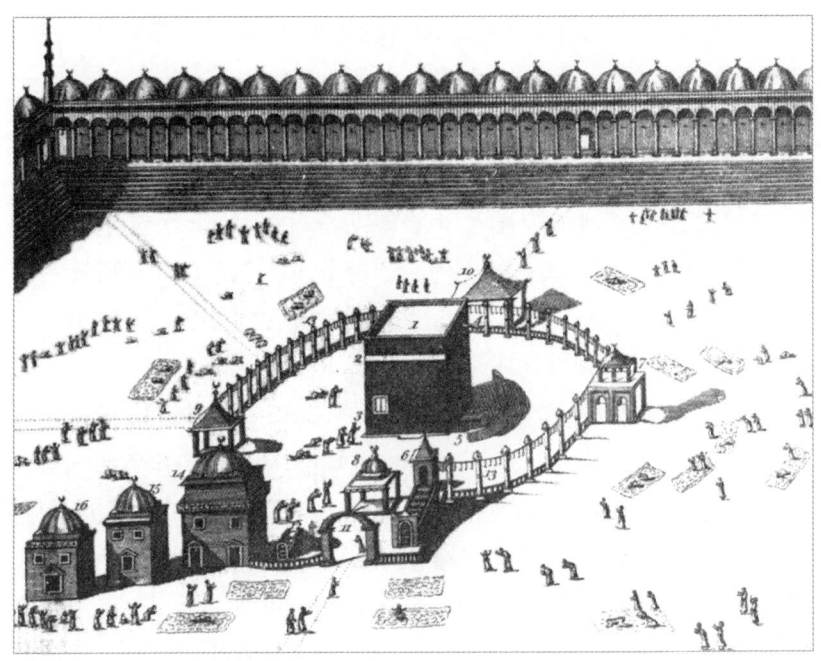

9세기 메카의 회교사원 스케치. 메카 순례를 마친 회교도들이 허리를 굽히고 카바 주위를 도는 모습을 보여준다.

속에서 이는 엄청난 충동과, 그 모든 영광스러운 성소들을 찾아가고픈 오랜 소망에 휩쓸려, 나는 남자건 여자건 할 것 없이, 모든 친구들에게서 떠나 새가 둥지를 버리듯 집을 버리기로 결심했다."

　　29년 동안 이븐 바투타는 스페인으로부터 중국까지 12만 킬로미터를 방랑했다. 그것은 마르코 폴로가 주파했던 거리의 세 배나 되는 여정이었다. 그 긴 여행을 끝내고 마침내 모로코로 돌아갔을 때, 그는 자신의 놀라운 여행기에 이렇게 썼다. "내 조국이 이 세상에서 가장 좋은 나라다. 과일이 풍부하고 흐르는 물과 자양분을 주는 음식이 결코 고갈되지 않기 때문이다."

　　자신의 조국이 '이 세상에서 가장 좋은 나라' 라는 것이 정말이라면,

어째서 수백만의 사람들이 그 먼 옛날부터 해마다 운명을 바람에 맡기고 세계 도처에 있는 옛 순례자들의 길을 따라가는 것일까? 어떤 '엄청난 충동'에 휩쓸려 막대한 비용과 때로는 커다란 위험을 무릅쓰면서 먼 곳으로 여행을 떠나는 것일까?

이븐 바투타에게는 그 동경이 종교적, 과학적, 시적, 정치적, 금전적 부름들의 합창이었다. 그는 정신에 근거를 두고 영적으로 고취되어 괴테가 '신성한 동경'이라고 했던 것, 즉 더 깊은 탐구에 몰입하려는 욕망에 반응한 전형적인 순례자였다.

한편, 독일의 여행학자 빈프리트 뢰슈부르크(Winfried Loeschburg)는 "거리를 극복하려는 열망, 미지의 것에 대한 욕망은 유럽 일부 지역들에서 점점 더 강해졌다. 그것은 영주의 성이나 수도원으로부터 벗어나, 도시의 성문을 지나서 더 넓은 세상으로 나가려는 욕망이었다"고 말했다. 그리고 아나톨 프랑스[6]는 대탐험 시대에 이렇게 적었다. "그 열망은 오랜 소망, 즉 숨겨진 것이나 금지된 것, 또는 신기한 것이나 전설적인 것, 말하자면 충족시킬 수는 없지만 그렇다고 무시할 수도 없는 것에 대한 열정적인 추구라는 말로 설명되었다."

여행을 하려는 충동은 돌처럼 유구하고 뜨고 지는 해처럼 영원하다. 조라 닐 허스턴[7]은 '여행이 곧 문명의 정신'이라고 느꼈다. 또 어떤 사람에게는 그 충동이 움직임 그 자체이다. R.L. 스티븐슨[8]이 "내 경우에는 여행이 어딘가로 가는 것이 아니라 그냥 가는 것이다. 나는 여행 그 자체를 위해 여행한다. 중요한 것은 움직인다는 사실이다"라고 썼던 것처럼. 여행자라는 말 자체가 낭만에 찬 움직임의 이미지를 떠올리게 한다. 헨리 데이비드 소로는 이렇게 적었다. "여행자. 나는 그 이름을 사랑한다. 여행

---

6) Anatole France, 1844~1924. 프랑스의 작가이자 풍자적, 회의적 비평가.

7) Zora Neale Hurston, 1903~1960. 미국의 작가, 인류학자.

8) R.L. Stevenson, 1850~1894. 영국의 소설가. 『보물섬』 『지킬 박사와 하이드 씨』를 썼다.

자는 여행자로서 존경받아야 한다. 그의 직업은 우리 삶의 가장 훌륭한 상징이다. 왔다가 가는 것 — 그것은 우리들 각자의 역사이다."

어떤 사람들에게는 여행이 프랑스의 소설가 콜레트[9]의 경우처럼 감각적이거나 심미적인 가능성을 제시한다. "나는 그와 함께 미지의 나라로 떠날 것이다. 과거도 이름도 없을 곳으로, 내가 새로운 모습과 순수한 마음으로 다시 태어날 곳으로." 무뢰한 같은 방랑자 마크 트웨인에게는 긴 여행이 자기 발전의 기회를 제공했다. "여행은 편견과 완고함, 그리고 편협한 마음에 치명적이다." 방랑자 브루스 채트윈[10]은 그의 방랑 충동이 어떻게 길고 힘든 도보여행으로 이끌렸는지를 이렇게 묘사했다. "그것은 마치 파도가 나를 큰길로 끌어당기는 것 같았다." 메리 모리스(Mary Morris)는 그녀의 기념비적인 명시선집 『처녀 항해(Maiden Voyage)』에서 여자들이 "세계 도처에서 다른 방식으로 움직이는" 예로 로렌스 더렐[11]의 프레야 스타크[12]에 대한 놀라운 묘사를 인용했다. "위대한 여행자는 일종의 자기 성찰을 하는 사람이다. (……) 그녀는 외면적으로 땅을 밟고 나아가듯, 내면적으로 자신에 대한 새로운 해석을 진척시킨다."

일종의 소요학파(逍遙學派)적인 대학으로서의 여행 전통도 있다. 폴 퍼셀[13]은 그의 고전적인 저서 『해외로(Abroad)』에서 이렇게 적었다. "관광이 발달하기 전에는 여행이 학업처럼 생각되었고, 그 결실은 마음을 풍요롭게 하고 판단력을 키워주는 것으로 여겨졌다." 그러나 퍼셀은

---

9) Sidonie-Gabrielle Colette, 1873~1954. 사랑의 기쁨과 고통을 소재로 소리, 냄새, 맛, 질감, 색채 등을 정확히 묘사하여 문명을 얻은 소설가. 『천진난만한 탕녀』『지지』등의 작품을 발표했다.

10) Bruce Chatwin, 1940~1989. 미국의 시인, 단편소설 및 시나리오 작가.

11) Lawrence Durrel, 1912~1990. 영국의 작가, 시인.

12) Freya Stark, 1893~1993. 영국의 작가, 탐험가. 자신의 삶을 자기가 원하는 대로 산 맹렬 여성으로 유명하다.

13) Paul Fussel. 미국의 역사가, 문학비평가, 하버드 대학 교수.

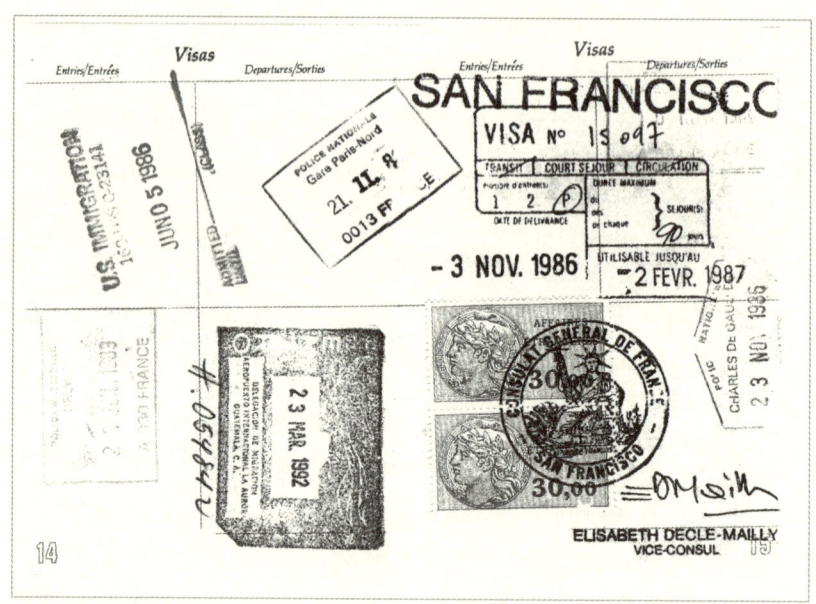

여권에 찍힌 외국 도장을 보는 것만으로도 진정한 여행자의 가슴에는 방랑하고 싶은 욕망이 일어난다.

인간을 비열하게 만든 제1차 세계대전의 공포로 인해 여행을 둘러싼 낭만적인 분위기와 귀족적인 연상이 돌이킬 수 없이 변질되었다고 지적한다. 이제는 더이상 참된 탐험도 진지한 여행도 없고, 단지 '폐허로의 제트기 여행'이 있을 뿐이라는 것이다.

그래서 이런 역설이 생겨난다. 초음속 제트기와 인터넷을 통해 널리 여행하는 일이 더 쉬워질수록 현명하게 여행하기가 더 어려워진다. 여러 차례의 비행기 탑승 횟수와 여권에 찍힌 도장만이 남을 뿐, 여행에 뭔가 중요한 것이 빠졌다는 고통스러운 의혹이 더 커진다. T.S. 엘리엇[14]은 현대에 대해 이렇게 묻지 않을 수 없었다.

---

14) T.S. Eliot, 1888∼1965. 영국의 시인, 극작가, 문학비평가.

우리가 지식에서 잃어버린 지혜는 어디에 있는가?
우리가 정보에서 잃어버린 지식은 어디에 있는가?

*

기억에 남는 첫번째 여행을 생각해보자. 마음속에 어떤 이미지가 떠오르는가? 그것은 어린 시절에 가족 묘지를 찾아갔던 일일 수도 있고, 삼촌이 유명한 전쟁터에서 했던 강연일 수도 있고, 어머니와 손을 잡고 종교 유적지를 찾아갔던 일일 수도 있다. 마음속에 소중히 간직된 여행의 기억들로부터 어떤 느낌이 떠오르는가? 그 기억들은 오늘날 당신의 삶과 어떤 관련이 있는가? 당신은 자신이나 가족 또는 자신이 속한 집단에게 어떤 성소를 찾아가겠다고 맹세한 적이 있는가? 당신 자신이 동틀녘에 들려오는 새들의 지저귐처럼 마음을 휘젓는 곳에 있다고 상상해본 적이 있는가?

그렇지 않다면, 당신은 누구인가? 지금이 아니라면 언제? 여기가 아니라면 어디서? 파리나 바라나시[15]나 멤피스에서?

열망하는 것을 털어놓으면 자신이 누구인지 알게 될 것이다.

진지하게 받아들여지는 여행자

순례자들은 여행을 함으로써 창조하는 시인들이다. ― 리처드 R. 니부어[16]

---

15) 인도 동부에 있는 힌두교의 옛 성도. 옛 이름은 베나레스.
16) Richard R. Niebuhr, 1892~1971. 미국의 종교학자, 문명비평가

사전에 따르면 순례(pilgrimage)라는 말은 외국인이나 나그네, 또는 사원이나 신성한 곳을 찾아가는 사람의 여행이라는 뜻을 지닌 라틴어 펠리그리누스(peligrinus)에서 파생되었다. 그보다 더 오래되고 좀더 시적인 또하나의 어원은 순례자(pilgrim)라는 말이 '들판을 가로질러' 라는 뜻의 라틴어인 페르 아그룸(per agrum)에 뿌리를 두고 있음을 보여준다. 이 고대어는 알려진 곳의 경계를 넘어 마음에는 목적지를, 가슴에는 목적을 품고 들판을 가로지르는 호기심 강한 사람을 암시한다. 순례자는 자신의 신성한 중심, 성자나 영웅이나 신에 의해 성스러워진 곳을 찾아가기 위해 힘든 여행을 기꺼이 견디는 나그네이다. 일단 그곳에 이르면 순례자의 소망은 유물을 만지고, 미래상을 보고, 신탁을 듣고, 심리학자 스티븐 라슨(Stephen Larsen)이 '삼차원적인 곳에서 분출하는 성스러움' 이라고 한 것을 경험하는 데 있다. 리처드 R. 니부어는 다음과 같이 우아하게 묘사했다.

센 강변에 있는 오래된 헌책방에서 찾아낸 19세기의 그림엽서. 서점 주인의 말에 따르면 '방랑하는 보헤미안' 을 보여주고 있다.

순례자들은 완전함이나 혹은 명료함이라는 말로 대신할 수 있는 어떤 것, 단지 정신의 나침반만이 길을 가리킬 수 있는 어떤 목적을 찾아 그들 자신의 영토가 아닌 땅을 지나면서 이동하는 사람들이다.

아브라함, 바쇼, 성 제롬,[17] 성 에게리아,[18] 초서, 단테 같은 전통적인 순례자들과 윌리엄 리스트 히트 문,[19] 프레야 스타크, 이사벨 에버하르트,[20] 리처드 버턴 경,[21] 토머스 머턴[22]과 산티아고 데 콤포스텔라로 이르는 옛 길의 젊은 순례자를 그린 파울로 코엘료,[23] 야구 영화 〈꿈의 구장〉에 나오는 레이 킨젤라(Ray Kinsella), 『아웃 오브 아프리카』를 쓴 이작 디네센 같은 현대인들 — 이 모든 사람들이 남긴 여행 기록으로부터 우리는 몇 가지 분명하게 드러나는 패턴을 식별할 수 있다.

순례자의 동기는 언제나 다양했다. 경의를 표하기 위해, 맹세나 의무를 실행에 옮기기 위해, 고행을 하기 위해, 정신적으로 원기를 회복하기 위해, 또는 카타르시스를 느끼기 위해. 그런 여행은 하나같이 들뜬 상태, 매우 동요된 상태에서 시작된다. 삶에서 지극히 중요한 어떤 것이 결여되어 있지만, 그 중요한 것은 길에 숨어 있을 수도 있고 멀리 떨어진 성소의 심장부에 숨어 있을 수도 있다.

순례의 종교의식적 행위는 그 공허를 메우려는 것이다. 그 일은 내가 아는 매우 친절한 성직자인, 오하이오 주 톨레도의 시어도어 월터스 (Theodore Walters) 신부의 경우처럼, 지구를 반 바퀴나 돈 뒤에 이루어질 수도 있다. 그는 현대인들에게 '성모로부터의 치유력 있는 통찰'이 절실히 필요하다는 믿음에서 유고슬라비아의 메주고르제에 있는 성모 마리아 사원으로 순례여행단을 이끌기 시작했다. 또 그의 신앙고백에 따르면, 전쟁에 찌든 나라에서는 순례자들이 마음으로부터 넘쳐나는 순수한 고마움에서 우러난 친절을 보일 필요가 있다고도 한다.

---

17) Saint Jerome, 347~420. 성서 번역자, 수도회 지도자. 라틴 교부들 중에서 가장 학식이 많은 인물로 전해진다.

18) Saint Egeria. 4세기 스페인의 수녀.

19) William Least Heat Moon, 1939~ . 미국의 여행 안내자, 여행 작가.

20) Isabelle Eberhardt, 1877~1904. 스위스 태생의 프랑스 작가, 여행가.

21) Sir Richard Burton, 1925~1984. 영국의 배우.

22) Thomas Merton, 1915~1968. 미국의 가톨릭 수도사, 시인, 작가.

23) Paulo Coelho, 1947~ . 브라질의 소설가. 『연금술사』『베로니카, 죽기로 결심하다』를 썼다.

〈영적인 순례자〉. 프랑스의 천문학자 카미유 플라마리옹(Camille Flammarion)은 16세기의 독일 목판화에 나온 이 모습에 꼭 들어맞는다.

　　순례는 또한 내가 잠시 마주쳤던 어느 부부가 그랬던 것처럼, 길에서 우연히 이루어질 수도 있다. 창조적인 노력의 막다른 골목에 빠져 있던 그들은 자기네의 목소리를 잃었고, 그래서 '말에 대해 약속하는 목소리'를 다시 들을 필요가 있다고 느꼈다. 결국, 그들은 캘리포니아의 카멜에 있는 로빈슨 제퍼스[24]의 돌로 만든 집을 찾아 떠남으로써 그들의 문학적인 열정을 되살리기로 했다. 내 오랜 친구인 마이클 제이주거는 의과대학 시절에 너무도 많은 스트레스를 받았고, 그래서 한 달에 한 번씩 '자연으로의 순례'를 통해 원기를 회복하곤 했다. 그 순례란 밤새도록 1970년형 챌린저 지프를 몰아 미시건 북부의 숲속으로 들어가서 몇 시간 동안 송어

---

　　24) Robinson Jeffers, 1887~1962. 인간의 삶이 열정의 그물 속에서 이루어지는 광적이고 경멸스러운 투쟁이라고 하여 물의를 일으킨 미국의 시인.

낚시를 한 뒤 다시 집으로 돌아오는 일이었는데, 그 짧은 한때가 그에게는 성스러운 시간, 그가 늘 부르던 대로라면 '황금 시간'이었다.

인문학자 차이나 갤런드(China Galland)가 백만 명의 다른 순례자들과 함께 폴란드의 자스나 고라 수도원에 있는 체스토쇼바의 우리 성모 성당으로 행진했던 것처럼, 참여는 공동의 것이 될 수 있다. 또 1980년대 중반 도쿄에서 만난 2차대전 당시 비행사처럼, 고독한 것일 수도 있다. 당시 그는 원폭이 투하된 히로시마의 현장으로 서글픈 여행을 한 뒤 막 돌아온 참이었다.

서로 다른 순례를 하나로 묶어주는 것은 강렬한 목적, 즉 중심으로 돌아가고자 하는 부름에 응답하려는 정신의 소망이다 — 그 소망이 환희를 예고하건 고뇌를 예고하건 간에. 순례를 신성하게 만드는 것은 여행 뒤에 숨은 열망이다. 16세기의 유명한 『순례하는 천문학자』의 목판화가 그 열망을 상기시켜준다. 그 천문학자는 태양과 달과 별들 뒤에 있는 기계장치를 응시하기 위해, 그래서 창조의 신비를 벗기기 위해 천구의 틈 사이로 머리를 내밀고 있다.

없어지는 것은 채워지기를 열망한다

우리는 처음부터 갈망한다. — 에밀리 디킨슨[25]

에밀리 디킨슨은 창조적인 욕구가 주기적으로 찾아온다는 것을 잘 알고 있었다. 그녀는 매일같이 신성한 곳으로 상상의 순례여행을 떠났고,

---

25) Emily Dickinson, 1830~1886. 미국의 시인.

창조적 요구를 하나하나 인식함으로써 자신을 새롭게 했다. 목마름, 배고 픔, 접촉에 대한 동경 — 그 비유들은 셀 수 없이 많다. 헨리 데이비드 소로는 열망은 우리가 잠재력을 최대한으로 발휘하면서 살고 있지 않다는 데 대한 후회로 마음이 휘저어지는 현상일 수도 있다고 했다. "우리는 대개 완전하고 충실한 삶을 살지 않는다. 모든 땀구멍을 피로 채우지도 않고 충분히 완전하게 숨을 들이쉬고 내쉬지도 않는다. (……) 우리는 단지 생의 한 부분만을 살고 있을 뿐이다. 어째서 우리는 거대한 물줄기를 받아들여 수문을 열고 우리의 모든 물레방아를 돌리지 않을까?"

순례자들은 충실한 삶을 살아갈 기로에 이르렀다. 자기 눈으로 직접 보고, 발을 내딛고, 접촉하고, 성소의 영적인 존재에 귀기울이고 하는 일이 갑자기 중요해진다. 그곳이 이스탄불의 블루 모스크[26]건 파리의 셰익스피어 & 컴퍼니 서점이건 상관없다. 여행의 막바지에서 땅과 접하고 유물과 접하는 일은 우리의 믿음에 박차를 가하는 성소와 접한다는 뜻이다.

성소와 접하려면 직접 찾아가보아야 한다. 삶이 그 의미를 잃었을 때, 순례자는 다시 감동을 느끼기 위해 모든 위험을 무릅쓸 것이다. 부처의 치아나 그리스도의 마른 피, 셰익스피어의 자필 원고 같은 유물들이 순례 여행에서 반드시 접해야 하는 대상인 이유도 그 때문이다. 하지만 바로 그 때문에 위험이 도사리고 있다. 현대에도 미스터리가 존재한다는 사실을 확인하는 일이, 신성한 것을 단지 미신으로 격하시키려는 것으로 보일 수 있기 때문이다. 예전엔 미스터리였던 것들을 '폭로하는' 신문기사들을 매일같이 읽을 수 있다 — 정신은 '뇌에 있는 시냅스들 사이에서 전기가 통하는 현상'에 지나지 않으며, 꿈은 단지 '정신에서 일어나는 화학적 연소'의 결과일 뿐이고, 사랑은 단지 두 무능력한 개인들간의 맹목적인 끌림이라는 것이다. 그러나 더더욱 곤란한 것은 생명 그 자체의 기

---

26) 술탄 아흐메트 1세가 1616년에 세운 이슬람 사원. 기둥과 돔 벽에 푸른 타일을 사용했다.

파리에 있는 셰익스피어 & 컴퍼니 서점의 경영자이자 전설적인 진서(珍書) 수집가 조지 휘트먼(왼쪽)과 1950년대 이 서점의 모습(오른쪽).

적이 단지 우연한 일, 우주의 딸꾹질에 지나지 않는다는 견해가 널리 퍼지고 있다는 점이다.

순례여행 분위기가 일깨워지고 있다. 아메리카 삼나무숲, 독수리의 시야, 산호의 생성, 신생아의 손아귀 힘, 바흐의 조곡(組曲), 사포[27]와 파블로 네루다[28]의 시에 나타난 신의 메아리 같은 것들이 모두 진화의 트림에 지나지 않는다는 생각 때문에 정신이 다시 일깨워지고, 성스러운 미스터리의 이면에서 실재를 재확인하려는 여행을 갈망하게 된 것이다.

세계 도처의 신성한 곳들에서 심오한 진실을 찾으려는 욕망은, 대담

---

27) Sappho, BC 610~580. 고대 그리스의 서정시인.
28) Pablo Neruda, 1904~1973. 칠레의 시인, 극작가. 1971년 노벨 문학상 수상.

한 영혼을 지닌 사람들이 로마, 예루살렘, 메카, 아이어스 록,[29] 메디신 휠,[30] 글래스턴베리,[31] 크로프 패트릭,[32] 팅벨리르,[33] 마추 픽추,[34] 캔터베리,[35] 스트랫퍼드-어폰-에이번,[36] 월든 호수,[37] 그리고 세속적인 등 가물들인 아이오와에 있는 꿈의 구장이나 요크셔에 있는 브론테 자매[38] 생가 같은 곳들로 긴 여행을 떠나게 하는 원동력이다.

산티아고 데 콤포스텔라 순례의 권위자인 윌리엄 멜크저(William Melczer)에게는 고대의 여행길을 밟는 데서 오는 '더 깊은 성과'가 '갱생'과 '자기 정화'에 있었다. 『노랫길(The Songlines)』에서 부르스 채트윈은 이렇게 적고 있다. "중세에는 이슬람 순례자들이 그랬듯 순례를 함으로써 인간의 원초적 조건을 회복하게 된다는 생각이 있었다. 황무지를 지나 걷는 행위는 자신을 신에게로 돌리는 일이라고 생각되었다." 그 뒤를 이어 여행학자 빈프리트 뢰슈부르크는 이렇게 적고 있다. "중세 사람들에게 가장 중요한 여행은 순례였다. 수천 명의 성직자들과 평신도들,

---

29) 호주의 노던 테리터리 남서부에 있는 높이 335미터, 길이 3.6킬로미터, 폭 2킬로미터에 이르는 세계 최대의 단일 암괴.

30) 로키 산맥의 메디신 산에 있는 선사 유적지. 거친 돌로 축조되었고 반경 20미터의 바퀴가 28개의 바퀴살로 반경 3.5미터의 축에 연결되어 있다.

31) 영국 잉글랜드의 도시. 철기시대 후기의 주거 유적지와 세인트 메리 수도원의 유적이 유명하다.

32) 아일랜드의 마요 지방에 있는 산. 아일랜드의 수호성인인 성 패트릭이 방문한 것으로 알려져 매년 7월 마지막 일요일에 맨발로 산을 오르는 순례지가 되었다.

33) 아이슬란드 남서쪽에 있는 역사적 장소. 930년부터 1798년까지 의회의 연례 회합이 열렸다.

34) 페루 남부 쿠스코 지방에 있는 잉카의 대표적인 유적.

35) 영국 켄트 주의 도시. 영국 성공회 총본산인 캔터베리 대성당이 있다.

36) 영국 워윅셔 주의 도시로 셰익스피어의 출생지.

37) 헨리 데이비드 소로가, 숲속의 생활에서 이 호수가 하나의 상징으로서 깊고 순수하게 만들어져 있는 것을 감사한다고 격찬한 호수.

38) 영국의 소설가 자매. 샬롯(Charlotte Brontë, 1816~1855)과 에밀리(Emily Brontë, 1818~1848)로 각각 『제인 에어』와 『폭풍의 언덕』을 썼다.

영국 글래스턴베리 대성당의 유적은 찰릭 우물을 찾아가는 신성한 순례여행지이다. 전설에 따르면 이 장엄한 아치형 통로 밑에 아더 왕과 기느비예 부인이 묻혀 있다.

남자와 여자, 부자와 빈자들이 유럽 각국으로부터 예루살렘, 로마, 이탈리아 중부에 있는 로레토, 또는 스페인 북서부의 산티아고 데 콤포스텔라를 찾아갔다. 그것은 거대하고 끊임없는 이동이었다. 얼마 지나지 않아 곧 교회는, 유행병처럼 번지는 순례가 저지되어야 할 역병이라는 말을 하게 되었다. 순례는 흔히 회개를 하도록 벌로 부과되었지만 여행을 하려는 갈망, 모험과 전설적인 동방세계를 보려는 욕망의 충족 등을 숨기기 위한 핑계가 되는 일도 적지 않았다. 그러므로 어떤 면에서는 순례가 중세 관광여행의 한 형태였다."

우리는 평생 동안 한두 번은 순례를 떠나고자 하는 열망을 느끼게 마련이다. 그 숙명적인 문제에 대해 질문을 받자, 로렌스 반 데어 포스트[39)]는 부시맨의 예를 들어 그들이 어떤 식으로 사람의 두 가지 배고픔을 구분하는지 설명했다. 그 첫번째는 음식을 원하는 육체의 배고픔이고, 두번째로 보다 더 중요한 것은 의미를 원하는 정신의 배고픔이라는 것이다.

"의미가 모든 것을 변모시킨다." 반 데어 포스트는 생의 막바지에서 그렇게 결론지었다.

열망의 길

그대가 서 있다면 서 있어라. 그대가 앉아 있다면 앉아 있어라.
그러나 비틀거리지는 말아라. — 우몬[40)]

일본의 시코쿠 섬에는 여든여덟 곳의 성소를 순행하는 천 년에 걸친

---

39) Laurens van der Post, 1906~1996. 영국의 교육가, 역사가, 철학가, 탐험가.
40) Ummon. 선(禪)의 황금기였던 중국 청대의 선의 대가.

전통이 있는데, 올리버 스타틀러는 『일본 순례(Japanese Pilgrimage)』에서 이렇게 적고 있다. "다이시(大師), 즉 순례자로서 걷기 위해 오두막에서 내려온 구세주의 권위 있는 모습을 창조한 뒤 사람들에게 그의 발자취를 따르라고 권한 것은 당연한 일이었다. 처음에는 다이시가 휴식을 취한 오두막으로의 순례를 장려했다. 그리고 다음에는 다이시가 태어난 곳이자 젊은 수도승으로서 옳은 길을 찾기 위해 여러 번 왔으며 마침내는 해탈을 얻은 곳인 시코쿠 섬으로의 순례를 주창했다. 마침내는 섬을 한 바퀴 다 도는 순례를 고안해냈다."

이 간단한 설명이 순례의 발전 과정을 여실히 보여준다. 그러나 스타틀러의 책이 그처럼 대단한 힘을 갖게 된 것은 에머슨[41]이 '숨은 뜻'이라고 불렀던 것, 즉 우리 내면 세계의 삶 그 자체를 관통하여 우리를 이끄는 감정의 흐름을 밝혀냈기 때문이다. 스타틀러는 순례를 끝맺으면서 이렇게 말했다. "분명히 확신할 수 있는 것 한 가지는, 내가 열망하는 변화가 불완전하다는 것이다. 나는 내가 해탈에 조금이라도 더 가까워졌는지 알지 못한다. 또 내가 정말로 해탈을 얻으려고 하는지도 모른다. 그러나 나는 그 시도가 노력해볼 만한 가치가 있다는 것을 알고 있다." 그의 열망은 이야기의 시작이자 끝이고, 그의 여행을 뒤에서 밀고 앞에서 끌어준 힘이었다.

영국인 앤터니 버지스[42]는 18세기의 그랜드 투어를 향한 충동 가운데 한 가지를 설명하면서 대륙에 대한 동경이 '무언가 대담하고 색다른 일을 할 기회를 놓쳤을지도 모른다는 의심'에서 연유한다고 했다. 소설가 리처드 포드(Richard Ford)는 『독립기념일(Independence Day)』에서 중년의 위기를 맞은 한 부동산 중개인에 대해 '그의 삶이 심하게 빗나갔

---

41) Ralph Waldo Emerson, 1803~1882. 미국의 시인, 수필가.
42) Anthony Burgess, 1917~1993. 2차대전 당시 6년 동안 군복무를 하고 1959년까지 말레이시아와 브루나이에서 교육공무원으로 일하다가 영국으로 돌아가 전문작가가 되었다.

다'고 표현했다. 그의 가장 큰 소망은 아들을 데리고 미국 곳곳에 있는 명예의 전당들을 둘러본 다음 뉴욕의 쿠퍼즈타운에 있는 야구의 전당에서 여행을 끝내는 것이었다. 그 거창한 계획은 단지 휴가를 즐기는 것만이 아니라 자신의 삶을 치유하고, 가족들간의 거리를 좁히려는 것이었다. 포드는 이렇게 적고 있다. "폴과 나는 현세적인 것들에 대한 순례자적 느낌으로는 아주 잘 맞는다. 숭배심도 없고 경건한 마음도 없이 카메라를 둘러메고 여름옷을 걸친 아버지와 아들, 아버지와 딸들. 우리는 명예의 전당을 향해 확실하지만 왠지 모르게 곤혹스러운(마치 그렇게 하기가 조금은 부끄러운 것처럼) 길을 이리저리 돌아다니고 있다."

러시아계 미국인 작가인 조셉 브로드스키(Joseph Brodsky)는 17년 동안 해마다 그의 '지상낙원'인 베니스를 찾아갔다. 그가 몇 번씩이고 자기의 전문 분야를 떠나 여행에 나선 이유는, 수수께끼 같은 '아리아드네'[43]와 그녀의 '향기로운 실' 같은 향수(香水)를 통해 그 도시의 신비를 처음 알게 된 땅을 밟기 위해서였다. 그는 또한 '물과 땅, 빛과 어둠, 현재와 과거, 돌과 살, 욕망과 성취 사이의 관계'에 대해 쓴긴 명상록도 같이 가져가고 싶어했다.

브로드스키는 그의 책 『수위표(Watermarks)』에서 이렇게 쓰고 있다. "거듭 얘기하지만 물은 시간과 대등하고, 두 배나 더 많은 아름다움을 선사한다. (……) 물에 스침으로써 이 도시는 고풍스러운 모습을 더하고 미래를 아름답게 한다. 그것이 이 도시가 세상에 하고 있는 역할이다. 왜냐하면 우리가 움직이는 동안 그 도시는 정지해 있기 때문이다. 눈물이 그 증거이다. 우리는 가고 아름다움은 남기 때문이다. 우리는 미래를 향해 나아가지만 아름다움은 영원히 그 자리에 남는다."

브로드스키의 명상에서 나는 우리의 가장 깊은 갈망 가운데 하나, 신

---

43) 그리스 신화에 나오는 크레타의 왕 미노스의 딸로 아테네의 영웅 테세우스와 사랑에 빠진다.

성한 아름다움을 추구하려는 욕구에 대한 단순하지만 우아한 모델을 찾아낸다. 그가 마침내 베니스의 참된 아름다움을 찾아낼 수 있을 때까지 피상적인 아름다움 밑에 숨은 아름다움을 보려고 갈망했다는 사실에서 감동을 받지 않을 수 없다. 그러나 브로드스키가 추구하는 바를 너무 솔직하게, 아름다움이란 '평범한 것의 부산물'이라고 한 것은 잘못이다.

우리는 깊은 관찰을 통해서만, 세세한 항목들을 서서히 늘려나감으로서만, 진정한 것을 발견할 수 있다.

*

어느 한 곳을 제대로 보기 위해 17년이 걸렸다고 상상해보라. 한 장소를 그처럼 열심히 탐사하려고 갈망해본 적이 있었던가? 그곳이 지구를 반 바퀴 돌아서 가는 곳이건 또는 바로 이웃 동네에 있는 곳이건, 꿈에 그리던 곳에 숨어 있는 것을 찾아내려고 갈망해본 적이 있는가?

프라하 출생의 시인 라이너 마리아 릴케가 조각가 오귀스트 로댕의 비서였고, 그가 일시적으로 글쓰는 능력을 상실했었다는 사실을 떠올려 보자. 로댕은 릴케가 보는 것을 그만두었다는 것으로 생각했다. 그는 릴케에게 매일 파리 동물원으로 가서 한 동물을 열심히, 자기가 그 동물을 분명히 볼 수 있을 때까지 지켜보라고 했다. 그리고 릴케는 표범을 소재로 72편의 시를 쓴 뒤에야, 후에 화가 폴 세잔에게 말했던 것처럼, '갑자기 올바르게 보는 눈을 가지게 되었다'고 할 수 있었다.

여행에 반드시 필요한 일은 일상 생활의 무기력한 습관으로부터 벗어나는 것이다. 시간이 아무리 오래 걸리더라도 우리 주위의 세상을 다시 한번 더 참되게 보기 위해 그 습관에서 벗어나려고 해야 한다. 그것이 바로 알버트 아인슈타인이 지적한 것처럼, '상상력이 지식보다 더 중요한' 이유이며, 순례의 기술이 우리가 마음속 깊은 곳에서 바라는 여행을 떠날 준비가 되었을 때 어떻게 걷고 말하고 듣고 보고 쓰고 그리는지를 다시 상상하는 기술인 이유이다.

다음번 여행을 하나의 여정 이상의 것으로, 그보다는 차라리 '세세한 항목들을 서서히 늘려나가는 것'으로 보려고 해보자. 여행의 진실은 이상하고 생소한 말소리에, 있는지조차 알지 못했던 시장의 입맛 당기는 양념에, 우리의 갈망이 마침내 이루어져 몸이 떨리도록 기쁜 순간에 있는 것이다.

여행자의 등불

그대 자신의 등불이 되라. — 부처

여러 세기에 걸쳐 일본의 성인인 고보 대사를 기리기 위해 시코쿠 섬을 천천히 일주했던 신심 깊은 순례자들은 길가의 소박한 주막에 묵었다. 순례자들에게는 먹을 것과 잠잘 곳 외에도 등불이 하나씩 주어졌다. 산간 마을 주위의 길들은 매우 질척거리고 발이 푹푹 빠지기 일쑤였지만, 들고 다니는 등불 덕분에 순례자들은 따뜻한 주막을 향해 어둠을 뚫고 길을 밝힐 수 있었다.

나는 여러 해 동안 어둠을 밝혀주는 이 단순 소박한 이미지를 생각해 왔다. 등불은 내게 가장 정감이 가는 여행 기억들 가운데 하나이다. 북부 미시간에서 친구들과 함께 캠핑 여행을 할 때 폭풍우에 견디는 내풍(耐風) 램프를 주로 썼다. 내 친구이자 파리에 있는 셰익스피어 & 컴퍼니 서점(이 서점은 옛 수도원 부지에 있다)의 주인인 조지 휘트먼은 내게 램프의 불을 켜는 일은 몇 세기 동안 이어져 내려온 유서 깊은 전통인, '가장 별난 수도승'을 예방하는 일이라고 알려주면서 이렇게 말했다. "사람들은 빛을 갈망하는데, 그게 바로 내 서점에 있는 책들이 하는 역할입니다. 그 책들은 어두운 시기에 빛을 뿌렸지요. 그게 바로 서점이 하늘과 땅이 만나는 곳인 이유입니다."

　내 마음의 눈에 보이는 가장 아름다운 이미지는 필리핀 루손 섬 북부에 있는 사가다 마을의 외딴 여관에서 수녀들이 건네준 놋쇠 등불이다. 내가 그곳을 처음 찾아갔을 때에는 전기가 들어오지 않아서 밤 시간은 완전한 암흑이었다. 여관 안에서나 밖에서나 어디로 가려면 환하게 비추어주는 등불을 반드시 가져가야 했다. 나는 밤중에 등불 빛으로 어두운 계곡을 탐사해보고 싶다는, 지금 생각하면 오싹한 충동에 사로잡혔다. 내 손에 든 등불이 『아라비안 나이트』에 나오는 요술 램프라도 되는 것처럼 느껴졌다.

　여행자의 등불은 계몽적인 은유이기도 하다. 우리보다 먼저 그 길을 걸었던 여행자들의 지혜로부터 비추어지는 빛이기에.

*

　오래된 놋쇠 램프에 불을 붙인다고 상상해보자. 우리 앞쪽의 길로 빛을 던지는 등불을 눈앞에 그려보자. 우리는 과연 이작 디네센이 아프리카에 있는 집에서 그랬던 것처럼 '여기가 마땅히 내가 있어야 할 곳이다'라고 말할 수 있을까? 어딘가 다른 곳에 있고 싶은 갈망을 느끼는가?

　그 질문이 우리 주위의 세상을 밝히는 방식을 생각해보자. 의문은 영혼을 조율한다. 의문 뒤에는 탐사를 시작하려는 숨은 목적이 있다.

　샌프란시스코의 그레이스 성당 주임 사제인 앨런 존스가 했던 말을 떠올려보자. 그는 이렇게 적고 있다. "우리는 다른 사람들에게 손을 뻗칠 때가 되면 동경하는 것에 흥미를 잃고 상상력이 결여됩니다. 갈망에 이끌릴 필요가 있습니다. 갈망이 우리의 신비를 지켜주기 때문이지요."

　　우리의 갈망으로 어떤 신비가 지켜지고 있는지 자신에게 물어보자. 우리는 그것을 알아낼 시간이 있는가? 그 시간은 나타나는 것이 아니라 발견되는 것이다.

우리가 찾고 있는 것은, 찾아보려는 부름일 수도 있다

　　참을성 있게 찾으면 찾을 것이다. — 뮤즈[44]

　　오래된 여행 안내서나 먼 곳을 배경으로 한 소설을 읽는 일, 지구본을 돌리고 지도를 펴고 세계 각국의 음악을 듣고 민속 식당에서 식사를 하고, 벽에 수십 년 동안 이루어진 영혼의 대화가 간직된 카페에서 친구와 만나는 일 등을 생각해보자. 이 모든 일들은 피아노로 음계 연습을 하거나, 주사위 놀이를 하거나, 명상을 하는 것과 다르지 않게, 결코 끝나지 않는 여행 연습의 일부가 된다. 그런 행동들은 영혼으로부터 갈망을 불러내며 아직 계획하지 않은 여행에 대한 생각을 가다듬는 훈련이 된다.

　　그러나 가장 오래된 관행이 여전히 가장 좋다. 몸만이 아니라 정신으로도 산책을 해보자. 긴 산책, 짧은 산책, 아침 산책, 저녁 산책, 어떤 형태건 또는 시간이 얼마나 걸리건 상관없다. 산책은 마음을 비우는 가장 좋은 방법이다. 덴마크의 철학자 쇠렌 키에르케고르의 영감을 불러일으키는 말을 떠올려보라. 그는 이렇게 말했다. "무엇보다 걸으려는 욕망을 잃지 말자. 매일같이 나는 걸으면서 행복한 상태가 되고 걸음을 통해 모든

_____

44) 그리스 로마 신화에 나오는 시와 음악의 여신들.

68

질병으로부터 벗어난다. 나는 걷는 동안 가장 좋은 생각들을 떠올렸다."
마치 그의 발자취를 따르기라도 하는 것처럼 프리드리히 니체도 이렇게
말했다. "걷지 않고 떠오르는 생각은 절대로 믿지 말라."

과제 중의 과제

> 그대가 표현한 갈망은 답장이다. — 메블라나 루미

　칼 융은 중년의 위기에 대해 쓴 회고록에서 자신이 어떤 신화에 의존
해서 살았는지 자문해보았다. 그리고 참으로 끔찍하게도 그것이 무엇인
지 알지 못한다는 것을 깨달았다. "그래서 나는 그 신화를 찾아내는 일을
내 삶의 과제 중의 과제로 삼았다." 그는 아주 재미있는 방법으로 그 일을
해냈다. 어린 시절에 매혹되었던 일로 돌아가 모래성을 쌓은 것이었다.
자기의 근원, 진정한 놀이와 상상력을 최초로 발휘했던 일로 돌아감으로
써 자신의 삶을 재건하고 자신의 라이프 스토리가 된 패턴을 발견할 수
있다는 사실을 그는 직관적으로 알고 있었다.
　시인인 도널드 홀(Donald Hall)은 조각가 헨리 무어[45]를 만났을 때
대뜸 삶에 비결이 있다고 믿느냐고 물었다. 그런데 대답이 놀라웠다. 무
어는 조금도 망설이지 않고 이렇게 대답했다. "삶의 비결은 과제, 일생을
바쳐서 할 수 있는 일, 평생 동안 하루하루를 살아가면서 모든 열정과 모
든 시간을 다 바칠 만한 일을 갖는 것입니다. 가장 중요한 것은 당신이 할
수 없는 일이어야 한다는 것입니다."

---

45) Henry Moore, 1898~1986. 영국의 조각가.

*

그런 과제 뒤에 숨어 있는 용기를 상상해보자. 우리는 어떤 신성한 이야기에 의존해서 살고 있는가? 우리 자신을 위해 어떤 과제를 가지고 있는가? 우리는 자신의 라이프 스토리를 이야기하고 현재 우리 위치에서 과제를 완수할 수 있는가?

만일 그럴 자신이 없다면, 철학자 알프레드 노스 화이트헤드[46]의 '종교는 우리가 고독과 더불어 믿는 것이다' 라는 말을 떠올려보자.

그런 답답한 순간에는 마음 가는 곳이 우리가 정말로 갈망하는 방향을 알려줄 것이다. 우리는 신과 천재들, 영혼들, 성스러운 장소들에 대해 이야기하지만, 그것들은 단지 우리의 영혼이 접하기를 갈망하는 것 뒤에 숨은, 말로 표현할 수 없는 힘의 미스터리를 일컫는 이름일 뿐이다. 어떤 실제적인 철학도 그 충동을 설명할 수는 없다. 그것은 우리에게 갈망으로 바뀔 수도 있는 신비한 이면 세계로부터 오는 힘이다.

앨런 존스는 이렇게 묻는다. "그대의 방랑이 순례로 신성해질 시간인가? 그대에게는 임무가 있고 사람들이 그대를 필요로 한다. 아무 데로도 이르지 못하는 길은 포기해야 한다. (……) 그것은 열정의 회복에 여념 없는 기쁨에 찬 순례자들을 위한 길이다."

그러나 과연 우리의 의무가 무엇인지 알 수 있을까? 누구에게나 적용되는 유일한 대답은 없지만 『우파니샤드(Upanishad)』[47]의 "그대는 깊고 열정적인 소망 그 자체이다"라는 말이 의미하는 바가 도움이 된다는 것은 지난 4000년 동안에 걸쳐 증명되었다.

---

46) Alfred North Whitehead, 1861∼1947. 영국의 수학자, 철학자. 버틀런드 러셀과 함께 『수학 원리』를 저술했다.
47) 고대 인도의 철학서.

70

여행에서건, 예술에서건, 종교에서건, 시에서건, 경험과 신성함의 근원은 비슷하다. 왜냐하면 옥타비오 파스[48]가 기술했듯이, "그것은 같은 근원으로부터 나오기 때문이다. 그 근원은 소망이다. 깊은 소망은 무엇보다도 우리의 겉모습이 되어야 한다." 이것은 다른 말로 운명과의 씨름이라고도 알려져 있다.

결말과 축복

필요한 것은 위대한 내면적 고독이다. 내면에서 진행되는 것은 사랑할 가치가 있다.
— 라이너 마리아 릴케

내면적인 추구에 대해서 워커 퍼시[49]는 이렇게 기술했다. "자신의 삶이라는 평범한 일상에 빠져 있지 않다면 누구나 내면적인 것을 추구하려고 한다. 추구의 가능성을 알게 된다는 것은 곧 어떤 일에 뛰어든다는 뜻이다. 어떤 일에 뛰어들지 않는 것은 실망에 빠지는 것이다."

이 기적 소리 같은 산문에서 나는 탐구자적인 영혼의 서글픈 면을 본다. 우리에게로 몰려오는 푸른 파도, 가슴이 뭉클해지는 느낌은 우리가 막다른 골목에 이르렀다는 신호이다. 어떻게 하면 그것에 적절히 대처할 수 있을까? 그 첫 단계는 서글픈 느낌을 깊은 곳까지 따라가야 할 힘으로 보는 것이다.

갈망이 공동사회 전체에서 오는 경우도 있다. 1849년의 골드 러시 때 광부들이 지었던 샌프란시스코의 노스비치 인근에 있는 성 프란체스코

---

48) Octavio Paz, 1914~1998. 멕시코의 시인, 비평가, 외교관. 1990년 노벨 문학상 수상.
49) Walker Percy, 1916~1990. 산업과 기술로 변모된 미국 남부를 소재로 글을 쓴 소설가.

교회가 4년 동안 폐쇄되었다가 1988년 2월 다시 열렸다. 대주교는 어떻게 그 시간이 돌아오리라고 확신하고 있었을까? 스티븐 그로스 신부의 말에 따르면 그 교회를 순례자들의 성소로 재건하겠다는 생각이 든 것은 열화같은 요구 때문이었다고 했다. "유럽에서 온 사람들은 교회를 찾아와 우리에게 물었습니다. '미국인들에게는 성소가 없습니까? 그 사람들은 순례를 하지 않습니까?' 우리는 많은 사람들이 자기네들의 여행에서, 그리고 심지어는 매일같이 드리는 예배에서 더 많은 것을 원한다는 사실을 알았습니다. 세상 사람들은 치유력이 있는 어떤 곳으로 인도해줄 수 있는 의식을 갈망하는 것 같았습니다. 즉효약은 없었지만 순례의 목적지에서 제공할 수 있는 평화는 있습니다. 그리고 우리는 다만 기도를 할 뿐입니다."

동물들과 평화의 수호 성인인 프란체스코의 유해를 드러내는 의식을 보게 되었을 때 기분이 어땠느냐는 질문에, 스티븐 신부는 분명히 동요되는 것 같았다. "나는 지금도 그 순간을 생각하면 콧날이 시큰해집니다. 프란체스코회 수도사로서 나는 성 프란체스코가 자신의 삶과 관계된 중요한 어떤 것을 얼마나 갈망했는지 생각합니다. 그가 마침내 그것을 찾아냈을 때 그는 지난 수백 년 동안 다른 사람에게 줄 선물도 찾아냈습니다. 다른 사람들이 빛 속으로 들어올 수 있게 해줄 기회를 찾아낸 것이지요. 그래서 여기 이 새로운 성소에서 우리는 프란체스코 성인이 지녔던 평화의 정신이 구현되기를 바랍니다. 평화를 갈망하는 모든 사람들에게 이곳이 순례의 목적지가 되기를 바라는 것이지요."

환경론자인 존 보튼에게는 순례에 대한 갈망이 전통적인 종교 유적지가 아니라 그보다 더 근본적인 것, 즉 그에게 자신의 불가해한 가족사에 대해서 대답해줄 수 있는 장소였다. 그의 갈망은 그저 지나쳐가는 흥밋거리가 아니라 자신의 뿌리를 명확히 밝히려는 깊은 갈망이었다. 그는 자기의 조상들이 어디로부터 왔고 신대륙에서 살아가기 위해 어떤 일을 견뎠으며, 또 그들의 삶이 자기에게 어떤 영향을 미쳤는지 모른다는 생각을 떨칠 수 없었고 그래서 스스로 만족할 수 있을 만큼 질문에 답하기 전에는 자신의 삶이 조금도 더 앞으로 나갈 수 없다고 확신했다. 당시의 상황을 그는 이렇게 설명한다.

"'연속성'이 마음속에 떠오른 단어였습니다. 내 여동생들과 내가 과연 누구이냐 하는 그 모든 단편적인 이미지들은 가족사에 대한 서로 상반된 이야기들과 우리가 만났던 친척들의 말에 근거한 것이었는데, 그 의문점을 풀려는 절박한 요구는 우리가 누구이며 어떤 사람이기를 바라느냐와 일치했습니다. 우리의 인식과 가치관에 근거해서 말이지요. 우리는 아주 어렸을 적부터 우리가 삶과 '조화를 이루지 못한다'고 느꼈습니다. 그래서 가족사에 대해 알아보는 일이 우리의 본질로부터 희망과 꿈과 고통, 그리고 과거에 다른 사람들이 쓴 것들을 가려내는 데 도움이 될 거라고 생각했던 겁니다. 그 덕분에 우리가 누구인지를 분명히 알 수 있었고 미래에 대해 반응을 하기보다는 선택을 할 수 있었지요."

신화학자 조셉 캠벨(Joseph Campbell)은 『신화의 이미지(The Mythic Image)』에서 '현세적인 세상의 벽과 법칙들이 해체되어 인류만큼이나 오래된 경이를 드러내는 신성한 장소의 개념'에 대해 말하고 있다. 그러한 장소, 즉 신성한 사원, 성스러운 암석구(巖石邱), 또는 신성한 지식의 보관소에 대한 믿음은 순례자의 영혼에 희망을 불러일으키고 그런 것들과의 만남은 순례자의 정신을 변모하게 한다. 기대감이 영혼을 휘젓고 믿음의 도약을 요구하며 갈림길에서 기쁨을 일깨운다. 순례여행이 그런 영혼을 지닌 사람들에게 받아들여진다면 그것은 움직이는 시, 의미로 이르는 점점 더 넓어지는 길이 된다.

"외딴 항구에 오래 정박해 있던 배는 우리에게 집이라는 환상을 준다. (……) 바다로 나가자!" 브라질 대주교 헬더 카마라(Helder Camara)는 이렇게 적고 있다. "어떤 대가를 치르더라도 우리 배의 여행하는 정신과 우리 자신의 순례자적인 영혼을 지켜야 한다."

프랑스의 시인 쥘 쉬페르비엘(Jule Supervielle)은 세상이 뜻밖의 가능성으로 색달라지는 이 나른한 순간을 기술하면서 그의 시 『부름(The Call)』에서 이렇게 쓰고 있다.

그리고 바로 그때 깊은 잠 속에서 누군가 내게 속삭였다.
"너만이 그 일을 할 수 있어. 지금 당장 와."

II
부름

The Calling

그럼에도 야훼께서 말씀하시되, 좋은 길이 어디인지,
오래 전 옛날에 너희가 늘 걷던 경건한 길이
어디인지 물어보고 그 길을 가라.
그러면 너희 영혼이 평안을 얻으리라.
—예레미야서 6장 16절

오래 전 옛날, 지금은 폴란드 땅이 된 중세 크라코브 마을에 예켈의 아들이자 가난하지만 독실한 늙은 율법학자 에이시크가 살고 있었다. 어느 날 밤 그는 현몽(現夢)으로 부름을 받았는데, 그 꿈에서 이르기를 여러 날 동안 부지런히 여행을 해서 프라하로 가라고 했다. 그러면 왕궁으로 이르는 커다란 다리 밑에서 가난한 삶을 바꾸어줄 금 덩어리를 찾게 되리라는 것이었다.

에이시크는 처음엔 그 꿈을 믿지 않고 무시해버렸다. 그러나 다음날에도 또 그 다음날에도 똑같은 꿈을 꾸게 되자, 그 부름을 진지하게 받아들여 여행을 떠나는 것이 좋겠다는 결정을 내렸다.

며칠 뒤 프라하에 도착한 그는 그 다리를 찾아갔지만 병사들이 지키고 있어 어떻게 해야 좋을지 난감해졌다. 당장 다리 밑을 파서 자기의 보물을 찾을 수 없게 된 율법학자는 낭패감으로 하릴없이 그 근처를 서성거렸다. 처량함을 더하는 비가 추적추적 내리기 시작했다. 그가 강둑을 따

체코의 프라하를 지나 흐르는 블타바 강의 찰스 다리 근처에 떠 있는 나룻배들.

라 오르락내리락 배회하고 있을 때 경비대장이 그를 붙잡아 세우더니 무엇을 잃어버렸느냐고 물었다. 율법학자는 아니라고, 하지만 자기는 어떤 것을 찾기 위해 먼길을 왔다고 대답했다. 그리고 다음에는 다리 밑에 숨겨져 있는 황금덩이와 관련된 꿈 이야기를 털어놓았다.

"황금!" 경비대장이 불쑥 내뱉고 나서 터져나오는 웃음을 참지 못하다가 허황된 꿈을 믿은 율법학자를 타일렀다. "분별 있는 사람이라면 누가 그런 꿈을 믿습니까? 사실 나도 바로 며칠 전에 황당한 꿈을 꾸었는데, 그 꿈에서 어떤 목소리가 이러더군요. 크라코브까지 먼 여행을 해서 예켈의 아들인 율법학자 에이시크를 찾아가라고 말입니다. 그 목소리가 나한테 이르는 말이, 그 율법학자의 집 난로 뒤쪽으로 우묵하게 들어간 곳에서 황금 보물을 찾게 될 거랍디다."

경비대장은 믿어지지 않는다는 투로 고개를 설레설레 저으면서 율법학자 그처럼 쉽게 속아서는 안 된다는 말을 남기고 자기 자리로 돌아갔다. 율법학자 에이시크는 서둘러 집으로 돌아갔고, 집에 들어서자마자 난로 뒤쪽을 뒤져 가난을 끝내고 삶을 바꾸어줄 황금 보물을 찾아냈다.

마틴 부버[1]가 『하시딤 이야기(Tales of Hasidim)』에서 다시 찾아낸 이 이야기는 가장 극단적인 역설을 분명하게 보여준다. 만일 보물 ― 우리 삶의 진실 ― 이 그처럼 가까이 있다면, 일어나서 눈 비비고 손만 뻗치면 닿을 곳에 있는 것을 찾아내기가 왜 그렇게 어려운 것일까? 어째서 그처럼 먼 곳으로 여행을 하기 위해 시간과 돈을 낭비하고 목숨까지 거는 것일까? 위대한 힌두교 학자 하인리히 침머(Heinrich Zimmer)는 이 이야기에서 인간 존재의 중심적인 딜레마 가운데 하나가 포함된 비유를 발견하고 다음과 같이 고찰한다.

"그러므로 진정한 보물은, 우리의 불행과 시련을 끝내줄 보물은, 결

---

1) Martin Buber, 1878~1965. 독일계 유대인 종교철학자, 성서 번역자.

코 먼 곳에 있지 않다. 그것을 멀리 떨어진 곳에서 찾으려고 해서는 절대로 안 된다. 왜냐하면 그 보물은 자신의 집에서 가장 은밀한 구석, 다시 말해서 자신의 본성에 숨겨져 있기 때문이다. 그것은, 만일 찾아내는 방법을 알기만 한다면, 우리에게 생명과 온기를 주고 우리의 삶을 지배하는 중심인 난로 뒤, 우리 가정의 중심에 존재한다. 하지만 그렇더라도 이상하고 변함 없는 사실이 있다. 멀리 떨어진 지역, 이상한 땅, 새로운 나라로 여행을 한 뒤에야 우리가 추구하는 바를 깨우쳐주는 내면의 목소리의 의미가 밝혀질 수 있다는 것이다. 또 그 이상하고 변함 없는 사실과 더불어, 그것은 우리에게 신비한 내면적인 여행의 의미를 밝혀주는 사람은 이방인, 즉 다른 믿음을 가진 다른 종족 사람이라는 것도 기억해야 한다."

미국의 오페라 가수 캐시 데버가 터키 에베소에 있는 대극장에서 전 세계적으로 유명한 음향시설을 시험하고 있다. 에베소는 헤로도투스가 글을 썼던 곳이자 성 베드로가 설교를 했고 성모 마리아가 세상을 뜬 곳으로, 그곳의 아르테미스 신전은 고대 세계의 경이였다.

침머가 언급한 '이상하고 변함 없는 사실'은 순례여행이 지닌 신비하게 끌어당기는 힘의 핵심이다. 모든 대답은 내면에 있지만, 쉽게 잊어버리는 경향이 있어서 때로는 기억을 일깨우기 위해 먼 나라로 모험 여행을 떠나야 할 필요가 있다. 특히 우리의 직관적인 자아가 닫히고 선험적인 것을 비추는 빛이 꺼졌을 때 그러하다.

저명한 종교학자인 엘리아데[2]는 다음과 같이 적었다.

"정신의 고풍스러운 이미지

는 우리의 몸 한가운데에 숨겨진 보물에 비유된다."

　　우리들 자신과 세상을 깊이 들여다보려는 억누를 수 없는 욕망은 힌두교도들이 디아나(dyana)라고 하는, '순수한 정관(靜觀)'을 일깨운다. 그 욕망은 또한 우리가 고대의 폐허에 마음이 끌리는 본질적인 이유이기도 하다. 로마 원형경기장의 무너져내린 돌들, 바빌론의 토루(土壘), 트로이의 성벽, 또는 오하이오에 있는 구불구불한 구렁이 무덤[3] 같은 것들을 둘러보는 일이 많은 여행자들에게는 오랜 세월을 견디다 못해 마멸된 문화나 시대의 정신을 들여다보는 것과 같다. 응축된 상상력 덕분에 없어진 원주들이 다시 세워지고, 건물들의 지붕이 복원되고, 도시와 문명 전체의 지나간 영광이 투영되는 것이다.

　　개인이건 문화건, 여러 가지 방식으로 그 정신을 잃을 수 있고 또 실제로 잃기도 한다. 매우 위험스럽게도 우리는 황금이 바로 앞에 있다는 것, 숨겨진 문이 있다는 것, 삶에 비밀스러운 방이 있다는 것을 잊고 살아간다. 신성함이 저항을 물리치고 세상에 빛을 던지는 무수히 많은 방법들을 보여줄 수 있는 것은 신화, 동화, 우화, 그리고 감동적인 여행기의 이면에 숨은 힘 덕분이다. 그리고 순례는 우리가 그 신성한 힘과 개별적으로 접할 수 있다고 약속한다.

　　많은 순례여행은 율법학자 에이시크의 경우처럼 꿈의 부름으로 시작된다. 어떤 꿈은 밤에 찾아오고 또 어떤 꿈은 낮에 찾아온다. 내가 아는 한 노부부는 친구들을 따라 세계 일주 항해에 나서는 대신 평생 동안 모은 돈을 그들이 꿈꾸어온 여행 — 비아 돌로로사[4]를 따라 걷기 위해, 즉 그리스도의 발자취를 따르기 위해 예루살렘을 찾아가는 일 — 에 쓰기로

---

2) Mircea Eliade, 1907~1986. 루마니아 출신의 종교역사학자, 문학가.
3) 기원전 2세기경에 아메리카 원주민들이 쌓은 길이 409미터, 높이 1~2미터의 토성 비슷한 건축물.
4) 예수가 십자가를 지고 골고다 언덕으로 갈 때 지나갔다는 길.

하고 자녀들에게 이렇게 말했다. "우리가 어리석었다. 지금이 바로 우리의 믿음을 새롭게 할 시간인 것 같구나."

윌리엄 진세(William Zinsser)는 그의 저서인 『미국의 성소들(American Places)』에서 미국을 재발견하라는 부름을 받고 어떻게 느꼈는지 설명한다. 그가 순례여행길에서 들었던 가장 감동적인 이야기 가운데 하나는 미주리 주의 한니발에 있는 마크 트웨인 생가에서 안내원이 해준 이야기였는데, 그녀의 말에 따르면 아르헨티나의 맹인 작가 호르헤 루이스 보르헤스가 미국을 방문했을 때 마크 트웨인의 생가를 찾아보는 것으로 평생의 꿈을 실현했다고 한다. 그는 빅 머디(Big Muddy) — 미시시피 — 강가로 자기를 이끌어달라고 부탁한 다음, 무릎을 꿇고 앉아 넘실거리는 강물에 손을 담그고 "이제 내 순례는 완성되었소"라고 했다는 것이다.

또다른 부름도 있다. 한때는 잘 되어가던 일이 여의치 못해질 때 오는 부름이다. 때로는 사람들에게 충격이 필요하고 또 때로는 경종을 울리는 부름도 필요하다. 그럴 때 깨어나라는 부름이 찾아온다. 직장에서 해고되었거나 자식이 집을 뛰쳐나갔거나 몸에 질병이 닥쳤을 때, 고대인들은 그것을 '영혼의 감소'라고 불렀다. 오늘날에는 그런 것을 의미의 감소 또는 살아가는 목적의 감소라고 할 수 있을 것이다. 제럴드 맨리 홉킨스[5]가 '활기와 기쁨'이라고 불렀던 것으로 채워져야 할 곳에 공허가 대신 들어서서 마음은 차가워지고 삶은 활력을 잃는다. 우리가 이루어놓은 일도 아무 의미가 없는 것처럼 보인다.

톨스토이가 그의 『참회록(Confessions)』에서 썼던 것처럼, "앞에는 폐허뿐이다." 우리는 길도 없는 빽빽한 숲속에 갇힌 것처럼 보인다. 그렇다면 우리는 어떻게 해야 할까?

---

5) Gerald Manley Hopkins, 1844~1899. 영국의 시인, 예수회 목사.

전 세계에 두루 퍼져 있는 수많은 신화, 전설, 시, 이야기 들로 우리는 부름이 찾아오는 때가 바로 그처럼 암울한 순간이라는 것을 알 수 있다. 그 부름은 여러 가지 형태 — 참을 수 없는 욕망, 열정, 뜻밖의 제의, 벨이 울리는 소리, 영감, 아이디어, 목소리, 우리를 위해 씌어진 것 같은 책 속의 말 — 로, 또는 노크 소리로 찾아온다.

노크 소리

진실이 문을 두드리면 우리는 이렇게 말한다. "저리 가. 나는 진실을 찾고 있어." 그러면 진실은 당황해서 가버린다. — 로버트 퍼지히[6]

밀턴 루고프(Milton Rugoff)는 자신의 훌륭한 저서 『위대한 여행자들(The Great Travelers)』에서 "엄청나게 다양한 동기가 여행자들을 부추긴다"고 적고 있다.

러시아의 소설가 보리스 파스테르냐크(Boris Pasternak)는 "삶이라는 문에서 노크 소리가 들릴 때, 그 소리는 가슴이 뛰는 소리보다 크지 않아서 놓치기 쉽다"고 했다. 또 마태복음 7장 7절에서는 다음과 같은 구절을 찾아볼 수 있다. "구하라, 그러면 얻을 것이다. 찾으라, 그러면 찾을 것이다. 두드리라, 그러면 열릴 것이다."

노크 소리가 들리는 순간은 강렬하고 무르익은 시간이며, 그리스 신화에서는 카이로스 신으로 의인화되었다. 그리스인들은 그 신을 날개 달린 발에 권장(權杖)을 쥐고 면도날 위에 올라앉아 왼손을 운명의 저울에

---

6) Robert Pirsig, 1928~ . 미국의 작가, 철학가, 선 연구가.

타이의 수코타이에 있는 수도원의 탑에서 젊은 승려가 청동 종을 치고 있다.

서 몇 인치쯤 떨어뜨리고 있는 모습으로 그렸다. 그 신은 또한 기회, 행운, 동시성으로도 상징되어 있는데, 그것은 또다른 종류의 문을 두드리는 소리다. 그 신을 부르는 주문은 '재빨리 신을 잡아라' 라는 것이었다. 신화에 따르면 기회는 순식간에 지나가버리는 일이 많고, 행운은 여간해서 같은 길로 다시 지나가지 않으며, 같은 순간에는 절대로 다시 오지 않기 때문이다.

조각가 막스 에른스트 (Max Ernst)에게는 그 부름이 돌 속으로부터 '우리 자신의 미스터리인 신비한 문자' 를 읽어내라는 말로 들렸다. 시인인 게리 스나이더(Gary Snyder)는 영감이 떠오르는 순간이 너무도 빨리 지나가버리기 때문에 항상 준비가 되어 있어야 하며 바로 그것이 자기가 언제나 조그만 공책과 펜을 지니고 다니는 이유라고 했다. 조셉 콘래드[7]의 소설 『암흑의 중심(Heart of Darkness)』에서 주인공인 말로를 부추기고 그의 정신에 운명을 새겨넣은 것은 어린 시절부터 품었던 환상이었다.

나는 몇 시간씩 남아메리카, 아프리카 또는 호주를 들여다보며 탑

---

7) Joseph Conrad, 1857~1924. 폴란드 태생의 영국 소설가.

험의 영광에 넋을 잃곤 했다. 그 당시에는 지구상에 텅 빈 공간들이 많이 있었는데, 지도에서 특히 마음 끌리는 곳이 보이면(하지만 그 모든 곳에 똑같이 마음이 끌렸다) 나는 그 위에 손가락을 대고 이런 말을 하곤 했다. 내가 어른이 되면 여기로 가볼 테야.

13세기의 이슬람교 신비주의자 메블라나 루미에게는 부름의 근원이 아주 지척에 있었다. "나는 이치를 알고 싶어 문을 두드리며 광기 어린 소리를 중얼거리고 살아왔다. 문이 열린다. 나는 안에서부터 문을 두드리고 있었다."

타이를 여행하는 동안 나는 매일 아침마다, 아니 하루중 어느 때에나 마을의 사원들에서 들려오는 아름다운 종소리에 감동을 받았다. 종이 울리는 소리가 들릴 때마다 수도사들과 수행중인 불교 신자들은 무슨 일을 하고 있건 — 자전거를 타고 있건 논을 갈고 있건 — 간에, 잠시 하던 일을 멈추고 숨을 깊이 들이쉬어 마음을 가다듬은 뒤, 가던 길을 가거나 하던 일을 계속했다. 또 터키의 카파도시아 지방에 있는 작은 마을에서는 기도 시간을 알리는 목쉰 듯한 외침 소리에 매료되기도 했다. 광탑(光塔)에 매달린 지글거리는 스피커에서 하루에 다섯 번씩 기도 시간을 알리는 소리가 계곡을 가로질러 퍼져나가 남자와 여자들을 회교 사원으로 불러모았다. 그리고 다음에는 몇 시간 동안 마을을 소생시키는 것 같은 정적이 찾아들었다. 토머스 무어[8]는 『명상록(Meditations)』에서 그가 수도원에 있었을 때 매일같이 마음을 다스려준 삼종(三鐘) 기도 소리의 힘을 아름답게 묘사한다.

문을 두드리는 소리가 들리면 우리는 지금까지 잊고 있었던 것, 이제 우리를 부르고 있는 것에 주의를 기울여야 한다. 세상이 우리에게 소리쳐

---

8) Thomas Moore, 1779~1852. 아일랜드의 시인, 풍자가.

외치지 않는 날, 전조와 소리로 신호를 보내지 않는 날은 단 하루도 없다. 열심히 귀기울여 듣는 일은 거의 사라진, 그러나 되살릴 수 있는 기법이다. 정신은 귀기울여 들음으로써 성장한다.

우연히 들은 말이 삶을 바꾸어주는 것은 오랜 진리이다.

*

스페인의 시인 안토니오 마차도가 그랬던 것처럼 '맑게 갠 날 불어오는 바람이 어떻게 우리를 부르는지' 상상해보자. 지난날 우리가 어떻게 부름을 받았고 우리의 삶에서 가장 소중한 것들로 이끌렸는지 생각해보자. 우리는 현재 하고 있는 일을 어떻게 찾아냈는가? 또 우리가 살고 있는 도시며 영혼의 반려자는? 그 가운데 얼마나 많은 부분이 의도적이거나 순전한 의지의 힘이었는가? 또 얼마나 많은 부분이 우연이나 육감, 혹은 우발적인 사건이나 행운 덕이었는가?

우리의 은밀한 마음이 갈망하는 성스러운 여행에 대한 부름은 기대를 하거나 논리적인 방법을 동원해서는 찾아오지 않을 것이다. 무언가가 우리를 부르려 한다는 생각이 떠오르면 매일 몇 분씩 고요히 명상에 잠기는 연습을 해보자. 마음을 조용히 가다듬으면 그때부터 들리기 시작하는 소리에 놀라게 될 것이다. 그런 부름에 귀를 여는 또 한 가지 방법은 고독을 배우는 일이다. 릴케가 어느 젊은 시인에게 했던 말을 떠올려보라. "꼭 필요한 것은 결국 고독, 위대한 내면적 고독뿐일세…… 마음속 가장 깊은 곳에서 이는 생각이야말로 모든 사랑을 다 바칠 만한 거니까. 자네는 어떻게든 그 소리에 계속 귀기울여야 하고, 사람들에 대한 자네의 태도를 명확히 하는 데 너무 많은 시간과 용기를 허비해서는 안 되네."

지금 현재 우리의 삶에서 무엇이 어리석은지 스스로 물어보자. 그런 다음 '귀머거리'가 된다는 것이 무슨 뜻인지 상기해보자. 만일 귀기울여 듣기를 그만두었다면 처음에는 좋아하는 것으로, 그 다음에는 하기 어려운 것으로 다시 시작해보자.

무언가가 우리에게 다가오려고 하고 있다 — 어떤 목소리, 어떤 운명이.

부름

> 대부분의 사람들은 한밤중에 기적을 울리는 기차에 타고 싶은 환상을 품고 있다.
> ─ 윌리 넬슨[9]

1970년에서 1974년까지 나는 낮에는 디트로이트 대학에서 공부를 하고 밤에는 철강공장에서 일을 했다. 대학교에서 장학금을 받고는 있었지만 바로 얼마 전에 이혼으로 갈가리 찢긴 내 가족을 부양해야 했기 때문이다. 첫 해에는 주당 20시간에서 25시간 정도만 일을 하면 되었으므로 그럭저럭 견딜 만했다. 그러나 4학년이 되었을 때는 야간 교대조로 주당 60시간 이상씩 일을 해야 했다.

그 한 해 동안 내내 나는 운명에 대항해 싸웠다. 내가 우상으로 여기고 있던 『디트로이트 프리 프레스』의 조 폴스 기자로부터 꿈에 그리던 스포츠 부문 견습기자 일자리를 제의받은 것도 그때였다.

하지만 그 매혹적인 미래상에도 불구하고 나는 학교와 공장을 오가는 생활로부터 곧장 전문적인 직업에 뛰어든다면 갈망과 분노로 속이 끓어오르리라는 것을 알고 있었다.

대학 졸업을 여섯 달쯤 앞두고 있었을 때 전직 특공대원이었던 작업

---

9) Willie Nelson, 1933~ . 미국의 작사가, 기타리스트, 컨트리 가수.

감독 밥 쉬네켄버거가 글을 쓰겠다는 꿈은 포기하지 말아야겠지만 또 그렇다고 디트로이트에만 머물러서도 안 된다고 나를 부추기기 시작했다. 할 수 있을 때 밖으로 나가서 세상을 둘러보아야 한다는 것이었다. 잠깐씩 쉬는 틈이 날 때마다 그는, 거대한 프레스 기계가 자동차 도시에서 굴러갈 차들에 들어가는 강철 너트들을 찍어내는 요란한 굉음 너머로, 교토의 바위 정원이며 싱가포르의 술집, 필리핀의 논, 파리의 카페 같은 것들에 대한 이야기를 늘어놓았다.

디트로이트에서 그 마지막 한 해를 보내는 동안 나는 이른 아침마다 출근카드에 시간을 찍고 퇴근하기 전에 ― 나 자신이 인간이라기보다는 주위에 있는 거대한 기계의 일부라고 느끼면서 ― 매직펜을 꺼내 사물함 안쪽에 내가 졸업을 하고 공장 생활을 청산한 뒤에 가려고 계획한 곳들의 지명을 커다랗게 휘갈기곤 했다.

파리, 프라하, 더블린, 모스크바, 로마, 코펜하겐, 라인 강, 뮌헨, 옥토버페스트, 카이로, 카르나크, 사이공, 벨기에, 런던, 스톤헨지, 팜플로나, 리우데자네이루, 북극권, 세븐 해, 부다페스트, 바르샤바, 에든버러, 예루살렘, 아테네, 방콕, 싱가포르, 마드리드, 도쿄

내 꿈은 대부분의 동료 공장 노동자들에게서 조롱 섞인 말을 들을 만큼 터무니없이 유치하고 낭만적인 것이었지만, 나는 기름때에 절고 삐걱거리는 사물함을 열 때마다 바깥 세상의 부름, 내가 살고 있는 죽음의 땅으로부터 벗어나 미래를 향해 나아가라는 부름을 느꼈다. 그때부터 세상을 나에게로 불러들이고 나 자신의 모험을 불러내는 연습이 내게서 항상 떠나지 않는 습관처럼 몸에 뱄던 것이다. 나는 우리를 무아경으로 끌어들이는 이름들의 힘을 맹목적으로 믿으면서 몇 번씩이고 그 주제에 관해 열광적인 랩소디를 연출했고, 그후로 어떤 것의 이름을 부르는 일은 곧 그

것에 영혼을 불어넣는 일임을 알게 되었다.

　프랑스 청년 르네 카예[10]에게는 그 부름이 단 한마디의 말, 즉 팀벅
투(Timbuktu)였다. 소년 시절 부르군디의 어느 마을에서 그 이름을 듣는
순간 그의 영혼에 운명이 새겨졌고, 그때부터 카예의 인생 목표는 북부
아프리카 사막의 전설적인 금단(禁斷) 도시를 처음 찾아가는 서구인이
되겠다는 것으로 정해졌다. 그로부터 20년이 지난 1865년, 사막에 사는
종족들의 언어를 배우고 코란을 암기하고 아랍 상인들과 베두인 족 사람
들의 제스처를 배운 뒤, 카예는 사람들의 눈에 띄지 않게 팀벅투로 잠입
했다.
　젊은 프랑스 여성 이자벨 에버하르트(Isabelle Eberhardt)에게는 그
부름이 북부 아프리카를 가로지른 익명의 여행자들이 쓴 글을 읽은 데서
왔다. 그 여행기들이 그녀에게 남은 삶을 전통적인 유럽 사회의 속박으로
부터 멀리 떨어져 살도록 영감을 주었던 것이다. 그녀와 동시대의 작가인
비비안 웨인(Viviane Wayne)에게는 그 부름이 자기 어머니가 어린 소녀
시절 증기욕(蒸氣浴)을 할 때 입는 옷을 입고 찍은, 백 년 전의 빛 바랜 사
진으로부터 왔다. 웨인은 이스탄불에 잠시 머물고 있었을 때 먼 친척으로
부터 그 사진을 건네받았는데, 그 놀라운 이미지가 그녀로 하여금 『터키
탕으로의 감각적 순례(Sensual Pilgrimage to a Turkish Bath)』라는 글을
쓰도록 했던 것이다.
　부름은 언제나 우리에게 숨겨진 삶을 불러낸다.

---

10) Rene Caillie, 1799~1838. 중앙 아프리카를 통해 팀벅투를 여행하고 살아서 돌아온 최초
의 유럽인.

신성한 부름

궁극적인 질문들에 대한 개별적인 대답, 그것이 우리가 찾고 있는 것이다.

— 알렉산더 엘리엇

　"고대의 모든 순례는 주체성을 찬양했을 뿐 아니라 그 주체성을 특정한 장소와 연결시켜 찬양하기도 했다." 사이먼 콜맨(Simon Colman)과 존 엘스너(John Elsner)는 그들의 공저인 『순례(Pilgrimage)』에서 그렇게 말하고 있다. 그레이트 파나테나에(Great Panathenaea)는 성직자와 속인들이 한데 어울려 아크로폴리스에서 파르테논 신전까지 굽이쳐 올라간 고대의 행진이었다. 그 신전에서 그들은 황금과 상아로 된 아테나[11] 신상 앞에 새 옷을 바쳤다. 만일 어떤 구경꾼이 다른 시간에 도착할 경우, 그들이 사원으로 올라갔다 내려오는 일은, "일종의 대리 순례, 즉 다른 시간에 하기로 예정된 신성한 행사에서 다른 사람의 몸이 되어 대신 치르는 순례가 되었다"고 두 사람은 쓰고 있다.

　올림픽 경기는 기원전 1776년 제우스신을 기리기 위해 그리스의 올림피아에서 시작되었다. 지중해 전역으로부터 수천 명의 사람들이 그 경기에 참가하거나 또는 피티안 경기, 이스트미안 경기, 네메안 경기, 델포이 경기 같은 다른 장소에서 벌어진 다른 행사에 참가했는데, 경기가 벌어지는 동안에는 일시적인 휴전으로 안전 통행이 보장되었다. 순례여행의 다른 신성

미국의 엔지니어이자 화가인 스티브 슈로프(Steve Shrope)는 그리스의 장려한 건축물, 그중에서도 특히 아테네의 파르테논 신전을 보기 위해 순례여행을 함으로써 평생의 꿈을 이루었다.

한 중심지로는 포키아, 도도나 그리고 리비아의 아몬 등이 있었다.

남자와 여자들이 똑같이 초자연적인 치료나 신탁으로 해결책을 얻으라는 부름, 또는 그들의 도시에서 동료 시민들과의 결속을 과시할 필요에 이끌려 그런 곳들을 찾아갔다.

호주의 원주민들 사이에서는 '숲속의 떠돌이 생활' 이라고 알려진 이상한 일이 벌어진다. 미개척의 오지로 멀리까지 걸어 들어가 조상들의 땅을 찾아가라는 부름은 단 한 순간의 예고로 올 수 있는데, 그러면 시드니의 고층빌딩 건축 공사장의 비계 발판에서건, 다윈의 어느 주유소에서건, 또는 어느 가난한 오두막집에서건 남자와 여자들이 벌떡벌떡 일어나 점심 도시락이 담긴 양동이와 수표책과 아이들을 놓아두고 걷기 시작한다는 것이다. 부르스 채트윈은 그 현상을 이렇게 설명하고 있다. "마치 최면에 걸린 것처럼 그들은 호주 전역을 굽이굽이 도는, 눈에 보이지 않는 길이라는 성스러운 땅을 걷는다. 그것이 유럽인들에게는 '꿈의 행적' 또는 '노랫길' 로 알려져 있고 원주민들에게는 '조상들의 발자국' 또는 '법칙의 길' 이라고 알려져 있다."

방랑 충동의 가장 위대한 기록자들 가운데 한 사람인 채트윈은 다음과 같이 적고 있다.

나는 전 세계의 대륙과 시대를 가로질러 뻗어 있는 노랫길을 볼 수 있다. 인간은 밟고 지나간 곳 어디에나 노래의 자취를 남겼고 우리는 이따금씩 그 메아리를 들을 수 있다. 그 자취는 시공 속에서 아프리카 사바나의 작은 고립지역으로 거슬러올라가야 한다. 최초의 인간이 자기를 둘러싼 두려움에 대항하여 입을 열고 세상을 여는 노래의 첫 절 '내가 있다' 를 외쳤던 곳으로.

---

11) 그리스 신화에 나오는 전쟁의 여신.

코만치 족[12] 사람들에게는 환상을 찾기 위한 부름이 청소년 시절에 찾아온다. 위대한 추장이었던 콰나 파커의 증손자인 빈센트 파커는 1988년 내게 자기의 증조할아버지가 일깨워진 순간에 대해서 이야기해주었다. "그분은 자신을 위해서가 아니라 당신의 종족을 위해서 스테이크드 플레인즈[13]로 나갔지요. 독수리의 부름을 들었고 그렇게 해서 나가게 된 겁니다. 그분은 어떤 질문도 하지 않았어요. 자기의 종족에게 치료가 필요하다는 것을 알았고, 그래서 나간 것이지요. 그리고 거기서 나흘 낮 나흘 밤 동안을 앉아 있었는데 넷째 날 밤에 하얀 들소의 환영이 그분을 찾아와서 코만치 족 인디언에게는 약간 특별한 것, 앞으로 다가올 죽음의 시기를 견뎌내도록 도와줄 어떤 것이 필요하다고 했다는 겁니다. 콰나 증조부님이 다음 코만치 달(10월)에 멕시코로 내려가서 페요테[14]를 좀 구해야 한다는 걸 알게 된 것은 바로 그때였지요. 그분의 부족이 땅을 잃고 종교를 잃고 언어마저 잃은 뒤에도 환상을 가질 수 있도록 말입니다."

언덕으로부터의 부름

삶이 견딜 수 없이 힘겨워지면 십자가 언덕으로 가라.

— 리투아니아의 작가, 달리아 스트리아가테(Dalia Striagate)

1996년 가을, NBA에서 활약한 첫번째 유럽인이자 3회에 걸쳐 올림

---

12) 북아메리카 대평원 남부에 살던 아메리칸 인디언 종족.
13) 미국의 텍사스 주와 뉴멕시코 주 경계선에 펼쳐져 있는 고원 지대의 평야.
14) peyote. 환각제로 쓰이는 멕시코 산 선인장.

픽에서 메달을 획득한 리투아니아인 친구, 사루나스 마르시울리오니스 (Sarunas Marciulionis)가 자신의 조국으로 나를 초대했다. 나는 '우리나라의 영혼을 당신과 함께 나누고 싶다'는 그의 소망에 깊은 감동을 받았고, 그 말이 마음에 꼭 들었다. 그 초대는 내가 세상과 책과 영화, 심지어는 우정에 대한 믿음마저 잃어가고 있을 때 받은 것이었다.

어느 날 밤늦게 사루나스가 묵고 있던 빌니우스의 호텔 바에서 우리는 그가 자기 나라의 '정신적 양식'—음악, 시 그리고 국가대표 농구팀—이라고 한 것에 대해 토론했다. "하지만 당신이 정말로 우리나라를 알고 싶다면 십자가 언덕을 보아야 합니다. 바로 거기에서 당신은 루마니아 국민들의 정신이 드러나는 것을 발견하게 될 겁니다. 1991년에는 어떤 남자가 거의 백 킬로나 되는 십자가를 지고 유럽을 가로질렀지요. 그 십자가를 거기에 놓기 위해 말입니다. 그 사람은 루마니아 문화를 지키기 위해 무언가를 해야 한다는 목소리를 들었다고 하더군요." 그는 보드카를 마시면서 말했다.

그날 밤 나는 그곳의 이상한 역사에 대해 읽었고 다음날 아침 일찍 빌니우스로부터 차를 몰아 인간의 손이 닿지 않은 유럽의 마지막 소나무숲을 거쳐 아직도 당나귀들이 건초 마차를 끄는 중세풍의 마을을 지났다. 우리는 이 세상에서 가장 이상한 성소들 가운데 한 곳인 크리치우 칼나스 (Crysziu Kalnas), 즉 십자가들의 숲, 기도하는 사람들의 언덕, 루마니아의 골고다, 십자가들의 언덕으로 가는 길이었다.

우리가 그곳에 도착했을 때는 임시 가설 주차장에 몇 대의 승용차와 스쿨버스 한 대, 그리고 서너 대의 낡아빠진 관광버스들이 서 있었다. 버스에서 수십 명의 순례자들이 밀고 밀리며 내리더니 30미터쯤 되는 언덕을 올라가기 시작했다. 그 성스러운 땅에는 수천 수만 개의 십자가들이 꽂혀 있었다. 나는 그 언덕이 황량하리만큼 단조로운 벌판에 이례적으로 솟아 있는 600여 곳의 언덕 가운데 하나라는 구절을 읽은 적이 있었다. 옛 리

리투아니아의 국민적 순례지인 십자가 언
덕에 있는 십자가 숲이 늦은 저녁 하늘을
배경으로 실루엣을 이루고 있다.

한 순례자가 기도문을 암송하면서 리투아니아 국민들에게 자유 그 자체의 상징이 된 성스러운
땅에 직접 만든 십자가를 바치고 있다.

보니아[15]의 연대기에 따르면 수세기 전 거기에 성이 세워졌다고 하지만, 전해오는 이야기와 그 언덕이 지닌 힘의 원천은 1850년으로까지 거슬러 올라갈 뿐이다—스웨덴과의 싸움에서 승리를 거둔 장소로서. 그후로 애국자들과 참된 믿음을 지닌 사람들이 갖가지 크기와 재질로 된 십자가들과 선물들을 그 신성한 땅에 꽂기 위해 길고 긴 순례여행을 계속해왔다.

날씨는 잔뜩 흐렸고 음산하기까지 했다. 나는 엷은 안개 속에서 사루나스의 친구와 함께 서 있었다. 우리가 언덕 쪽으로 다가가는 동안 그가 조용히 성호를 그었다. 언덕은 십자가들의 벌집, 뒤엉킨 십자가들의 숲, 사람들이 만들어놓은 언덕이었다. 나무와 쇠, 플라스틱, 청동으로 만들어진 십자가들이 비에 젖어 번들거리고 바람에 흔들려 부딪히는 소리를 냈다. 고뇌에 빠진 그리스도를 공들여 조각한 예술작품들이 있는가 하면, 신속한 헌신의 표시로 아무렇게나 대강 만들어 십자가 언덕에 던져진 것도 있었다. 아무 장식도 없거나, 사진이나 그림, 성모 마리아 상이나 처형된 그리스도 상으로 장식된 십자가들이 무더기로 쌓이고 던져지고 걸쳐지고 다발을 이루어 한데 모여 있었다. 어떤 십자가들에는 날조된 죄목 때문에 시베리아로 유형당한 가족들의 모습이 들어 있었고, 어떤 십자가들은 나치 점령 기간에 사망한 리투아니아인 사진들의 무게로 슬퍼하고 있었다. 그 십자가들은 리투아니아 각지에서 온 순례자들, 하느님에게 용서를 구하거나 최근의 축복에 감사하기 위해 성의를 표하고 봉헌물을 남기라는 마음속 깊은 곳의 외침을 들은 사람들이 어깨에 메고 날라온 것이었다. 그러나 대부분의 십자가들은 리투아니아 사람들의 자유에 대한 억누를 수 없는 소망을 용감하게 선언하려는 것이었다.

언덕 꼭대기에서 나는 그 지역의 작가가 쓴 놀라운 글을 보았다. "우리는 십자가들에 눈길을 모은다. 고통은 이승의 삶에서 없어서는 안 될

---

15) 라트비아 및 에스토니아의 옛 이름.

부분이다. 그것은 우리의 삶에 참된 의미를 더해준다. 괴로울 때는 십자가를 세우라."

　1917년에서 1985년까지 구(舊)소련인들은 자기네들의 눈에 비친 '무지와 광신'을 경멸하고 몇 번씩 그 언덕을 불도저로 밀어버렸다. 그러나 불도저도, 추방하겠다는 위협도 '순례자들, 애국자들 그리고 경건한 사람들'이 한밤중에 다시 돌아와 처음부터 다시 시작하는 것을 막지는 못했다. 특히, 점령에 대한 끊임없는 정신적 저항의 일환으로 손수 새긴 실물 크기의 십자가들을 리투아니아의 비아 도롤로사를 따라 나르는 사람들에 대해서는 더욱 그러했다. 최근에 한 순례자가 말했듯이 그곳은 "작은 언덕에 자리잡은, 우리의 잔인하면서도 영광스러운 역사 — 반란, 전쟁, 혁명, 점령 — 를 떠올리게 하는 아주 생생한 유물"인 것이다.

　언덕 꼭대기에서 나는 그 성스러운 곳으로 기도를 하러 걸어왔거나 자전거를 타고, 또는 버스를 타고 온 수십 명의 농부들을 보았다. 작은 언덕 주위의 들판으로 뻗어나간 성지의 한 끝이 막 긴 잠에서 깨어난 용의 꼬리처럼 길게 뻗쳐 있었다. 세계 도처에 있는 순례 성지들의 이상한 매력이 그 작은 언덕에 밀집되어 있었다. 혼돈은 그곳의 매력이었고 조잡한 십자가들은 그곳의 영혼이었다.

　마침내는 귀찮은 사람들이 이겼다. 고르바초프는 마침내 "저 사람들이 자기네들의 언덕을 갖도록 놓아두시오"라고 조용히 선언하면서 1985년에 구소련의 긴 불도저 캠페인을 포기했다. 그로부터 2년 뒤 용기를 얻은 빌니우스의 학생들이 리투아니아의 독립을 위한 시위를 벌이기 시작했고 그 함성은 전 세계로 퍼져나갔다.

　그날 밤 늦게 내가 빌니우스로 돌아오자, 사루나스는 그 언덕의 상징적인 힘을 이렇게 요약했다. "그 언덕이 거기에 있음을 아는 것만으로도 독립을 위한 투쟁이 훨씬 쉬워졌어요."

운명의 부름

가장 긴 여행은 자신의 운명을 선택한 사람의 내면으로 향하는 여행이다.

　　　　　　　　　　　　　　　　　　　　　　　　—다그 함마르셸[16]

　　1970년에 에릭 로튼이라는 한 젊은 미국인 변호사가 전 세계로 배낭 여행을 하고 있었다. 그는 여행을 떠난 지 3년째 되는 해에 파리에 도착해서 어려운 결정에 직면했다. 며칠 뒤 로스앤젤레스로 돌아가 법률을 다루는 업무에 복귀할 예정이었지만, 많은 모험을 거친 뒤라서 상반된 감정이 생겨났던 것이다. 그는 자기도 모르게 생각에 잠겨서 라틴 구역 주위를 배회하다가 마침내는 퐁데자르[17]를 건너 예술세계의 강력한 성채 — 루브르 궁전 — 로 들어갔다. 그리고 여러 시간 동안 혼잡한 전시관들을 이리저리 돌아다니며 소란스러운 군중들 때문에 빛을 잃은 대가들의 작품을 훑어보았다.

　　마침내 그는 자기도 모르는 사이에 — 나는 그도 이 표현에 동의할 것으로 생각한다 — 렘브란트의 그림 〈철학자(The Philosopher)〉 앞에 서 있었다. 고령의 남자가 깊은 생각에 잠긴 채 창가에 앉아 있고, 돌로 된 벽에는 계단이 감아 내려오는, 그리고 노파가 난롯불을 다독이고 있는 그림이었다. 세 시간 뒤에도 그는, 명암이 배분된 그 그림, 황금빛과 그림자 그리고 독일 대가의 천재성이 하나로 합쳐진 미스터리의 요술 같은 합치에 넋을 잃은 채 거기에 그대로 서 있었다. 그날 오후에, 어느 면에서는 지

---

16) Dag Hammarskjöld, 1905~1961. 스웨덴의 경제학자, 외교가. UN의 위상을 높이는 데 기여했으며 사후인 1961년에 노벨 평화상을 수상했다.

17) Pont des Artes. 예술의 다리.

금까지도 로튼을 미혹해서 그의 삶을 바꾼 목소리를 들었던 것이다. 그 목소리는 그에게 다른 부름, 예술을 향한 부름을 따르라고 일렀다. 그에게는 그것이 단 한 가지 의미 즉, 사진이었다.

본국으로 돌아오자 그는 3년 동안의 여행에서 찍은 사진들을 한데 모아 그것으로 새로운 삶을 시작했다. 그리고 지구상에서 가장 신성한 곳들로 순례를 계속할 것이며, 그런 곳에서 발견한 것들의 이미지를 표현하겠다고 결심했다.

그와는 대조적으로 그림자를 잡는 사진작가 안셀 애덤스(Ansel Adams)는 자기의 카메라가 기계와 정신의 결합이라고 믿고 그의 자서전에 자기의 운명을 구체화한 어느 오후에 대해 적었다. 그는 결혼을 했고, 20대였고, 아직 어머니, 이모와 함께 살고 있었다. 그러던 어느 날 그가 두 가지 큰 열정 — 사진과 피아노 — 사이에서 결정을 내려야 할 때가 왔다. 그의 아내 버지니아는 그가 참된 부름이라고 믿는 것이면 무엇이든 뒷받침해주겠다고 했지만, 그의 어머니는 몹시 걱정을 하며 애원했다. "피아노를 포기하지 말아라. 카메라는 인간의 영혼을 표현할 수 없어."

애덤스는 잠시 뜸을 들였다가 바로 그 순간에 떠오른 말로 자신 있게 대답했다. "어쩌면 카메라는 할 수 없겠지만 사진은 할 수 있습니다."

브렌다 나이트(Brenda Knight)는 초서를 연구하는 학자이자 1980년대 후반 뉴욕에서 샌프란시스코로 이주한 작가이다. 샌프란시스코로 오자 마자 그녀는 시티 라이츠 서점으로 꼭 해야만 하는 문학 순례를 했다. 그 방문이 비트 제너레이션[18] 시인들에 대한 그녀의 열정에 불을 붙였다. 어느 날 밤 그녀는 타로 카드[19]로 점을 쳤고 점괘는 순례자의 카드인 풀(Fool)이 나왔다. 그녀는 다시 길을 떠나 그 점괘의 실마리를 따라

---

18) Beat Generation. 1950년대 후반부터 60년대 초에 걸쳐 뉴욕의 그리니치 빌리지와 샌프란시스코의 노스비치에 등장한 일군의 작가들.

19) 표면에 동물, 식물, 사람 등의 형상이 그려져 주로 점을 치는 데 사용되는 서양 카드.

서 뉴욕으로 돌아가야 한다고 느꼈다. "나는 지류의 근원으로 돌아가는 순례를 하도록 부름을 받은 느낌이었어요." 그녀는 당시의 상황을 그렇게 표현한다. "비트 제너레이션을 위해 그 모든 것이 시작된 곳으로요. 직접 가지 않고서 달리 어떻게 그 사람들에 대해서 알 수 있겠어요?"

1986년에 시인 제프 포니워즈(Jeff Poniewaz)와 앤틀러(Antler)가 위스콘신 주의 밀워키에 있는 집으로 돌아가기 전에 샌프란시스코의 시티 라이츠 서점을 방문했다.

뉴욕에서 그녀는 앨런 긴즈버그[20]가 늘 드나들던 곳인 세다 태번과 폴록,[21] 코르소,[22] 재닌 포미 베가,[23] 케루악 같은 사람들이 출입했던 곳들을 찾아나섰다. "긴즈버그의 아파트에서 그 집 문을 보았는데, 마치 치명적인 상처를 입은 어떤 생물이 난입하려고 했던 것처럼 쇠시리에 커다랗게 긁힌 자국이 있더군요. 집 안에서는 절망의 분위기가 풍겼지만, 어쩐 일인지 내가 그런 분위기와 신비한 관계를 맺게 된 듯한 느낌이 들었어요. 나는 특히 케루악에 대해서 탐사를 계속했죠. 그 사람이 바로 그래야 할 사람이었으니까요. 나는 우리를 한데 끌어모으는 어떤 운명이 있다고 믿었어요. 그의 발자취를 따라 그리니치 빌리지를 가로질러 걷는 것

---

20) Allen Ginsberg, 1926~1998. 미국의 시인. 그가 1956년에 발표한 서사시 『울부짖음(Howl)』는 비트 문학의 가장 중요한 작품으로 평가받는다.
21) Jackson Pollock, 1912~1956. 미국의 화가. 추상적 표현주의를 주도했고, 특히 액션 페인팅(Action Painting)으로 유명해졌다.
22) Gregory Nunzio Corso. 1950년대 중반 비트 문학 운동을 주도했던 미국의 시인.
23) Janine Pommy-Vega. 비트 문학 운동을 이끌었던 시인.

은 성스러운 중에서도 가장 성스러운 곳으로 가는 것 같더군요 — 위대한 문학의 근원지를 찾아갈 수 있다면 교회에도 갈 필요가 없어요."

그녀가 선구자적인 책, 『비트 제너레이션의 여성들(Women of the Beat Generation)』을 쓰는 데 순례여행이 어떤 영향을 미쳤는지 물어보았다. 그녀는 이렇게 대답했다. "상황이 좋지 않을 때 이렇게 생각했었어요. '만일 케루악이 그 일을 할 수 있었다면 나도 할 수 있어'라고요. 어떤 작가의 독창성이라는 비밀을 이해하는 데 그가 걸었던 길로 들어서는 것보다 더 좋은 방법이 뭐겠어요?"

마야 문명을 연구하는 학자이자 고고학 여행 안내자인 미셸 귈랭(Michael Guillen)에게는 그 부름이 소년 시절에 왔지만, 그는 자기가 그 부름을 따른 지 몇 년 뒤에야 그 사실을 깨닫게 되었다며 이렇게 회상한

과테말라 고지대에서 온 마야 여인이 멕시코 유카탄 반도의 치첸 이트자에 있는, 달팽이 모양을 한 고대의 천문 관측소 엘 카라콜을 바라보며 오후 시간을 보내고 있다.

다. "아이였을 적에 나는 나뭇가지들을 꺾곤 했어요. 그 잔가지들로 조그만 나무 인형을 만들곤 했지요. 최근에 마야의 신인 맥시몬을 찾아 과테말라의 산중으로 순례여행을 했는데 여러 신을 섬기는 과테말라 고지대 사람들의 신이 나뭇가지들로 만들어져 있더군요. 불현듯 그게 내가 어린 시절에 만들었던 것과 똑같은 모양이라는 걸 알아차렸어요. 그것이 내가 어린 시절의 기억들을 좋아하는 이유지요. 그 기억들은 우리에게 내가 누구이며 정신적으로 성장하면 어떤 사람이 될 것인지를 알려주니까요. 또 다른 계시가 찾아온 것은 최근에 우리가 멕시코를 여행하던 중에 한 동료 여행자가 이런 말을 했을 때였어요. 나는 사원으로 이르는 진흙길에다 나선들을 남기기 때문에 내가 어디에 있었는지 그가 늘 알 수 있다는 말이었죠. 그 사람 말이 옳았어요. 나는 그 나선들을 보고 그것들이 시계 반대 방향이라는 것을 깨달았는데, 나중에 그것들이 영혼을 향한 노력의 지도라는 것을 알게 되었지요."

조앤 말러(Joan Marler)는 무용가이자 신화학자이다. 그녀는 신성한 여행을 떠나라는 부름을 마음으로만 아니라 육체로도 느끼는 갈망의 일부라고 여긴다. 그 들뜬 기분이 그녀로 하여금 아일랜드와 몰타,[24] 리투아니아, 러시아를 거쳐 전 세계를 두루 돌아다니는 정신적 탐험을 떠나도록 부추겼고, 거기에서 그녀는 고대 세계의 에너지가 되살아나는, 그리고 다음에는 그녀 자신이 더 활기에 넘치는 기운을 느꼈다.

"많은 여성들에게는 신성한 여행을 떠나는 것이 이승에서 신성한 것과 다시 접한다는 뜻이지요. 내가 느끼기엔 그게 우리 시대에 와서 유행하기 시작한 것 같아요. 처음에는 개인적인 들뜬 기분, 자기가 현재 있는 곳에 있지 않은 것 같다는 느낌이 들고 다음에는 사물을 현란한 겉모습

---

24) 지중해 중앙부에 있는 세 개의 섬으로 이루어진 독립 공화국.

아래로 더 깊게 느끼고 싶다는 욕구, 가능한 한 다른 어떤 곳에 있고 싶다는 갈망이 찾아오죠.

나에게는 그것이 마치 책에 실린 그림이나 단편적인 시, 또는 어떤 식으로든 내 마음속에서 열망을 일으키는 이야기들(특히 신화들)의 형태로 '손에 넣은 이야기' 같았어요. 어떤 목소리가 이렇게 말하거든요. '아, 어쩌면 저기에 내 꿈을 실현할 가능성이 있어.'"

1990년에 조 비튼(Jo Beaten)은 창조적인 정신을 소모시키는 일을 하고 있었다. 그녀는 어느 출판사에서 맡긴 일을 위해 읽고 있던 신화들의 이미지를 꿈꾸기 시작했고, 행동을 취하기로 마음먹었다. 그리고 다음에는 어머니와 이모를 찾아가 같이 지중해로 여행을 가자고 설득했다. 그들이 함께 떠날 준비를 하는 데 도움이 되도록 여신들의 유적지에 관한 책을 보내주기까지 하면서.

"가능성에 대해 꿈꾸는 것은 가슴 벅찬 일이죠." 그녀는 이렇게 회상한다. "거기에 한때는 세상이 평온했던 시기, 위대한 여신들이 숭배를 받고 남자와 여자가 평화로운 동반관계를 유지하며 이끌어갔던, 전쟁을 피하고 자연을 사랑하는 모계사회가 있었다는 사실을 알게 된 것은 힘이 솟는 일이었어요. 그런 연구와 꿈 덕분에 나는 고대 문명의 몇몇 유적지들로 아주 개인적인 순례를 떠나게 되었던 거죠. 지금으로부터 6천년 전, 가장(家長) 없이 생존 가능한 세계가 그 자체의 복잡하고 활기에 넘치는 신화, 상징 그리고 의식과 함께 수천 년 동안 존재했다는 믿음이, 저 유명한 고고학자 마리자 김부타스[25]가 '구유럽'이라고 했던 것의 유산으로부터 어떤 것을 끌어모아 그것을 지금 현재 20세기 후반의 '현대적인 삶'에서 내 생활에 적용시킬 수 있다는 지극히 개인적인 희망을 주었던 거예

---

25) Marija Gimbutas, 1921~1994. 리투아니아 태생의 미국 고고학자. 20세기 최고의 고고학자 가운데 하나라고 평가된다.

요. 우리 어머니와 이모, 나 세 사람은 비행기와 기차, 배와 버스로 여행을 했어요. 우선 먼저 진실과 조망과 앞으로 계속 마음에 품고 다닐 어떤 영감을 찾아서 크레타로, 그리스의 그 뚝 떨어진 섬에 있는 크노소스 왕의 미궁, 미노아 여신의 유적지로요."

*

우리가 마지막으로 믿음을 상실했던 때가 언제였는지 생각해보자. 자신에 대해, 가족에 대해, 신에 대해, 국가에 대해, 그리고 사랑과 예술, 아니 심지어는 믿음 그 자체에 대한 믿음을 상실했던 때가 언제였는지. 물론 믿음은 야누스의 얼굴처럼 양면성을 지니고 있다. 말하자면 한 면은 맹목적이어서 아무런 의문도 품지 않고, 다른 면은 우리의 삶에서 펼쳐지는 것을 믿으며 멀리 그리고 깊이 보는 것이다. 진정한 것일 수도 있고 그렇지 않은 것일 수도 있는 목소리를 믿기 위해서는 용기가 필요하다. 그 점을 염두에 둔다면 무엇이, 또는 어느 곳이 최근에 우리를 불렀을까? 영혼의 루르드? 마음속의 축복 받은 땅? 제인 오스틴이 어디에서 살았으며, 단테가 어디에서 처음 베아트리체를 만났는지 알고 싶은 호기심을 가지고 있는가?

작가 그레그 르브와(Greg Levoy)가 그의 책 『부름(Callings)』에서 밝혔듯이, 호기심을 품는 것에 '치료 효과' 가 있다는 말에 대해서 생각해보자. 호기심은 아마도 해롭지 않은 것, 스릴을 느끼게 하는 것이며 가만히 생각해보면 그 이유를 알 수 있을 것이다. 우리의 호기심은 지금 우리를 어디로 이끌고 있는가? 크레타의 해안에서 춤추기를 열망케 하는 〈그리스인 조르바〉 같은 영화를 보거나, 또는 읽고 난 뒤 몇 달 동안이나 아프리카의 이미지들이 떠나지 않는 로렌스 반 데어 포스트의 『오지로의 모험(Venture to the Interior)』 같은 책을 읽어본 적이 있는가? 이따금씩 태평양의 섬들처럼 떠오르는 반 데어 포스트의 놀라운 글에서 어떤 '숨겨진 회상'이, 숨겨져 있던 서글픈 근원을 드러내는가?

그런 부름에 귀를 기울이도록 해준 광범위한 여행 덕분에 나는 운명이 얼마나 이상한 곳에서 다가오는지 확인할 수 있었다. 몇 년 전 부다페스트의 한 실내 카페에서 어느 헝가리 여자가 테이블 맞은 편에서 내게로 몸을 기울이더니 내가 미국 사람이냐고 물었다. 나는 고개를 끄덕였다. 그녀는 자기가 막 캘리포니아에서 돌아온 참이라고 속삭인 뒤 감상에 젖어 말을 멈췄다가 가장 마음에 들었던 곳은 마리오 사비오(Mario Savio)가 1960년대에 자유언론 운동을 시작했던 캘리포니아 버클리 대학의 스프롤 강당 계단이라고 털어놓았다.

"나는 여기 동유럽에서 기자로 일하고 있어요." 그녀가 좀더 차분해진 목소리로 설명했다. "미국으로 갈 기회가 생겼을 때 나는 디즈니랜드나 유니버설 스튜디오 같은 곳으로는 가지 않겠다고 말하며 내가 속해 있던 여행단을 떠났죠. 사람들이 전쟁을 중단시킨 곳을 보아야 했으니까요."

신성한 것은 우리가 있으리라고 상상도 하지 못했던 통로를 통해 쏟아져 들어오고, 마침내 우리는 신성한 것을 목격하기 위해 긴 여행을 한 사람들의 목소리로 그런 통로에 대해서 듣는다.

전 세계의 낯선 사람들로부터 그런 이야기를 들을 때면 나는 에머슨을 떠올린다. 그가 이야기와 대화를 얼마나 좋아했던가를, 또 언젠가 단 한 번의 즐거운 대화를 나누기 위해 눈보라를 헤치고 100마일이라도 걸어가겠다고 했던 말을. 그는 부름을 듣고 그 부름에 대답한 사람이었다.

"우리의 삶은 우리를 밖으로 끌어내어 우리 자신을 정의하도록 도와주는 부름들의 선율로 짜여 있다." 데이비드 스팽글러[26]는 그의 책 『부름(The Call)』에서 그렇게 썼다.

---

26) David Spangler, 1945~ . 미국의 작가, 철학자.

우리는 과연 우리의 태피스트리가 떠오르는 것을 보고, 우리의 노래를 들을 수 있는가?

*

배리 기포드[27]의 얘기대로 이 세상의 중심부는 황량하고 꼭대기는 신비롭다면, 분명히 꼭대기를 찾아가는 순례여행이 있을 것이다. 예를 들어보자. 1990년에 루마니아 태생의 시인이자 사회풍자가, 국영 라디오 방송의 시사 해설자인 안드레이 코드레스큐(Andrei Codrescu)는 한 TV 프로듀서에게서 전화를 받았다. 전화를 건 남자는 그에게 플로리다에 있는, 이상하게 사람들을 끄는 길을 소재로 한 영화를 한 편 만들어달라고 부탁했다. 코드레스큐는 흥미가 당겼지만 한 가지 문제가 있었다. 운전을 할 줄 몰랐던 것이다. 방송국에서는 그에게 운전을 배우고 싶냐고 물었다.

"내가 운전을 배우고 싶었느냐고?" 그는 정말로 재미있는 자신의 책, 『길거리의 학자(Road Scholar)』에서 비유적으로 묻고 있다. "물고기가 날고 싶어할까? 어린아이가 어른이 되고 싶어할까? 코끼리가 백조가 되고 싶어할까? 그것은 원하느냐 않느냐의 문제였을까, 아니면 그보다는 종을 뛰어넘는 불가능한 꿈, 마술적인 변모 같은 것이었을까?"

마침내 코드레스큐는 운전을 배운 뒤 떠들썩하고 유쾌한 다큐멘터리 영화 제작에 착수했다. 영화는 68년형 진빨간색 캐딜락 컨버터블을 몰아 미국 전역을 가로지르는 그의 여행을 다룬 것이었다. 하지만 그는 외국인들이 존재하지도 않는 환상적인 미국을 찾는다고 생각하고 가장 이상한 면면만을 찾아다니기 시작했다. 그러다 비록 라디오에서 울려나오

27) Barry Gifford, 1946~ . 미국의 작가. 잭 케루악의 친구와 동료들에게서 들은 이야기로 『구술(口述)전기』를 편집했다.

는 "갖가지 정열적이고 감상적인 노래에도 뭔가 대단하고 두려운 것"이 있다고 예견하긴 했지만, 그는 또한 어떤 기회도 보았다.

"나 자신을 한 번 더 바꾸고 다시 시작할 기회가 있었다." 그는 이렇게 쓰고 있다. "나는 다시 태어나고 싶었고, 그것을 실행에 옮겼다. 그것은 나의 열정이자 전문기술, 장기이기도 했다. 이름과 거주지와 생김새와 견해를 바꾸는 것…… 그것은 끝없는 즐거움이었다. 미국은 그럴 수 있도록 마련된 곳이며, 유럽에서는 불가능해진, 자신의 이미지를 투영하는 거대한 무대였다."

코드레스큐에게는 자기 앞에 놓인 길이 미국의 이단적 순례자들인 알 카포네[28]와 헨리 밀러,[29] 잭 케루악, 허클베리 핀 같은 사람들을 암시했다. 길이 더이상 존재하지 않는다는 회의를 품고 때로는 위험한 지식의 백과사전 같다고 느끼면서도 그는 평생에 걸친 자신의 꿈을 실현하기 시작했다.

탑

세상은 여행자들의 주막이다. ─아프가니스탄 속담

릴케가 고대의 탑을 돌았듯이, 나는 고대의 사상 주위를 '돌고 또 돌고' 있다. 그가 '매(鷹)나 폭풍, 또는 위대한 노래' 가 아니었을까 생각하면서. 예이츠[30]가 갤웨이 외곽에 있는 탑 주위를 돌았듯이, 나는 이리저

---

28) Al Capone, 1899~1947. 미국의 유명한 마피아 두목.
29) Henry Miller, 1891~1980. 미국의 소설가. 『북회귀선』 등의 작품을 발표했다.
30) William Butler Yeats, 1865~1939. 아일랜드의 시인, 극작가.

리 돌아다니고 있다. 그 탑의 중심이 앞으로도 계속 지탱할까 궁금해하면서. 나는 우리 조상들의 땅인 남프랑스에 있는 미셸 드 몽테뉴의 탑을 응시하고 있다. 그 미친 천재의 정신적 편력에 대해 궁금해하면서.

우리로 하여금 어떤 대가를 치르고라도 각자의 마음속에 있는 다른 세상의 중심축, 우주의 중심, 우리가 믿는 모든 것의 근원으로 옮아가라는 부름에 이끌리도록 하는 충동이나 생각은 무엇일까? 이것은 내가 교회 게시판에 붙여진 루르드, 파티마,[31] 과달루

이라크 사마라의 9세기에 건립된 회교사원 첨탑. 나선형으로 올라가는 경사도에 신을 향한 순례자들의 여행이 상징적으로 표현되어 있다.

페[32]로의 여행 벽보를 보았던 어린 시절 이후로 떠나지 않은 의문이었다. 내 궁금증은 학교에 들어가 수녀들로부터 제대로 된 순례를 완수함으로써 참회를 할 수 있고 정신적 가치도 얻을 수 있다는 이야기를 듣게 되자 두 배로 더 커졌다. 어린아이답게 나는 영혼을 하느님이 비참한 죄인의 일생을 통해 점수를 더하고 빼는 칠판으로 상상했다. 그러나 나는 어린 시절부터 순례에 죄를 없애는 기적적인 효과가 있다고 들었다. 사람은 누구나 희생과 기도를 통해 용서를 구할 수 있다는 것이었다. 나중에 나는 작가들이 파리로, 또는 미술가들이 로마로 여행하는 것처럼 세속적인 순례여행에 함축된 변모의 개념뿐 아니라 불교와 힌두교의 전통에서 순례

31) 1917년 성모 마리아가 나타났다고 알려진 포르투갈 중부의 마을.
32) 1531년 성모 마리아가 나타났다고 알려진 멕시코의 도시.

로 얻어진 '공덕'을 믿는 일에 대해서도 알게 되었다.

　나는 지금 길을 단지 볼 뿐만 아니라 꿰뚫어보는 법, 우리가 여행하는 순간들을 통해 과거와 미래의 중요성을 꿰뚫어보고 하나하나의 만남을 장편소설의 한 장으로, 길에서 만난 하나 하나의 사람을 평생에 걸친 정신적 여행에 등장하는 인물들 중의 하나로 보는 방법을 제시하려는 것이다.

　내가 추구하고자 하는 것은 사진작가 알프레드 슈티글리츠(Alfred Stieglitz)가 그의 사진을 두고 한 말처럼 '동등한 것', 즉 보는 사람의 마음속 깊은 곳에 뭔가 이상한 동질감을 불러일으키는 것이다. 나는 세상 돌아가는 이치를 서로 다른 것이 반영되는 것으로 보았던 피타고라스처럼 '사물들의 조화'를 이루려 하고 있다.

　그것은 곧 베트남의 승려 틱낫한의 말처럼 '경이로운 순간'에서 살고 '부처의 부름'에 귀기울이는 방법을 배우는 것이다. 틱낫한은 '순간보다 더 경이로운 것이 무엇인가'라는 질문은 던진다. 오류에 빠지기 쉬운 인간으로서, 그는 우리에게 인간의 마음은 방황하는 경향이 있으며, 그렇기 때문에 우리는 참된 부름을 듣지 못할 수도 있다는 점을 점잖게 일깨워주고 있다.

*

　걸음을 늦추고 꿈속에서 들리는 목소리, 뜻하지 않은 만남에 눈뜨게 되는 순간을 상상해보라. 여행을 하기로 결정할 때마다 나는 시간을 두 배로 더 귀하게 여긴다. 말 그대로 시간이 내 삶에서 하는 역할을 '다시 돌아보게' 되는 것이다. 나는 자주 로마에 있는, 최초의 시계탑이 선보인 시간의 사원을 찾아가 경외감에 고취되었던 중세의 순례자들을 생각한다. 군중들은 자기네들의 시간이 더이상 그들의 것이 아니라는 것을 알고, 그 놀라운 정확성에 대한 찬탄과 의심 사이에서 갈팡질팡하며 정교한 시계 장치 옆을 지나가기 위해 줄을 지어 몇 시간씩 기다렸다.

지난 일을 떠올리는 것이 앞으로 올 부름을 명확히 하는 데 도움이 될 수 있다. 친구들, 아이들, 음악, 바람, 꿈 그리고 성서에 실린 고대의 지혜에 귀기울이는 법을 배우자. 삶이 거기에 달린 것처럼 귀를 기울이자.

효과가 있을 것이다.

순례자의 과제

가능한 모든 곳에서 우리의 시금석을 찾아야 한다. ― 존 베리맨

오랜 세월 동안 '시금석' 이라고 불리는 부싯돌 비슷한 신비한 돌이 금의 순도를 측정하는 데 사용되었다. 밀랍 같은 구형체를 그 돌에 문지르거나 누르면 줄이 남는데, 식별력 있는 눈을 가진 사람은 그것으로 금의 진정한 가치를 알 수 있었다. 그러므로 어떤 장소와 목적지가 진정한지, 믿을 만한지, 그것이 정말 '황금' 인지 알 수 있도록 도와주는 것은 어느 것이나 시금석이 될 수 있다. 시금석은 신성한 차원을 측정할 수 있는 태도나 정신 상태를 일컫는 매우 뛰어난 은유이다.

일단 여행에 몸을 맡기면 시금석을 꺼내야 할 시간이 온 것이다. 우리의 내면에 있는 순례자의 마음에, 찾아가려는 땅의 마음과 영혼을 탐구하고 싶어하는 마음에 귀를 기울일 시간이다. 이제는 언제 어느 계절에, 자신의 삶에서 어떤 휴지기에 여행을 떠나야 할지, 혼자서 떠나야 할지 아니면 단체로 가야 할지 결정할 시간이다. 시간을 들여 신중하게 숙고해야 할 시간이다.

지난 여러 해 동안 떠날 준비를 할 때마다 내가 여행을 더 가까이 '부

르기' 위해 이용한 방법들 가운데 하나는 이제부터 찾아가려는 나라의 신화, 단편소설, 시, 주요 문헌 들을 찾아내는 일이다. 그것이 내면적 조정, 즉 탐사하려는 새로운 세상의 창조를 시작하는 데 도움이 되었다. 이를테면 터키를 두루 여행하기 위해 나는 이슬람 신비주의자의 시집을 두 권 읽었다. 한 권은 메블라나 루미가 쓴 것이었고, 다른 한 권은 위대한 이슬람교 신비주의자들의 명시 선집이었다. 여행을 떠나기 전 매일 아침 시와 교훈적인 이야기들을 읽은 덕분에, 터키 땅을 밟았을 때 내 영혼은 이미 거기에서 나를 기다리고 있었다. 이스탄불에 있는 비전(秘傳)의 차와 담배를 파는 가게로부터 코냐에 있는 루미의 무덤까지 여행을 하는 동안 나는 매일같이 그 위대한 신비주의자의 작품을 읽었고, 그때마다 그 옛 사람의 존재를 느꼈다. 시간을 초월한 예술은 그처럼 우리를 기다리고 있다. 그런 예술이 없다면 신성한 여행도 있을 수 없다.

내가 가장 기쁘게 받아들인 여행의 '부름' 가운데 한 가지는 캐나다의 오타와에서 보내온, 우표가 붙은 커다란 봉투를 연 순간에 찾아왔다. 처음에는 그곳에 살고 있는 친척이 생각나지 않아 어리둥절했다. 봉투에는 온타리오의 니피싱 호수에서 열리게 될, 1995년도 모네트 집안 모임에 관한 여섯 페이지짜리 등사판 인쇄물이 들어 있었다. 여전히 어리둥절한 기분으로 그 등사판 인쇄물을 읽고 나서야, 나는 시릴 모네

프랑스 소르본 대학 맞은편에 있는 철학자 미셸 드 몽테뉴의 동상. 학생들은 이 '에세이'의 혁신자가 어쩌면 자신들의 노력을 고취시켜줄지도 모른다는 생각으로 시험을 보기 전에 그의 발을 만지곤 한다.

트와 오딜 모네트가 우리 할머니인 올리브의 고조부모였다는 것을 알게 되었다. 놀랍게도 그들의 흑백사진이 초대장 앞 페이지를 아름답게 장식하고 있었다. 통나무집 앞에서 포즈를 취하고 있는 두 엄격하고 소박한 조상들을 찍은, 일종의 캐나다판 고딕 사진이었다.

그 모험여행을 떠날 준비 삼아 나는 『뱃사람들(Les Voyageurs)』이라는 책을 찾아냈다. 내 증조부인 샤를마뉴가 살았던 프랑스령 캐나다 황무지의 덫 사냥꾼들에 대한 역사책이었다. 얼마 후에 나는 뱃사람들이 긴 카누 여행을 하는 동안 불렀던 〈노젓기 노래〉의 테이프를 찾아냈고, 여행을 떠나기 전 몇 달 동안 그 음악을 들음으로써 내 마음속에서 순례자적인 영혼을 끌어냈다.

육 개월 뒤, 내 파트너인 조와 나는 열일곱 명의 친척들과 함께 내 선조인 정착민들이 처음 했던 항해를 재현하며 카누로 프렌치 강을 따라 내려가고 있었다. 사흘 뒤 우리가 50마일 떨어진 모네트빌에 도착했을 때는 새벽 안개 속에 천 오백여 명의 친척들이 모여 있었다. 몇 분 뒤에 우리는 육지로 올라섰는데, 그 상황은 마치 백 년 동안의 가족사가 거대한 영사기에서 풀려나오는 것처럼 보였다. 어렸을 적에 아버지가 나를 데려갔던 호수를 찾아가 내 가족사의 근원으로 다시 돌아간 그 일이, 모든 순례여행과 마찬가지로 내가 어느 의미에서나 연속체의 한 부분이라는 것을 절실히 느끼게 해주었던 것이다.

*

'요술 항해'라는 초현실주의자의 게임을 한다고 상상해보라. 그 게임에서는 플레이어들이 무작위로 선정된 장소로 여행을 한다. 순례여행 길은 진짜 돌부리가 튀어나온 상상의 길이다. 우리는 그 여행을 꿈꾸기만 해도 발목을 삐거나 또는 장애물을 돌아갈 방법을 찾아낼 수 있다. 지구본을 돌리고 지도책의 페이지들을 넘기고 지도에 깃발을 꽂아보라. 운명을 믿는가? 소설가인 제임스 살터(James Salter)가 숙고했듯이, 어디에서인가 참된 삶이 영위되고 있고 길에는 배울 만한 소중한 것들이 있다는 꿈으로 애를 태우고 있는가?

그 꿈에 몸을 맡기면 보이지 않는 손이 나타나 우리를 이끌어줄 것이다. 신화학자인 조셉 캠벨은 그것을 자신이 체험한 삶의 경험에서뿐 아니라 신화를 찾아 전 세계를 두루 항해한 일로부터도 알았다. 그는 우리가 모험의 부름에 귀를 기울일 때 "그 축복을 따라가면 전에는 문이 없던 곳에서 문들이 열릴 것이다"라고 자신 있게 말할 수 있었다. 축복이라는 말로 그는 우리의 삶에서 가장 깊은 매혹을 의미한다. 그 충동을 따라 글래스턴베리, 캔터베리, 보로부두르[33] 또는 조상의 고향으로 찾아간다면 온갖 종류의 호의가 우리 편이 될 것이다.

철학자 괴테의 이런 주장처럼.

할 수 있거나 꿈꿀 수 있는 모든 일을 시작하자.
대담함에는 천재성이 있고, 그 안에는 힘과 마법이 있다.

---

33) 인도네시아 자바 섬의 중앙부에 있는 거대한 불교 사원.

근대 뱃사람들의 카누가 캐나다 온타리오에 있는 니피싱 호수의 얼음 바위에 매여 있다.

III
출발

Departure

내게 정적(靜寂)의 가리비 조개와 짚고 걸을 신념의 지팡이와
기쁨의 성서와 불멸의 음식과 구원의 술병을 달라.
영광의 가운을 걸치고 참된 도전을 희망하며
그렇게 나는 순례를 떠나리.
— 월터 롤리 경(Sir Walter Raleigh), 『순례(The Pilgrimage)』(1604)

　"산티아고로 이르는 길은 넷이 있다." 12세기의 여행 안내서인 『순례자의 안내서』는 그렇게 시작된다. "그 길들은 스페인 땅에 있는 푸엔테라 레이나에서 하나로 합쳐지는데, 한 길은 생 기유, 몽펠리에, 툴루즈, 송포르 고개를 지나고, 또 다른 길은 르퓌의 노트르담, 콩크의 생트 푸와, 무아삭의 생 피예르를 거치고, 또다른 길은 베즐레의 생트 마리 마들렌과 리무쟁의 생 레오나르를 거쳐 페리괴 시(市)를 지나고, 네번째 길은 생 장 당젤리, 생트의 생트 에투르프와 보르도 시를 지난다."

　지명을 이처럼 주문 외듯이 늘어놓은 목적은 성스럽지만 위험한 여행을 떠나는 중세의 순례자들에게 영감을 주고, 그들이 사는 세상 너머에 지도로 그려지고 측량될 수 있는 세상이 있음을 알려줌으로써 용기를 북돋워주려는 데 있었다.

　1980년대 후반 파리 근교에서 살고 있었을 때, 나는 그곳의 집들에 박힌 가리비 껍질에 흥미를 느낀 뒤로 산티아고 순례에 매혹되었다. 프랑스 사람들의 장식적인 목적말고는, 무슨 이유로 문간의 상인방(上引枋)이나 창턱을 조개 껍질로 장식하는지 모를 일이었다. 그러나 얼마 지나지 않아 나는 그 동기를 알게 되었고, 내가 사진들을 전시하거나 여행 기념품들로 제단을 만드는 일이 중세 여행자들의 반응과 크게 다르지 않다는 것을 깨닫게 되었다. 가리비 껍질은 대서양에 면한 스페인 북서 해안의 갈리샤에 있는 산티아고 드 콤포스텔라로 사도 성 야고보의 전설적인 사원을 방문하고 돌아온 순례자들의 자랑스러운 상징이었던 것이다.

중세의 순례자들에게는 여행이 많은 의미를 지니고 있었다. 중세는 신비에 젖은 열광적인 신도들의 헌신으로 무르익은 시대였고, 많은 사람들이 성 야고보의 성스러운 유물과 접하게 되면 병이 나으리라는 희망을 품고 길을 떠났다. 말하자면 그 성인이 마법사, 즉 기적을 일으키는 인물로 여겨졌던 것이다. 또 어떤 사람들은 힘든 여행의 카타르시스와 끊임없는 기도의 공덕을 믿으면서 자기 정화를 갈망하기도 했다. 이러한 순례자들은 여행 도중에 추방당한 '가짜 순례자들', 다른 사람을 대신해서 여행하도록 고용된 사람들, 또는 순례를 함으로써 속죄하라는 형을 선고받은 범죄자들을 포함하는 광범위한 부류의 다른 순례자들을 만났는데, 그 모든 순례자들이 공통적으로 느낀 것은 경이였다. 길고 고된 여행이 그들을 어쩌면 난생 처음이자 마지막으로 더 넓은 세상을 경험하게 해줄, 낯선 사람들로 채워진 낯선 땅으로 이끌었던 것이다. 순례자들의 끊임없는 경이감, 즉 끊임없이 변하는 경치와 기후와 다른 사람들의 관습을 보고 느끼는 놀라움은 그들이 극복해야만 했던 위험이나 마찬가지로 큰 영향력이 있었다.

산티아고로 성 야고보의 무덤을 찾아가는 일은 정교하게 의식화된 여행, 즉 어디에서나 행해지는 순례 이면의 행동인 대순행(大巡行)을 반영하는 여행의 첫 단계에 지나지 않았다. 길을 떠나는 순례자들은 맨 먼저 자기가 사는 지방의 성직자에게서 순례를 축복하는 특별한 의식을 구했다. 그 당시에는 로마나 산티아고 또는 캔터베리로 여행을 하는 것은 너무도 위험스러운, 그래서 과연 돌아올 수나 있을지 의심스러운 일로 여겨졌다. 축복을 받지 않고 순례를 떠나는 것은 자기의 일을 정리하지 않고 떠나는 것이나 마찬가지로, 생각도 할 수 없는 일이었다. 또 교구 성직자에게서 받은 추천장 덕분에 '모험'이나 '투기'를 위해 여행한다는 비난을 면할 수도 있었다. 그 증명서를 손에 넣은 뒤에야 그들은 챙 넓은 모자, 가야 할 길을 알리는 가리비 조개 배지, 에스카르셀라(escarcela)라고 불렸던 배낭, 보르동(bordon) 즉, '순례자의 지팡이'로 전통적인 의상을 갖추었다.

성스러운 여행에는 반드시 특별한 의식이 따랐다. 길을 떠나는 순례자들은 고해성사를 하고 영성체를 받은 다음 그들의 지팡이와 배낭과 물 마실 호리병을 축성해주는 미사로 축복을 받았다. 신도들이 '순례자의 마음에 용기를 불어넣기 위해' 찬송가를 부르고 나면 순례자들은 긴 망토에 모자를 쓰고 순례자의 여정(旅程) 기도문을 암송한 다음 동료들과 함께 먼 여행길에 올랐다.

영광스러운 여행

천리 길도 한 걸음부터. — 노자

"나는 1953년 1월 1일에 순례를 시작했다." 자신을 피스 필그림(Peace Pilgrim. 평화 순례자 — 옮긴이)이라고 부르는 한 비범한 여자는 그렇게 적었다. "그날은 내 영혼의 생일이자 내가 우주와 하나가 된 날이었다. 나는 이제 더이상 지하에 묻혀 있지 않았다. 마치 내가 힘들이지 않고 태양을 향해

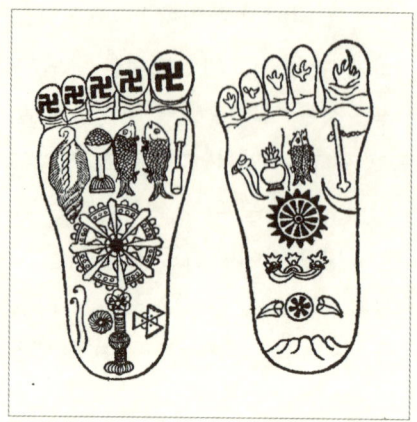

북경의 첸차이 사원에서 모사(模寫)한 '부처의 발바닥 돌.'
족문(足紋)에 불교에서 신성시되는 종교적인 표상들과 상
서로운 상징들이 그려져 있다.

뻗어나가는 꽃이 된 듯한 느낌이
었다. 그날 나는 다른 사람들의
친절에 의존하는 방랑자가 되었
다. 내 여행은 전통적인 방법으
로, 신념을 가지고 걸어서 하는
순례자의 여행이 될 것이었다.
나는 내가 가진 모든 권리와 개
인적인 경력과 교우관계를 남겨
둔 채 길을 떠났다."

그것은 영광스러운 여행의
시작이었다.

그 뒤로 28년 동안, 자신을 '세상의 봉사자'라고만 설명한 방랑정신
을 지닌 이 여인은 세계 평화라는 자신의 메시지를 전하며 도시에서 시골
로, 화물차 정류장에서 학교 체육관으로, 미국 전역을 걸어 돌아다녔다.
1964년, 그녀는 4만 킬로미터를 걸은 뒤 얼마나 걸었는지 헤아리기를 그
만두었지만, 평화를 위한 그녀의 순례여행은 1982년에 자동차 사고로 예
기치 못한 죽음을 맞을 때까지 단 한 번도 멈추지 않았다.

피스 필그림은 직업도 돈도 없었지만 도움을 받지 않은 것은 아니었
다. 그녀는 신념을 지닌 덕분에 호주 사람들이 말하는 것처럼 '개의치 않
고 밀고 나갈' 수가 있었다. 18년 동안 그녀는 자신의 회보인 『순례자의
길(Pilgrim's Progress)』에서 종횡무진 필치를 휘둘렀다. 그녀의 삶은 강
연과 대화와 소책자의 인쇄로 이루어졌고, 그녀의 유일한 소망은 평화의
메시지를 보낸 사람으로 기억되는 것이었다.

그녀는 이렇게 말했다. "순례자는 목적을 지닌 방랑자입니다. 순례
의 목적은 어떤 곳을 찾아가는 것일 수도 있지만 ─ 그게 가장 잘 알려진

것이죠—어떤 일을 위한 것일 수도 있습니다. 내 목적은 평화를 얻으려는 것이고 그게 내가 피스 필그림인 이유입니다."

그녀는 자신을 현대판 중세 순례자, 기부금이나 조직적인 후원을 받지 않고 세상을 편력하는 길에 나선 사람으로 여겼다. 쉴 곳이 생길 때까지 걷고 음식이 주어질 때까지 굶는 '새처럼 자유로운' 존재라고 믿었다. "나는 구하지 않습니다. 구하지 않아도 주어집니다. (……) 누구에게나 어느 정도의 선량함은 있으니까요. 그것이 아무리 깊이 묻혀 있다 하더라도 말입니다."

그녀의 메시지는 부름으로 빛을 발하기 시작했는데, 그 부름은 바로 1953년 1월 1일, 토너먼트 오브 로지즈(Tournament of Roses)[1] 퍼레이드가 벌어진 동안에 찾아왔다. 그 순간 그녀는 세계 도처에 있는 순례자들의 옛 전통에 따라 '인류가 평화로 이르는 길을 알게 될 때까지 방랑자로 남겠다'는 맹세를 했고, 그후로 내내 '기도하는 사람'으로서 그녀의 트레이드 마크가 된 헐렁한 옷, 앞쪽에는 피스 필그림이라는 글자가 적히고 뒤에는 걸어온 거리의 이름이 적힌 푸른 운동복만 걸친 채 걷고 또 걸었다. 그녀의 세속적인 소유물은 빗 한 개, 칫솔 하나, 볼펜 한 자루, 그리고 받으려는 사람이면 누구에게나 나누어주는 평화의 메시지가 담긴 유인물과 편지뿐이었다. 그 여러 해 동안 내내 그녀의 순례여행은 '행로(行路)가 곧 목적'이라는 옛말을 구현했다. 강연 약속이 없는 한 그녀의 목적지는 화물차 정류장이건, 공원이건, 라디오나 텔레비전 방송국이건, 장소를 가리지 않았다. 그녀는 한국전쟁을 비롯해서 매카시의 마녀사냥과 베트남전쟁, 그리고 핵무기 경쟁에 대해서까지 반대의 목소리를 높였다. 아무 두려움 없이 자기가 하느님의 사랑과 모든 낯선 사람들의 타고난 선량함으로 보호받는다는 믿음을 가지고 용감한 사람들이라도 감히 가지 못하는

---

1) 미국 캘리포니아의 파사데나에서 매해 연초에 열리는 대학 풋볼 경기.

곳들을 찾아갔던 것이다.

퍼레이드가 벌어지던 기념비적인 그날 아침, 피스 필그림은 퍼레이드를 벌인 사람들 앞에서 사람들과 이야기를 나누고 평화의 메시지를 나누어주며 걷고 있었다. 그때 퍼레이드 행렬 중간쯤에서 한 경찰관이 다가오더니 그녀의 어깨에 손을 얹고 말을 건넸다.

"우리에게 필요한 건 당신 같은 사람 천 명입니다."

피스 필그림이라고 알려진 그녀는 자신이나 인류의 죄에 대해 용서를 구하는 것보다 더 많은 일을 성취했다. 그녀는 걸어다니는 여행을 통해 얻은 첫번째 교훈에 대해서 이렇게 설명한다.

"나는 오랫동안 주는 쪽이었고 그래서 내가 줄 수 있었던 것처럼 감사하게 받는 법을 배울 필요가 있었어요. 다른 사람들에게 주는 기쁨과 축복을 주기 위해서였죠.

나는 순례여행 초기에 가차없는 시험을 받았어요. 삶은 시험의 연속이니까요. 하지만 그 시험을 통과하면 그것을 좋은 경험으로 되돌아볼 수 있어요. 순례를 처음 떠났을 때 나는 걷는 일을 동시에 두 가지 목적을 이루기 위한 수단으로 이용하고 있었어요. 한 가지는 사람들과 만나는 것이었는데, 지금까지도 나는 그 목적을 위해 걷는 일을 하고 있어요. 다른 한 가지는 기도 수양을 하려는 것이었죠. 평화를 위한 기도에 정신을 계속 집중시키기 위해서요. 그런데 몇 년이 지난 뒤에 나는 다른 어떤 것을 발견했어요. 기도 수양이 더이상 필요하지 않다는 거였죠. 지금 나는 끊임없이 기도하고 있어요.

우리가 마주치는 모든 새로운 상황에는 배워야 할 정신적 교훈이 숨겨져 있는데, 그 교훈은 우리에게 정신적 축복이 돼요. 시험을 받는다는 건 좋은 거예요. 우리는 시험을 거치면서 성장하고 배우니까요. 나는 내 모든 시험을 좋은 경험으로 여겨요. (……) 우리가 사는 세상에서 우연으로 일어나는 일은 아무것도 없어요. 모든 일이 더 고매한 법칙에 따라 일어나고 성스러운 질서에 의해 조절되죠."

그녀의 순례여행은 계속된다. 그녀가 했던 수많은 인터뷰에 기초한 피스 필그림의 책들은 전 세계적으로 40만 부 이상 팔렸다. 그녀의 발자취에 감명을 받아 만들어진 단체가 계속해서 그녀의 메시지, 즉 평화를 위한 기도와 자유의 약속이 담긴 소책자들을 보내고 있다.

"내가 얼마나 자유로울지 생각해봐요." 그녀는 이렇게 말했다. "여행을 하고 싶으면 나는 그냥 일어나 걷기만 하면 돼요."

도보 여행자

그대가 길이 될 때까지는 그 길을 여행할 수 없느니. ─부처

1975년, 나이노아 톰슨이라는 한 하와이 청년이 태평양을 가로지르는 고대 폴리네시아의 원거리 항해술을 부활하는 일에 힘을 보태겠다는 대망을 품었다. 톰슨은 훈련을 받기 위해, 미크로네시아에서 마지막 남은 전통 항해사인 마우 피아일루그를 찾아나섰다.

마우는 나이노아가 타이티로 항해할 준비를 하도록 아홉 달 동안 훈련을 시킨 뒤, 바다에서 이는 파도의 유형들을 가르치기 위해 그를 데리고 하와이 빅 아일랜드의 절벽 위에 있는 망루로 올라갔다. 그리고 해가 질 무렵이 되자 그에게 태평양 저 너머로 수평선을 응시하라고 이른 다음 말했다. "자, 그러면 타이티 쪽을 가리켜보게." 나이노아는 상상 속에서 그 섬을 그리려고 애쓰다가 대강 방향을 가리키는 편이 더 낫겠다고 생각했다. "수천 마일이나 떨어져 있는 섬을 볼 수는 없었으므로."

"그 섬이 보이는가?"

나이노아는 조심스럽게 그 섬의 '이미지'를 볼 수 있다고 대답했다.

"좋아." 그의 스승이 말을 받았다. "바람이 이쪽으로 분다면 섬은 어느 쪽으로 움직이겠는가?" 마우는 '별 나침반' 이야기를 하고 있는 것이었다. 나이노아는 그의 조상들이 몇백 년 동안 그랬던 것처럼 마음속으로 상상하는 훈련을 받고 있었다.

나이노아는 섬이 움직일 것 같은 방향을 가리켰다. 마우가 물었다. "좋아. 카누가 이쪽으로 가면 섬들은 어느 쪽으로 움직여서 어느 '별자리'로 가게 될까?"

제자가 다시 한번 더 정확하게 가리키자 마우가 만족해서 말했다. "좋아 자네는 마음속에 그 섬을 갖고 있군. 그러나 마음속에서 그 섬을 잃는다면 자네는 길을 잃게 돼."

그것이 나이노아가 마지막으로 받은 정식 수업이었다. 마우는 이렇게만 말했다. "자, 이제 집으로 가세."

이 젊은 해양 탐험가는 비와 폭풍우, 또는 바람의 소강 상태로 인한 변수들을 포함해서 전체적인 항해를 마음속에 새긴 뒤에야 항해를 떠나 조상들의 순례여행을 재현할 준비가 되었다.

나는 이 이야기를 가일 이브너리(Gail Evenari)가 제작한, 태평양의 섬들에서 최근에 부활하고 있는 전통 항해를 다룬 다큐멘터리 영화 〈도보 여행자들(Wayfarers)〉의 제작에 참여하고 있었을 때 들었다. 그 아름다운 일화에서 나는 엄격한 훈련과 스승을 존경하는 마음에 깊은 감명을 받았지만, 나의 독창적인 출발 방법과 비슷하다는 데에도 감명을 받았다. 산티아고를 찾아가는 순례자들이나 피스 필그림이 그랬던 것처럼, 성스러운 여행에는 시적인 접근, 즉 여행자를 앞으로 이끄는 목표 — 치유, 갱생, 평화 그 자체 — 에 대한 고도로 발전된 심상(心想)이 있는 것이다.

긴 여행을 떠나기에 앞서 몇 주일 동안, 나는 내 앞에 펼쳐질 여정을 그려보는 일이 즐겁고 해볼 만한 훈련이라는 것을 알게 되었다. 때로는 내가 새하얀 캔버스 앞에서 숙고하는 화가처럼 느껴지기도 하고, 또 어떤 때는 원고지에 펜을 대기 전에 완성된 책을 손에 들고 있는 모습을 상상해보는 작가처럼 느껴지기도 한다. 아니, 어쩌면 예술의 가르침이 늘 그렇듯, 미켈란젤로가 다듬어지지 않은 대리석을 바라보며 완성된 조각상을 볼 수 있었던 것과도 같다. 나는 마음의 눈으로 목적지 — 파리에 있는 콩트르스카르프 카페, 카누를 타고 거슬러올라가는 아마존 강, 도보로 여행하는 스코틀랜드의 황무지 — 를 볼 수 있을 때까지, 내가 어디로 가고 싶어하는지를 그려본다.

그런 다음 나는 자신에게 묻는다. 지금 나는 준비가 되어 있는가?

그것이 바로 물리학자 스티븐 호킹이 '미래를 기억하는 일'이라고 한 것이다.

*

다가오는 여행에 대해서 얼마나 많은 방법으로 준비를 할 수 있는지 상상해보자. 산티아고로 먼길을 떠나기 위해 지팡이를 집어드는 순례자처럼 우리의 출발을 의식화할 수 있는가? 평화를 위해 행진한 순례자처럼 신성한 대의명분과 확고한 목적을 가지고 있는가? 수천 마일 떨어진 곳으로 항해를 떠나려는 해양 탐험가처럼 목표에 정신을 집중할 수 있는가?

다시는 돌아오지 못할 곳으로 여행을 떠난다고 상상해보자. 그 시간을 어떻게 '특징지을' 것인가? 잔치를 벌일 것인가? 모든 순간을 연대기에 싣고 기록할 것인가? 의식은 시간을 특징짓고 공간을 구분한다. 이것은 우리가 뜻하는 바를 신성하게 정의하는 두 가지 방법이다.

출발하기 전에 여행의 목적을 마음에 새겨야 한다. 이제부터 미온적인 행동이나 멍한 생각, 목적 없는 나날 같은 것은 없을 것이다. 여행은 생각의 깊이에 따라 신성해진다. 신화와 꿈과 시에서처럼 모든 말이 의미로 충만하다.

이제 이상적인 삶을 살 시간이다.

방랑하는 시간

방랑하는 시간이 왔으니 영광이로다. ― 에스키모의 노래

순례를 하라는 부름이 들리면 계획을 짜고 목적을 분명히 해야 한다. 우리가 열망의 근원을 확인하는 데 주의를 기울여야 했던 것처럼, 이제 여행자에게는 언제 어떻게 떠날지를 분명히 하는 일이 필요하다. 어떤 출발은 피스 필그림의 경우처럼 극적이고 충동적일 수도 있지만, 그녀의 출발은 사실상 몇 년 동안 평화 운동에 참가하고, 무료 급식소에서 봉사하고, 환경 문제에 대해 일해오면서 추진력을 얻은 것이었다. 그리고 시기가 도래하자 그 추진력은 불가피성을 띠었다. 그녀가 생을 마감할 때까지 계속한 여행에서 내디딘 한 걸음 한 걸음은 그녀의 굴하지 않는 정신과 분명한 목적의식으로 신성해졌다.

어떤 회교도들은 성스러운 여행을 떠나기에 앞서 머리를 짧게 자르고 손톱을 깎고 순백색의 순례 의상을 입음으로써 채비를 한다. 또 어떤 사람들에게는 정화의식이 단식을 하거나 성생활을 절제하거나 특정한 기도문을 암송하거나 경전을 읽으며 마음을 가다듬는 일을 의미하기도 한다. 미국의 여러 원주민 부족들은 부족 사람들 중 하나가 대학이나 군대에 가거나 선댄스 의식,[2] 또는 페요테 모임이나 신성한 파이프 담배 의식에 참가하기 위해 떠날 때 그 부족원을 위해 기도 모임을 여는 것이 보통이다. 정신이

변화할 준비를 갖출 수 있도록 여행자는 단식과 절제와 정화의 식으로 채비를 차리는 것이다.

아일랜드의 도네갈에서 한 순례자가 신성한 우물들과 켈트 족 성인들의 무덤을 순회하는 투라 여행을 하고 있다.

옛 아일랜드인들은 신성한 투라, 즉 성스러운 유물과 접할 수 있도록 영웅과 성자들의 무덤을 찾아가는 여행을 떠나기에 앞서 단식과 기도를 했었다. 그리고 중세의 사원이나 거석문화 시대의 돌무덤에 당도하면 순례자들은 천 조각이나 못, 또는 동전 같은 상징적인 봉헌물을 남겼다.

브루턴 코번(Broughton Coburn)은 그의 저서인 『미국에서의 아마 : 마음의 순례(Aama in America : A Pilgrimage of the Heart)』에서 그가 히말라야 산맥 지방에서 평화봉사단원으로 일하고 있었을 때 네팔의 한 마을에서 알게 된 비슈누 마야라는 아주 왜소한 84세의 노파에 대해서 이야기한다. 그녀의 만수무강을 비는 장수 기원 의식이 끝난 뒤 그는 '단지 영적인 여행, 특히 길고 위험한 여행을 함으로써만 공덕을 쌓을 수 있다' 는 힌두교도들의 믿음을 떠올렸다. 그렇게 해서 영감을 얻고 신뢰를 쌓은 그는 아마가 '필생의 순례' 를 함으로써 '공덕을 쌓도록' 도와주기 위해, 그럼으로써 그녀가 젊음을 되찾을 수 있으리라는 희망을 품

---

2) 북아메리카 대초원의 인디언들이 하지에 행하던 의식.

고, 그녀와 함께 미국 전역을 가로지르는 24개 주 순회여행에 나섰다. 그런 기념비적인 여행을 준비하기 위해 아마는 말을 입 밖에 내지 않을 셈으로 비슈누 신[3]의 머리칼을 상징하는 풀잎을 입에 물었다. '마지막으로 자기 집 문을 나선 뒤에는 작별인사를 길게 끌어서도, 집 쪽을 돌아다보아서도 안 된다'는 것이 그녀가 배운 전통이었다.

*

출발을 초자연력에 의한 변화라고 생각해보자. 목적을 가지고 주의 깊게 행동한다면 몽유병 같은 여행이라도 감동적인 여행으로 바꿀 수가 있다. 그 첫 단계는 페이스를 늦추는 것이다. 그리고 다음 단계는 여행길에 마주치는 모든 것을 순례를 둘러싼 신성한 시간의 일부로 대하는 것이다.

준비

출발하는 날은 준비를 하기 시작할 때가 아니다. — 나이지리아의 속담

지난 여러 해 동안 나는 특별한 여행을 준비하는 수백 명의 사람들과 이야기를 해오면서, 여행을 위해 적절한 준비를 하는 사람들이 그렇게도 적은 이유는 매일매일의 일정이 너무 빡빡하기 때문이라는 것을 알게 되었다. 전 세계를 두루 돌아다니는, 목표가 분명히 정해진 수십 번의 여행

---

3) 세상을 보존하고 질서를 회복시켜주는 힌두교의 신.

계획을 면밀히 세우는 과정에서, 스포츠다 다과 모임이다 하여 이런저런 준비를 한 탓으로 자발성과 뜻하지 않은 발견의 기회를 망치기보다는 원리원칙 때문에 진정한 자아 표현의 기회를 망치는 일이 더 많다고 확신하게 되었던 것이다.

나는 또한 루이스 파스퇴르가 여러 해 동안 과학에서 뜻하지 않게 이루어지는 발견에 대해 연구한 뒤 했던 말에서도 위안을 얻는다. "관찰 분야에서 기회는 준비된 마음의 편이다." 여행을 하면서 얻은 가장 기억할 만한 경험들은 몇 달, 몇 년 동안 계속해서 깊이 생각하고 책을 읽고 신문 잡지를 구독하고 함으로써, 여행을 가치 있게 만들 순간을 위해 충분한 준비가 되어 있었기 때문에 가능했다.

테디 폴레크(Teddy Pollek)와 모쉬 펄먼(Moshe Perlman)은 그들의 역저 『성스러운 땅으로의 순례자들(Pilgrims to the Holy Land)』에 펠릭스 파브리[4]가 기록했던, 중세의 순례자들이 따라야 할 것으로 여겨진 행동 규칙 27가지를 다시 수록했다. 거기에는 다음과 같은 사항들이 들어 있다. "어떤 순례자도 사라센인 안내자 없이 성스러운 장소를 혼자 배회해서는 안 된다. (……) 순례자는 사라센인의 무덤을 밟지 않고 건너뛰도록 유의해야 한다. (……) 순례자들이 성스러운 지하 매장도(埋葬道)나 건물 등에서 벽이나 바닥의 돌을 뜯어내어 망치지 못하게 하라. (……) 순례자들은 예루살렘을 돌아다니며 성스러운 곳들을 보았을 때는 반드시 함께 웃어야 하지만 신중하고 신심 깊어야 한다." 폴레크와 펄먼은 순례자들이 배에서 내리기 전에 그 27가지 규범들을 라틴어와 독일어로 크게 암송했고, 그럼으로써 "지역 주민들이 그들 순례자에게 보이는 태도를 조금이나마 알 수 있었다"고 덧붙였다.

---

4) Felix Fabri. 영적인 신부(新婦)로 맞은 알렉산드리아의 순교자 성 캐더린의 유해에 경의를 표하기 위해서 1483년에 시나이 산으로 순례자들을 인도한 독일 신부(神父).

일요일판 『뉴욕타임즈』의 여행란이나 『여행과 레저(Travel and Leisure)』같은 잡지에 실린 기사들은 흔히 현재 일어나고 있는 '문화 충돌'에 관한 것들이다. 그런 글들은 위대한 여행 안내서와 함께 현대의 여행자들이 본국을 떠나기에 앞서 여행하려는 나라 사람들의 엄격한 행동과 관습에 대해 알 수 있도록 도와주고, 그럼으로써 세계 도처의 회교 사원이나 성당 또는 유대교회의 계단에서 주기적으로 발생하는 일종의 대결 국면을 피하도록 해준다.

출발 시점에서 생겨날 수 있는 사소한 실수를 염두에 두고 작가 알렉산더 엘리엇은 자기 가족의 여행 의식 가운데 하나를 '러시아식'이라고 설명한다. 식구들이 필요한 것을 모두 다 챙겼다고 동의한 뒤에도 그들은 자신의 짐 위에 앉아 30분쯤 그대로 기다린다. "그건 아주 마음 편하게 떠나는 확실한 방법입니다. 만일 무엇인가를 잊어버렸다면 그렇게 앉아 있는 동안 다시 떠오를 겁니다. 또 실제로 모든 것을 다 챙겼고 자기가 할 일을 다 했다면 그 여분의 시간이 출발 전의 마음을 누그러뜨릴 수 있도록 해줄 겁니다"라고 그는 말한다.

만일 우리가 떠나기에 앞서 가만히 앉아 되돌아볼 시간을 갖지 않는다면 공항으로 가는 길에서나 비행기에 올랐을 때 잊어버린 것을 떠올리게 될 것이 틀림없다. 하지만 그때는 이미 너무 늦다.

캘리포니아 남부에 살고 있는 전문 사진작가이자 요가 강사인 트리시 오릴리(Trish O'Rielly)는 유럽과 아시아, 인도 전역을 여행하며 많은 시간을 보냈다. 새로운 여행길에 오를 때마다 그녀는 목적이 가장 중요하다는, 그리고 자기가 여행에서 얻는 것은 얼마나 주의 깊게 정신적으로 준비를 하느냐와 정비례한다는 믿음을 가지고 신중하게 만반의 준비를 갖춘다.

"나는 중요한 여행을 떠나기 며칠 전부터 미리 짐을 부치기 시작해요." 그녀는 최근 인도 여행에서 돌아온 뒤 이렇게 설명했다. "여행을 떠나기 전에 모든 것을 정리해두는 것이 중요하거든요. 그것은 일종의 의식이죠. 나는 종이 쪽지들도 하나하나 다 만져보고 그것들을 제자리에 두어야 직성이 풀려요. 떠날 때 방해를 받지 않고 자유롭게 출발하고 싶어서죠. 떠난다는 건 내가 집에서 지키고 있던 리듬을 깬다는 뜻이에요. 여행을 떠나는 일을 정말로 완전하게 느끼려면 비행기나 열차의 문이 닫히는 순간 집에서 느끼던 압박과 일과 의무로부터 벗어날 수 있어야 해요."

그녀는 세상을 철저히 보고 경험하려는 두 가지 목적을 추구하기 때문에 다른 정신 자세를 취해야 할 필요성을 진지하게 받아들인다. 만일 그녀가 여행을 떠나기 전에 '분명한 의지'를 끌어내지 못했다면 여전히 그녀 '본래의' 눈, 즉 통상적인 안목을 갖고 있다는 것인데, 트리쉬는 그것이 '성스러운 여행'에는 합당하지 못하다고 주장한다. 그러기 위해서는 여행하려는 의도를 분리해서 명상과 음악, 독서, 달리기와 결합시켜야 한다고 그녀는 느낀다.

"내 여행이 성스러워지려면 다르게 봐야 해요. 나에게는 단지 조건반사가 아닌 새로운 생각이 필요하니까요. 그건 내가 여행을 하면서 보내는 시간과 다른 어떤 관계, 그러니까 집에서는 갖지 못하거나 아니면 나 자신에게 허용하지 않는 생각을 할 자유를 갖기 때문이죠. 집에서는 사람들과의 관계와 책임감 때문에 그럴 수가 없어요."

지난 15년 동안 미셸 컬랭은 고대 건축과 마야의 묘비명, 그리고 신화에 대한 그의 열정을 다른 사람들과 함께 나누기 위해 멕시코, 과테말라, 벨리즈⁵⁾ 등지의 외딴 지역들로 여행자들을 안내했다. 그는 샌프란시스코 중심가의 법률회사에서 일하기 때문에 '다른 삶'으로 들어서기 위해서는 집을 떠나기 전에 정신적으로 '자신을 적응시킬' 필요가 있다는 것을 깨닫게 되었다.

---

5) 중앙아메리카의 유카탄 반도 남동부 연안에 있는 나라.

"신성한 여행을 떠나기 전에 나는 기도를 합니다." 그가 웃으며 말을 이었다. "내가 기도를 하는 것은 그때뿐이지요. 지난 몇 년 동안 나는 맥시몬이라는 마야의 신비한 신, 즉 고대의 인물들과 기독교적인 인물들을 혼합한 신에게 기도를 했습니다. 또 최근에 판독된 것들 중에서 내가 알아야 할 것이 있는지 살피기 위해 최근에 나온 마야 문헌들을 훑어보는 것으로도 준비를 하지요.

"하지만 대체로 나는 단지 더 깊은 관심을 보일 뿐입니다. 여행을 떠나는 순례자는 자기가 겪게 될 변화에 유의해야 하는데, 그 변화는 새로운 여행에 몸을 맡기는 순간부터 시작되지요."

자만심을 없애 학생들을 도와주는 책략가답게, 인문학자이자 신학자인 레베카 암스트롱(Rebecca Armstrong)은 1972년의 어느 혹독하게 추운 날 조셉 캠벨이 여행을 떠나는 순례자에게 했던 충고를 즐겁게 음미한다. 그날 캠벨은 시내 중심가에 있는 YMCA에서 강연을 하기 위해 시카고로 와 있었는데, 암스트롱의 가족은 언제부터인가 그가 시카고로 올 때마다 따뜻하게 환대하는 전통을 만들었고, 그 보답으로 캠벨은 그들에게 스테이크로 저녁식사를 대접하곤 했다.

비프 부르귀뇽[6]을 마음껏 즐긴 덕분에 모두들 기분이 좋아져서 우리는 쾌활하게 눈발을 헤치며 그랜드 가에 있는 조금은 초라한 YMCA로 건너갔다. 그날 밤 캠벨은 적지만 열성적인 청중들을 상대로 선의 본질에 대해서 강연을 한 다음, 예술가의 사회적 역할을 강조하고 우리 시대에는 여성 시인들이 더 많이 필요하다는 짤막한 설교로 끝을 맺었다. 그 말에 청중들 사이에 있던 두 여성 시인의 얼굴에 환한 미소가 피어났다. 물론 캠벨은 그들의 존재를 알지 못했다. 강연이 끝난 뒤 그는

---

6) 부르고뉴식 쇠고기 요리.

집요하게 개인적인 질문을 던지는 사람들에게 둘러싸였지만 모든 질문에 귀를 기울이고 정중하게 대답했다. 나는 너무 배불리 먹은 쇠고기 요리와 그의 강연에 함축된 방대한 개념들을 소화시키려고 애쓰면서 주변을 서성거리다가 우연히 어떤 여성의 이야기를 듣게 되었다. 30대 후반이나 40대 초반으로 보이는 한 여성이 캠벨에게로 다가가더니 아주 빠르고 열띤 목소리로 "선생님이 오늘밤에 말씀하신 여신의 정신을 발견하기 위해" 그리스로 가려는 계획의 개요를 설명하기 시작했다. 그녀가 공책을 한 권 꺼내들고 캠벨에게 자기의 일정을 보여주었다. 그녀는 모든 중요한 문화 유적지를 방문하기에 가장 좋은 시간과 신상(神像)이 남아 있는 여러 신들에게 언제 어디서 경의를 표할 것인지까지 꼼꼼하게 계산해두고 있었다. "이것으로 충분할까요?" 그녀가 대답을 재촉했다.

그녀를 바라보는 동안 캠벨의 표정에 여러 가지 엇갈린 감정들이 스쳐 지나갔다. 마침내 그가 공책을 들지 않은 그녀의 손을 잡고 다정하면서도 엄숙하게 말했다. "부인, 나는 모든 일이 계획대로 되지 않기를 진심으로 바랍니다."

그 말과 함께 그는 코트를 걸쳐 입었고 우리는 YMCA 건물을 나섰다. 차 뒷자리에 앉아 집으로 돌아오는 동안 나는 도저히 궁금증을 누를 수 없어서 그때까지 내가 살아온 17년 동안의 용기를 모두 끌어모아 앞좌석 쪽으로 몸을 숙이고 물었다. "캠벨 선생님, 아까 그리스로 가겠다는 그 여자 말인데요 — 선생님은 왜 그분한테 일이 계획대로 되지 않기를 바란다고 하셨나요?" 캠벨이 마치 그날 저녁에 만났던 사람들을 하나하나 떠올리듯 잠시 뜸을 들였다가 뒤를 돌아다보며 알 수 없는 미소를 지었다.

"신들이 절대로 자기를 찾지 못하도록 힘닿는 대로 모두 손을 써두었는데 신들이 어떻게 그 여자를 찾을 수 있겠나?" 그는 이렇게 되묻고 나서 침착한 목소리로 덧붙였다. "우연히 발견할 소지를 남겨놓지 않으면 신성함을 찾을 수 없어. 우리 자신을 발견하는 모험의 시작은 길을 잃는 것이야."

그 다음에는 화제가 바뀌어 다른 이야기로 넘어갔지만 나는 뒤로 물러나 앉아 그 신화학 대가의 통찰력을 음미하고 있었다. 절대로 잊지 못할 그 충고 덕분에 모든 여행에서 나는 우연히 발견할 소지를 남기려고 노력한다 — 그렇지 않고서야 신들이 어떻게 나를 찾아낼 수 있겠는가?

축복

우리가 매일매일 하는 일에 축복을 내려주소서.
믿음을 가지고 성심껏 그 일을 할 수 있도록. — 토머스 아놀드[7]

내가 여행 떠날 준비를 하면서 치르는 의식에는 출발 전의 의례적인 식사와 존경하는 연장자들 중 한 사람에게 전화를 거는 일이 포함된다. 1987년 파리로 떠나기에 앞서 나는 캠벨 교수에게 전화를 걸어 그가 쓰고 있던 『세계 신화의 역사 지도(Historical Atlas of World Mythology)』저술 작업이 잘되기를 빌어주고 우리 두 사람 모두가 좋아하는 도시를 환기시켰다. 1920년대 말 캠벨이 파리에서 보낸 시절, 즉 실비아 비치[8]와의 우정

---

7) Thomas Arnold, 1795~1842. 영국의 사립 중학교 교육에 많은 영향을 미친 교육가. 시인인 매튜 아놀드의 아버지.
8) Sylvia Beach, 1887~1962. 프랑스 파리에 셰익스피어 & 컴퍼니 서점을 창립하여 문학계에서 중요한 의미를 지니게 된 미국 여성.

이며 현대 예술에서 그가 발견한 것들에 대해 이야기하는 동안 그의 목소리에 기쁜 빛이 배어들었다. 그의 진심 어린 봉 브와야즈(bon voyage)[9]라는 말이 축복처럼 느껴졌다.

1981년 필리핀으로 여행을 떠나기 전날 밤, 나는 베트남 전 당시 그곳에 배속되어 있던 한 친구에게 전화를 걸었다. 그리고 1993년에 아마존으로 모험여행을 떠나기 전에는 로버트 A. 존슨에게 전화를 걸었다. 그는 먼저 나에게 몸조심하겠다는 다짐을 하도록 시킨 다음, 그가 예전에 4등 열차로 인도를 가로질러 했던 위험스러운 여행에 대한 놀라운 비유담을 들려주었다. 그 나름의 방법으로 로버트는 내게 젊은이들의 여행도 있고 나이든 사람들의 여행이 있다는 데 고개를 끄덕여준 것이었다.

그런 대화 하나하나가 나로 하여금 다가오는 여행에 정신을 집중하고 즐거운 책임감을 느끼도록 도와주었다. 나에게는 그 대화가 나이든 사람의 축복을 받을 수 있다면 여행길에서 외롭지 않으리라는 고대의 믿음을 입증해주는 것이었다.

짐 꾸리기

넝마를 걸치고 서 있는 사람을 보라, 자기 집에서처럼 편한 얼굴로
손에는 책을 들고 등에는 무거운 짐을 진. —존 버니언, 『천로역정』

정신적, 영적 그리고 육체적으로 준비를 함으로써 우리는 발걸음이 더 가벼워지고 결정을 내리는 데 더 기민해지고, 어쩌면 혼란스러운 일이

---

9) 좋은 여행이라는 뜻.

생기지 않도록 도움을 받을 수도 있다. 다가오는 여행이 심오한 의미를 지닌 첫번째 순례가 될 수도 있다는 점을 마음에 새기면 그 여행의 전 과정을 다른 관점에서 볼 수 있게 된다. 또 그 여행이 우리의 마지막 여행이 되거나 — 사고는 늘 일어나게 마련이니까 — 아니면 집으로 돌아왔을 때 재정적 파탄에 직면해서 몇 년 동안 다시는 여행을 하지 못하게 될지도 모른다는 점을 염두에 둔다면, 이제 곧 하게 될 평이한 여행을 아주 냉철한 눈으로 볼 수 있다. 떠날 준비를 하는 동안 우리가 자신에게 묻는 진지한 질문 가운데 하나는 이 여행에서 짐을 가볍게 하기 위해 내가 할 수 있는 일이 무엇인가이다.

어떻게 짐을 꾸리느냐가 우리의 여행을 규정짓는다. 우리에게는 언제나 선택권이 있다. 1980년대 말, 나는 파리에서 아주 멋진 스웨덴제 가죽 손가방을 선물받았는데, 그래서인지 개인적으로는 산티아고 순례자들이 어깨에 메는 얇은 가죽 가방이나 일본의 순례자들이 전통적으로 메는 소박한 배낭의 이미지에 감명을 받는다. 손가방이나 가방을 들고 여행하는 존중할 만한 전통은 순례의 근본적인 철학을 상징한다. 간단하게, 간단하게, 간단하게! 소로가 월든 호숫가에서 체류할 때 배웠던 것처럼.

일거리를 백 가지나 천 가지가 아니라 두세 가지로 하라. 백만이 아니라 대여섯을 세고 할 일을 간략하게 유지하라…… 간단하게, 간단하게, 간단하게.

『큰 뱀을 쫓아서(Tracking the Serpent)』에서 재닌 포미 베가는 그녀의 연인이 언젠가 스페인으로 자기를 만나러 와달라면서 가장 좋아하는 것 두 가지만 가져오라고 했던 이야기를 들려준다. 그것은 부적의 힘을 떠올려주는 참으로 감동적인 초대, 참된 순례의 정신이었다. 내 개인적인 부적으로는 가족과 친구들을 위해 불을 밝히는 데 쓰는 양초, 범포(帆布)

모자, 지팡이, 아버지가 온타리오에 있는 증조할아버지의 농장에서 가져다 준 돌, 애리조나의 첼리 계곡에서 선물받은 주니 족[10]의 부적 ─ 손 안에 쏙 들어오는 아름다운 황갈색의 아메리카 라이온 상 ─ 같은 것들이 있다. 그런 것들을 말 그대로 '만지작거리는' 일이 어떻게 그처럼 생생한 감동과 분명한 기억을 떠올려줄 수 있는지 놀랍기만 하다.

순례자의 지팡이는 도시를 둘러볼 경우에는 필요하지 않지만 긴 도보 여행에는 꼭 필요하다. 나는 내가 여행한 곳들에서 가져온 지팡이들을 모아두고 있는데, 그중에는 필리핀에서 가져온 구불구불하게 비틀린 지팡이와 아일랜드에서 가져온 곤봉처럼 생긴 지팡이도 있다. 그 지팡이는 균형을 잡는 데 매우 유용하지만, 묵상용으로도 쓰일 수 있다는 것을 알게 되었다. 지팡이로 땅을 짚을 때마다 내가 미로를 지나 신성한 땅으로 들어간다는 사실을 일깨워주기 때문이다. 만일 여행에 지팡이를 가져가는 것이 비현실적이라면 그 대안은 적어도 하루에 한 번씩 잊지 않고 맨발로 걷는 것이다. 낯선 땅에 와 있을 때는 신발과 양말을 벗고 발 밑에 와 닿는 땅을 느끼며 만족을 찾을 수 있다.

긴 여행을 떠날 때면 나는 이스탄불의 그랜드 바자에서 구입한, 실로 뜬 킬림 가방을 가져간다. 그 가방에는 양쪽 가장자리에 붙인 조그만 주머니 두 개와 하나의 내부 공간밖에 없어서 어쩔 수 없이 가져가는 물건을 극도로 제한해야 한다. 내 손가방에 들어가는 것들은 일기장과 카메라, 스케치용 메모지 철, 연필, 수채화 물감, 편지지, 그림 없는 우편엽서(나는 그림 솜씨를 늘리기 위해 거기에다 그림을 그린다), 소형 쌍안경, 여행 안내 책자, 사전 같은 것들이다. 또 여행을 가려는 곳에 대한 안내 책자와 단어장 외에도 다른 책을 두 권 ─ 전기와 시집 ─ 더 가져가는데, 나에게는 그 책들이 문화의 정신을 응축하고 압축한 것이다. 최근에 러시아

---

10) 미국 애리조나 주 동북부에 사는 아메리카 인디언.

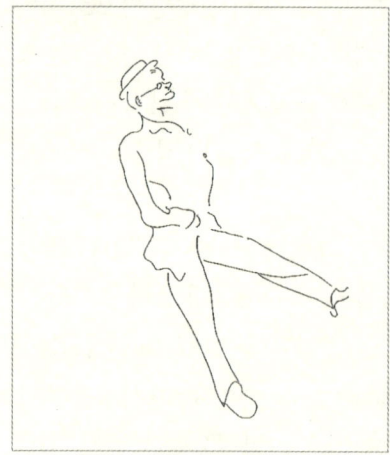

긴 여행에서 자기 눈으로 직접 보는 연습을 하는, 입증
된 방법 가운데 하나는 간단한 스케치를 하는 것이다.
여기에 실린 세 점의 그림은 내 여행 일지에서 발췌한
것으로 하나는 건지 섬[11]의 농가, 두번째는 프랑스
카르낙의 고대 선돌, 세번째는 만보(漫步)하는 제임스
조이스를 그린 것이다.

의 상트페테르부르크로 여행했을 때는 안나 아흐마토바[12]의 전기를 가
져갔고, 과테말라의 열대우림지역으로 들어간 탐험여행에는 고고학자인

---

11) 영국 해협에 있는 섬.
12) Anna Akhmatova, 1889~1966. 아크메이즘(akmeizm)을 추구한 러시아의 시인.

제임스 스티븐즈의 일지를, 남아메리카로의 여행에는 파블로 네루다의
『일상적인 것들에 대한 송시(Odes to Ordinary Things)』를 가져갔다. 먼
저 여행한 다른 사람들의 글을 읽음으로써 다가올 여행에 대한 어떤 틀과
배경을 얻을 수 있다.

　　그러나 책을 많이 가지고 다니려면 무겁다. 순례자에게는 무거운 짐
이 큰 부담인 만큼, 신성한 글과 계속 접하는 한 가지 방법은 에머슨이 제
안한 것처럼 '자기만의 성서'를 만드는 것이다. 마음에 가장 와 닿는 시
와 우화, 짧은 이야기, 역사적 기록 같은 것들에서 좋아하는 글을 모아 우
리 자신의 '시간의 책'을 창조해보자. 이것은 원고를 끼우는 데 쓰는 개
폐식 '종이 끼우개'를 구입해 복사한 페이지나 자기가 직접 쓴 글들을 끼
워 쉽게 만들 수 있으며, 손으로 이루어진 것은 무엇이나 신성하다는 고
대의 믿음을 반영하기도 한다.

　　나에게는 그것이 유익한 발견이었다. 매일 아침 길을 나서기 전에 ─
프라하의 자갈 깔린 길을 지나서건, 지중해 파로스 섬의 모래 해안으로
든, 필리핀의 계단식 논 사이로든, 내가 어느 곳으로 가건 간에 ─ 나는 좋
아하는 작가, 시인, 작사가, 자연주의자, 우주론자, 고대의 여행자 들이
쓴 글을 다시 읽고 나머지 하루 동안 그것들을 머릿속에 떠올린다. 그런
식으로 나는 긴장을 풀고 쉴 때 마음속에서 떠올릴 것을 선택한다. 어린
시절에 들었던 유치한 반복 시구나 사람들이 주고받는 이야기에 섞인 나
쁜 영화의 대사에 '기만당하기'보다는 그 편이 더 낫다. 그렇게 해서 나
는 온갖 우발 사건 ─ 비행기 연착, 택시를 타고 있을 때의 교통 혼잡, 유
적지에서 맞는 궂은 날씨, 나른한 카페의 오후 ─ 에 대처해, 오래된 신문
이나 유용하지만 재미없는 안내 책자를 보는 것보다 더 영감을 받을 준비
가 되어 있다고 느낀다.

　　기도를 '생각 위에 내려앉는 밤'이라고 했던 에밀리 디킨슨의 말처
럼, 그것이 나에게는 명상의 한 형태로 다가온다. 여행을 하는 동안 하루

에 적어도 한 번은 일시적 기분이라고 여겨지는 것이 몰려오고, 그러면 영혼이 생생하게 살아난다는 느낌 때문에 헤어나오고 싶지 않은 기분이 들기 시작한다. '순례자의 분위기'가 나를 엄습하면 나는 일기장이나 스케치북, 또는 내가 좋아하는 시집이나 복사해둔 페이지들을 펼친다.

다음은 내 여행 일지에서 뽑아낸 글이다.

13세기의 이슬람교 신비주의자 루미는 자기 뒤를 따르는 사람들이 긴 여행을 떠나면서 느끼는 두려움을 덜어주기 위해, 또는 정신적인 탐구를 은유적으로 언급하기 위해 이렇게 말했다. "그대가 길을 떠나면 길이 나타나리라."

마이스터 에크하르트[13]는 이렇게 말했다. "길 없는 길에서 하느님의 아들들은 그들 자신을 잃고 동시에 그들 자신을 발견한다."

여행(Journey)이라는 말은 하루라는 뜻의 프랑스어 '주르(jour)'에서 왔다. 하루 동안에 여행하는 거리이기 때문이다. 한편, 진행(progress)이라는 말은 중세 영어의 '여행(Journey)', 좀더 상세하게는 '계절 여행(seasonal journey)' 또는 '순회(circuit)'라는 말에서 왔다.

"길(道)이 무엇입니까?"라고 묻는 한 승려의 질문에 우몬 대사는 이렇게 대답했다. "계속 걸어라."

---

13) Meister Eckhart, 1260~1327. 중세 독일의 신비주의 사상가, 도미니크 파의 신학자.

신성한 원

신성한 것은 모두 원을 그린다. — 블랙 엘크[14]

내 옛 친구이자 위네바고 족[15]의 주술사인 루벤 스네이크는 멕시코 북부의 깊은 산중에서 밤새워 페요테 의식을 치른 뒤 내게 인디언들이 어째서 직선을 좋아하지 않는지 알려주었다. "삶에서 중요한 것은 모두 원입니다. 신성한 미스터리가 다가와 우리를 둘러싸니까요. 그 신성한 미스터리를 맞을 준비가 되어 있어야 합니다 — 그렇지 않으면 우리 옆을 그냥 지나가버릴 테니까요." 그는 우리와 함께 그 의식에 참가하기 위해서 폐타이어로 만든 샌들을 신고 400킬로미터가 넘는 거리를 달려온 한 무리의 타라후마라 인디언[16]들을 가리켰다. "자, 이제 저기에 있는 우리 형제자매들을 보세요. 저 사람들은 그 미스터리를 아주 깊이 믿고 있어서 성스러운 여행을 떠나기 전에 나흘 동안 단식을 했습니다. 여기에서 그들을 기다리고 있는 환상을 보기 위해서였죠."

그 말을 듣고 나는 블랙 엘크의 예언적인 구절들을 떠올렸다. 그가 신성한 우주를 보는 시각은 중심이 어디에나 있다는 개념을 담고 있었지만, 그는 또한 삶의 신성한 고리가 비극적으로 끊어졌다는 것도 알고 있어서 그 원이 다시 이어지려면 일곱 세대의 기간이 걸릴 것이라고도 예언했다. 그의 후손들은 이제 그들 부족 고유의 방식을 부활시킴으로써 그 환상을 실현시키고 있었다.

그러나 또한 신성한 원은 계속 끊어지고 있고, 그 단절을 치유하는

---

14) Black Elk. 미국의 시인이자 소설가인 존 니하르트(John Neihardt)가 쓴 전기적 소설의 주인공. 수 족 인디언의 전사이자 성자.
15) 수 족의 말을 쓰는 미국 북부 지역 인디언.
16) 멕시코 북부 치와와 주 서남부에 사는 중앙아메리카 인디언.

것이 예술과 종교, 철학, 의식(儀式), 꿈이라는 것도 사실이다. 이것이 바로 완전한 원이 정신의 보편적인 상징 — 하나로 통합된 전체의 이미지 — 인 이유이며, 신성한 여행의 목적이 가능한 한 다시 완전해져야 하는 이유이다. 우리의 갈망은 그 원에 갈라진 틈이 생겼다는 신호이다. 우리의 삶은 여행으로 순회를 완성하려는 소망으로 불타오르고 있다.

독일의 인류학자인 아놀드 반 게넵[17]이 처음으로 기술한 전 세계적인 통과의례는 세 단계, 즉 분리, 시련, 재통합으로 이루어져 있다. 그 사이클은 인생의 한 단계에서 다른 단계로 옮아갈 때마다 과거와의 단절, 시련의 감내, 그리고 다음에는 통상적인 삶으로의 복귀가 요구된다는 것을 시사한다. 조셉 캠벨이 제시한 영웅의 여행 또는 모노미스(monomyth)의 모델[18]에서는 그 순서가 분리, 입문, 복귀이다. 또 윌리엄 멜크저의 견해로는 순례가 교회나 성당 또는 회교사원으로 향하는 의례적인 행진처럼 원을 도는 과정이다. "우리는 머물기 위해서가 아니라 돌아가기 위해 온다. 유물들에서 발산되는 신성함으로 우리 자신을 채우고 집으로 돌아가는 것이다." 이 관찰에서 순례자의 사이클은 자연의 재생 패턴, 즉 출발, 도착, 복귀로 이루어진 여행을 재현한다. 그 패턴은 생각이나 습관에 깊이 배어 있을 수도 있지만 그렇더라도 여전히 통찰력과 용기를 필요로 한다. 옛 유대교 신비주의자의 말에 따르면 "마음이 끌리는 길을 주의 깊게 관찰하고 다음에는 있는 힘을 다해 그 길을 택해 가라"는 것이다.

"우리 모두는 좋건 싫건 자신을 탐구하는 순례자들이다." 소설가 로버트 스톤(Robert Stone)은 그렇게 썼다. "그것을 인정하건 하지 않건 간에 삶의 구조가 그렇다."

---

17) Arnold van Gennep, 1873~1957. 프랑스의 민속학자, 민족지(民族誌) 학자. 다양한 문화권의 통과의식에 관한 연구로 알려져 있다.

18) 천국의 궁전에서 권한을 위임받은 신들이 세상을 형성한 행위를 가리키는 용어. 신화와 신들의 행위를 간단히 설명하기 위해 고안된 모델이다.

아일랜드 순회여행에서 기분이 처질 대로 처져 있던 어느 날 밤, 제임스 조이스의 『젊은 예술가의 초상(A Portrait of the Artist as a Young Man)』이 내게 준 충격은 필설로 다할 수가 없다. 그 소설의 주인공인 스티븐 디달러스는 작가로서 파리로 순례여행을 가기 위해 아일랜드의 해안을 떠나면서 스스로에게 용기를 불어넣는다. "삶이여 어서 오라! 나는 백만번째로 삶의 현실과 마주쳐 내 영혼의 대장간에서 내 종족의 창조되지 않은 양심을 벼리러 떠난다."

*

삶을 변화시키는 여행에 대한 열망을 마음속으로 다시 떠올려보자. 바쇼가 먼 지방으로 떠나면서 자연세계에 대한 열망을 표현했던 것처럼. "바람 따라 떠도는 구름이 내 방랑벽을 불러일으킬 날이 오리니, 그러면 나는 해변을 거닐러 여행을 떠나리라……"

문턱

우리는 무엇으로 문턱을 넘어설 수 있는가? — 로버트 블라이[19]

짐 꾸리는 일을 통해 외면적으로, 그리고 기도와 노래와 축복을 통해 내면적으로 채비를 갖추면 우리는 문턱을 넘어설 준비가 되었다. 문턱은 건축의 세부 구조 이상의 것, 즉 우리가 익히 알고 있는 여행에서부터 전

---

19) Robert Bly, 1926~ . 미국의 번역가, 시인, 수필가.

혀 알려지지 않은 여행에 이르기까지 위험한 여행에서 거쳐야 할 저항의 영혼을 불러내는 신화적인 이미지, 즉 쇄신을 향해 통과해야 할 첫번째 관문이다. 그 이미지의 진면목이 쇄신이라는 말로 압축되어 있는 것이다. 문턱(threshold)은 농가 앞마당에서 낱알을 검부러기로부터 분리하기 위해 행해졌던 타작(threshing)에서 유래했다. 늦어도 로마시대부터 문턱은 물이나 진흙이 집 안으로 흘러들지 못하도록 출입구에 설치한 널빤지나 기다란 나무막대였다. 문턱은 밖으로부터 안쪽을, 세속적인 것으로부터 신성한 것을, 미래로부터 과거를 분리한다.

넘어선다는 것은 문간의 수호신, 말하자면 우리를 마을에 계속 붙잡아두려고 하는 힘의 화신, 일상적인 세계와 맞선다는 뜻이다. 그런 수호신들, 예를 들자면 일본의 나라(奈凉)에 있는 도다이지 사원의 수호신 등에서 볼 수 있는 사납기 그지없는 모습은 우리가 의미 있는 여행을 떠나려고 고대하는 동안 느끼는 두려움을 상징한 것이기도 하다. 휴가여행은 아무 때나 쉽게 떠날 수 있다. 또 우리가 편안하고 확실하고 예측할 수 있는 휴가를 즐길 수 있도록 모든 것이 다 준비되어 있기도 하다. 그러나 순례는 다르다. 순례를 떠난다는 것은 곧 우리의 삶에서 어둠을 불러내는 것이며, 따라서 두려움이 현실로 다가오는 것이다.

뮤리엘 루카이저[20]는 에세이 『시의 삶(The Life of Poetry)』에서 길을 떠나는 여행자의 마음가짐과 아주 유사해 보이는 글을 선보인다. 그녀는 사람들이 시에 대해 느끼는 반감 때문에 염려가 되고 당황스러웠다. 그러나 다른 한편으로는 대부분의 사람들이 현대시가 난해하거나 어렵기 때문에 흥미를 잃는다고 주장하면서도 과학에서는, 그리고 심지어는 그림과 음악에서도 난해함에 끌린다는 사실을 알아냈다.

"이 저항감에는 두려움이라는 특성이 있어요. 시에 대한 두려움을

---

20) Muriel Rukeyser, 1913~1980. 미국의 수필가, 시인, 사회비평가.

표현하는 거죠. (……) 시는 우리가 느끼도록 초대를 해요. 아니 그보다도 반응하도록 초대하죠. 그리고 더 나아가 완전한 반응을 하도록 초대하고요. (……) 훌륭한 시는 지적으로 우리의 상상력을 사로잡을 거예요─ 그러니까 우리가 시에 도달하면 지적으로도 시에 도달하게 되겠지요─ 하지만 그것은 정서를 통해서, 우리가 느낌이라고 부르는 것을 통해서라야 해요."

강렬하고 진지한 여행도 마찬가지다. 그 여행은 우리의 상상력을 사로잡지만 신성한 순간으로 이르는 길은 또한 미지의 것에 대한 깊은 불안을 통해서 나타날 수도 있다.

영국해협의 한 섬에서 그 지방의 농부가 4천 년 된 고인돌 입구를 지키고 서 있다. 그는 자기의 조상들과 '접하기' 위해서 매일 아침 그곳을 찾는다고 한다.

그 때문에 많은 여행자들이, 심지어는 집을 떠나기 전 그들 자신의 집 문간에서도, 두려움을 느끼게 된다. 사자의 포효, 용이 내뿜는 불, 대가의 질책─ 이 모두가 같은 것, 즉 깨어나라는 부름을 표현하는 다른 방법이다.

문턱의 수호신이 기다리고 있는 것은 무엇일까?

선물이다.

집을 떠나면 우리는 이방인이며 이방인은 항상 불안하다. 현명한 여행자가 선물을 가져가는 이유도 바로 그 때문이다. 순례의 모든 중간 기착지에 평화의 선물을 바치는 것은 곧 심오한 개인적 목적을 가지고 하는 여행의 성스러운 본질을 인정하는 것이다.

열심히 귀기울이면 '좋아하지 않는 것은 무엇이건 지나가라' 는 고대의 충고를 들을 수 있다.

*

출발의 순간을 문턱을 넘어서는 것으로 생각해보자. 우리가 느끼게 될지도 모르는 불안은 기대감의 흥분이 거꾸로 표현된 것이다. 뭔가 새로운 일, 예측할 수는 없지만 삶을 바꾸는 일이 막 일어나려 하고 있다. 떠날 준비를 하면서 우리가 찾아가려는 사원들에 무엇을 바칠 것인지 생각해보자. '사진을 찍고' '기념품을 가져오고' '휴식을 취하는' 일에 중점을 두는 관광여행으로부터 뒤에 무엇인가를 '남기는' 여행으로 이행하는 것이 순례자가 되는 길이다. 아일랜드에 있는 켈트 족의 옛 십자가나 성스러운 우물 주위를 걷는 일은 놀라운 경험이 될 수 있다. 바람에 펄럭이는 눈부시게 흰 깃발, 자기네들이 정말로 그곳에 와 있다는 순례자들의 표정, 분수나 우물 또는 자선 헌금함에 떨어진 동전들, 국립공원 사무실에 남겨진 화산(火山)의 여신에게 드리는 편지들, 구걸하는 아이들을 위해 사탕이나 담배 대신 남겨놓은 연필과 엽서들 — 그 모든 것이 '감사하는 마음', 우리가 이 여행으로 축복을 받았다고 감사하는 행위들이다. 떠나기에 앞서 우리의 고마움을 어떤 식으로 표현할지 자문해보자. 그와 같은 목적을 위해 가방의 한쪽 주머니를 채워두자.

시인인 잭 길버트(Jack Gilbert)는 그리스의 섬에서 살고 있었을 때 감사를 표하는 의식을 한 가지 만들어냈다. 『모노리토스(Monolithos)』에서 그는 이렇게 적고 있다.

도착과 출발에 대하여,
내가 신선함에 눈뜬 여행에 대하여 경의를 표하자.

아일랜드의 프롤렉에 있는 고인돌을 찾아간 두 여행자의 모습을 담은 18세기의 삽화.

　　비바람이 거세게 몰아치던 어느 날, 나는 아일랜드의 클레어 카운티에 있는 오래된 고인돌과 켈트 족의 십자가들을 보러 당일치기 자전거 여행에 나섰다. 대서양 쪽에서 비바람이 몰아치고 있었다. 나는 트위드 모자가 바람에 날려가지 않도록 손으로 움켜쥐고 몸을 앞으로 숙였다.

　　한 농부가 조그만 정원에서 그 폭풍우를 즐기며 괭이에 기대서 있다가 내가 말을 걸기도 전에 먼저 물었다. "이보게 젊은이, 자네 그 돌들이 있는 곳으로 가나?"

　　나는 추위에 떨면서도 어리벙벙해져서 고개를 끄덕였다. 그것이 바로 그 지역에서 통하는 오래된 인사였다. 그가 내 손에 들린 아코디언처럼 접힌 지도를 호기심 어린 눈으로 바라보더니 실망스러운 듯 고개를 젓고 나서 바람에 쓸린 버렌 지대[21] 너머 쪽을 건너다보았다. 나는 그 농부에게 그의 낡은 초가집 옆을 지나는 길이 어디로 통하느냐고 물었다.

---

21) 물이 잘 빠지는 석회암 지대.

"끝까지 통하지, 젊은이." 그가 천천히 대답했다. "끝까지."

나는 떨리는 손에 지도를 들고 마음속에는 짜릿한 기대감을 안고 혼자서, 그러나 자신만만하게 출발했다. 앞쪽으로 해마다 나 같은 여행자가 4천 명 이상 찾아오는 돌무덤이 어렴풋이 떠올랐다. 무엇인가가 나를 그곳으로 끌어당기고 있었다. 회색빛 하늘을 배경으로 비스듬히 서 있는 폴나브론의 고인돌에서 빗물이 주룩주룩 떨어져내리고 있었다. 옛 사람들에게 영감을 불러일으켜 그 돌을 들어올리게 한 힘에 대해서, 신성한 것은 이념이 아니라 삶에서의 힘이라는 믿음에 대해 생각해보았다.

한 시간 동안 나는 그 고인돌의 커다란 개석(蓋石) 밑에 웅크려 앉아 스케치를 하고 예이츠의 시를 읽으며 그 순간을 마음에 새기고 있었다. 고대 아일랜드 사람들이 어떻게 해서 순례자를 자이로베이거스(gyrovagus), 즉 '순회하는 방랑자'라고 불렀는지 알 수 있었다. 그러자 한 순례 성지에서 또 다른 성지로 순회하는 '켈트 족의 순회 탁발승'이 마음속으로 떠올랐고, 나는 미소를 지으며 이런 생각을 해보았다. 여기가 바로 내가 있어야 할 곳이야.

*

일단 문턱을 넘어서면 두번째 과제는 주위의 모든 것에 열심히 귀를 기울이는 일이다. 순례는 자신의 영혼과 재결합하는 기회이다. 그러나 라디오 주파수가 방해를 받는다면 그러기가 어려울 것이다. 음악에 귀기울이는 고독한 시간은 여행을 할 때 주의 깊게 귀담아듣는 습관으로 돌아가기 위한 매우 효과적인 방법이다. 누군가와 대화를 나눈 뒤 마지막으로 진정한 즐거움을 느낀 것이 언제였는지 자문해보자. 우리가 친구와 가족, 하다 못해 라디오 소리에라도 얼마나 주의 깊게 귀기울이는지 생각해보자. 만일 지금 귀기울이고 있지 않다면 여행을 떠났을 때 간단히 스위치를 올리기가 어려워질 가망성이 많다. 지금부터 시작해보자.

드디어 이제 우리가 순례를 시작할 때가 되었다. 우리의 하루 가운데서 가장 조용한 시간, 모든 사람들이 잠든 이른 새벽 시간이나 온 도시가 정적에 잠긴 늦은 밤 시간을 찾아보자. 회상은 우리의 진정한 동기가 무엇이었는지를 알아보는 매우 효과적인 방법이다. 이전에 했던 불완전한 여행들을 떠올려보자. 상상속에서 순례여행이 구체화되는 동안 마음속에 떠오르는 것들을 적어보자.

*

정말로 귀기울여 들었던 마지막 순간을 생각해보자. 지금은 무엇에 귀기울이고 있는가? 삶이라는 불협화음의 와중에서 어떤 부름을 듣는가? 모든 의문의 내면에 일상에서 벗어나고자 하는 마음이 있다는 것을 상기하자. 그 의문을 풀기 위해서는 떠나야 한다.

작가 마틴 파머(Martin Palmer)는 이렇게 말했다. "진정한 순례는 우리가 지구를 반 바퀴 돌건, 아니면 자기 집 뒷마당으로 나가건, 삶을 바꾼다." 유명한 사원을 찾아 수천 마일 떨어진 유럽으로 괴롭고 힘든 도보 순례를 떠나건, 조상의 뿌리를 찾아 오랫동안 미루었던 여행을 떠나건, 또는 창조적인 일을 찾는 긴 영적인 여행에 첫걸음을 내딛건, 여행은 우리를 바꿀 준비가 되어 있다.

그것이 기록할 만한 것이 아니라면, 다른 무엇이 그런 것이겠는가?

IV
길

The Pilgrim's Way

길이 내내 오르막으로 굽이치는가?
그렇다, 맨 끝까지.
여행이 하루 종일 걸릴 것인가?
아침부터 밤까지, 친구여.
— 크리스티나 로세티 (Christina Rossetti)

    1980년대 초에 차이나 갤런드는 타라[1]와 검은 성모 마리아의 놀랍고 이상한 모습들로 구현된 '어둠 속의 어둠' 이라는 말의 의미를 탐구하기 위해 세계 각지의 여러 성스러운 지역들로 몇 차례에 걸쳐 순례를 떠났다. 위험을 무릅쓰고 인도, 네팔, 스위스, 프랑스 등지를 거친 뒤 1987년 8월, 자스나 고라 수도원에 있는 체스토초바의 우리 성모 성당을 찾아가는 2주일간의 순례에 참가하기 위해 폴란드에 도착했다. 바르샤바에 모인 3만 5천 명의 사람들 — 그 도시 주위에 있는 수백 곳의 교회에서 온 순례자들 — 은 하루에 30킬로미터씩 걷는 행진을 시작했다. 그들이 수도원에 이르렀을 때쯤에는 거의 백만 명에 이르는 순례자들이 전 세계의 이목을 집중시키는 대규모 신앙 집회에 모여들 것이었다.

    갤런드는 『어둠에 대한 열망(Longing for Darkness)』에서 14세기에

---

1) 티베트, 네팔, 몽고 등지에서 널리 숭배하는 여성 보살. 정신적 여행과 해로, 육로 여행의 수호신.

리투아니아 빌니우스에 있는 여명의 문(Gate of Dawn). 순례자들이 검은 피부에 금 장식을 한 성모 마리아에게 기도를 드리기 위해 모여들었다.

오폴레의 공작인 라디스라우스가 헝가리에서 체스토초바로 검은 성모 마리아를 옮겨왔을 때 사도 바울을 따르는 사람들이 '빛의 산'이라는 뜻을 지닌 자스나 고라 수도원에서 그 성모상을 보살피는 책임을 맡았다고 설명한다. 그녀는 이렇게 적고 있다. "그들 가운데 하나가 276년 전 바르샤바에 전염병이 만연했을 때 이 순례를 시작했다. 그후로 바울을 따르는 신부들은 전쟁이 일어나건 기근이 발생하건 또는 히틀러와 후르시초프 같은 독재자들이 여행을 하지 못하게 막건, 어떤 일에도 굴하지 않고 해마다 이 순례를 계속했다."

　행진을 하는 동안 갤런드는 묵주 기도와 꽃다발 증정, 성직자와 수녀에게 바치는 노래 같은 의식들과 도로를 따라 늘어서 있는, 히말라야에서 보았던 불교 사원들을 떠올리게 한 성당들의 숫자에 깊은 감명을 받았다. 길고 힘든 도보여행에 대비해 본국에서 훈련을 쌓기는 했어도 이틀째가

154

되자 발에 물집이 생겨 발가락에서 발목까지 발 전체를 붕대로 싸매야 했다. 한 간호사는 그녀에게 순례를 그만두고 쉬어야 한다고 했지만 갤런드는 끝까지 버텨냈다. 셋째 날, 그녀는 기도를 올리고 명상을 하고 노래를 부르면서 비몽사몽 하기 시작했다. 그러나 육체적인 고통에도 불구하고 먼 거리를 걷는 일이 정신적 훈련이라는 것을 알게 되었다. 그녀는 틱낫한의 '지금 이 순간에 피난처를 구하라'는 충고에서 위안을 얻었다.

도중에 그녀는 지칠 대로 지치고 '감정적으로 벌거벗겨져서' 경찰 앞잡이들이 있을지도 모른다는 의심을 하기 시작했다. 그러나 행진이 거의 막바지에 이르러 성당까지 9킬로미터를 남겨놓았을 때, 그녀가 속한 그룹이 프르제프라스잠(Przepraszam)이라는 용서 의식을 치르기 위해 길가에 멈춰 섰다. 순례여행을 하는 동안 자기 때문에 감정을 상했거나 마음에 상처를 입었을 수도 있는 사람 아무에게나 다가가서 '프르제프라스잠'이라고 하는 것이 관례인데, 그 말에는 또한 "미안해요. 내가 어떤 일로 당신의 마음을 아프게 했다면 모두 잊고 용서해주세요"라는 뜻도 들어 있었다. 그녀는 자기가 몹시 경계했던 한 젊은 남자를 찾아내어 '프르제프라스잠'이라는 말을 건넸고 마음이 개운해져서 다시 여행을 계속할 힘을 얻었다.

그들이 체스토초바에 모여들었을 때는 구불구불 이어진 순례행렬이 천천히 길을 따라 내려가고 있었다. 몇 시간 뒤 갤런드는 수도원 안으로 들어섰고, 마지막 힘을 쏟아 예배당 끝에 있는 검은 성모 마리아 상 앞으로 다가갔다. 그러나 한 걸음 한 걸음 천천히 다가가기는 했지만 밀고 밀리는 동료 순례자들 때문에 잠시 스치듯 볼 수밖에 없었다. 사당에 안치된 성모 마리아 상은 부적이며 목걸이며 묵주, 목발 같은 것들로 둘러싸여 있었는데, 갤런드는 그 모습을 이렇게 묘사했다. "성모 마리아 상은 은과 보석들로 둘러싸인 놀라운 모습으로 검은 제단에 안치되어 있다. 그렇더라도 너무 멀다. 나는 그 이미지를 파악조차 할 수 없다……"

우리들 각자의 마음속에는 순례자가 있다. 그 순례자는 신성한 것과의 직접적인 접촉을 갈망하는 우리의 일부이다. 우리는 그곳이 사원이건 신전이건 묘지이건 도서관이건 그 성소로 들어가기 위해 지구를 반 바퀴라도 돌아 여행하며 어떤 큰 고통과 희생도 견딜 것이다. 이것은 실천 외에는 방법이 없다.

　　에픽테투스[2]는 그의 행복론에서 이렇게 말했다. "중요한 것은 무엇을 하느냐가 아니라 어떻게 하느냐이다."

　　우리의 실천은 우리의 길이다. 만일 그렇다면 노자가 말했듯이 "길은 자연 그대로이다." 그것은 간단히 말해서 겸손하게 보는 법, 듣는 법, 느끼는 법, 걷는 법, 존재하는 법이다.

성스러운 길

이제 우리는 두려움과 매혹과 공포에 대처해야 한다. 전광석화 같은 확신이 번뜩이는 무지로 그리고 충일감과 사랑과 축복으로…… ─ 프란시스 헉슬리[3]

　　걸어서 여행을 하건, 또는 비행기나 배나 기차나 자전거 혹은 버스를 타고 하건, 순례의 과정은 공간뿐 아니라 시간도 가로지른다. 대망을 품은 목표와 강렬한 헌신이 새로운 경치의 조망, 진기한 음식 냄새, 색다른 풍

---

2) Epictetus, 55~135. 제정 로마의 노예 출신 스토아 철학자.
3) Francis Huxley, 1923~ . 영국의 인류학자.

습과의 만남 등 그 모든 것들과 한데 어우러져 새로운 세계를 경험하는 새로운 방법을 창조하는 것이다. 순례자들에게 제공되었던 전설적인 환대와 존경 역시 펼쳐지는 모험에 대해 기쁘고 감사하는 마음을 갖게 한다.

전 세계에서 수백만의 사람들이 그들 스스로 성스럽고 신성하다고 믿는 것과 어떤 관계를 맺기 위해 구불구불 이어진 길로 여행을 떠난다. 메소포타미아, 이집트, 아프리카, 접근이 금지된 태평양 섬들에 있는 신성한 장소들로의 초기 순례는 비록 옛 신화와 전설에 그 전통의 메아리가 남아 있기는 하지만 대체로는 기록이 되어 있지 않다. 예전에는 신성한 그리스의 섬들, 축복 받은 아폴로 섬, 그리고 델로스에 있는 다이아나[4]의 출생지로 이르는 방대하게 얽힌 뱃길이 있었는데, 그런 섬들은 너무도 신성해서 사람들은 낮 동안에만 방문할 수 있었고 그 섬에서의 출생과 죽음이 금지되었다. 고대의 여행자들은 제우스가 태어난 크레타 섬의 산기슭과 델포이가 아폴로의 신탁 장소로 정해지기 전까지 시빌[5]들이 통치했던 파르나수스 산의 골짜기를 방문했다.

아일랜드 전역에 걸쳐 있는 순례자의 길들은 고대의 무덤과 예배당에서 성자들을 숭배하기 위해 길을 떠난 수많은 탄원자들을 위한 것이었다. 콘스탄티누스 대제의 어머니인 헬레나가 326년 예루살렘에서 찾아냈다고 전해 내려오는 진짜 십자가의 발견과 더불어 구세주의 족적을 따르는 일이 시작되었고 오늘날까지도 그 일은 여전히 계속되고 있다. 인도를 여행하는 사람은 누구나 전국 각지의 순례자들이 온갖 성스러운 장소로 찾아간다는 것을 잘 알고 있다. 해마다 약 2천 만 명의 사람들이 1800개의 힌두교 사원을 방문하는 것이다. 전설에 의하면 부처의 유물은 8400개의 사리탑에 흩어져 있다고 하는데, 8400은 그의 삶이 영겁, 즉 우주의 나이에 완전하게 반영되어 있음을 가리키는 신비한 숫자이다. 하지만 그 숫자

---

4) 로마 신화에 나오는 야생 동물과 사냥의 신. 그리스 신화에서는 아르테미스.

5) 아폴로 신을 모시던 예언자.

는 또한 부처가 어디에나 있음을 암시하는 시적인 이미지이기도 해서 아무 때나 어느 곳으로든 순례를 할 수 있게 해준다. 중세 유럽은 순례여행을 가는 길들로 거미줄처럼 엉켜 있었다. 오늘날에도 그런 길들로 여전히 사람들은 모여든다. 서유럽 한 지역에만, 박물관들과 유명한 예술가들의 사당 같은 세속적인 곳으로 이르는 길들을 셈에 넣지 않고도, 대략 6000개의 유명한 순례 길이 있다.

어느 곳에서나 순례자의 길은 외면적인 동시에 내면적이어서 공간뿐 아니라 시간을 가로질러 발과 정신이 동시에 움직인다. 이 두 가지 역할은 티베트의 성스러운 여행 전통에 요약되어 있다.

"순례는 자연히 티베트인들, 늘 이동하며 살아가는 사람들에게 돌아간다." 에드윈 번바움[6]은 『종교 백과사전(The Encyclopedia of Religion)』에서 그렇게 쓰고 있다. 티베트인의 순례는 산을 도는 의식으로 구현되는데, 이것은 "헌신이 성스러운 사람이나 물체에 경의를 표하는 수단으로 시작되는" 인도 불교에서 온, 예로부터 입증된 헌신 방법이다. 번바움은 그나스 스코르(gnas skor)라는 말을 "성스러운 장소로의 순행"이라고 설명한다. "집을 떠나서부터 다시 집으로 돌아오는 대순환은 그 안에서 더 작은 순환이 이루어지는 더 큰 순행의 고리로 생각되었다."

그런 여행을 위해 여러 세기 동안 드카르 샤그(dkar chag)라고 불리는 간단한 안내서가 사용되었는데, 그 책에는 이리저리 얽힌 순례여행길 전체의 세세한 사항들과 '숨겨진 왕국 샴발라 같은 전설적인 장소', 그리고 다른 곳에 있는 마을과 수도원, 성스러운 동굴, 샘, 호수, 산으로 이르는 지침들이 수록되어 있다.

티베트인들이 하는 순례의 목적에는 성스러운 물건, 사람, 사원, 장

---

6) Edwin Bernbaum. 미국의 여행 작가. 캉첸중가, 에베레스트, 힌두쿠시 등의 산을 소재로 『신성한 산들(Sacred Mountains)』을 썼다.

소들에서 정신적 물질적 축복을 받는 일과 정신의 대가들로부터 가르침과 비결을 얻는 일, 그리고 봉헌물을 남기는 일이 포함된다. 티베트인들의 관행은 관조적인 여행의 기술을 반영하지만, 우리는 어째서 산으로 가는 것일까?

번바움은 그의 저서인『신성한 산들』에서 성스러운 산들의 상징적 의미와 순례를 떠나려는 충동 사이의 합류점을 다음과 같이 설명한다. "산에 의해 일깨워진 신성한 느낌은 삶을 바꾸는 힘을 지닌 진실을 드러낸다. 그 진실이 무엇이건 —신성, 존재의 근거, 공허, 무의식, 자아, 자연, 절대자— 그것과의 만남은 우리를 통상적인 개념으로부터 자유롭게 풀어준다…… 산은 신성한 느낌을 일깨워주고 우리에게 깊은 진실을 알려줌으로써 우리를 세상과 연결시키고 우리의 삶을 더 현실적으로 만들어준다."

번바움의 이 말은 전 세계의 수세기에 걸친 헌신적인 관행을 요약한다.

우리는 어떤 성상이나 산 앞에 서기 위해 생소한 풍경을 가로질러 나아간다. 왜냐하면 우리의 마음속에는 그 방향을 가리키는 정신적 나침반과 우리를 부르는 목소리가 있기 때문이다. 그 내면의 목소리, 아니 어쩌면 조상들이나 시인이나 예언자의 목소리는 오랜 세월을 가로질러 지금까지 메아리쳐 내려오고 있다. 마음의 눈으로만 볼 수 있는 신성하고 불가사의하고 완전히 다른 미스터리와 만남으로써, 번바움이 적고 있는 것처럼, '예전의 생각을 뒤집고 새로운 인식에 눈뜰 수 있다'는 사실을 일깨워주면서.

우리 마음속 깊은 곳에 있는 순례자적 정신은 그 미스터리에 사로잡히기를 원하지만 단지 순간의 즐거움을 위해서가 아니라 우리가 가지고 돌아올 수 있는 진기한 기쁨을 얻기 위해서이다. 존 무어[7]가 말했던 것처

---

7) John Muir, 1838~1914. 미국의 작가, 환경보호론자. 캘리포니아의 세쿼이아와 요세미티 국립공원 설립에 주도적 역할을 했다.

럼 "산에 올라가 그 산의 기쁜 소식을 전해듣자."

번바움은 우리에게 다음과 같은 점을 상기시켜준다. "다른 사람들을 일깨워줄 수 있는 특별한 힘을 가지고 성스러운 산들을 응시하는 일은 현실을 더 깊이 있게 경험하는 방법이며 우리에게 가정과 사회에 대해 성스러운 느낌 — 조화롭게 살기 위해서 교양을 쌓아야 할 필요가 있다는 느낌 — 을 갖도록 마음을 열어준다."

순례는 종종 자아를 찾기 위한 보편적인 탐구 행위로 간주된다. 그형식은 문화에 따라 다르지만 역사상 모든 시기에 공통적으로 한 가지 요소는 변하지 않고 남아 있는데, 그것은 정신을 쇄신하는 일이다. 순례의 형태는 메카나 로마로 향하는 목표 지향적인 여행처럼 직선적일 수도 있고, 일본의 시코쿠 섬을 도는 여행처럼 순환적일 수도 있고, 산을 오르는 여러 경우에서처럼 나선적일 수도 있다. 바쇼 같은 방랑 시인에게는 순례가 선(禪)의 진수를 구현하는 여행, 길이 곧 목표이면서도 잘 살아온 삶에 대한 영적인 은유도 되는 소박한 여행이었다.

순례의 목적은 삶을 좀더 의미 있게 만들려는 것이다. 성스러운 여행을 통해 각 개인은 신성함, 즉 삶의 궁극적인 근원으로 이르는 길을 발견할 수 있다. 성스러운 길의 진수는 시험과 고난, 시련과 장애를 극복하고 신성한 장소에 도착해서 그 힘의 비밀을 간파하고자 하는 것이다. 프란시스 헉슬리가 『신성으로의 길(The Way of the Sacred)』에서 지적했듯이, 사람들은 신성한 영역을 공유함으로써 자신의 기원과 운명에 대한 사상을 깨닫게 될 뿐 아니라 삶의 의미를 드러내는 그 사상에 대한 경험도 얻게 된다. 그는 이렇게 말하고 있다. "신성함 그 자체는 분명히 의식의 미스터리다. 그러나 미스터리라는 말은 지적으로 풀 수 없는 문제를 의미하는 것이 아니라, 경험하기 위해 행동으로 옮겨져야 하고, 그것을 자기 것으로 만들고 싶다면 겪어야만 하는 각성과 변화의 과정을 의미한다."

모세와 가시나무 떨기 불꽃(burning bush)[8]이라든가 크리슈나[9]의 모습을 바라보고 있는 아르주나[10]에 관한 이야기들, 또는 제임스 조이스의 단편 모음집 『죽은 자들(The Dead)』에서 볼 수 있는 씁쓸하면서도 달콤한 직관 같은 것들은 계시가 생겨나는 극한적인 장소에 대해 우리에게 암시 — 정확한 지침이 아니라 — 를 준다는 점에서 더없이 소중하다.

마틴 로빈슨(Martin Robinson)은 이렇게 적고 있다. "몇몇 순례자들의 경우는 단순히 방황하는 행위 — 목적지가 알려져 있건 아니건 상관없이 — 로 충분하지만, 대부분의 사람들에게는 지난날의 사건들로 신성해진 땅을 밟는다는 느낌이 반드시 필요하다. (……) 신비한 영역에서 두려움과 경이감을 느끼기 위해 (……) 즉각적으로 신성하다는 느낌을 받기 위해 (……) 다른 사람들이 걸었던 길을 따라 실제로 걷는 순례자의 경험은 그들로 하여금 지금까지 일어났던 모든 일에 동참할 수 있도록 해준다. 말하자면 순례자는 앞서 갔던 모든 사람들과 하나가 되는 것이다."

여행의 목적에는 여러 가지 차원이 있을 수 있다. 힐레어 벨록[11]은 1902년에 쓴 고전적 저서 『로마로 가는 길(The Path to Rome)』에서 자기가 프랑스의 생 클루에서부터 로마까지 걸었던 일을 기술했는데, 마이클 노박[12]은 그 여행을 이렇게 평했다. "그 여행은 물론 여행 그 자체가 표방하는 것처럼 서구 최초의 문명을 향해 이탈리아 중심부로 긴 여행을 하는

---

8) 현란한 꽃을 피우는 관목 식물. 모세는 호렙 산에 이르러, 가시나무 떨기 속의 불꽃을 보고 다가가다가 예수의 음성을 듣고 출애굽의 사명을 받았다고 한다.
9) 인도에서 가장 존경 받는 신으로 힌두교의 신인 비슈누의 여덟번째 화신(化身).
10) 인도의 서사시 「마하바라타(Mahabharata)」에 나오는 판다바 5형제의 맏이. 아르주나가 전쟁을 치르기 전에 망설이자 그의 친구이자 전사인 크리슈나 신이 인간의 의무, 또는 마땅히 취해야 할 도리에 대해서 강연을 하는데, 그 둘 사이의 이야기는 인도의 가장 유명한 종교서인 『바가바드기타(Bhagavadgita)』에 반(半)대화체로 기록되어 있다.
11) Hillaire Belloc, 1870~1953. 프랑스의 생 클루에서 출생한 영국의 시인, 역사가, 수필가.
12) Michael Novak. 미국의 종교학자, 철학자, 정치학자.

동안 모젤,[13] 알프스, 투스카니[14] 등지를 지나며 그곳 사람들의 소박한 기쁨에서 느낀 유쾌한 즐거움이었다. (……) 그러나 오랜 기간에 걸친 도보 여행은 내면적이다. 그것은 예술가의 여행도 고고학자의 여행도 아니고 박물학자의 여행도 아니다. 벨록은 큰 도시나 지나는 길에 있는 유명한 기념물, 또는 예술 작품에는 별 관심을 보이지 않았다. 그는 여행 안내서들에 자주 등장하는 유명한 장소보다는 서민들의 생활 방식을 더 찬양했다."

벨록이 가장 마음에 들어했던, 그래서 '이상한 모험의 빛'이라고 불렀던 길에 대한 노박의 또다른 통찰은 현대 여행자들에게 교훈이 된다. 벨록이 로마까지 했던 순례여행, 그 귀중한 유물들을 발견한 일은 "평생을 바쳐야 할 일을 하는 데 필요한 지적인 에너지를 축적하기 위해" 고안된 '명상여행'이기도 했다.

웨일즈의 작가 에드워드 토머스(Edward Thomas)의 잊혀지지 않는 소설 『순례자(The Pilgrim)』는 오래 전부터 어두운 길이라고 불렸던, 웨일즈의 카디건과 성 다비드 성당 사이에 있는 옛 순례자들의 길을 따라 걷는 익명의 남자 이야기를 하고 있다. 길가에서 그는 돌에 순례자의 십자가를 새기고 있는 묘한 젊은이(익명의 남자는 그 젊은이가 하잘것없는 이야기로 벌어먹는 시인이라고 생각한다)를 만난다.

이유를 묻지 않았는데도 그 되다 만 시인은 자기가 위기를 겪는 동안 이 세상의 온갖 치료법과 문학으로부터 도움을 받지는 못했지만, 그 과정에서 순례자들이 더이상 존재하지도 않는 성 다비드 성당 같은 곳을 찾아가기 위해 겪어야 하는 시련을 존중하게 되었다고 한다. 간단히 말해서 사람들이 믿음을 지키는 방법을 존중하게 되었다는 것이다. 고통 받는 젊은이가 돌에 순례자의 십자가를 새기려는 이유는 순례자들이 힘든 여행을 견뎌냈을 때 어떤 기분을 느끼는지 알고 싶은 바람 때문이었다.

---

13) 프랑스 북동부 지방. 포도주 산지로 유명하다.
14) 고대 로마 문명의 기원지이자 이탈리아 중서부의 휴양지.

이상한 만남들이 그러하듯, 토머스의 이야기는 결말이 미정인 채로 끝난다. 다른 사람의 행위를 흉내냄으로써 우리가 그의 마음을 더 잘 들여다보고 같은 기분을 느낄 수 있게 된다고 생각하는 것은 자만심일까? 아니면 그 의식(儀式)에 동병상련의 원칙이 포함되어 있다고 믿어야 할까?

나는 마음의 눈으로 이런 장면을 그려볼 수 있다. 엉뚱한 일에 말려든 화자. 그는 오래된 돌에 한 번씩 한 번씩 정을 내리쳐 쪼아나가는 고뇌에 찬 젊은이를 지켜본다. 태양은 저물고 그는 새겨진 십자가를 손가락으로 매만지며 어떤 일 — 심지어는 믿음까지도 — 을 충분히 오랫동안 실천하는 것은 무엇인가에 대해 생각한다.

신성한 여행에서는 모든 경험이 예사롭지 않으며, 어떤 만남도 무의미하지 않다. 만일 우리가 읽는 법을 배우기만 한다면 어느 곳에서나 징후들을 읽을 수 있다. 『순례자』에서 화자는 길가의 새로운 순례자를 그저 이상한 사람으로 볼 수도 있고 사자(使者)로도 볼 수 있다. 우리도 역시 길에서 이상한 사람 — 또는 하다 못해 이상한 행동이라도 — 과 마주친다면 그럴 것이다.

에픽테투스는 다음과 같이 충고한다. "지금부터 불쾌해 보이는 모든 것에 대해 이렇게 말하는 연습을 해라. '너는 다만 겉모습일 뿐 절대로 본모습은 아니다' 라고." 옛날 로마의 현자가 말했던 것처럼 우리의 신성한 상상력이 지닌 힘을 이용하자. 길에서는 모든 것이 문제가 되지만 정말로 문제가 되는 것은 보이지 않는 것, 내면의 눈으로 보아야 하는 것이다.

1997년 여름, 나는 파리의 그랑 팔레[15]에 전시된 앙코르와트의 예술품들에서 그와 같은 훌륭한 예를 보았다. 그 전람회는 크메르 조각의 영광스러운 유산을 전시한 이루 말할 수 없이 아름다운 행사였는데, 거기에는 앙코르와트로 이르는 신성한 강이자 내륙의 바다인 '크메르 갠지스'

15) 1900년 프랑스 파리에서 열린 만국박람회를 기념하여 지은 건물. 전시장과 전람회장으로 이용된다.

의 지도와 사진들, 관음보살의 조각상들, 그리고 육감적인 압사라[16]들과 하늘을 나는 가루다[17]들을 새긴 사암 박공벽(壁)이 있었다. 그러나 전람회의 초점은 크메르의 황금기에 국가를 통치했던 왕인 자야바르만 7세의 온화한 상반신 상이었다. 그 절묘한 조각상은 그처럼 불가사의하게 관조적인 모습을 하고 있어서 사람들이 마치 의식을 치르듯 그 주위를 돌고 있었다.

그들 가운데서 한 남자가 특별히 내 눈을 끌었다. 우아한 차림에 흰 수염을 기른 나이 지긋한 프랑스 남자였다. 그는 홀린 듯 조각상 앞을 왔다 갔다 하면서 몇 초마다 한 번씩 들고 있던 조그만 공책에 관찰 결과를 적어넣었다. 그의 모습이 마치 사랑에 빠진 남자처럼 보였다. 얼마쯤 지나자 나는 나도 모르게 그 조각상을 좀더 자세히 보고 있었다. 마술처럼 내 눈길이 더 강렬해지고 내 안목이 더 깊어지기 시작했다. 그처럼 혼란스러운 시기에 자야바르만 7세가 어떻게 평정을 찾을 수 있었는지 상상해보려고 애쓰는 동안 나 자신이 앙코르와트로 옮겨진 듯한 느낌이었다.

가능한 한 조심스럽게 나는 그 프랑스 남자 뒤로 몇 발짝 다가갔다. 그의 공책에는 짤막한 구절들과 운문들이 적혀 있었는데, 그 하나하나의 단어들이 석상을 한 번씩 쳐다보고 적은 것이었다. 그가 흉상을 바라보는 눈길 그 자체가 운율을 지닌 음악이었다. 보고 적고, 보고 적고, 보고 적고. 그 단어들은 미술가가 정물화를 창조해내는 것 못지 않게 많은 관찰과 숙고를 통해 끌어낸 것이었다.

그는 시를 스케치하고 있었다.

그것은 절대로 단순한 박물관 관람이 아니었다.

---

16) 힌두교의 천녀(天女). 물의 요정으로 앙코르와트 사원의 벽화 조각에 많이 등장한다.
17) 매의 부리와 황금 날개, 네 개의 팔을 가지고 있는 힌두교 신화의 새.

*

우리의 여행 목적을 다시 한번 더 생각해보자. 우리의 길은 어떤 것인가? 선택한 길을 따라 나아가는 우리 자신을 어떻게 바라볼 것인가? 우리는 어떤 길을 걷고 있는가? 즐거움을 추구하는 여행자로서? 떠도는 방랑자로서? 탐험가로서?

고대 산스크리트어에서는 체스 경기자를 뜻하는 말이 순례자를 뜻하는 말과 같았다. 체스판 위에 있는 우리 자신을 보려고 노력하자.

다음 수는 무엇일까?

보는 법

우리는 대체로 보지 않고 간과한다. —앨런 와츠[18]

정신으로 충만한 여행에 한 가지 비결이 있다면 그것은 우리 자신을 볼 줄 알게 되는 것이다. 하지만 그러기 위해서는 연습을 해야 하고 그 연습이 중요하다는 믿음을 가져야 한다. 순례자와 관광객 사이의 차이점은 관심의 목적과 호기심의 질이 다르다는 것이다.

20세기 초에 릴케가 파리에서 폴 세잔의 그림들을 응시하며 보낸 한 주일 동안 그의 아내에게 써 보낸 편지들은 마치 정물화를 보는 듯하다. 그는 이미 유명해진 어떤 화가의 그림들을 취재하기 위해 화랑으로 파견된 기자가 아니었다. 그 편지들은 릴케의 개인적 발견, 즉 그가 단 하루 만

---

18) Allen Watts. 미국의 철학자, 종교학자.

에 단 한 사람의 화가에게서 이루 말할 수 없는 감동을 받아 그날 이후로 자기의 이해와 인식 그 자체를 깊이 있게 하려고 몇 번씩 다시 찾아가지 않을 수 없었던 경험의 결과였다.

여행자는 얼마 안 가서 곧 평생 동안 몸에 밴 시각과 일상적인 인식 — 하루하루를 살아가기에는 아무런 지장이 없지만 생소하거나 이상하거나 경이로운 것들을 이해하는 데는 적합하지 못한 — 을 버리고 새로운 눈을 뜨기가 쉽지 않다는 것을 알게 된다. 모트 로젠블럼은 해외 특파원 시절 그런 상황에 자주 접하면서 보도가 '비유적인 순례여행'이라고 믿게 되었다. 진실을 발견하려면 모든 기사의 '근원'을 찾아가야 하는 것이다.

"우리는 그 기사가 소련의 붕괴에 관한 것이건, 아프리카의 옛 노예 시장에 관한 것이건, 또는 프랑스에서 앨리스 워터스[19]가 새로 연 레스토랑에 관한 것이건, 모든 기사에서 누가 신이거나 여신인지를 알아냅니다. 그것은 불변이지요. 우리는 근원과 출처로 찾아갑니다. 『센 강의 은밀한 삶(The Secret Life of the Seine)』을 쓸 때도 그것, 즉 근원을 찾아가는 것이 내가 해야 할 일이었지요. 그 근원은 세 개의 조그만 개울, 거대한 강이 되는 수원(水原)임이 밝혀집니다." 그는 목적 있는 여행으로서의 순례라는 은유를 이해하고 있다. "나는 무엇이건 직접 자기 눈으로 보아야만 하는 순례자와 같습니다. 상상력이 불타오르면 정신이 뒤따르지요."

에릭 길[20]은 그의 고전적인 저서 『노동의 성스러운 전통(A Holy Tradition of Working)』에서 이렇게 쓰고 있다. "성스러움을 안다는 것은 인간의 특별한 재능이다."

---

19) Alice Waters. 미국의 요리 연구가. 유기농법으로 재배한 재료만을 써서 요리하는 식당 체인을 운영하고 있다.
20) Eric Gill, 1882~1940. 영국의 판화가, 삽화가, 서체 디자이너.

그는 이렇게 묻는다 "우리가 어떻게 그 재능을 알 수 있을까?" 그러려면 상상력을 어떻게 활용해야 하는지 알려고 노력해야 한다. 그는 시력보다 상상력을 중시하는 그리스 조각가의 이미지로 자신의 관점을 설명한다. "'보는 것이 믿는 것'이라고 하기보다는 '믿는 것이 보는 것'이라고 하자."

예술가와 순례자는 같은 영역에 있는 영적인 여행자들이며 본질적으로 유사하다. 샴 쌍둥이처럼 그들은 세상을 직접 경험하려는 욕망의 신경조직으로 연결되어 있다. 순례자는 길에, 아니 모든 것의 중심에 시(詩)가 있다고 믿는 시적인 여행자이다. 정신으로 충만한 여행은 폐허에서도, 거칠고 험한 날씨에도, 심지어는 기분이 몹시 좋지 않을 때에도 아름다움을 찾아내는 기술이다. 예술과 마찬가지로 순례는 적당한 분위기가 생겨나기를 기다리지 않으며, 시처럼 시간과 공간을 초월한다. 그러므로 순례 여행은 지금 당장 이루어질 수도 있고 결코 이루어지지 않을 수도 있다. 놀랍고 즉흥적인 일을 할 소지를 남겨놓는 것은 곧 길 없는 길을 배우는 비법을 전수받기 시작하는 것이다.

학자이면서 마리자 김부타스의 전기를 쓴 작가이자 성스러운 유적지들로의 여행 안내자인 조안 말러(Joan Marler)의 경우에는, 적절한 준비가 실제로 여행을 하는 동안 때에 맞춰 수시로 이루어진다. 그녀는 자기의 여행단원들에게 신성한 여행에 나서기로 한 결정을 새로 생겨난 틈을 통해 밖을 내다보는 것과 비슷한 일로 여기라고 함으로써 그때그때 준비할 수 있게 한다. "나는 언제나 사물을 형이상학적이거나 신화적인 관점에서 봅니다―그래서 최소한의 동기로 많은 방해를 받지 않고서, 단지 새로운 조망만으로 여행을 하려고 노력하죠. 하지만 그것으로 충분해요. 왜냐하면 새로운 조망은 삶의 다음 단계에서 우리가 어디에 있어야 하는가라는 인식을 일깨워주는 일, 즉 직관을 재조정하는 일이 될 수 있으니까요.

아일랜드 도네갈에 있는 무너져내린 예배당. 골동품 수집가들이 말하는 '폐허 사냥'의 즐거움 가운데 하나는 세세한 부분들에서 아름다움을 찾아내는 일이다. 아름답게 고안된 창문 아치 윗부분에 새겨진 '영원의 매듭' 디자인 기조(基調)를 눈여겨보자.

"나는 사람들에게 신화적인 관점을 이용하여 여행길에 있는 모든 것을 보라고 제안합니다. 자주 눈에 띄는 것들을 보되 비판적이어서는 안 된다고 말이죠. 나는 그들에게 읽을거리 목록, 신문기사, 지도, 일기예보 같은 것들을 제공합니다. 그들이 무엇을 예상해야 할지 알고 너무 놀라지 않기를 바라는 마음에서요. 나는 그들에게 이런 식으로 말합니다. '준비를 하고─다음엔 기대를 버리세요.'"

나는 여행을 할 때마다 주제를 한 가지씩 정한다. 내가 가장 좋아하는 주제 가운데 한 가지는 길이다. 자갈을 깐 길, 벽돌을 깐 길, 황톳길, 고대 로마의 포장 도로 등을 망라한 모든 유형의 길들. 그런 길의 사진을 찍거나 스케치를 하고 글을 쓸 때마다 나는 그 길의 실물적(實物的)인 아름다움과 기능과 풍유적인 의미를 함께 고찰한다. 또 일상생활에서 흔히 볼 수 있는 아주 간단한 것들, 예를 들자면 창문, 문, 구름, 얼굴, 아이들, 카페 간판, 자전거, 타일벽, 그리고 서점의 전면 같은 것들에 대해서도 똑같은 식으로 접근한다. 나는 여행단원들에게 다음과 같은 훈련을 해보라고 제안했다. 여행을 떠난 뒤 처음 며칠 동안은 우리의 관심을 집중시키고 상상력을 사로잡는 한두 가지 일을 찾아보고 남은 여행 기간 동안에는 세세한 것들, 말하자면 더블린에 있는 집의 문짝들이나, 개를 데리고 걷는 파리 사람들, 터키의

168

길가에 있는 사원들, 리스본의 타일 무늬, 리스본과 바르셀로나의 기마(騎馬) 산책 의식 같은 것들에 관심을 집중해보자. 그런 다음에 글을 쓰거나 그림을 그리거나 사진을 찍을 시간을 갖고, 그후에는 우리의 관심이나 마음을 끄는 것이 무엇인지 논의해보자. 이런 제안을 한 이유는 마음 끌리는 일 없이 효과적인 순례가 있을 수 없고 우리의 걸음걸이와 주고받는 이야기, 우리가 찾아가는 장소와 먹는 음식에 생기와 활기를 불어넣어주는 에로스의 존재 없이는 기억에 남을 만한 여행도 없기 때문이다.

그런 식으로 우리는 우리 자신의 기억을 상영하는 극장을 짓거나 또는 캘리포니아의 화가 매기 오먼(Maggie Oman)이 말한 '마음의 상자들'을 쌓아올린다. 매기는 여행을 하는 동안 매일같이 잡동사니들—냅킨, 지도, 차표 조각, 안내 책자에서 찢어낸 책장, 직접 그린 스케치들—을 모으는데, 집으로 돌아와 그것들을 자기가 순례여행을 할 때 마음에와 닿았던 것들을 떠올려주는 물건들로서 상자에 모아 정리한다.

미술비평가인 로버트 휴즈(Robert Hughes)는 우리에게 다음과 같은 사실을 일깨워준다. "19세기에는 교육을 받은 사람이라면 당연히 그림을 그렸습니다. (……) 그 당시에는 그림이 '고상한' 예술로 가장하지 않은, 심심풀이나 보조적인 회상으로 이용되는 일상적인 언어의 한 형태였어요. 그럼에도 불구하고 19세기 후반과 20세기 초에 드가, 이킨스,[21] 피카소, 마티스 같은 위대한 사실주의 화가들이 성장할 수 있는 밑거름이 되었던 것은 그처럼 그림을 그릴 줄 아는 일반인들의 소양이었습니다. 하지만 그 소양은 대중적인 카메라들이 생겨난 탓에 차츰차츰 소멸되었지요."

리사 데니스(Lisa Dennis)가 『여행자의 눈(The Traveler's Eye)』에서 언급한 것처럼 대부분의 관광객들은 이제 당연히 카메라로 '그린다.' 오늘날의 문제점은 바로 이것이다. 과연 평범한 사람이 손에 붓을 들었을

---

21) Thomas Eakins, 1844~1916. 미국의 19세기 사실주의 화풍을 최고의 경지로 끌어올린 화가.

때처럼 카메라를 통해 잘 볼 수 있을까?

한나 힌치만(Hannah Hinchmann)의 『나뭇잎들을 통한 자취(A Trail through Leaves)』는 집에서나 또는 여행을 하는 동안, 우리 주위의 세상을 글로 표현하는 훈련을 쌓도록 격려해주는 작품이다. 작가는 우리에게 시를 손으로 베껴 쓰고, 방문하게 될 곳들을 적어두라고 충고한다. 그녀는 냄새, 기억나는 이야기, 동물들과의 만남 등도 포함하는 식의 일지를 쓰라고 권하면서 '감각적으로 가장 즐거운 순간을 적어두라고' 제안한다. 그리고 이때 가장 중요한 것은 '하나하나의 행동을 세세히 묘사해야' 한다는 점이다. 권태나 시간을 잃는 두려움에 대한 그녀의 대책은 '시간을 바꾸어주는 일을 하는 것'이다. 휘트먼과 헨리 데이비드 소로가 매일같이 하는 산책의 장점을 높이 평가한 것과 비슷하게 그녀는 "헤아릴 수 없는 것을 파악하기 전에 먼저 그것을 알아차릴 줄 알게 되어야 한다"고 주장한다. 그녀의 행동에서 가장 혁신적이고 순례자에게 커다란 도움이 되는 일은 순간순간 머리에 떠오르는 것들을 수시로 적어놓는 일이다. 그런 식으로 그녀는 말과 그림, 그리고 녹음된 소리로부터 받은 모자이크 같은 인상을 묘사하라고 — 그날의 향기를 생생하게 지키라고 — 말한다.

화가 베티 에드워즈(Betty Edwards)가 우리에게 일깨워주는 것처럼, "그리는 것은 문제가 아니다. 보는 것이 문제이다."

무엇을 보는 것이 문제일까? 아름다움은 마음의 눈으로 보아야 볼 수 있게 된다.

*

바라보고 있는 우리 자신을 보는 방식을 떠올려보자. 어떻게 그 방식을 보고 있는가? 본 것을 기록하고, 기억하고, 여행을 예술작품처럼 관찰하기 위해 어떤 계획을 세우는가? 우리 자신을 순회하는 예술가, 말과 미술과 음악에서 아름다움을 포착하거나 또는 그날의 본질적인 비밀을 이야기하는 것이 직업인 예술가로 보려고 노력해보자. 그런 일을 어떻게 해야 할까? 우리가 추구하는 일이 순례여행의 질을 결정할 것이다.

헨리 데이비드 소로가 월든 호숫가에서 맞는 아침을 일컬어 "내 삶을 자연 그 자체와 더불어 순진무구하다고까지 할 수 있을 만큼 소박하게 만들려는 유쾌한 초대"라고 했던 것을 떠올려보자. 그는 아침 일찍 일어나 호수에서 목욕을 하며 매일매일의 일상을 순례로 바꾸었다. 소로는 그것을 경건한 행사이자, 자신에게 칭탕[22] 왕의 목욕통에 새겨진 글자에 관한 이야기를 떠올려주는 일이라고 했다. 거기에는 이렇게 적혀 있었다. "매일 너 자신을 완전히 새롭게 하라. 그 일을 하고, 또 하고, 영원히 또 하라."

평생 동안 정신적 탐험을 해온 불교도이자 인류학자, 생태학자인 조앤 핼리팩스(Joan Halifax)는 『결실 있는 암흑(A Fruitful Darkness)』에서 놀라운 발견에 대해 쓰고 있다. "모든 사람의 마음속에는 삶을 바꾸는 데 쓸 수 있는 지도가 있다. 그것이 우리가 먼 곳까지 여행을 하는 이유이다. 그것을 알건 알지 못하건, 우리는 생소하고 거친 땅에서 우리 자신을 새롭게 해야 할 필요가 있다. 낯선 땅들을 지나 집으로 돌아올 필요가 있는 것이다. 어떤 사람들은 의도적으로 주의 깊게 그런 변화를 위한 여행을 한다. 그런 여행은 순례, 즉 땅이 우리를 직접적으로 치료해주는 특별한 기회가 된다. 나에게는, 그리고 다른 많은 사람들에게도, 순례는 행동으로 하는 탐구의 한 형태이다."

그러면 제대로 된 여행자인 우리는 어떻게 매일같이 자신을 다시 젊어지게 할 것인가?

---

22) 티베트 자치지구 북부의 거대한 산악분지.

걷는 기술

걸으면 해결된다. ─ 성 아우구스티누스

걷는 기술에 관한 에세이에서 헨리 데이비드 소로는 매일같이 네 시
간씩 걷는 섭생법, 자기의 심장 박동 소리를 들으며 기운을 낼 수 있는 시
간에 대해 기술하고 있다. 그는 그것을 방랑(saunter)이라는 한 마디 말로
부르기 좋아했는데, 그 단어에 대해 이런 설명을 덧붙였다. "방랑자
(saunterer)라는 말은 (……) '중세 시대에 이리저리 떠돌아다니면서 라
생 테르(La Saint Terre), 즉 성스러운 땅으로 순례여행을 가는 척 자선을
요구했던', 그래서 나중에는 아이들이 '저기 생테르(Sainterre)가 간다고
소리치게 되었던 게으른 사람들'
로부터 그럴싸하게 파생된 말이
다."

독일 바바리아의 등산객.

다음에는 여행자의 등불이 지
닌 힘을 떠올려보자. 그것으로 우
리는 신화에 관한 오래된 그리스
책을 볼 수 있다. 페이지를 넘기면
서, 이리저리 떠도는 관심을 집중
시키는 한 가지 방법이 나뭇가지
들 사이로 스치는 바람의 속삭임
에 귀를 기울이는 것임을 알게 된
다. 그리스인들은 그 상쾌한 소리
를 사랑스러운 드리아드, 즉 숲의
요정들의 움직임으로 의인화했는

데, 시인들이 영감을 얻어야 할 때 자기도 모르게 숲속을 배회하는 것도 바로 그 때문이다. 실제로 그들은 숲속을 걸으면서 자기네들이 정령들, 세상에서 떠도는 신과 여신들을 받아들일 수 있다는 것을 알고 있었다.

로마 외곽의 아피아 도로[23]에 있건 또는 사무실 바깥쪽의 주차장에 있건 묵상하며 걸으면 우리 발 밑의 땅이 성스러운 땅으로 바뀐다는 것을 기억하자. 순례를 떠날 준비를 하려면, 비록 우리가 나날의 삶으로 시달림을 받고 있다 하더라도, 좀더 주의 깊게 지켜보고 귀를 기울이기 시작해야 할 필요가 있다.

*

우리의 여행에서 걷는 기술을 어떻게 되살릴지 생각해보자. 그래야 하는 이유는 얼마든지 있다. 우선 첫째로 그것은 여행길에서 걷게 될 일에 대비하여 적당한 훈련을 시작하는 한 방법이고, 두번째로는 우리의 의도와 목적이 무엇인지를 숙고하기 시작하는 방법이다. 소로는 이렇게 말했다. 간단하게 하자. 휴대폰은 집에다 놓아두고 수첩과 연필만 가져가자. 혼자 생각에 잠길 수 있는 곳에서 걷자. 일과 업무에 대한 일상적인 생각들이 떠오르건 말건 그대로 놓아두자. 그냥 걸으면서 이웃이라든가 공원 또는 바닷가 같은 주위 환경에 주의를 기울이자. 땅과 조화를 이루고 끊임없이 접하기 위해 지팡이, 순례자의 지팡이를 생각하자.

그러다 보면 블랙 엘크 이야기의 전설에 나오는 하얀 들소 여자의 모습이 떠오른다. 그 여자는 자기 부족 사람들에게 이런 노래를 불러주었다.

성스러운 방법으로 나는 걷고 있어요.

---

23) 로마 시대에 건설되었으며 로마에서 이탈리아 반도 최남단의 브린디시까지 이어진다.

눈에 보이는 길을 따라 걷고 있어요.
성스러운 방법으로 나는 걸어요.

미국의 시인 앤틀러(Antler)는 자기의 지팡이에 바치는 경의를 「지팡이」라는 시로 표현했다.

오솔길 옆에서 눈에 띄어 주워 올려진
　　　내 손길에 닳아 매끄러워진 나뭇가지.
바람결 속으로 던져졌다
내 손에 잡혀 가늠된 ─
　　　너무 길지도 않고,
　　　너무 짧지도 않고,
　　　꼭 알맞다고 생각되면,
나는 자신에게 말한다 ─ "이게 내 지팡이야!"
　　　그리고 끝으로 땅바닥을 탁탁 친다.
나를 멀리까지 데려가라고, 내가 가야 할 곳으로 데려가라고.
모든 길에서 멀리멀리 떨어진 곳으로,
　　　모든 길과 모든 인간의 목소리로부터,
　　　또는 기계 소리로부터.
내가 사랑하는 숲을 지나,
아무도 살지 않는 호수를 지나,
신작로가 끝나는 곳을 너머,
　　　산이 하얗게 빛나는 곳까지,
　　　하늘이 숨을 쉬지 않은 곳까지!

지팡이가 나를 재촉한다.

174

친구처럼 내 손을 잡아끈다.
거친 땅 너머로
나를 편안하게 지탱해주려고.
지도에 나타나본 적이 없는 곳으로,
누구도 발을 들여놓지 않았던 곳으로,
개울의 물소리를 따라
산이 하얗게 빛나는 곳까지,
하늘이 숨을 쉬지 않은 곳까지!

믿음의 기술

평안하소서, 삶의 무궁한 보배시여! ─성모 마리아에게 바치는 찬가

종교 역사학자 휴스턴 스미스는 순례에 네 가지 관점이 있다는 것을 발견했다. 그것은 단일한 목적, 심란한 마음으로부터의 해방, 시련 또는 고행, 그리고 봉헌물이다. 그는 자기가 처음으로 자선 기부금을 내놓는 유대인들의 전통적인 관습에 접했을 때 느꼈던 '뜻밖의 기쁨'을 즐겁게 음미한다. 듀크 대학에서 한 친구가 기부금을 건네면서 이런 말을 했을 때였다. "내가 너에게 맡길 임무는 버클리 거리에서 다음번에 만난 사람에게 기부금을 주는 거야."

스미스에게 사람들이 어째서 아주 먼 곳까지 신성한 여행을 하느냐고 묻자 그는 잠시 생각하더니 이렇게 대답했다. "사실 우리는 육체로 구현된 영혼들이라서 우리의 믿음을 실행에 옮겨야 합니다."

그런 다음 약간 겸연쩍어하면서 자기 아내와 함께 여행을 했을 때 신

성한 곳들을 너무 많이 둘러본다며 그녀가 잔소리를 했다고 털어놓았다. "아, 하지만 그런 곳들에 발을 들여놓지 않는다면 그건 아주 귀중한 기회를 그냥 날려버리는 셈이 될 겁니다. 나는 그걸 내 눈으로 직접 봐야 했습니다. 새벽에 일어나서 돌진, 돌진, 돌진을 하자는 것이 내 생각이었죠."

"나에게 특이한 점이 하나 있다면," 스미스가 천진스럽게 덧붙였다. "성스러운 곳에서 무엇인가를 가지고 돌아오려는 충동이지요. 여행을 할 때마다 나는 돌을 하나씩 골라서 그것을 여기 버클리에 있는 내 집 정원에 놓아두려고 가져옵니다. 여러 해가 지난 뒤에는 어디에서 가져온 것인지조차도 기억하지 못하지만 나는 여기 어딘가에서 그 돌들의 힘을 분명히 느낍니다."

마지막으로, 그에게는 바깥 세상에 대한 탐험과 마찬가지로 순례의 내면적 측면도 소중히 여긴다. "가장 중요한 건 그겁니다." 스미스가 결론을 지었다. "우리는 그 여행을 기계적으로 해야 할까요, 아니면 헌신하는 마음을 가지고 해야 할까요?"

헌신적인 삶의 살아 있는 예를 처음 접한 것은 어머니 로즈마리 라샹스 쿠지노를 통해서였다. 어머니는 현재 캘리포니아의 소노마에서 화초 연구를 하고 있는데, 오래 전에 참가했던 진실한 순례여행을 지금까지도 생생하게 기억하고 있다. 열여섯 살 되던 1948년, 어머니는 이모와 이모부를 따라 디트로이트에서 퀘벡까지 자동차 여행을 했다. 그때 세 사람은 성모 마리아의 어머니를 기려 지은 생 안 드 보프르(Saint Anne de Beaupre) 성당을 방문했고, 장애가 있는 수많은 순례자들이 걷거나 엎드려 기면서 그 성당 앞의 오르막길과 반쯤 완성된 계단을 따라 올라가는 모습을 보았다. 성당 안에는 여러 해 동안의 믿음으로 이루어진 방문을 통해 치료받은 사람들이 남기고 간 수천 개의 목발과 휠체어들, 사진들 외에도 그 지역 사람들이 그린 십자가의 길[24]이 펼쳐져 있었는데, 그 그림이 예술과 치유력의 강력한 결합으로 언덕을 기어올라온 사람들에게 둘러싸여 그들의 믿음과 인내에 보답하는 것처럼 보였다는 것이다. 어머니는 그 일을 이렇게 회상했다.

"그 시절에는 거기가 절망에 빠지면 가는 곳이었어. 미국 사람들과 캐나다 사람들이 희망과 기적을 얻기 위해 찾아오는 곳이었지. 당시에 몰랐는데 알고 보니 네 큰이모가 고통을 받고 있었단다. 건강도 안 좋았고 정신적으로도 문제가 있었지. 정신분열증이었을 거야. 언니는 해답을 구하려고 애쓰고 있었어.

나는 그때 내가 한 일을 지금도 기억하고 있어. 그냥 그러고 싶었던 거야. 나는 기적을 믿어. 그런데 지금 되돌아보면 어머니와 아버지를 위해, 그리고 두 분의 건강을 위해 그 일을 하고 있었다는 생각이 드는구나. 어머니에게는 가벼운 심장병이 있었고 아버지는 늘 신장에 문제가 있었지만 그 시절에는 사람들이 그걸 '술 때문에 생긴 대단치 않은 문제'라고만 했었지.

나는 만족스러운 기분으로 디트로이트로 돌아왔어. 네 할머니 할아버지는 내게 직접적으로는 아무 말도 하지 않았지만 — 그분들은 언제나 감정을 숨겼으니까 — 나는 두 분이 내가 더 나은 사람이 되어 돌아왔다고 생각한다는 느낌이 들었어."

몇 년 뒤, 백신이 나타나기 몇 달 전 이모는 소아마비에 걸린 내 사촌을 그 성당으로 데려갔다. 소아마비가 치료되지는 않았지만 그는 기적적으로 살아남았고 순탄하게 성장해서 중년이 되었다. 이모는 자신들의 기도가 '다른 식으로 그러나 강력하게' 보답을 받은 경우라고 믿고 있다.

순례는 '행동으로 나타내는' 믿음이다. 우리 어머니의 믿음은 신비주의자들의 삶과, 같은 교구에 있는 친구들의 눈에 띄지 않는 도움에 기초

---

24) 예수가 십자가를 지고 갈바리아 언덕에 오르기까지 일어난 14가지 주요 사건을 그린 그림.

를 둔 것이었다. 매주 목요일 저녁 그들은 함께 모여 기도를 올렸고 그것으로 순례를 대신할 수 있었다. 목사님은 신도들에게 마치 예루살렘의 비아 도롤로사에 와 있는 듯한 느낌을 주는 대단히 열렬하고 정열적인 사람이었다. "그 축소판 순례가 많은 사람들에게 좌절을 헤쳐나가도록 도움을 주었어. 나와 창조주 사이에서 오가는 가장 중요한 건 믿음이야."

신화학자인 조앤 말러는 1990년대 중반 아일랜드를 둘러보는 여행단을 이끌다가 대부분의 여행자들이 어쩔 수 없이 겪어야 하는 일에 직면했다. 본토에서 멀리 떨어진데다 거의 일 년 내내 폭풍우가 몰아치는 스켈리그 제도[25]로 항해를 떠나려고 공식적인 허가를 받기 위해 온갖 시련을 겪은 뒤, 보기 드물게 좋은 날씨를 만나자 그녀는 기분이 아주 좋았다. "주위에 보이는 것은 수평선뿐이었고 바다는 거울처럼 잔잔했어요. 우리는 거기에서 몇 세기 동안 홀로 열심히 성서를 필사했던 고대 수도사들의 힘을 느낄 수 있었죠." 그러나 바로 그날 밤 관광단이 본토로 돌아왔을 때 숙박 시설에 문제가 생겼고, 몇몇 사람들은 몹시 화가 나서 그날의 통찰을 당장 잊어버렸다.

"나는 그들에게 우리가 스켈리그 제도에 상륙하면서 만난 보기 드문 행운에 비한다면 그런 문제가 얼마나 하찮은 것인지를 알려주려고 애썼어요. 하지만 아이러니컬하게도 그 가공하리만큼 어려운 여행이 결국은 너무 쉬운 게 되고 말았던 거예요. 그래서 나는 그날 이걸 알게 됐죠. 여행이 너무 쉬우면 사람들은 흔히 자기네들이 경험한 것의 진가를 인정하지 않고 그런 종류의 여행에 담긴 신화적인 특성을 전혀 이해하지 못한다는 것을요."

---

25) 바위로 이루어진 아일랜드의 제도.

*

　순례자의 임무는 미스터리를 넘겨받는 것이 아니라 스스로 그 깊이
를 더하는 데 있다고 생각하자. 어쩌다 실망스러운 일에 접하면 우리의
관심이 어디에서 흐트러졌는지 스스로에게 물어보려고 노력하자. 이제
여행의 본격적인 과정이 시작되었고 우리는 고대 유적지에 있는 신들을
만나야 한다.

　이렇게 멀리까지 온 것을 기뻐하자.

정신으로 충만한 여행 방법

아무것도 하지 않으면 아무것도 생기지 않는다. ─ 윌리엄 셰익스피어

　지난 여러 해 동안 나는 이제 곧 여행을 떠날 것이니까 도와달라는
수백 통의 전화와 편지와 메시지, 직접적인 요청을 받았다. 그럴 때면 나
는 그들에게 읽을거리 목록, 비디오와 레코드 목록, 지도, 안내서를 준비
하고, 무엇보다도 길의 신비를 벗기는 데 도움이 되는 이야기를 알아보라
고 일러준다. 또 이제 곧 그들이 찾아가게 될 나라들에서 거행될 행사의
면모를 미리 알기 위해 여행 안내서나 그 지역에서 발간되는 신문의 여행
란을 훑어보라고도 한다.

　여행을 풍요롭게 하기 위한 자연스러운 방법 가운데 하나는 적당한
의식 ─ 축하 행사 ─ 을 치르거나 음악, 미술, 또는 문학 전시회를 관람하
는 일이다. 예를 들어, 뉴욕에서 온 해머 가족은 여행길에서 영감을 얻기
위해 그 지역의 박물관과 도서관에서 개최된 강연회에 참석한다. 최근 뉴

욕 도서관에서 열렸던 낭만파 운동을 주제로 한 전시회가 그들이 영국의 호소(湖沼) 지방을 둘러보는 동안 여행에 활기를 불어넣어주었다.

여행에서 마주친 세세한 것들을 기억하는 데 어려움이 있는 친구를 위해 나는 그에게 외국 여행을 하는 동안 매일 한 편씩 시를 쓰라고 제안했다. 하지만 매일같이 시를 쓴다는 것이 그로서는 불가능한 일이었고, 그래서 파리, 프라하, 플로렌스를 거치는 일 주일 동안의 여행에 관심을 집중하기로 했다. 오늘날까지도 그는 자기가 했던 모든 여행 가운데서 그때의 추억이 가장 마음에 든다면서 내게 이런 말을 한다. "모든 것이 가능성 있는 시(詩)일 때 세상이 갑자기 훨씬 더 흥미로워진다."

길에서 치르는 의식

그대는 이 나라를 글로 쓰고 싶은가?─르네 카예가 팀벅투에서 받은 질문

산티아고로 이르는 길에서 순례자들은 성가와 찬송가를 불렀고 그중 몇 가지는 지금까지도 전해내려온다. 윌리엄 멜크저가 지적했듯이 그 찬송가들은 순례자들이 용기를 북돋우려고 부른 것이었다. 나 자신의 조상이자 캐나다를 가로질러 엄청난 거리를 카누로 여행했던 뱃사공들에게도 노젓기에 맞추어 노래를 부르는 전통이 있었다. 후이촐 족[26] 인디언들은 멕시코 선인장들이 자라는 신성한 땅을 찾아가는 30일간의 순례여행에서 옥수수의 신들에게 좋은 수확을 거두게 해달라고 간청하는 복잡한 돌림노래를 부른다.

---

26) 멕시코 서부의 험준한 지역에 거주하는 인디언.

나 자신의 여행에서도 음악이 중요한 역할을 한다. 지난 20년 동안 내가 치른 여행 의식 가운데 하나는 가방을 꾸리는 동안 이제는 고물이 다 된 캔드 히트(Canned Heat)의 〈다시 길로(On the Road Again)〉 카세트를 트는 것이다. 또다시 여행을 떠나게 된 행운을 상기하는 동안 노래 첫머리와 후렴에서 계속 이어지는 화물 열차 소리는 언제나 내 얼굴에 미소를, 그리고 내 마음에는 겸손함을 가져다주었다.

이전의 여행에서 나는 특별한 여행을 위해 여러 가지 곡들을 적절하게 조합하여 카세트 테이프를 녹음했다. '필리핀 여행(1983)' '파리의 정신(1996)' '지중해의 신화(1993)' 같은 것이 그것들이다. 여행에 가져갈 테이프를 녹음하면서 나는 언제나 내 일 —여행에 대해서 가르치고 저널을 쓰는— 에 자극을 받고, 나중에는 반대로 그 테이프들을 들으면서 여행을 했던 시간과 장소를 떠올린다.

모트 로젠블럼은 특파원 임무를 띠고 해외로 떠나기 전에 한 가지 중요한 의식을 치른다. 자기가 좋아하는 음악 테이프들을 몇 개 고르는 것이다. 그 임무가 센 강의 바지선을 다룬 인간 중심적인 기사이건 또는 보스니아 전쟁 발발 기사이건 그는 자기가 좋아하는 테이프들이 균형 잡힌 시각을 유지할 수 있도록 도와주리라는 것을 알고 있다.

길에서 마주치는 그처럼 많은 것들이 새롭고 신기한 만큼, 우리는 여행을 하는 동안 떠오르는 생각을 기록하여 나중에까지 남겨야 한다. 우리가 솔방울의 냄새나 햇빛에 부서지는 파도를 기억하리라고 생각하는 것은 꿈을 완벽하게 떠올릴 것이라고 믿는 것이나 마찬가지로 허황된 짓이다.

"의심스러울 때는 적어라." 아주 오래 전에 한 영국인 교사가 내게 이같은 생각을 심어주었다. 글로 쓰는 것이 왜 그처럼 중요할까? 여행한 거리가 점점 많아지고 목적지가 가까워짐에 따라 우리도 변하기 때문이다. 또 삶이 바뀌고 깊어지는 과정과, 우리가 그 변화하는 상황에 어떤 식

후이촐 족, 타라후마라 족, 나바호 족 인디언들이 멕시코 북부의 산중에서 밤샘 페요테 모임을 가진 뒤 신성한 제단 주위에 모여 기도와 노래를 하며 떠오르는 태양을 맞고 있다.

으로 반응하는지를 면밀히 관찰하는 것보다 더 매혹적인 일도 없다. 겸손한 해학가 제임스 터버(James Thurber)가 어째서 글을 쓰느냐는 질문을 받았을 때 "나는 내가 해야 할 말을 읽기 전까지는 무슨 생각을 해야 할지 모릅니다"라고 했던 말을 명심하자.

편지를 쓰거나 일지를 씀으로써 우리는 눈앞에 펼쳐지는 여행의 진실에 한 걸음 더 다가갈 수 있다. 자주 쓰되, 더 간단하게 더 천천히 쓰는 것이 더 좋다. 그러고 보니 16세기에 중국의 신성한 유적지들을 돌아다니며 예리하게 관찰하여, 뛰어난 여행기와 자연을 소재로 한 시를 썼던 '구름의 순례자' 위안 홍타오(Yuan Hung-tao)가 떠오른다. 내게 가장 큰 기쁨을 안겨준 것은 그가 실제로 행한 일이었는데, 쉬 산으로의 순례여행에서 그는 이렇게 적고 있다.

> 나는 수도승들의 꿈 세계를 찾아서
> 사원으로 들어가 경전을 넘기다가
> 이 나그네의 삶이 티끌 같음을 느낀다.

다른 시에서 그는 아침에 일어나 친구들에게 작별인사를 하거나 또는 '본 것을 적어놓는 일'에 대해서 쓰고 있는데, 그것은 소박하고 겸허하게 말로 그림을 그리는 것과 같은 일이다.

일상을 소재로 한 시에 헌신하는 것이 중요하다면 일지의 내용 그 자체도 마찬가지다. 나 스스로는 일지에 영혼이 깃들이려면 가죽 장정이어야 한다고 믿는다. 가죽 장정으로 된 일지는 손에 들고 있을 때에도, 또는 책상이나 카페 테이블에 내려놓을 때에도 기분 좋게 느껴질 것이다. 가죽은 또한 우리 할아버지가 내게 처음 선물해준 책들과 오래된 도서관에서 만져보았던 귀중한 책들을 떠올려준다. 여러 가지 다양한 목적 — 글쓰기, 스케치하기, 그림 그리기, 배회하기, 놀기 — 을 위해 필기도구를 잘 챙기는 일 역시 중요하다.

여행 안내서의 선택은 여행의 성격에 따라 다르다. 나는 예로부터 의지할 수 있는 지침들인 포도르, 프로머, 미슐랭 같은 안내서들뿐 아니라, 12세기에 씌어진 로마의 폐허들에 대한 안내서인 『로마의 경이들』, 그리고 D.H. 로렌스[27]가 쓴 에트루리아[28] 사람들에 관한 책도 참조한다. 위대한 여행 안내서들은 폴 퍼셀이 말한 것처럼 "자유로의 송시(訟詩)

---

27) D.H. Lawrence, 1885~1930. 영국의 소설가, 시인. 『아들과 연인』 『채털리 부인의 사랑』 등의 작품을 남겼다.
28) 이탈리아 중서부 테베레 강과 아르노 강 사이에 있는 토스카나의 옛 이름.

자네트 허만이 프랑스 아미엥 성당으로 순례를 와서 아들 잭 블루 쿠지노와 함께 봉헌의 촛불을 밝히고 있다.

(……) 감옥 같은 세상에 암시된 자유의 찬가처럼 지방적 특색에 보편적
인 의미를 준다."

여행지에서 보내는 시간을 신성하게 바꾸는 또 한 가지 간단한 방법
은 영혼이 깃들이지 않은 호텔 방으로 영혼을 불러오거나 멀리 떨어진 곳
에 있는 연인이 더 잘 생각나도록 은밀한 순간에 촛불을 밝히는 것이다.
아버지가 돌아가신 뒤 나는 우리 조상들이 1678년에 떠나온 도시인 프랑
스의 페리게를 찾아가 촛불을 밝히고 아버지의 명복을 비는 기도를 올렸
다. 그것은 무한의 암흑을 지나가야 할 영혼을 돕기 위해 고안된 고대의
의식이었다. 이제 나는 여행을 할 때마다 적어도 한 명의 친구나 가족을
위해 촛불을 밝힌다. 소중한 친구가 열여섯 살 때 발병한 암이 재발해서
열여섯 시간에 걸친 수술을 받던 몇 년 전 어느 날, 나는 노트르담 성당에
서 영감을 받은 순간에 촛불을 밝혔다.

그로부터 두 달 뒤 그녀는 암흑의 한복판에서, 그녀를 수술한 의사들
의 말에 따르면 상황이 '일촉즉발' 이었을 때, 명멸하는 촛불 빛을 보았다

고 이야기해주었다.

　어떤 여행자들에게는 라디오를 가지고 다니는 일이 터무니없는 짓으로 보이겠지만, 나는 어렸을 적부터 창문 새시에 안테나 클립을 물린 손바닥만한 트랜지스터 라디오를 들으며 자랐다. 그 라디오는 캘리포니아에서 멀리 떨어진 곳에서 벌어지는 야구 경기 중계 방송을 수신할 수 있었는데, 당시에 나는 그곳이 달일 수도 있다고 생각했다. 보이스 오브 아메리카, BBC, 라디오 룩셈부르크 같은 원거리 방송에 귀를 기울이는 일은 과테말라의 열대 우림이나 아마존 정글 깊숙한 곳, 또는 포르투갈 서해안의 뚝 떨어진 어느 농가에서 그랬던 것처럼, 순례여행의 생생한 기분을 다시 느끼게 해준다. 그것이 여행에 신비감을 더해주는 것이다.

　여행의 또 다른 신성한 면은 시간이다. 나는 아버지에게서 물려받은 낡은 시계의 태엽을 감는 일이 매일 아침, 특히 여행중일 때, 기다려진다. 아버지와, 오랜 세월 동안 하루도 거르지 않고 계속된 일이 내게 연결되어 있다는 것과 그런 특별한 여행을 할 시간이 한정되어 있다는 것을 일깨워주기 때문이다.

우연히 발견하는 법

큰길을 따라가기는 쉽다. 그러나 사람들은 샛길로 들어서기를 좋아한다. ─노자

　우리는 꼭 필요한 만큼만 계획을 세울 수 있다. 그런 다음에는 마음을 비우고 고대 동시성의 신인 카이로스를 믿어야 한다. 이런 미묘한 일에 정통한 사람들 중의 하나인 건축가 앤터니 로울러는 자신이 '우연한 순례자'가 되어 아이오와의 페어필드 외곽에 있는 꿈의 구장(Field of

1910년 앨라배마의 버밍햄에 건설된 릭우드 구장. 미국에서 가장 오래된 야구 경기장이다.

Dreams)으로 찾아갔던 일을 신이 나서 이야기한다.

　"가려고 해서 간 것은 아니었습니다." 최근의 한 인터뷰에서 그는 이렇게 말했다. "아내와 함께 차를 몰아 아이오와의 시골 지방을 지나고 있었어요. 그런데 그 영화를 찍은 다이어스빌 근처에서 손으로 직접 쓴 조그만 표지판이 눈에 띄더군요. 나는 당장 그걸 알아보고 아내에게 말했지요. '아니, 저게 대체 뭐야!' 우리의 육감을 믿은 게 정말 다행이었어요. 그 당시에는 기분이 아주 처져 있었으니까요. 몇 사람의 여행객들만 이리저리 공을 던지고 받는 놀이를 하고 있었는데, 그 모습이 가장 순수한 형태의 야구와 진정한 관련이 있는 것처럼 느껴지더군요. 순수한 놀이였어요. 나는 다시 어린 시절로, 그 놀이의 소박한 아름다움과 본연의 목적으로 돌아갈 수 있었지요."

　현대의 많은 야구팬들과 마찬가지로 로울러 역시 한때 그에게 신성했던 야구가 상업화되는 것을 경계하게 되었다. "야구장이 어찌나 멋지던지, 영화의 감동도 되살아나고 해서 나도 모르게 그 게임을 즐기던 시절로, 리틀 리그에서 뛰던 시절로 돌아갔던 겁니다."

그는 그 영화의 역사와 배경에 대해 알려주는 소박한 표지판을 보았는다. 그리고 19세기풍의 짙은 붉은색 헛간이며 농가들을 뒤로 하고 서 있는 "선명한 초록색 구장과 하얀 파울라인이 시간을 초월한 영원함을 그 풍경에 더해주었다."

"진정한 성소, 야구 경기의 원천, 우리 모두가 어린 시절에 놀던 공터로 돌아가는 정말로 극적인 여행이었어요. 전에 가보았던 인도보다도 전통적인 순례의 근원으로 접근하는 것 같았지요.

내가 치르는 또 한 가지 의식은 지도를 들여다보는 일입니다. 내가 지금 어디에 있는지, 여행이 얼마나 진척되었는지를 확인하는 것만으로도 탐구하는 대상과 다시 연결이 되니까요. 내가 현재 무슨 일을 하고 있는지 안다면 순례여행에서 어디쯤 와 있는지, 또 순례여행이 나를 어떻게 바꾸었는지 알 수 있거든요. 단지 오래된 지도와 새로운 지도의 차이점을 자세히 살펴보는 것만으로도 한 시대의 역사가 다른 시대의 역사에 어떻게 겹쳐졌는지 알 수 있어요. 예를 들자면, 파리 같은 곳의 현실을 아는 데 도움을 받을 수 있지요.

최근에 친구 몇몇이 인도로 떠났는데, 나는 그들을 위해 작은 의식을 만들어냈습니다. 그들에게 여행을 축성하는 선물 꾸러미를 건네며 이렇게만 말했지요. '나중에 목적지에 도착했을 때 풀어봐.' 친구와 가족들을 위해 누구나 그런 일을 할 수 있어요. 책 한 권, 초 한 자루, 연필 한 자루, 손으로 쓴 기도문. 이런 물건이라도 우리의 의도와 그들이 찾은 땅을 통해 신성해지지요."

앤터니 로울러는 자신의 삶과 일 모든 면에서 정신을 강조한다. 그는 매일 집을 나서는 일과 순례를 떠나는 일이 비슷하다고 지적하면서 이렇게 적고 있다.

"순례의 영역으로 발을 들여놓는 일은 미지의 세계로 들어가는 것과 같다. 그것은 아직 집에 머물러 있는 모든 사람들에 대한 도전이다. 성스러운 장소의 존재 자체가 우리에게 이렇게 묻고 있는 것처럼 보인다. '지금 당신은 집에서 살아 숨쉬고 있는가? 평범한 일상이라는 관(棺) 속에 남아 있을 것인가, 아니면 새장을 부수고 나와 자신을 발견하기 위해 여행을 떠날 것인가?'"

그는 순례여행의 가장 중요한 순간에 치를 의미 있는 의식을 찾으라고 말한다. "우리는 여행 도중에 의식을 치를 필요가 있다. 강을 따라 재를 뿌리거나 무덤에 꽃을 놓는 식으로. 그렇게 함으로써 그 장소의 영혼을 진정으로 느낄 수 있다. 그러므로 하루중 어느 특정한 시간에 성스러운 우물을 찾아가는 것처럼, 시간을 앞질러 의식을 배우는 것이 중요하다."

순례를 인생의 축도로 보는 뛰어난 예로 로울러는 자바에 있는 장엄한 불교 기념물인 보로부두르를 예로 든다. 보로부두르는 성스러운 산의 이미지이며, 스투파라고 불리는 종 모양의 건축물들 안에 성스러운 유물들을 간직하고 있다. 그 사원에 있는 열 곳의 테라스 벽에는 부처의 삶에서 따온 장면들과 순례자 수다나의 여행을 묘사한 장면들이 조각되어 있다.

그런 기념물을 향해 가면서 순례자는 단식과 기도를 하고 일종의 입문으로 여겨지는 의식을 치를 준비를 한다. 사원 주위를 시계 방향으로 도는 일은 순례자의 의식을 더 높은 차원으로 끌어올린다. 그러나 불행히도 우리 시대에 와서는 진정한 순례를 하겠다는 약속이, 로울러가 결론지은 것처럼, 평범한 일로 바뀌고 말았다. "순례의 희열에 넘친 가능성은 디즈니랜드로 가는 여행처럼 따분한 일이 되었다. 우리는 몸에 밴 청교도적 기질 때문에 희열을 믿지 않거나 두려워하기까지 한다. (……) 대중문화의 범주 안에서 순례를 하고 있다는 환상을 만들어내지만 실제로는 관광과 오락을 즐기는 것이다."

인도네시아의 자바에 있는 1100년 된 사원 보로부두르 난간에서 본 케두 평야 주위의 전경.

    그는 무엇보다도 희열을 다시 믿어야 하며 신성한 것의 환상과 실제를
구분할 줄 알아야 한다고 말한다. 로울러는 산스크리트어 단어인 타파스
(tapas)를 원용하여 그 점을 설명한다. "그 말은 양보와 희생을 의미한다.
성스럽다(sacred)는 말은 익살스럽게 말하자면 희생(sacrifice)이라는 말
에서 왔다. 그것은 성스러운 여행을 하기 위해 뭔가를 양보하고 희생해야
한다는 뜻이다. 그러나 오늘날 서구에는 그 말을 귀담아 들으려고 하는
사람들이 거의 없다. 미국인들은 미궁을 거치지도 않고 혜택을 원한다."

    로울러는 이렇게 말을 맺는다. "순례여행은 바퀴를 돌리기 시작한
다. 그 여행은 삼사라(samsara), 즉 삶의 바퀴를 돌리고 우리는 그 결과에
따라 살아야 한다."

                                    *

    우리의 등에 지워진 짐을 순례의 과정이라고 생각해보자. 너무 많이
꾸려 생긴 짐 외에도, 정신적이고 영적인 짐이 있다. 순례자가 진 짐은 누
구도 묻지 않은 질문이라는 무거운 짐일 때가 많다. 이 도시는 어떻게 세
워졌는가? 이 도시에서 가장 오래된 건물은 무엇이며 거리는 어디인가?
가장 볼 만한 노변 시장은 어디 있는가? 음악을 들을 만한 좋은 장소들이
있는가? 수호 성인은 누구인가? 일출을 지켜보기에 가장 좋은 곳은 어디

인가? 가장 순수한 음악을 들을 수 있는 곳은 어디인가? 가장 사랑받는 시인은 누구인가? 가장 좋은 서점은 어디인가? 묵상에 잠겨 오후를 즐기기려면 어디로 가야 하는가? 해질녘이나 새벽에 산책할 만한 곳이 있는가? 이런 질문들이 내가 여러 낯선 도시와 나라들에서 길을 찾는 데 도움이 되었다.

티베트의 순례자들의 전통적인 인사 "귀하신 당신은 어떤 숭고한 전통에 속하십니까?"라는 말에 필적하는 인사말을 떠올려보자.

본질적인 질문을 하지 않는 사람은 진정한 것을 발견하지 못한다는 사실을 기억해야 한다. 만일 너무 소심하거나 너무 교만해서 지금 현재의 모습으로—본국에서 멀리 떠나와 의문에 대한 답도 찾지 못하고, 찾아간 도시를 마음에 새기지도 못한 사람으로—나타날 수 없다면 순례자적인 정신과 마음에 품은 목적은 그레일 성[29]처럼 사라지고 말 것이다. 여행 도중에 중요한 의문을 품지 않는 사람들은 혼란에 빠진다. 그들은 세계 도처에서 제공하는 겉만 번지르르한 여행을 어쩔 수 없이 받아들여야 하는 대가를 치르게 된다. 그러나 다른 방법도 있다. 지역 사람들에게 스스럼없이 화장실이나 약국, 택시 정류장으로 가는 길을 묻는 등 실제적인 질문을 하는 것이다. 마음을 여는 질문을 하는 방법도 있다. 가장 본질적인 질문들을 마음에 담아두었다가 카페 웨이터나 서점 주인처럼 여행객들을 좀더 잘 받아들일 만한 사람들에게 묻는 것이다.

미술이나 시처럼, 순례는 언제 어디서나 '의미와 관련되어' 있다. 뮤리엘 루카이저는 이런 질문을 했던 선생님을 기억하고 있다. "너희들 가운데 집과 학교 사이에 있는 길말고 다른 길을 아는 아이가 몇이나 되니?" 그녀는 손을 들지 않았다. 소녀 시절에 그녀는 수줍어 말을 하지 못했고 반응을 보이기가 부끄러워 대답을 하지 못했다. 여러 해가 지난 뒤에 그녀는 이

---

29) 동화 『백조왕자』의 배경이 된 독일 전설 속의 성.

렇게 회상했다. "뭔가 보이기 시작하는 순간이 있어요."

*

갈림길에서 있다고 상상해보자. 진정한 순례여행을 하는 사람이라면 누구라도 그 순간을 놓치지 않을 것이다. 우리는 집을 떠나 여행중이고 흥분과 기대와 스릴에 넘쳐 있다. 우리를 여행으로 이끈 것은 목적이다. 길에 있는 것들이 전에 없이 마음을 끌겠지만 날마다 선택을 해야 할 것이다. 매순간 어떤 도로 표지판을 믿을지 선택해야 한다. 덴마크에서 산티아고까지 2000마일을 여행하건, 그레이스랜드[30]로 차를 몰건, 버스를 타고 러시아의 얄타[31]에 있는 체홉의 생가를 찾아가건, 같은 길을 가는 수많은 사람들에게 제공된 하나의 이미지를 택하거나, 독창적이고 적극적인 만남을 택해야 할 것이다. 주문(呪文)을 일컫는 옛 스코틀랜드 말인 매혹(glamour)에 속지 말자. 베르사이유 궁전의 매혹은 우리를 홀릴 수 있지만 최면이 우리의 눈을 가릴 수도 있다.

이런 혼돈에서 가장 핵심적인 질문은 우리의 상상력을 어떻게 되찾느냐 하는 것이다.

폐허의 필요

폐허에서는 인간이 신이다. ─에머슨

---

30) 엘비스 프레슬리가 구입한 미국 멤피스의 저택.
31) 우크라이나 크림 반도 남단, 흑해 연안의 항구도시.

프랑스의 만유(漫遊) 수필가 쟈크 레다(Jacqucs Reda)는 매주 일요일 아침 새로운 것을 한 가지씩 보려고 파리로 긴 산책을 하는데 아파트를 나서기 전에 먼저 자신을 일깨운다. 그것은 상당한 도전이지만 노년이 되어서야 뭔가 새로운 것을 보는 일에 몰두하게 된 그는 다른 사람들이 등한시한 것을 볼 줄 알게 되었다.

그런 방식으로 보는 것은 세상의 비밀스러운 중심에 더 가까이 다가간다는 뜻이다. 그것은 전 세계 어디에서나 나선(螺線)으로 표현된 우회적인 움직임, 시공의 교차로에 있는 생명력의 상징이다.

정신으로 충만한 여행을 실행에 옮기는 일은 역사와 하루하루의 삶 사이에서 일치점을 발견하는 일이다. 시장에서, 조그마한 교회에서, 외딴 공원에서, 수공예품 상점에서…… 모든 장소에서 진수를 찾아내는 방법이다. 평범한 가운데서 평범하지 않은 일에 호기심을 갖는다면 여행자는 관광여행에 가려 보이지 않는 참된 면을 보게 될 것이다.

브롱크스의 예언자 요기 베라(Yogi Berra)는 이렇게 말하기도 했다. "갈림길에 이르면 — 기다려라!"

별난 순례

짝수를 택하지 말고 홀수를 택하라. —이름 모를 선의 대가

다음에는 별난 순례, 세계 각지의 이상한 곳들에서 호기심을 충족시키는 여행이 있다. 오늘날에는 그런 여행을 주선하는 여행사들이 사람들로 넘쳐나고 있는데, 그곳에는 달라스에 있는 6층짜리 박물관의 전시물들, 즉 1963년 11월 22일 미국 역사상 가장 비극적인 날들 중의 하루를 예

웨일즈의 성 다비드 성당에 있는 묘지와 예배당. 만령절(萬靈節)은 조상이 영면하고 있는 곳을 방문하기에 특히 좋은 날이다.

증하는 전시물들을 보러 순례를 떠나자는 광고도 있을 것이다. 방문객들은 리 하비 오스왈드(Lee Harvey Oswald)가 라이플을 겨누고 탄환을 발사해 미국의 장래를 바꾸었던, 텍사스 교과서 회사 창고의 바로 그 창문을 통해 밖을 내다볼 수 있다. 프놈펜의 현 정부는 외국인 방문객들이 폴 포트 치하의 지옥 같은 참상을 더 잘 이해할 수 있도록 크메르 루즈가 고문실로 쓰던 투올 슬렝 고등학교를 박물관으로 바꾸었다. 러시아의 상트페테르부르크, 리투아니아의 빌니우스에 있던 옛 KGB 사무실도 새로 단장되어, 관광객들의 호주머니에서 달러를 끌어내기 위해 '관광여행'이라는 간판을 내걸고 있다. 그런 장소들은 우리가 지난 몇 세기 동안 순례자들이 파리의 지하묘지에 높이 쌓인 두개골과 대퇴골에 '경의를 표할' 기회를 얻은 것에 기뻐했다는 사실을 기억하기 전까지는 D. H. 로렌스의 말처럼 관광객들에게 '소름 끼치는 느낌'을 줄 수도 있다.

새로운 순례여행길을 따라가다보면 뉴멕시코의 아비키유에서 조지 아 오키프(Georgia O' Keefe)의 옛 스튜디오, 세계적 명성을 얻은 화가에 게 바쳐진 미국 최초의 박물관을 발견하게 된다. 미술 순례자들은 그녀가 창조한 사막의 미술 빛을 쐬기 위해 그곳을 찾아간다. 매디슨 카운티의 지붕 씌운 다리는 이제 클린트 이스트우드와 메릴 스트립이 주연한 영화 를 촬영한 곳을 보고 싶어하는 영화팬들의 발길을 끌고 있다. 또 샌프란 시스코에서는 그레이 여행사의 관광버스가 로빈 윌리엄스의 영화에 나 오는, 사랑스러운 주인공 다웃파이어 부인이 살던 집 옆을 지나간다. 최근 에 내가 『뉴욕타임즈』의 광고에서 본 별나지만 완전히 합법적인 또 다른 순례는 '그래피티가 있는 곳들로의 순례'인데, 이 여행은 무정부주의적인 거리 예술의 성스러운 근원을 찾아가려고 열망하는 유럽의 그래피티 아티 스트들을 위해 생겨났다.

관광여행을 원상태로 돌릴 길은 없지만, 캘리포니아의 할리우드에 서는 현대 세계에서 가장 엉뚱한 순례 가운데 하나가 매일같이 이루어진 다. 대담한 순례자들이 장의사 차림을 한 여행 안내자가 운전하는 번드르 르한 검은색 영구차를 타고 묘지와 마약 밀매소, 부자나 유명한 사람들이 죽은 곳들을 찾아가는 것이다.

수천 명의 사람들이 듀크 엘링턴,[32] 마일즈 데이비스,[33] 조지 M. 코 언[34]의 무덤 근처에서 열리는 콘서트를 들으러 뉴욕의 브롱크스에 있는 우드론 묘지를 찾아간다. 런던의 하이게이트 묘지와 파리의 몽파르나스 묘지로의 순례는 묘비를 탁본(拓本)하거나 묘비명을 모으려는 여행으로 일반화되어 있다. 그러나 몇몇 순례자들은 그런 일에 정신이 팔려 봉변을 당하기도 한다. 1997년 12월, 『월스트리트 저널』에는 조지아 주 오거스

32) Duke Ellington, 1899~1974. 미국의 재즈 피아노 연주가, 작곡가.
33) Miles Davis, 1926~1991. 미국의 재즈 트럼펫 연주자, 작곡가.
34) George M. Cohan, 1878~1942. 미국의 배우, 작사가, 극작가.

타 출신의 마 월터스(Mar Walters)에 관한 기사가 실렸다. 그는 애틀랜타에서 스코틀랜드의 이오나에 이르는 지역의 묘지에 대한 연구를 하고 있었는데, 언젠가 한번은 일리노이에서 묘비를 연구하는 데 몰두해 무덤 구덩이로 떨어지고 말았다. 나중에 그는 이렇게 말했다. "모두들 배를 잡고 웃는 바람에 구덩이에서 기어나올 수가 없을 지경이었죠."

그러나 걱정할 것 없다. 순례의 신은 여러 가지 가면을 쓰고 있어서 찾는 사람 모두에게 은총을 내리고 위엄을 보여준다. 미국의 조경학자로 거리 문화를 하나의 문화로 격상시킨 J. B. 잭슨은 『폐허의 필요(The Necessity for Ruins)』에서 이렇게 말했다. "여행을 고취하는 요소는 자신에 대해서 더 많이 알려는 욕망이다. 설령 우리가 대중적 취향이 마음에 들지 않아도 그것은 지엽적인 일에 지나지 않는다. 스위스에서 사온 뻐꾸기 시계, 칼스버드 동굴[35]에서 자동차 범퍼에 붙인 스티커 같은 것들은 모두 일종의 증서 — 적어도 우리가 자신을 향상시키려고 노력했다는 증거이다."

우리 자신을 어떻게 향상시킬 것인가? 그러려면 아마도 끊임없이 상상력을 발휘하고 인간의 조건에 대한 은유를 찾고 가능한 한 많은 거울들을 들여다보고 많은 길을 걸어야 할 것이다.

정신으로 충만한 여행의 비결

도의 아름다움은 세상에 '도' 란 없다는 것이다. — 로이 칭 옌[36]

---

35) 미국 뉴멕시코 주 남동부에 있는 동굴. 1887년에 발견되었다.
36) Loy Ching-Yuen. 20세기 초 중국에서 활동했던 도교의 대가.

비결은 물론 세상에 비결이란 없다는 것이다. 우리의 길만이 있을 뿐 어떤 길도 없다.

이 말을 달리 어떻게 표현할 수 있을까?

1819년에 눈먼 병사 제임스 홀맨은 상이 용사로 영국 해군에서 제대한 뒤 곧바로 세상을 보기 위해 길을 떠났다. 귀가 먼 남자와 동행했던 짧은 기간을 제외하고는 혼자서 여행하는 동안, 그는 자기가 찾아간 곳들에서 쓰는 말을 한 마디도 알아듣지 못했지만 대중교통 수단을 이용해 돌아다녔다. 영국으로 돌아온 뒤 그는 몇 권의 여행기를 출간했는데, 눈이 먼 탓으로 놓친 것은 별로 없는 것 같다고 적었다. 사람들은 그가 눈이 멀었다는 것을 알고 사물을 인지하는 한 방법으로 '끌어안는' 법을 배우기 위해 그를 초대했다.

아나톨 브로야르[37]는 홀맨을 다룬 에세이에서 이렇게 적었다. "그것이 바로 현대의 여행 작가들이 해야 할 일이다. 그는 장소들이 뭔가를 내놓을 때까지 그곳을 끌어안아야 했을 것이다."

밴 모리슨[38]이 노래했듯이 "느낌을 끌어안자." 장소와 접하거나 혹은 접하지 못할 위험을 무릅쓰고 방랑하는 여행자의 손으로 세상을 어루만지자. 미네소타의 북쪽 숲에서 하루에 단 하나의 이미지만을 찍으며 90일을 보냈던 사진작가 짐 브란덴부르크처럼 장소들을 신중하게 끌어안자. 지칠 줄 모르는 여행가 로즈 맥콜리(Rose Macaulay)가 아테네의 폐허에서 숙고했던 것처럼 온유하게 장소들을 끌어안자. "고대의 장엄한 건축물들 가운데서 우리가 지닌 것은 이 부서진 아름다움뿐이다. 우리는 그것을 잊혀진 어느 고상한 시의 현존하는 단편들처럼 소중히 간직한다."

"나는 경탄하는 영혼…… 나는 경탄하는 영혼…… 나는 경탄하는 영혼……" 밴 모리슨은 그렇게 되풀이했다. 내가 알기로는 그것이 순례

---

37) Anatole Broyard, 1920~1990. 미국의 작가.
38) Van Morrison, 1945~ . 아일랜드의 음악가.

자를 가장 멋지게 표현한 말이다.

　삶을 새롭게 하려고 미지의 장소를 찾는 순례자에게 이 모든 것들이 어떤 의미를 지니고 있을까? 바로 이런 것이다. 건축학이나 심리학이나 시에서처럼 순례에도 은밀한 방이 있다. 도널드 홀[39]은 시골에 농가를 구입한 친구의 이야기를 들려준다. 그것은 '토끼 굴처럼 조그만 방'이었는데, 이사를 가서 새 집에 가구를 들이기 시작했을 때 그들은 그 집의 구조가 이치에 닿지 않는다는 것을 알아차렸다. "벽지를 벗겨내자 문이 나왔고 그 문을 지레로 비집어 열자 무슨 이유인지 모르게 밀봉되어 숨겨진 조그만 방이 나왔다. 그 방에는 시체도, 장물(臟物)도 없었다." 홀은 거기에서 강렬한 느낌을 불러일으키는 시의 미스터리와 유사한 것을 발견한다. 무슨 이유에서인지 모르게 밀봉될 수 있다는 점에서 그곳은 '설명할 수 없는 것들이 모이는' 곳이다.

　순례자의 길에서도 마찬가지다. 우리가 어느 곳으로 가건 거기에는 은밀한 방이 있다. 그것을 발견하기 위해 우리는 탐정이 추리소설에서 그러듯 벽을 두드리고 은밀한 통로가 있음을 암시하는 울림에 귀를 기울여야 한다. 서재의 선반이 빙 돌려져 숨겨진 방이 드러나는지 알아보기 위해 선반에서 책을 끌어내려야 한다.

　다시 말하지만, 어디에나 은밀한 방이 있다. 우리는 조그만 예배당에서, 작은 카페에서, 조용한 공원에서, 새로운 친구의 집에서, 원화창(圓華窓)으로 흘러든 아침 햇살이 떨어지는 신도 좌석에서, 우리 자신의 은밀한 방을 찾아야 한다.

　순례자로서 우리는 그 방을 찾아내야 한다. 그렇지 않으면 절대로 우리가 집을 떠나는 진정한 이유를 알아내지 못할 것이다.

　순례자들이여, 그대가 좋아하지 않는 것을 지나가라.

---

39) Donald Hall, 1928~ . 미국의 시인. 미시건 대학 교수를 역임했고 1984년에서 1989년까지 뉴햄프셔 주의 계관 시인이었다.

순례여행에서 실천할 다섯 가지 덕목

5세기에 지장(智藏)[40]과 공자는 현명한 군주들이 실천해야 할 덕목에 관해 대화를 나누었고 이것은 『논어』에 수록되었다. 그것에 영감을 받아, 여기 여행자들이 성스러운 여행에서 실천해야 할 다섯 가지 덕목을 적는다.

주의 깊게 듣는 일을 실천하자.
매일 자신을 새롭게 하는 일을 실천하자.
어느 곳에서나 중심을 향해 나아가는 일을 실천하자.
신성한 책을 읽는 일을 실천하자.
감사하고 찬미가를 부르는 일을 실천하자.

---

40) 458~552. 중국 양나라의 학승.

V
미궁

The Labyrinth

더군다나 우리는 혼자 모험을 하려고도 들지 않는다.
고금의 영웅들이 우리보다 앞서 갔기에.
미궁은 이제 완전히 다 알려져 있다.
우리는 단지 영웅들이 갔던 길을 따라가기만 하면 된다.
그러면 끔찍한 것을 찾으리라고 생각했던 곳에서
신을 찾게 될 것이다.
그리고 다른 사람을 죽이리라고 생각했던 곳에서
자신을 죽이게 될 것이다.
밖으로 여행하리라고 생각했던 곳에서
자신의 존재 한가운데로 오게 될 것이다.
혼자라고 생각했던 곳에서
온 세상 사람들과 함께 있을 것이다.

— 조셉 캠벨

　우리는 단일하고 예측할 수 있는 여행이 많지 않다는 것을 너무도 잘 알고 있다. 대부분의 여행은 정도에서 벗어나, 돌고 뒤틀리고 되돌아가다가 결국에는 우리가 가고 있는지 오고 있는지도 모르게 된다. 미궁은 빛에서 어둠 속으로 들어갔다가 다시 빛으로 나오는 구불구불한 정신의 길을 나타낸 고대의 상징이었다. 미궁의 벽에 등을 붙인 채, 야수가 울부짖는 소리에 혼비백산해서 우리는 탈출을 도와줄 실마리, 어떤 실마리라도 찾으려고 주위를 둘러본다.

　참으로 이상하게도, 실마리(clue)라는 말은 옛말인 실꾸리(clew), 즉 테세우스가 미궁의 중심부까지 갔다가 되돌아오는 길을 찾을 수 있도록 아리아드네가 그에게 준 황금실의 이름에서 연유했다. 우리가 어둠 속으로 따라 들어가는 그 가느다란 줄 — 우리의 직관과 육감과 꿈 — 이 우리의 실마리다.

호머는 다음과 같이 적고 있다. "검붉은 바다 한가운데에 크레타라는 섬이 있다. 바다로 둘러싸인 아름답고 비옥한 땅이다. 그 섬에는 셀 수 없이 많은 사람들이 살고, 아흔 개의 도시가 있다. (……) 그 도시들 중의 한 곳이 강력한 크노소스인데, 그 도시에는 아홉 살 때부터 통치를 시작했으며, 위대한 제우스와도 친분이 있는 미노스 왕이 있다."

오랜 번영기 동안 크레타는 평화로운 왕국이었다. 그러나 어느 날 파시파에 왕비에게서 반은 사람이고 반은 짐승인 이상한 아기 미노타우르가 태어났다. 아내의 불륜이라는 배신을 당한 미노스 왕은 수치심을 이기지 못해 왕국에서 가장 이름난 발명가인 다에달루스에게 태어난 아이를 가둘 감옥을 만들어달라고 부탁했다. 다에달루스는 제철법, 목공법, 병기와 전차 제조법 외에도 자기의 아들인 이카루스를 위해 밀랍 날개까지 발명한 바 있어 재간이 좋기로 유명했다. 그러나 울음소리가 섬 한쪽 끝에서 다른쪽 끝까지 들리는 야수를 숨기는 일을 맡게 되자 그마저도 기가 꺾일 수밖에 없었다.

그러던 중 다에달루스는 우연히 학춤을 추고 있는 젊은 공주 아리아드네를 보게 되었다. 모래에 찍힌 공주의 발자국이 우아한 나선 무늬를 그리고 있었다. 그 발자국을 보는 순간 발명가의 머릿속으로 구중궁궐 심장부에 지어질, 높은 담으로 둘러싸이고 일곱 번 구부러진 미궁이 떠올랐다. 그렇게 해서 미노스 왕은 울부짖는 야수를 숨길 수 있었다.

그러나 이제 왕은 두 가지 문제를 안게 되었다. 하나는 괴물의 물릴 줄 모르는 식욕을 어떻게 진정시키느냐 하는 것이었고, 다른 하나는 그의 경쟁세력인 아테네를 볼모로 잡아 지중해에 대한 통치권을 지키는 문제였다. 두 왕국 사이의 평화를 보장하기 위해 미노스 왕이 택한 해결책은 죽음의 공물이었다. 미노타우르에게 줄 희생물로 해마다 아테네에서 일곱 명의 처녀와 일곱 명의 청년을 실어오게 했던 것이다.

마침내 아테네의 왕자인 테세우스는 그 굴욕을 더이상 참을 수 없어서 부왕인 아에게우스에게 자기를 일곱 청년들 중의 하나로 보내달라고 간청했다. 그러나 테세우스가 그리스 본토에서 멀리 떨어진 크레타 섬의 해안에 도착했을 때, 크노소스의 공주 아리아드네가 그를 보고 당장 사랑에 빠졌다. 그녀는 다에달루스에게 자기가 테세우스의 목숨을 구하는 데 도움을 주어 자기의 남자로 만들 수 있게 해달라고 애원한 끝에 부왕에게서 왕국의 통행권을 얻어냈다.

공주의 청에 기분이 좋아진 다에달루스는 미궁으로 이르는 비밀을 알려주었다. "오늘밤에 이 마술을 건 실꾸리를 가져가도록 해라. 젊은이들이 줄을 지어 지나갈 때 그 실꾸리를 테세우스 왕자의 손에 쥐어주고 이렇게 알려주거라. 미궁으로 들어가는 입구의 상인방 밑을 지날 때 재빨리 한쪽 끝을 묶고 중심부에 당도할 때까지 실꾸리가 풀리도록 하라고."

왕자는 그렇게 했다. 으스스한 그림자가 던져진 통로를 지나면서 실꾸리를 푸는 동안, 그는 자기의 손에서 운명의 힘을 느끼고 두려움을 잊은 채 토막난 젊은이들의 시체를 뛰어넘으며 미노타우르의 신음 소리를 따라갔다. 그 다음에 일어난 일은 역사의 기록과 신화에서 잊혀졌다. 어떤 사람들은 테세우스가 야수의 심장에 칼을 꽂았다고도 하고 다른 사람들은 재빨리 그 괴물의 목을 조였다고도 한다.

괴물을 처치하는 일이 끝나자 테세우스는 실마리를 따라 구불구불한 길을 이리 돌고 저리 돌아 미궁의 입구로 다시 나와서 실꾸리를 감아 아리아드네에게 돌려주었다. 그녀는 왕자의 손을 잡았고 두 사람은 항구에서 기다리고 있던 배들을 향해 함께 달려갔다. 다음에 그들은 재빨리 근처에 있는 낙소스 섬으로 배를 몰았지만, 테세우스는 자기를 구해준 공주가 항상 적개심에 차 있는 아테네의 궁정에서 위험에 처하게 될까 두려워 그녀를 그곳에 남겨두었다. 운명이 늘 그렇듯, 잠시 후 그녀가 낙소스 섬의 모래밭에서 혼자 잠을 깨어 연인의 배가 바다 저 멀리로 사라지는 것을 두려운 눈으로 지켜보고 있을 동안 디오니소스 신이 요술처럼 그녀

앞에 나타났다. 그날 밤 위대한 직조공들은 그녀를 위해 다른 운명을 엮으며 밤 속으로 실을 자았다.

　　신화의 이야기나 이미지에서 감추려고 해도 드러나는 징표는 무궁한 활력이다. 미궁의 신화 역시 마찬가지여서 고대 그리스와 미노스 사이에서 패권이 옮아간 것에 대한 풍유인 동시에 준열한 심리학적 설화이다. 호르헤 루이스 보르헤스는 단편 「아스테리온의 집(The House of Asterion)」에서 그 신화를 미노타우르의 외로움을 중심으로 재구성하였다.
　　그 이야기는 이렇게 끝이 난다.
　　아침의 태양이 청동검으로부터 울려퍼졌다. 이제는 피의 흔적도 없었다.
　　"그것을 믿을 수 있겠소, 아리아드네?" 테세우스가 물었다. "미노타우르는 자신을 지키려고도 하지 않았소."
　　보르헤스는 고대의 작가들이 제시한 실마리를 따르고 있다. 즉, 미궁에 갇혀 있으면서 사람들을 죽이는 데 지친 미노타우르는 어머니가 자신에 대해 느끼는 수치심을 알게 되자 테세우스를 보고 오히려 기뻐하며 자기의 운명을 조용히 받아들였다는 것이다.
　　머치아 엘리아데는 필생의 역작에서 중심적인 은유를 설명하기 위해 이 이야기를 이용한다. 그는 자신의 저서 『미궁의 시련(Ordeal by Labyrinth)』에서 이렇게 적고 있다. "미궁은 방어물이다. 때로는 요술적인 방어물이지만 중심부, 보물, 의미를 지키기 위해 지어진 것이다." 미궁에 들어가는 일은 테세우스의 신화에서 볼 수 있듯이 입문식이 될 수 있다. 그 상징은 중심 그 자체, 힌두교도들이 부르는 대로 하자면 아트만(atman)을 향해 나아가기 위해서 수많은 시련을 겪는 모든 삶의 모델이다. 엘리아데는 그 이야기가 일시적으로 희망을 잃는 고뇌를 표현한다고 믿었다. 한 인터뷰에서 그는 이렇게 말했다. "내가 미궁을 헤쳐나오거나 우연히 어떤 실마리를 찾았다고 생각하게 된 경우가 몇 번 있었습니다. 물론 나는 실제로 나 자신에게 '나는 미궁에서 잊혀졌어'라고는 하지 않았습니다. 그렇더라도 결국에 가서는 내가 승리자로서 미궁을 헤쳐나왔다는 느낌을 아주 강하게 받았습니다. 우리는 누구나 그런 경험을 갖고 있습니다. 그러나 미궁은 하나만이 아니라는 이야기를 덧붙여야겠습니다. 고난과 시련은 평생을 살아가는 동안 거듭거듭 찾아옵니다. 그것이 시련이고 갱생을 위한 희망이지요. 그 하나하나의 과정이 우리를 긴장시키며 동시에 풀어줍니다."

*

우리의 여행을 미궁이라고 생각해보자. 신화의 가장 큰 선물은 하나하나의 이야기가 우리에게 인간의 행동을 모든 각도에서 보여준다는 것이다. 그리고 우리는 그 덕분에 현재 우리가 하고 있는 일이 어떤 각도의 행동인지를 스스로 알게 된다. 우리는 지금 그 이야기의 어떤 각도에 있는가? 우리를 누구와 동일시하는가? 발명가? 공주? 왕자? 쫓겨난 미노타우르? 발명의 재간과 열정적인 사랑, 영웅적인 모험, 추방, 그리고 희생을 다룬 신화처럼 살아가는 것은 어떠할까?

개인적으로 많은 돈을 들여 아주 먼 거리를 여행하는 순례자들에게는 목적지가 가까워짐에 따라 미궁으로 감겨드는 길의 이미지가 강력하게 떠오른다. 두려움, 희생, 혼란, 배신, 도난, 심지어는 죽음까지도. 그런 것들은 동서고금을 막론하고 여행자들이 생각하고 싶어하지 않는 것이다. 성자의 무덤을 찾아가기 위해 천 마일을 걷는 순전한 육체적 노고로 인해 강한 분노와 의구심이 생겨날 수 있다. 돈이나 여권을 잃어버릴 수도 있고, 동료 여행자가 오랫동안 계획했던 여행에 위협이 될 수도 있다. 또 엉뚱한 길로 잘못 안내받거나 고의적인 사기꾼에게 걸려들 수도 있다.

수하물 또한 잘못 배달되어 일 주일이 넘도록 돌아오지 않을 수도 있다. 그리고 때로는 단체 순례에서 함께 여행하게 된 사람들이 실망스러워 분노를 느끼기도 한다. 길이 들지 않은 외로움, 생소한 음식, 평생 동안 찾아가기를 꿈꾸었던 성지에서 뜻하지 않게 마주치는 천박한 건축물 — 그 모든 실망이 결국에는 지난 여러 세기 동안 미궁의 이미지로 상징되었던 혼란과 좌절과 혼돈으로 바뀔 수 있다.

그렇더라도 올더스 헉슬리[1]가 쓴 것처럼, "경험은 나에게 일어나는 일이 아니라, 나에게 일어나는 일과 나의 관계이다."

우리의 여행에 피할 수 없는 어둠과 실망이 내려앉을 때 무엇이 우리의 실마리가 될까? 인내와 침묵, 신뢰, 믿음은 순례의 존귀한 덕목이지만 그보다 더 중요한 것은 그런 덕목들을 실천에 옮기는 것이다.

그런 덕목이 없이는 누구도 미궁의 어두운 통로를 빠져나오지 못했다.

고통스러운 길

남자는 누구든지 일 년에 세 번, 과월절과 추수절과 초막절에 너희 하느님 야훼께서 고르신 곳에 와서 그분의 얼굴을 뵈어야 한다. — 신명기 16장 16절

유대인 영화 제작자이자 하시디즘[2] 신도인 게리 라인(Gary Rhine)이 평생 동안 품었던 꿈은 이스라엘로 순례여행을 떠나는 것이었다. 마침내 1990년, 그는 막내딸 오데사와 함께 그곳으로 떠났다. 그 여행은 대

---

1) Aldus Huxley, 1894~1963. 영국의 소설가, 비평가. 『멋진 신세계』 『가자에서 눈이 멀어』 등의 작품을 남겼다.
2) 1750년경 폴란드에서 생겨난 유대교 신비주의의 일파.

부분 감동적이었지만 또한 끔찍한 슬픔도 겪어야 했다.

여행의 절정은, 아니 어쩌면 그것을 최악이었다고 해야 할지도 모르지만, 예루살렘에 있는 대학살 박물관 야드 바셈(Yad Vashem)을 찾아간 일이었다. 우리는 유럽의 유대인들에게 닥쳤던 끔찍한 사건을 설명해주는 멀티미디어 자료를 보면서 몇 시간을 보냈다. 또 박물관에 전시된 가해자들의 제복과 무기, 희생자들의 개인 소지품, 그 시기에 그들이 쓴 편지와 시, 그들이 그린 그림들도 보았다.

우리는 나치에게 희생된 어린아이들을 위한 특별 기념관에서 마지막 날을 보냈다. 인공적으로 만들어진 밤하늘의 별빛만으로 밝혀진 어두운 방에 서서 우리는 어린 희생자들의 이름 하나하나에 귀를 기울였다. 이름들이 끝없이 이어졌다. 거기에 서서 울고 있는 동안 나는 점점 쇠진해지는 마음과 정신으로부터 힘이 솟는 것을 느꼈다.

그 뒤로 여러 날 동안 나는 정신적으로 비워진 느낌이었다. 많은 의문점들이 끊임없이 나를 괴롭혔다. 인간이 어떻게 다른 인간에게 그런 끔찍한 짓을 저지르고 싶어하는 정신 상태로까지 치달을 수가 있을까? 다른 나라 사람들은 어떻게 그런 일이 일어나도록 놓아둘 수가 있었을까? 그러나 내 마음을 가장 심하게 짓누른 질문은 만일 인간이 서로에게 그런 악독한 짓을 할 수 있다면 이 세상을 더 나은 곳으로 만들기 위한 노력이 무슨 소용이 있을까 하는 것이었다. 그때까지 영적인 사람으로서 내 임무는 이 세상의 상태를 개선하기 위해 진지한 노력을 하는 것이라고 믿어왔었다. 그러나 죄악을 저지를 수 있는 이 엄청난 잠재력을 극복하지 못한다면 내가 어떻게 그 일을 할 수 있을 것인가?

집으로 돌아오는 비행기 안에서 딸이 잠들어 있는 동안 나는 한 가지 깨달음을 얻었다. 그 경험에 대한 올바른 대처는 포기하는 것이 아니라 내 노력을 배가하는 것이었다. 만일 인간이 그처럼 커다란 죄악을 저지를 수 있다면 그만큼 커다란 선행과 동정도 베풀 수 있을 것이었다. 나는 그 죄악을 상쇄하기 위해 뭔가 강력한 일을 해야 했다. 그 생각을 하는 즉시 나 자신이 다시 힘으로 채워지는 것을 느꼈다. 불과 1, 2분 사이에 나는 야드 박물관을 찾아간 이후로 계속된 공허하고 맥 풀리고 우울한 느낌에서 충만하고 상쾌하고 결의에 찬 느낌으로 바뀌었다. 나의 다음번 깨달음은 이제 막 나에게 일어난 일이 하나의 종교적 경험, 직관이라는 것이었다. 그 순례여행으로 나는 필생의 일에 입문했다.

라인이 쓴 입문했다는 말은, '미궁을 여행하는 목적은 더 높은 의식 차원으로의 입문' 이라는 엘리아데의 믿음을 충실하게 반영한다. 중심에 이르는 일은 우리에게 신성하지만 불안한 계시를 통해 새로운 방향을 제시한다. 엘리아데는 이렇게 적고 있다. "나에게는 신성한 것이 언제나 진실의 계시, 우리에게 삶의 의미를 줌으로써 우리를 구해주는 것과의 만남이었다." 미궁의 공포, 어둠의 심장부를 들여다보는 일은 불안하지만 깨달음도 준다. 그것이 순례의 마지막 과정인 어둠을 보는 종교적 관점이다. 종교(religion)라는 말은 원래 본질적인 진실과 재결합한다는 의미에서 '다시 묶는다' 는 뜻이었다. 휴스턴 스미스는 이렇게 숙고한다. "나에게는 종교가 진실의 추구, 삶을 진실에 맞춰 평가하려는 노력이다."

순례자, 심오한 목적을 지닌 여행자에게는 진실을 추구하기 위해 마음을 사로잡는 곳으로 가는 때가 진실의 순간이다.

사악한 면을 보았던 일을 떠올리면 나는 지금도 마음속 깊은 곳에서 슬픔이 치민다. 1974년 가을, 나는 뮌헨에서 열린 8월제를 축하하기 위해 서독으로 가서 아흐레 동안 계속 그 행사에 참가했다. 열흘째 되는 날, 나는 혼자 떨어져나와서 현대역사의 어두운 면을 보기 위해 다카우[3] 근처

---

3) 독일 남부 바이에른 주에 있는 도시로 나치가 이곳에 최초의 집단 수용소를 세워 3500여 명의 유대인을 학살하였다.

로 가는 기차를 잡아탔다. 집단 수용소를 둘러보는 동안 책에서 읽거나 전쟁 영웅이었던 아저씨들에게서 들은, 전쟁 때 일어났던 일들에 대한 나의 지식이 산산이 부서졌다. 나치의 고문실과 화장터로 이르는 철문 앞에 서 있는 일은 낙형(烙刑)을 당하는 듯한 통과의식이었다. 내가 무고하다는 생각은 이제 들지 않았지만, 그렇더라도 똑같이 고통스러워하는 다른 방문객들을 돌아다보며 역사의 지옥을 찾아온 순례여행에 치유력이 있다고 확신했다. 우리는 세상의 미궁 같은 역사에서 어둡고 깊숙한 곳에 감춰진 괴물을 보아야 했다. 우리가 다시 나갈 수 있도록 도와줄 실마리가 거기에 있다는 것을 상기해야만 했다.

어두운 면

> 무엇인가를 알기 위해서는 단식으로 쓰린 가슴을 문질러 드러내야 한다.
>
> —그레텔 에를리히 [4]

여행자들에게는 어둠과 위험이라는 요소가 현실로 다가온다. 최초의 대상(隊商)들이 아시아의 사막을 천천히 가로지른 이래 여행은 더디고 위험했다. 길에는 늘 악당들이 출몰했고 순례자들은 그 성스러운 분위기에도 불구하고 무방비한 길의 위험으로부터 벗어나지 못했다. 미궁의 이리저리 꼬인 통로에서 인육(人肉) 토막을 핥는 미노타우르처럼 순례의 역사에서 뒤를 밟는 그림자는 1280년에 부르카르트 [5]를 찾아갔던 순례자의 글에 상세히 묘사되어 있다.

---

4) Gretel Ehrlich. 미국의 예언가, 영화 제작자, 작가.
5) 독일 남부 바이에른 주의 뷔르츠부르크에 있는 중세 교회.

살인자, 강도, 도둑, 간부(姦夫) 같은 악인들은 회개하는 고행자로서, 또는 목숨이 위태로울까 두려워서 감히 자기 나라에 머물지 못하고 바다를 건넜다. 그래서 독일, 이탈리아, 프랑스, 영국, 스페인, 헝가리, 그리고 세계 각지의 다른 지역들로부터 수많은 악인들이 그곳으로 모여들었다. 하지만 그들의 머리 위에 있는 하늘은 변했더라도 그들의 마음은 바뀌지 않았다. 일단 거기로 와서 가져온 것을 다 써버리고 나면 그들은 새로운 자금을 얻어야 했고, 그래서 나쁜 중에서도 가장 나쁜 '구역질나는' 짓으로 돌아갔다.

19세기의 모험 여행가인 이사벨라 버드(Isabella Bird)는 세계 각지를 두루 돌아다니며 자신의 여행에 관해 훌륭한 글을 남겼다. 당시 빅토리아 사회는 제대로 된 교육을 받고 자란 여성이 대중들 앞에 혼자 나타나는 것을 몹시 부도덕하게 여겼고, 자신의 재능과 정력과 천재성을 과시

샌프란시스코의 한 그래피티 아티스트는 여행중에 미궁에서 길을 '잃었던' 사람이면 누구나 알 수 있는 사회 비판을 한다.

하는 것은 더더욱 안 될 일이었다. 그녀의 탐험여행은 티베트, 하와이, 일본, 중국, 한국을 거쳐 로키 산맥으로까지 이어졌다. 그녀는 자신의 원정여행에 대해 항상 낙관적이었지만 몹시 실망한 적도 있었다. 낙타 등에 올라 시나이 산을 찾아가는 순례에서였다. 그녀의 전기에 따르면 그 여행은 그녀의 개인적 목적, 즉 모세가 십계명을 받은 곳을 찾아가보겠다는 맹세를 지키기 위한 것이었다고 한다. 그러나 여행은 지루했고 몸과 마음은 지쳐갔다. 여행중에 물이 떨어졌고 여행단이 성 캐더린 수도원의 '가시나무 떨기 불꽃' 성당에 도착했을 때 그녀는 피로와 격한 감정에 사로잡혔다.

그녀가 받은 대접은 무례하기 짝이 없었다. 수도승들은 그녀에게 쓸모 없는 기념품들을 사라고 강요하며 돈을 강탈하려 했고, 자기네들의 증류주 제조장에서 포도주로 증류한 술을 마셔 얼근히 취해 있었다. 나중에 그녀는 당시의 정황을 이렇게 적었다. "차라리 그곳을 찾아가지 말았더라면 하는 생각이 들 정도였다. 그 장엄한 교회에, 은 집기들에, 귀중한 필사본들이 보관된 도서관에, 끊임없는 예배의식에 얼마나 많은 겉치레와 기만이 숨어 있는가!"

실망은 대단했지만 그렇더라도 이사벨라는 결의에 차서 다음날 아침 일찍 일어나 안내인과 함께 게벨 무사로 떠나 모세가 양떼를 키우던 곳에서 솟았다는 전설의 샘인 '모세의 샘'에서 물을 마셨다. 그런 다음 높이가 2000미터도 더 되는 산 정상에 올라 장엄한 사막을 내려다보았다.

그 당시의 감동을 그녀는 이렇게 쓰고 있다. "어린 시절부터 여러 해 동안 나는 이 산 정상을 생각하고 꿈꾸며 그 광경을 상상해왔다. (……) 산 정상에서 느낀 감동은 사막의 열기와 황량함과 타는 듯한 갈증과 사정없이 몰아치는 사막의 열풍, 그리고 델 듯이 뜨거운 햇살을 모두 견딜 만한 것이었다. 그 광경은 내가 보았던 것 가운데서 가장 장엄한 경치였다. 적막하기 그지없고 이루 말할 수 없이 호젓하고 무서우리만큼 조용한."

조 비튼은 뉴욕 북부의 시라큐스 대학 학생이었을 때 반핵운동에 몸을 던졌다. 그녀는 여러 차례에 걸쳐 세상에서 가장 신성시되는 곳들로 의미심장한 여행을 했지만, 돌이켜보면 단 한 번의 여행이 '마음 깊이 와 닿는 순례'였다고 믿고 있다.

1985년 런던에서 공부를 하고 있었을 때 나는 운 좋게도 그린햄 코먼에 있는 여성평화운동 캠프를 방문할 기회를 얻었다. 그 당시 나는 미국의 크루즈 미사일 배치에 반대하여 그곳의 영국 공군기지에서 시위를 벌이고 있던 수천 명의 여성들에 대한 이야기를 듣고 깊은 감동을 받았었다. 그 여성들은 점증하는 군비경쟁과 핵탄두의 존재가 영국을 그 어느 때보다도 더 위험한 공격목표로 만든다는 사실에 절망과 분노를 느끼고 있었다. 나는 내 조국이 히로시마와 같은 규모의 도시를 1500곳 이상 파괴할 수 있는 핵무기를 비축하기 위해 애쓰고 있다는 사실을 알게 되자 부끄러우면서도 화가 났다. 그해 8월에 그곳을 찾아갈 때까지 그 여성들은 4년 동안 계속 캠프에서 생활하며 항의를 하고 직접적인 행동을 취하고 있었다. 그처럼 원대한 목표를 향해 삶을 바친 각계각층의 영웅적인 여성들을 만난 충격은 아직도 내 기억에 생생하다. 임시로 만든 텐트에서 그들과 함께 자고, 얼마 되지 않는 음식을 함께 나누고, 이야기를 주고받으며 핵무기의 근절을 위해 헌신하는 그들의 모습을 직접 목격한 경험이 나를 이날까지 이끌어준 힘이었다. 십대 이후로 나는 적극적인 여권 신장론자였고 대학에서 여성학을 부전공하기도 했지만, 그린햄 코먼을 찾아갔던 일은 그 당시 새롭게 형성되고 있던 생태여성학이라는 개념과 환경운동에 눈을 뜬 계기가 되었다. 서부로 옮겨온 후 나는 곧 독일에서 거둔 녹색당의 승리에 고무되어 있던 그 지역의 녹색 그룹에 가담했다. 녹색당을 존속 가능한 정당으로 만들

영국의 그린햄 코먼에 있는 여성평화운동 캠프를 찾은 순례자들이 군사기지를 둘러싼 철조망에 밝은 색 기념 리본과 평화의 비둘기 등의 기념물들을 매달아놓았다.

어 캘리포니아 주의원 선거에 출마하기 위해 노력하는 외에도, 우리는 그 지역에서 비핵지대(非核地帶) 법안이 통과될 수 있도록 많은 노력을 기울였다. 그것은 힘겨운 과정이었지만 나는 내게 영감을 준 또 다른 순례여행 덕분에 몸과 마음을 바쳐 일할 수 있었다.

    녹색애호그룹(우리는 자신을 바퀴벌레라고 불렀다)과 더불어 나는 네바다 핵실험기지 평화운동 캠프에 참가하기 위해 끝없이 펼쳐진, 먼지로 숨이 막힐 듯한 사막을 지나 여행했다. 그곳의 캠프에 모인 사람들은 포괄적 핵실험 금지의 절박한 필요성에 대해 일반 대중의 경각심을 일깨움으로써 모든 핵무기의 실험을 종식시키는 일에 헌신하고 있었다. 녹색그룹과 연대하여 그곳에서 계획을 세우고 직접적인 행동을 취한 일, 체포를 당한 일, 구치소에서 영적인 춤과 다른 여성들의 의식에 참가한 일, 전 세계에서 모인 다른 기지의 순례자들과 만난 일, 우리 정부가 소름끼치는 신성모독을 가한 쇼쇼니 족[6]의 땅을 순례한 일 등은 강렬하고 잊을 수 없는 경험이었다. 나는 그런 기억들을 간직하고 내가 동질감이 부족하다고 느낄 때는 언제나 거기에서 힘과 유대감을 끌어낸다.

　　페레스트로이카와 베를린 장벽의 붕괴 이후로 지하 핵실험이 종식되었고 지금까지도 국제 핵무기 조약에서 그에 뒤따른 변화가 이루어지고 있다는 점에서 나는 수백만의 평화 순례자들이 대단한 성공을 거두었다고 믿는다. 그들이 역사의 흐름을 바꾸고 재난을 부를 것이 분명한 군사기지들을 평화의 기념비로 바꾸려는 노력을 기울인 덕분에 그런 곳들이 정말로 성스러워진 것이다.

내키지 않는 순례자

여행은 지옥의 한 단면이다. ― 모하메드

----
6) 미국의 와이오밍 주와 몬태나 주의 경계선 근처에서 사는 인디언 종족.

밥 쿠퍼는 캘리포니아 북부에서 부동산회사 직원으로 근무하다 은퇴한 뒤 자기가 2차대전 당시 조종사로 폭탄을 투하했던 도시들을 찾아갔다. 그는 그곳에서 깊은 슬픔을 느꼈고 그의 방문은 강한 인상을 남긴 순례여행으로 바뀌었다.

나는 독일 상공으로 35회 출격하여 몇 톤의 고성능 폭발물을 투하했다. 정교한 장비를 갖추고 있던 우리는 폭탄이 대체로 목표인 군사시설 근처에 떨어진다고 느꼈다. 그러나 당시에도 이성은 내게 이런 말을 했고 지금도 하고 있다. 우리는 틀림없이 여러 번 목표를 빗맞추었을 것이고 그 과정에서 아마도 여자와 아이들을 포함한 민간인들을 죽였을 것이라고.

1969년, 내가 마지막 폭탄을 투하한 지 25년 뒤에 나는 유럽철도를 타고 독일을 찾아가 여러 마을과 도시에서 일 주일을 보냈다. 그 가운데 많은 곳들이 내가 폭탄을 투하했다고 기억되는 장소들이었다. 하룻밤을 묵기 위해 머무는 곳에서마다 나는 내가 폭탄을 투하했던 해인 1945년부터 그곳에서 살아온 나이든 사람들이 있는지, 만일 그렇다면 예전의 폭격기 조종사가 지금은 그들의 환대를 받고 있다는 것을 알게 되었을 때 어떤 생각을 할지 알고 싶었다.

어느 날 밤, 나와 아내는 라인 강변의 아름다운 도시 마인츠에 도착했다. 아내가 기차역에서 짐을 지키고 있는 동안 나는 하룻밤 묵을 여관을 찾아나섰다. 바로 강 옆에서 나는 마음에 드는 집을 찾아냈고 세 사람의 독일 노인들 — 두 남자와 한 여자 — 을 따라 이층으로 올라가서 하룻밤을 묵기로 타협을 보았다. 나는 독일어를 할 줄 몰랐고 그들은 영어를 몰랐지만 그래도 적당한 숙박료를 정하는 데는 아무 문제가 없었다. 그 전형적인 독일식 주택의 방에 서 있는 동안 갑자기 내가 그 도시 가장자리에 있던 철교에 폭탄을 투하했던 일이 떠올랐다(나중에 나는 그 임무가 1945년 1월 13일에 있었던 여섯번째 출격이었다는 것을 기억해낼 수 있었다). 그 철교는 도시 가까이에 있었고 적어도 서른다섯 발의 폭탄이 그 목표물을 향해 투하되었다. 그 가운데 몇 개나 되는 폭탄이 목표에서 빗나가 인접한 도시에 떨어졌을까? 나는 궁금했다. 내가 여러 해 전 그 공습으로 엄청난 피해를 입은 독일인과 이야기를 하고 있을지도 모른다는 생각에 섬뜩한 느낌이 들었다. 만일 내가 그들의 말을 할 줄 알았다면 마음이 동요되었더라도 그 이야기를 꺼냈을 것이다. 그리고 아마도 사과를 했을 것이다. 나는 대답을 듣지 못한 의문을 가지고, 궁금증과 깊은 슬픔을 품은 채 그 방을 떠났다.

여러 해가 지난 뒤에야 밥 쿠퍼는 자기가 폭탄을 투하했던 도시 중의 한 곳에서 우연히 하룻밤을 묵었던 일이 슬픔을 헤쳐나갈 기회가 되었다는 것을 깨달았다. 그가 한때 파괴에 한몫을 했던 — 비록 대의명분이 있다고 단단히 믿었더라도 — 곳에서 휴가를 보냈다는 고통과 풀 수 없는 아이러니를 해결해나간 방법은 그 뒤로 몇 년 동안 친구들에게 몇 번씩이고 그 이야기를 다시 한 것이었다.

1988년 봄, 쿠퍼의 친구인 아트 아이크혼은 은퇴를 하고 나자 자신에게 가치 있는 시간을 갖고 싶었다. 그는 자기의 픽업 트럭과 아파치 텐트 트레일러로 미국을 가로지르는 순례여행을 하기로 작정했다. 30년이라는 긴 세월 동안 공무원으로 일한 뒤 자기 눈으로 직접 자기 나라를 보고 싶었던 것이다.

수도 워싱턴에서 한 주일을 보내는 동안 베트남 전쟁 기념관 순례를 하면서 그 여행에서 가장 기억에 남고 감동적인 경험을 하게 되었다. 기념관 앞에 도착하자 나는 무릎을 꿇고 앉아 카메라의 삼각대를 조절하고 광각 렌즈를 장착했다. 참전 용사들이 남기고 간 몇 송이의 시든 꽃들을 포함해서 흥미로운 장면들과 독특하게 위쪽으로 뻗어올라간 벽의 모습을 잡아볼 셈에서였다. 내가 뷰파인더를 들여다보고 있을 때 나이 지긋한 남녀가 카메라 앵글 안으로 들어오는 것이 보였다. 남자가 벽에 작은 종이 조각을 대고 있을 동안 여자가 연필로 조심스럽게 그 종이 조각을 문질렀고, 나는 그들을 지켜보았다. 잠시 뒤에 그들은 종이 조각에 옮겨진 이름을 보더니 서로를 꼭 끌어안고 조용히 눈물을 흘렸다. 그 짧은 순간에 말소리는 들리지 않았지만 애정 어린 사랑의 행위를 목격했다는 것을 알 수 있었다. 그 모습은 지금까지도 내 기억에 생생히 남아 있다.

이 이야기는 순례에서 가장 오래된 전통의 한 갈래, 즉 묘지를 찾아가 사랑했거나 존경했던 사람에게 경의를 표하는 일을 나타낸다. 나는 디트로이트 지역으로 돌아올 때마다 거르지 않고 반드시 아버지의 무덤을 찾아간다. 꽃을 몇 송이 가지고 가서 묘석 주위의 풀을 뽑고 몇 마디 기도를 올린 다음 아버지와 내가 함께 했던 삶에 대해서 이야기한다. 그것은 괴롭고 슬픈 경험이지만 나는 절대로 그 일을 거르지 않는다.

1980년대 후반, 나는 파리의 페르 라셰즈 묘지에서 내가 안내하고 있던 여행단과 함께 록 스타 짐 모리슨의 무덤 앞에 서 있었다. 지난 5년 동안 나는 도어즈(Doors)의 드럼 주자였던 존 덴스모어에 관한 책을 쓰면서 그 소란한 시기에 대해 많은 것을 알게 되었다. 나중에 한 건장한 청년이 내게로 다가왔다. "도어즈와 함께 일하셨나요?" 그가 의심스러운 듯이 묻고 나서 간신히 말을 이었다. "나는 동독에서 왔습니다. 지금까지 서른세 번 여기 이 무덤을 찾아왔지요." 그가 잠시 말을 멈추고 무덤 위에 있는 모리슨의 흉상에 그려진 무지개 빛깔의 무늬를 돌아보았다. "처음에 왔을 때는 걸어서 왔습니다."

"아니, 그렇게 먼 곳에서 왜 왔습니까?"

프랑스 파리에 있는 짐 모리슨의 묘비. 온통 꽃과 낙서로 장식되어 있다.

"그는 알았습니다."

"알다니, 뭘요?"

"뚫고 지나가는 법을요." 그가 나지막하게 대답했다. "다른쪽으로 가는 법을요." 그러고 나서 그는 시인의 묘지 주위에 모여 서 있는 사람들 사이로 사라졌다.

놀라움을 찾아서

1인치의 놀라움이 1마일의 감사한 마음으로 이끌린다.
— 데이비드 스타인들 라스트 신부[7]

성스러운 여행을 떠난 순례자에게 요구되는 근소하면서도 의미심장한 조망의 변화로 한때는 혼란이었던 것이 시험으로, 실망이 도전으로 바뀐다. 19세기의 프랑스 시인 테오필 고티에는 안달루시아 여행기에서 그 점을 설명했고 『스페인 방랑(Wandering in Spain)』에서 다시 이야기했다.

여행은 하나의 현실, 우리가 참여하는 행동이 된다. 합승마차 여행에서는 승객이 더이상 사람이 아니라 커다란 가방과 별다르지 않은 무기력한 물체, 하나의 짐짝일 뿐이다. 여행자는 이곳에서 저곳으로 던져지기 일쑤인데, 그보다는 차라리 집에 머물러 있는 편이 더 낫다. 여행의 즐거움은 마주치는 장애물들과 피로감, 그리고 심지어는 위험에 있다. 언제나 목적지에 도달하리라는 것이 확실하고 목적지에서는 언제나 마차가 기다리고 있다면, 그리고 푹신한 침대와 푸짐한 식사와 자기 집에서처럼 온갖 편안함과 안락함을 누릴 수 있다면 우리들 중에 과연 누가 여행에서 매력을 찾을 수 있겠는가! 현대 생활의 가장 큰 불행 가운데 하나는 갑작스러운 놀라움이 부족하고 모험이 결여되어 있다는 것이다. 모든 것이 너무도 잘 정비되어 있고, 놀라우리만큼 구색을 잘 갖추고, 너무도 분명하게 꼬리표가 붙어 있어서 우연이 끼어들 여지란 없다. 이런 식으로 또 한 세기 동안 완벽을 향해 나아가는 일이 계속된다면 모든 사람들이 태어나는 날부터 죽는 날까지 자기에게 일어날 일

---

7) Brother David Steindl-Rast, 1926~ . 오스트리아 출신의 베네딕트회 신부.

을 미리 알 수 있게 될 것이고, 인간성은 완전히 말살될 것이다. 그런 세상에서는 범죄도 미덕도 개성도 독창성도 없을 것이다. 러시아 사람과 스페인 사람도, 영국 사람과 중국 사람도, 프랑스 사람과 미국 사람도 구별하지 못할 것이다. 아니, 모든 사람들이 다 똑같아서 서로가 서로를 구별할 수도 없을 것이다. 그때 가서는 엄청난 권태가 온 세상을 덮칠 것이다……

이 글에서 놀라운 것은 고티에가 많은 현대 여행자들의 곤란을 예견했다는 점이다. 사람들 사이에 존재하는 문화적 차이의 소멸, 처음부터 끝까지 유행을 따르는 냉소주의적 권태, 놀라움이 없는 여행에서의 즐거움의 결여. 그의 언급은 여행에서 동시성을 생각할 방법을 찾으려고 애쓰는 사람들에게 하나의 모델이 된다.

대부분의 여행자들에게 흥미가 사라지는 순간이 오게 마련이다. 그럴 때면 집으로 돌아가고 싶은 갈망이 일고 여행단과 함께 다른 '유명한' 곳들을 하루 더 둘러보기가 겁이 난다. 그러나 프레야 스타크가 알렉산더 대왕에 관한 책에서 썼듯이, "훌륭한 여행자는 흥미로운 장소에 별로 신경을 쓰지 않는다. 그는 목걸이의 구슬들 속으로 꿰어진 실처럼 그런 곳의 내면으로 들어가려 한다. 미지의 예기치 못한 다양함을 지닌 세상은 그 자신이 추구하는 즐거움의 일부이며, 활기차게 참여하느냐의 여부가 여행자와 관광객을 구분하는 기준이 된다. 관광객은 극장에 있으면서도 상연되는 연극이 무엇이건 그 일부가 되려고 하지 않는 관객이나 마찬가지다."

*

우리가 여행에서 '벽에 부딪힌' 순간을 떠올려보자. 몸은 피곤하고 발은 부르트고 눈은 쓰리고, 순례를 떠나게 된 애초의 목적은 어디론가 사라지고, 그래서 함께 여행하는 동료들이나 여행지에서 마주치는 그 지역 사람들에게 적대감을 느낀 순간을. 그럴 때는 어떻게 해야 할까?

하루 시간을 내어 곰곰이 생각해보자. 가장 편한 시간을 택해 혼자서 차근차근 생각해보자. 시간과 인내는 이 세상에서 가장 자연스러운 치료사들이다. 우리가 느끼는 좌절은 보고 있는 것에서가 아니라 보지 못한 것에서 왔을 수도 있다.

어둠을 잠재적인 '치유법'으로 생각하자. 스페인의 시인 프레데리코 가르시아 로르카(Frederico Garcia Lorca)의 말처럼, 어둠은 심지어 불가사의한 매력 — 음악과 춤과 시에서의 '어둠의 소리', 투우의 의식, 모든 예술의 근원 — 이 될 수도 있다. 괴테는 불가사의한 매력을 '누구나 다 느끼지만 어떤 철학자도 설명하지 않은 신비한 힘'이라고 기술했다. 그것은 시의 신과 천사에게는 '어둡고 떨리는' 동료이고, 인간에게는 영감과 신비한 재능을 주는 두 가지 원천이다. "진정한 투쟁은 불가사의한 매력과 함께 존재한다." 로르카는 그렇게 말하고 있다. 그것을 찾아내는 데는 "지도도 훈련도 필요하지 않다." 그것은 그림자의 목소리로, 분노와 불길로 나타난다.

로르카에게는 어둠의 소리들이 혼신의 힘을 기울인 일필휘지 뒤에 나타나는 부드러움의 전조가 되었다. 그것은 시신(詩神)의 슬픔보다도, 천사의 동경보다도 더 깊다. "불가사의한 매력 — 그 매력은 어디에 있는가?" 로르카는 그렇게 묻는다. "죽은 자들의 머리 위로 끊임없이 부는 마음의 바람이 새로운 풍경과 생각지도 못한 특징을 찾아 텅 빈 아치를 통해 온다. 어린아이의 침 냄새와 찢어진 풀 냄새, 그리고 새로 창조된 것들의 끊임없는 세례를 알리는 해파리 냄새가 실린 바람이."

실망스러운 순간들

사정은 언제나 마땅히 그래야 하는 것과 다르다. ― 헨리 제임스[8]

고고학자 미셸 퀼랭은 크레타의 크노소스 궁전에서 겪었던 실망스러운 경험에 대해 몹시 분개하면서 이렇게 회상한다. "나는 유적지 그 자체에서는 별 느낌을 받지 못했습니다. 그곳으로 몰려든 사람들과 복원 당시에 행해진 쓸데없는 간섭 때문이었지요. 내가 느낀 진정한 힘은 오로지 그 주위의 땅에만 있었습니다. 유적지는 변형되었고 박물관에 있는 유물들에만 정신이 남아 있는 것 같더군요. 나는 그곳이 대규모 순례로 인해 유적지의 영혼이 상실될 위험에 처해 있다고 생각합니다. 특히 신들이 점점 더 높은 곳으로 달아나는 때에는."

그는 문제가, 늘 그랬던 것처럼 그런 곤란한 순간, 우리가 살아가면서 그처럼 철저하게 실망하는 순간에 대처하는 태도에 있다는 데 동의한다.

"우리는 사람들에게서 내가 '친밀한 순간들'이라고 한 것을 훔쳐야 합니다. 나는 그것을 멕시코의 약스칠란에 있는 마야 문명 유적지에서 알았습니다. 밤에는 그 유적지로 들어갈 수 없다고 했고 그래서 한 해 동안 내 여행단원들 하나하나에게 그 말을 되풀이했습니다. 하지만 그들이 모두 잠들고 나면 나는 동료 안내자인 샤론 마톨라와 함께 살며시 빠져나갔습니다. 그녀가 내 정신적 형제라는 걸 알고 있었기 때문이죠. 그 일이 우리가 함께 한 여행에서 가장 즐거운 순간들이 되었습니다. 내가 시간을 벌고 있다는 걸 알고 있었으니까요. 다들 알겠지만 우리는 뭔가를 배우고 유적지의 정신들을 하나하나 넓혀나가기를 원해야 합니다.

---

8) Henry James, 1843~1916. 미국의 소설가, 비평가. 『여인의 초상』 등의 작품을 남겼다.

과테말라의 티칼, 제2사원의 미궁 같은 통로에서 본 제1사원의 가파른 벽. 제1사원은 거대한 재규어 (Great Jaguar) 사원이라 부르기도 한다.

HIV에 감염된 채 살고 있는 지금, 나는 멀리 떨어진 곳으로 여행하는 것이 더이상 편하지 않습니다. 그래서 마음속으로, 옛 시절의 기억을 찾아 내면적인 순례를 떠나야 합니다. 나는 시간과 추억의 중요성을 배우기 위해 순간들을 훔치고 있습니다. 이제 나는 내게 남은 시간을 헤아려야 합니다. 다른 사람들에게 주어진 시간이 우리 자신의 신성한 시간과 무관할 수도 있다는 생각을 해야 합니다. 너무도 많은 사람들이 그 시간들에 부여된 신성함을 존중하지 않기 때문에 나는 여행을 그만두어야 했습니다. 이제 나는 내가 회피했던 것들에 직면해 있습니다. 하지만 내 생각엔 순례란 신성한 시간을 어떻게 찾느냐 하는 것이 아닐까 싶군요. 그러기 위해서는 성스러운 상상력이 필요합니다—나는 상상력이 성스럽다고 확신합니다."

그는 이렇게 말을 맺는다. "젊은 시절에 나는 유적지에서 발산되는 정기가 곧 나의 정기라고 믿었습니다. 하지만 이제는 그 정기가 쇠해졌고 내게 있어서 순례는 예전의 그 경향들과 다시 만나는 한 방법이라는 것을 알고 있습니다. 우리는 믿으려고, 믿음을 가지려고 해야 합니다. 어쩌면 그것은 갈망, 내 삶 깊은 곳에 있는 어떤 것에 대한 갈망일 수도 있습니다."

*

이런 상황을 상상해보자—지금은 전시(戰時)이고 사랑하는 사람이 투옥되었다고. 때는 한겨울이고 다른 수백 명의 사람들과 함께 감옥의 벽돌담 밖에서 말 한마디, 연인이 왜 구금되었는지를 알리는 당국의 쪽지 한 장을 기다리는 동안 입김이 서리로 내려앉을 만큼 춥다. 그때 입술이 거의 얼어붙은 여자 하나가 옆으로 다가와 귀에다 대고 속삭인다. "이걸 말로 설명할 수 있겠어요?"

그처럼 혹독한 겨울에 그런 질문을 받았을 때, 러시아의 시인 안나 아크마토바는 이렇게 대답했다. "네, 할 수 있어요."

그러자 한 순간 그녀의 얼굴에 미소처럼 보이는 표정이 스쳐 지나 갔다.

우리는 지금 우리가 순례여행을 반쯤 거치면서 겪고 있는 일을 설명 하라는 목소리에 어떻게 대답해야 할까? 우리가 중요한 목표를 향해 나아가는 시간시간마다 세상은 우리의 앞길에 무시무시한 장애물들을 던 지곤 한다.

올리버 스타들러가 일본의 시코쿠 섬에 있는 여든여덟 곳의 사원을 도는 여행에서 서른아홉번째 사원에 이르렀을 때 그 사원에 있던 승려 한 분이 여행에 대한 그의 불안을 덜어주려고 했다. "순례의 요점은 어려움 을 견디고 극복함으로써 자신을 향상시키는 것입니다."

이끄는 힘

미궁의 기호학에서 아리아드네의 실은 테세우스를 안전으로 이끄는 길잡이다.

— 로렌 아트레스

미궁에 대한 뛰어난 관점이 한 가지 있다. 미궁 연구가인 로렌 아트 레스(Lauren Artress)는 그녀의 책 『신성한 길을 걸으며(Walking the Sacred Path)』에서 미궁을 이용하는 고양된 순간들은 정신적 훈련의 일 부라고 설명하면서 미궁의 상징이 세계 도처에 있는 거의 모든 전설에 존 재한다고 적고 있다. 그 상징은 호피 족[9]의 메디신 휠과 티베트의 모래

---

9) 미국 애리조나 주 북동부에 있는 푸에블로 족 인디언 가운데서 가장 서쪽에 사는 종족.

그림에서뿐 아니라 카발라[10]에서도 대변 비슷하게 생긴 가늘고 기다란 모습으로 나타난다. 다른 전통들에도 우주의 매듭이라든가 남양제도 민족들의 문신, 켈트 족의 목걸이, 이슬람교 신비주의자들의 시, 그리고 아이들의 장기판과 댄스 게임 같은 것에 미궁의 변형들이 포함되어 있다.

그런 양식들에 공통된 것은 그것들이 수세기 동안 삶을 변화시키는 도구로 이용되어왔다는 점이다. 그 양식들은 전 세계 사람들이 공유하고 있는 내면적 상태, 즉 아트레스가 '삶의 문제보다 더 크다' 고 했던 것에 대한 해결책을 상징한다. 그녀는 이렇게 지적한다. "그런 양식들은 정신적 문제이며 그 문제에 대한 답을 찾는 것은 신성한 길을 찾는 것이다. 우리가 그 의미와 목적을 발견하는 동안 우리를 이끌어온 어떤 보이지 않는 이끔의 형식도 깨닫게 된다."

그녀는 조지 맥도널드의 『공주님과 도깨비(The Princess and the Goblin)』를 다시 이야기하는 것으로 이 정신적 허기를 설명한다.

어떤 공주가 아버지의 왕국과 세상으로부터 멀리 떨어진, 안전하다고 여겨지는 성으로 보내진다. 그녀는 새로운 거처를 둘러보다가 탑에서 실을 잣고 있는 늙은 여인을 만난다. 여인은 공주에게 자기가 공주의 증조할머니라고 소개하면서 여러 해 동안 공주를 기다려왔다고 말한다. 때가 되자 증조 할머니는 공주에게 보이지 않는 실을 묶은 반지를 선물한다. 그리고 공주에게 이르기를, 그 실이 공주가 살아가면서 마주치는 도전들을 뚫고 나가도록 이끌어줄 것이라고 한다. 그러나 공주는 실도, 실이 풀려나오는 실꾸리도 볼 수 없어서 그 선물에 실망한다. 실과 실꾸리는 증조할머니에게 그대로 남아 있다.

---

10) 중세 유대교의 신비주의.

이 현명한 옛날 이야기는 미궁을 지나 신성한 길을 따라가는 것이 어떤 의미인지를 암시한다. 아트레스는 이렇게 적고 있다. "보이지 않는 실을 따라감으로써 우리는 원천, 신성함에 연결된다." 그러나 이 실은 과연 무엇과 연결될 수 있을까? 그리고 어째서 처음에는 우리를 실망시킬까? 이 보이지 않는 실을 신뢰하려면 대단한 믿음이 필요하다. 아트레스는 증조할머니의 요술 실을 '내면의 하느님'이라고 불렀다. 그 실이 정신 그 자체에 대한 고대의 상징, 조상의 영역으로 통하는 길이라는 견해도 있다.

미로와 미궁에 대한 중세의 매혹은 몇 세기가 지나는 동안 시들해졌지만, 최근에 다시 영혼을 안정시키고 마음을 여는 명상의 도구로 미궁을 이용하는 일에 관심이 되살아나고 있다. 아트레스가 샌프란시스코의 그레이스 성당에서 진행하는 프로그램이 그 운동의 선봉 역할을 하고 있는데, 그녀의 지도하에 노트르담 성당 미궁의 모형이 성당 앞에 설치되었고, 그 지역의 교회와 공회당들을 구불구불 도는 여행이 고안되었다. 갖가지 믿음과 신앙을 가진 사람들이 그 오랜 역사를 지닌 도구가 신성한 패턴을 따라 걷는 사람들에게 주는 평온한 통찰을 배우고 있다.

아트레스는 현재 세계 도처의 미궁 유적지들로 순례자들을 인도하면서, 정신적으로 허기진 수천 명의 사람들을 위한 변화의 도구로 미궁을 이용하고 있다. 그녀에게는 미궁이 '성모 마리아, 내면의 신, 모든 창조의 성스러움에 대한 고대의 상징'일 뿐만 아니라 일생에 걸친 정신적 여행을 나타내기도 하는 다면적 가치를 지닌 상징이다. 미궁이란 여행자들이 '성스러운 것에 대한 직접적인 경험'을 얻을 수 있는 내면적 순례의 상징이라고 믿는다. 그녀는 또한 순행의식이 신성한 중심을 향한 옛 순례자들의 꾸준하고 구불구불한 여행을 이어간다고도 믿고 있다.

아트레스가 유럽 각지에서 최근에 이끈 미궁여행에 참가했던 자네트 허먼은 그 충격을 이렇게 기술하고 있다.

샌프란시스코 그레이스 성당의 기하학적 무늬가 새겨진 북탑은 꼭대기가 구름에 가려져 있어 그곳을 바라보기 위해 눈을 들면 우리의 영혼도 함께 고무되는데, 이것이 이 건축물이 전통적으로 수행해온 역할이었다.

로렌이 내게 자리에서 일어나 여행단과 함께 미궁을 걷자고 했을 때 나는 그 일을 얼른 끝내고 나서 하던 일로 다시 돌아가야겠다고 생각했다. 여행단을 이끌던 나는 미궁에 발을 들여놓았을 때 점심식사 준비와 버스 배치, 그리고 떠나는 시간을 염두에 두고 있었다. 그러나 채 세 걸음도 떼기 전에 머릿속으로 준열하기 그지없는 의문과 함께 오래 전에 잊혀진 위기감이 파고들었다. 나는 몹시 놀랐고 곧장 사람들에게서 떨어져나와 그 오래된 상처를 낯설어하며 살피기 시작했다. 로렌이 얘기했던, 앞서가는 사람이 너무 느리면 앞지르고 원한다면 자기만의 길을 택해도 좋다고

한 말이 떠올랐다. 내가 나만의 상념에 잠겨 대열에서 이탈한 것이 틀림없다는, 그래서 절대로 미궁의 중심에 이르지 못할 것이라는 생각이 들었다. 나는 그것을 삶의 또 다른 은유로 받아들이면서 한숨을 내쉬고 고개를 저었다. 더 많은 질문들이 마치 미궁 밖에서 오듯 찾아들어 내 마음속에서 의식을 일깨웠다.

눈물이 흐르기 시작했다. 그 여러 해 동안 나 자신에게 숨겨왔던 일들이 하나하나 떠올랐다. 하느님의 은총으로 나는 미궁의 중심에 이르렀고 밖으로 나가는 길을 찾아 나왔다. 내가 그 충격적인 경험을 소화하려고 앉아 있으려니 내 일을 도와주던 여자가 메모지 철과 펜을 들

고 내게로 와 이렇게 말했다. "당신이 뭔가 쓰고 싶어할 테니 이걸 가져다주라고 했어요." 나는 내게도 펜과 메모지가 있다는 말을 하고 나서야 쓸 것이 더 있다는 것을 알아차리고 그것들을 받아들였다. 글을 써 내려가는 동안 나에 대해 더 많은 것들이 밝혀졌고, 그 일이 끝나자 나는 식당으로 달려갔다가 프랑스인 안내원과 마주쳤다. 점심식사 준비는 그녀가 이미 다 해놓은 뒤였다. 그것이 내가 처음으로 사람들과 함께 미궁을 걸었던 경험이었는데, 여행이 끝날 무렵 나는 하나하나의 미궁에 그 자체의 정기가 있다는 것을 알게 되었다. 아미엥의 미궁은 매우 개별적인 반면 노트르담의 미궁은 좀더 보편적이어서 내 마음을 활짝 열어주었다. 내가 원했던 것은 모든 사람들을 끌어안는 것이었다. 비록 그것이 내가 찾고 있던 것은 아니었을지라도 나는 그 감정을 강하게 느꼈다.

실마리를 따라 돌아가기

나는 내 보트가 저 깊은 곳에서 뭔가 아주 거대한 물체에 부딪혔다는 느낌을 받았다.

— 후안 라몬 지메네스[11]

불교의 전통적인 관행 가운데 한 가지는 신도들이 날마다 부모, 스승, 친구, 그리고 모든 형태의 생물들에게 그들의 삶이 풍요로워지도록 도와주었다고 감사하는 것이다. 신성한 여행의 유서 깊은 전통에 참여한 사람으로서 순례자들은 먹을 것을 제공해주는 여관 주인들과 길에서 만

---

11) Juan Ramon Jimenez, 1881∼1958. 1956년에 노벨 문학상을 수상한 스페인의 시인.

난 동료 순례자들에게 고맙다는 인사를 하도록 되어 있다.

그보다 훨씬 더 어려운 일은 길에서 마주치는 역경에 대해 감사하는 것이다. 라마교의 종정(宗正)인 달라이 라마는 이렇게 말했다. "여러분이 장애물들을 올바르게 이용한다면 그 장애물들은 용기를 북돋우고 또한 더 많은 지식과 더 많은 지혜를 줄 것입니다. 그러나 장애물들을 그릇되게 사용한다면, 여러분은 실망과 좌절과 우울을 느끼게 될 겁니다."

우리의 여행을 신성하게 만드는 방법은, 여행의 분위기가 '희생적'이 되도록 정신적 또는 신화적 태도를 취하는 의식에, 그리고 자기네들의 운명을 "실로 엮어야 했던" 테세우스와 아리아드네가 취했던 방식에 있다. 흔히 있는 일이지만, 어떤 개념의 영원한 진리는 단어 그 자체에 뿌리를 두고 있다. 즉 희생(sacrifice)이라는 단어는 '성스럽게 하는'의 뜻을 지닌 라틴어 사크리 피시움(sacri-ficium)에서 온 것이다.

*

우리가 미궁에서 해야 할 일이 그 중심을 찾는 것이라고 상상해보자. 의심이 들면 여행을 떠나온 애초의 목적을 떠올리자. 뭔가 열정적인 일을 함으로써 목적을 상기하고 맹세를 새롭게 하고 다시 불을 지피자. 맨 처음에 우리를 순례로 이끈 실을 다시 찾아보자.

우리가 받아들인 모험, 우리가 마주친 육체적 정신적 위험, 우리가 치른 경제적 정신적 희생은 가장 성스러운 것을 재발견하기 위해서임을 기억하자.

실이 없다면 실마리를 찾을 수 없을 것이다.

사랑의 놀라운 광채

나는 갈림길에 섰고 운명이 나를 맞으러 왔다…… — 리즈 그린[12]

시인이자 시나리오 작가인 리처드 비번(Richard Beban)은 아버지가 암에 걸렸다는 사실을 알게 되자 파리로의 순례여행에 아버지를 모셔 가기로 했다. 평생 동안 화가가 되기를 꿈꾸어왔던 비번의 아버지는 '화가들의 본거지', 특히 그가 가장 좋아하는 인상파 화가들의 근원지를 몹시 보고 싶어했다. 그 두 부자는 여러 곳의 미술관과 카페에서 천국 같은 환희를 맛보았지만, 그 여행이 쉬운 것만은 아니었다. 둘 사이의 긴장감, 다가오는 죽음의 그림자, 때때로 굳어지는 날씨 — 그 모든 것들이 아버지와의 관계를 회복하려는 리처드의 꿈을 방해하려고 모의를 한 것처럼 보였다. 그러나 리처드는 돌파구가 나타나기를 기대하면서 인내하고 지켜보며 시를 썼다.

마지막으로 그는 아버지와 함께 파리에서 가장 오래된 시장에서 장을 보고 그날 저녁 아버지를 위해 간단한 음식을 마련했다. 나중에 그는 자기가 관찰한 것들을 몇 가지 적어두었고, 그것이 「아버지와 나는 장을 보았다(My Father and I Shopped)」라는 시가 되었다.

무페타르 가에 늘어선
노변 시장에서
최근에 이민을 온
검은 얼굴의 북아프리카 사람들
갈색 피부의 알제리 사람들이

---

12) Liz Greene. 미국의 점성술사.

제각기 다른 억양으로 떠드는 중에
브르타뉴의 검은 땅에서 나온
희끄무레한 향기로운 버섯들
늙어 반백이 된 파리 사람들
구름이 잔뜩 낀 어두운 날에
빨강 초록 노랑으로
제각기 선명한 빛깔을 뽐내는
약초와 후추, 그리고 야채들

셋집으로 돌아오자
아버지는 짧은 산책에 지쳐 잠이 들었다.

나는 커다란 토마토 두 개를 둥글게 썰어 물기를 짜냈다
나륵풀을 뜯어 연초록색 잎사귀를 말렸고
하얀 스폰지 같은 모차렐라 치즈를 얇게 저몄다.
어렸을 때 아버지가 살라미 소시지를 저미던 방식을 떠올리며
뭉툭한 소시지 한 개에서
종잇장처럼 얇게 저며낸 놀랄 만큼 많은 조각들.

나는 하얀 도자기 접시 두 개에
토마토와 모차렐라 치즈와 나륵풀을 정성껏 담았다.

욕실에서 아버지가 약병을 흔들어 하루치의 약,
목숨을 며칠 더 부지해주는 약을 꺼내는 소리가 들렸을 때
나는 샐러드 위에 황금빛 올리브유를 뿌리고
그것을 반짝반짝한 은 접시에 담아

빨간 리넨 냅킨과 함께
테이블에 차려놓았다.

그 음식을 먹기 전에 아버지는 사진을 찍었다.

이 훌륭한 시는 우리 모두가 여행에서 슬픔에 대처할 수 있는 방법을 투명하리만큼 생생하게 묘사하고 있다. 단 한 순간도 우리의 여행이 암울하고 실망스러울 것이라고 의심하지 말자. 문제는 이런 것이다. 우리는 슬픔에 대처하고 여행을 계속할 용기를 얼마나 끌어낼 수 있는가? 우리의 반사 능력은 얼마나 빠른가?

고대 페르시아인들은 이렇게 말했다. "운명이 그대에게 칼을 던지면 그대는 칼날을 잡을 수도 있고 칼자루를 잡을 수도 있다."

플래너리 오코너[13]는 『신비와 풍습(Mystery and Manners)』에서 이렇게 적고 있다. "용이 어떤 형태를 하고 있건, 깊이 있는 이야기들이 말하고자 하는 것은 그것을 지나 있는, 혹은 그것의 아가리 속으로 들어가는 신비한 통로이다."

*

변경 개척자인 다니엘 분이 길을 잃은 적이 있느냐는 질문을 받았을 때 했던 놀라운 대답을 떠올리자. "아뇨." 그가 장난스럽게 대답했다. "하지만 사흘 동안 헤맨 적은 있지요."

---

13) Flannery O' Connor, 1925~1964. 미국의 소설가.

여행자의 우물

그대를 지치게 하는 것은 앞으로 가야 할 길이 아니라 그대의 신발에 든 모래 알갱이다.
—아라비아의 옛 격언

레오 톨스토이는 비극적인 상황에서도 우리에게 삶의 기쁨을 주는 신비한 방법을 묘사한 동양의 옛 우화를 좋아했다. 그 우화는 시베리아의 대초원에서 사납게 달려드는 호랑이에 놀란 여행자의 이야기였다. 여행자는 죽을힘을 다해 도망쳤지만 결국 호랑이에게 따라잡히게 되자 물이 말라버린 우물 속으로 뛰어들었고, 그 바람에 우물 밑바닥에서 잠자고 있던 용을 깨웠다. 그러나 떨어지는 동안 정신을 바짝 차려 우물 안쪽의 벽돌 틈새에서 자라난 단 하나의 가는 나뭇가지를 움켜쥘 수 있었다. 그는 나뭇가지에 목숨을 걸고 매달렸다. 위에서는 호랑이가 으르렁거리고 밑에서는 용이 아가리를 벌리고 있었다. 팔에서 점점 힘이 빠져나가자 그는 위에서 호랑이가 자기를 덮치거나 아래로 떨어져 죽을 때까지 남은 시간이 얼마 되지 않는다는 것을 알았다.

끈질기게 그는 버텼다. 그러나 빠져나갈 길이 있으리라는 희망을 놓지 않고 매달려 있던 연약한 나뭇가지를 하얗고 검은 생쥐 두 마리가 양쪽에서 갉기 시작했다. 이제는 정말로 목숨이 경각에 달려 있었다. 분명히 그는 죽게 될 것이었다.

바로 그때 우물 벽에 반짝이는 햇살이 떨어졌다. 여행자의 눈이 번쩍 뜨였다. 나무 잎사귀들에 꿀 방울이 맺혀 있었다. 그는 행복감이 밀려오는 것을 느끼고 생의 마지막 순간에 조용히 혀를 내밀어 귀중한 꿀을 맛보았다.

＊

여행을 하면서 미궁을 헤쳐나가려고 애썼던 시간을 생각해보자. 뒤에서 무엇이 쫓아오고 있었는가? 밑에서 무엇이 우리를 노려보고 있었는가? 바로 눈앞에 있는 잎사귀에는 꿀 방울이 맺혀 있지는 않았는가?

문턱을 넘으며

영원의 거울 앞에 마음을 두라. 찬란한 영광에 정신을 두라. ― 성 프란체스코

1986년 여름, 나는 육중한 중세의 문을 통해 노트르담 대성당으로 들어가 회중석(會中席)을 가로질렀다. 내가 품고 있던 단 한 가지 열망은 스테인드 글라스를 통해 소리 없는 폭포처럼 흘러드는 햇살을 보는 것이었다. 그 오래된 미궁에 서 있는 동안 내 심장이 뛰는 소리가 점점 더 커졌다.

나는 천천히 800년 동안 순례자들의 발길에 닳은 검은색과 흰색의 판석이 깔린 구불구불한 길을 따라 걷기 시작했다. 그 굽이진 길의 34번째 모퉁이에서 다시 문턱을 지나자 이상한 바람이 불어왔다.

검은 펠트 베레모를 쓴 늙은 남자가 나를 기다리고 있었다. 이상하게도 그 모습이 내 증조부인 샤를마뉴에 대한 기억을 일깨워주었다. 그가 들고 있던 떡갈나무 지팡이 손잡이로 내 팔을 툭툭 쳤다. 그는 마치 궁중 어릿광대 같아 보였지만 그의 표정에는 고집스러운 순례자의 권태가 배어 있었다. 억양이 맞지 않는 영어로, 그러나 방랑하는 음유 시인처럼 신비한 힘을 보이며 그가 물었다. "어디서 하느님을 찾을 수 있는지 알고 있습니까?"

나는 목덜미의 털이 쭈뼛 서고 등골이 서늘해지는 느낌을 받았다. 대

답을 기다리는 동안 그의 눈썹이 위로 치켜올려졌다. 나는 완전히 어리둥절해졌다. 이 사람 미친 신학자일까? 냉소적인 실존주의자? 난해한 건축이나 중세 철학에 대한 내 지식을 시험하고 있는 것일까? 그는 마치 내 마음속에 우리 두 사람을 모두 놀라게 할 말이 숨어 있기라도 한 것처럼 사팔뜨기 눈을 하고 참을성 있게 기다렸다.

갑자기 성가대 위쪽의 눈부시게 환한 원화창(圓花窓)에서 푸른 빛줄기가 비스듬히 흘러들었다. 그제서야 나는 내가 평생 동안 그 질문을 기다리고 있었다는 것을 알아차렸다.

무심결에 나는 오른손 엄지손가락으로 어깨 위를 가리켰다가 다음에는 판석 바닥의 소용돌이 무늬를 가리켰다. 늙은 남자가 베레모 가장자리를 만지더니 점잖게 고개를 숙였다. 안심해서 고개를 끄덕이는 그의 주름진 입가에서 한숨이 새어나왔다. 그는 문턱을 넘어 지팡이로 시간을 초월해 박자를 맞추며 오래된 의문 속으로 사라졌다.

*

우리가 어떤 이상하고 경이로운 교회나 회교 사원, 또는 유대교회에서 상념에 잠겨 있을 때 누군가가 우리의 어깨를 두드린다고 상상해보자. 그가 우리의 귀에다 이렇게 소곤거리고 있다고. "어디에서 하느님을 찾을 수 있을까요?"

그럴 때 우리는 뭐라고 대답해야 할까?

VI
도착

Arrival

방랑의 목적지가 아무리 멀다 하여도
지금은 그대가 목적지에 이른 위대한 순간.
그대의 상상 속에 있던 것들이
갑자기 만져볼 수 있는 세상의
일부가 되는 순간.
—프레야 스타크

　오랜 세월을 두고 사람들은 이집트, 이탈리아, 소아시아 같은 멀리 떨어진 곳에서 그리스를 찾아왔다. 농부에서부터 왕에 이르기까지 각계 각층의 사람들이 델포이 신전에서 신탁을 구하고자 테살리 평원[1]을 가로질러 파르나수스 산[2] 기슭까지 긴 여행을 했던 것이다.

　그 초기의 순례자들은 성지에 이를 때까지 많은 노고를 들여야 했지만 그 보상은 즉각적이고 때로는 삶을 변화시켜주는 것이었다. 신전으로 이르는 긴 오르막길을 다 올라간 여행자는 이 세상에서 가장 가슴 철렁한 장관을 내려다보곤 했다. 고대의 어느 성지에 있는 것보다도 더 풍요로운 보물들에 감탄해서 말을 잃은 채, 순례자들은 자신이 신의 축복을 받아 이 세상에서 가장 신성한 성지에 무사히 이르렀다는 느낌을 받곤 했다.

---

1) 그리스 중북부 지방으로 그리스 신화의 주요 무대이다.
2) 그리스 중부에 있는 산으로 델포이 성지가 있다.

델포이는 땅의 여신인 가이아를 섬기는 숭배 중심지였다. 그 여신을 섬기는 시빌이라 불리던 무당들이 이상하고 놀라운 예언을 했다는 말이 전해져오는데, 전설에 따르면 맨 첫번째 무당인 헤로필레가 트로이 전쟁의 비극을 예언했다고 한다. 그리고 나중에는 빛과 이성의 신인 아폴로가 오랫동안 그 성지를 지켜왔던 거대한 뱀을 죽이고 자기의 무당을 통해 신탁을 내렸다는 것이다.

델포이의 신탁을 받으려는 순례자들은 처음엔 그 사원 밑의 언덕에서 양이나 염소, 또는 꿀을 바른 빵으로 제물을 바치는 의식을 치른 다음, 카스탈리아 샘에서 목욕 재계하고 신성한 길을 걸어올라가 신전에서 부름을 받을 때까지 기다렸다. 기다리는 동안 그들은 올리브 나무들 사이를 한가로이 거닐거나 아니면 성직자들, 또는 동료 순례자들과 이야기를 나눌 수 있었다.

조그만 신전 출입구 위에는 델포이의 유명한 좌우명, 즉 소크라테스가 말한 '너 자신을 알라'와 '중용이 최상'이라는 속담이 새겨져 있었다. 문을 지나면 지친 여행자는 이 세상의 중심 — 자궁 — 이라고 믿었던 조각된 돌, 옴파로스를 안치한 사원 안의 어두운 방으로 들어서게 된다. 그 방 커튼 뒤의 황금 제단에는 샘에서 몸을 씻고 신성한 분수에서 솟아나는 물을 마신 여자 예언자가 앉아 있었다. 거기서 그녀는 납으로 된 서판(書板)에 질문의 형태로 적힌 순례자들의 간절한 탄원을 받았다.

플라톤은 모종의 '독창적인 통찰'을 쏟아내는 '예언적 광기'가 때로는 피티아라고도 불렸던 신탁을 어떻게 지배했는지 기술했다. 무당은 최면 상태로 빠져들었고, 수호신인 아폴로의 축복과 그녀가 씹는 월계수 잎사귀의 강력한 결합으로 영감을 받았다고 한다. 제단 밑의 깊은 틈에서 여러 차례 솟아나왔다는 전설적인 증기(蒸氣)는 단 한 번도 목격된 적이 없지만, 신탁의 최면과 경련 상태로부터 오는 지혜, 즉 열광적으로(말 그대로 '신이 올라서') 입 밖에 나온 예언은 그리스의 정신을 들여다보는

240

창문이다. 거칠고 떨리는 목소리로 무당은 순례자에게 일인칭으로 말하면서 아폴로 자신이 조언을 내리고 있다는 인상을 주었다. 대개는 무슨 말인지 알 수 없는 그 대답은 다음엔 사원의 성직자들이나 근처에서 서성거리던 '상주(常住) 시인'에 의해 6보격의 시로 바뀌었다. 그 시적인 해석은 예외 없이 모호하고 다의적이었지만, 그렇더라도 최고의 권위를 지닌 것으로 여겨졌다.

그에 관해서 작가이자 학자인 알렉산더 엘리엇은 이렇게 쓰고 있다. "진정한 비밀은 신탁의 대답이 가지는 수수께끼 같은 성격에 있다. 그 대답은 틀릴 소지가 많지만 그것은 그리 중요하지 않다. 그 대답에는 잘못을 채울 수 있는 경이감의 소지가 똑같이 넓게 열려 있었다." 신탁은 흔히 비난을 받는 것처럼 모호하기보다는 '확실한' 대답을 했지만, 엘리엇이 기술한 대로라면 그 대답은 항상 '존재의 근원적인 신비'에 중점을 두었고, 그래서 믿음의 영원한 모순—확실성이 신비에 근거한다는—이 델포이에서는 아주 직접적인 방법으로 풀리는 것처럼 보였다.

학자들은 신탁의 대답 가운데서 얼마나 많은 것들이 역사적으로 입증되었는가(현재는 불과 75개로 추정된다)에 대해 논쟁을 벌이지만, 델포이의 지속적인 힘은 상상력을 통제해서 마음을 꿰뚫어보는 힘을 설명하려는 인간들의 모든 시도를 조용히 물리친 데 있었다. 마음속에 중대한 질문을 품고 걸어서, 혹은 말을 타고 수백 마일을 온 사람들은 시련과 거기에 포함된 의식을 통해 한결같이 어떤 형태의 가슴 벅찬 통찰을 얻어 가지고 떠났다. 엘리엇은 현명한 해석을 내린 『땅, 물, 불, 바람(Earth, Air, Fire, and Water)』에서 이렇게 기술한다. "(순례자가) 그 수수께끼를 마음속으로 궁리하면 궁리할수록 자신의 가장 깊은 본능과 소망에 더 빠져들게 된다."

신탁의 대답으로부터 생긴 수수께끼를 풀 수 있는 마음가짐이 되려면 확실한 믿음이 있어야 한다. 그 점을 설명하는 데는 한 가지 예로 충분할 것이다. 리디아의 부유하고 강력한 통치자였던 크로이소스[3]는 페르시아 진군에 대한 신탁을 구하러 델포이를 찾아갔다.

크로이소스가 알라이 강을 건너면 강력한 왕국이 무너지리라.

그는 진군했고 키루스[4]에게 격파당했다. 조급함과 자기 과신으로 인해 어느 왕국이 무너질지를 깜빡 잊고 묻지 않았던 것이다.

델포이를 찾아가는 여행은 모든 순례의 표상이며, 본질적인 면에서 모든 순례 유적지는 신탁의 성격을 띠고 있다. 그러나 우리는 질문할 계획을 어떻게 세우고 대답을 어떻게 해석해야 할지 주의해야 한다. 순례자들이 델포이에서 그랬듯, 호의적인 예언을 들으려는 희망에서 인상적인 봉헌물을 남길 수도 있지만, 이제 우리가 알듯이 신탁은 절대로 예언을 하지 않는다. 그 대신 순례자의 마음속에서 어떤 일이 일어나고 있는지 알려주는 통찰력을 제공한다.

정신과 마음에 본질적인 의문을 품고 순례여행을 떠나자. 그러면 우리는 신탁을 얻기 위해, 삶을 재충전해줄 수 있는 '신성한 샘물'을 향해 나아가는 셈이 될 것이다.

믿음이 우리의 삶에서 어떤 역할을 할까 궁금해하며 성당으로 들어설 때마다, 혹은 우리에게 얼마나 많은 아름다움이 필요한지 숙고하며 미술관의 전시실들을 돌아다닐 때마다, 우리는 신탁이 나날의 삶에 미치는 영향을 경험한다. 교회 연단에서, 미술가의 작업실에서, 또는 시인의 다락방에서 듣는 모호한 메시지들은 델포이에서 내려진 신탁의 비밀스러운 메시지와 대등한 것이며, 현자들은 예외 없이 그 수수께끼를 다시 우리에

3) Croesus. ?~ BC 546. 리디아의 마지막 왕.
4) Cyrus. 고대 페르시아 아카메네스 조의 왕. BC 546년 리디아를 공격하여 수도 사르디스를 포위하고 크로이소스를 사로잡았다.

게로 돌릴 것이다. 우리가 던지는 질문이 강렬할수록, 해답이 나타날 때까지 열심히 그 문제를 풀려고 애쓸수록, 우리가 길고 힘든 여행을 거쳐 도착한 모든 유적지에서 얻을 수 있는 신탁의 힘을 더 많이 불러낼 수 있다.

성스러운 장소에서 중요한 것은 역사가들이 상세히 기록할 수 있는 것이 아니라 순례자들의 마음속에 스며든 것이다. 그 점에 대해서 다이언 스카프트[5]는 『신탁의 발견(Finding the Oracles)』에서 이렇게 적고 있다. "신탁은 그곳을 찾은 사람들에게 어떤 일이 있었기 때문에 생겨났다. 신탁은 그것을 접하는 모든 것을 변화시키며, 신탁이 여러 세기 동안 행해진 곳에서는 매우 강력한 영향력이 생겨난다. 신탁은 그들이 받은 선물의 작은 부분일 뿐이었다."

*

2500년 전에 델포이를 찾아갔다고 상상해보자. 그 여행을 축성하기 위해 우리는 어떤 희생을 치렀을까? 우리 자신을 어떻게 정화했을까? 보고(寶庫)에 바칠 선물로 무엇을 샀을까? 신탁에 대비하여 어떤 질문을 가지고 있었을까? 그 순간은 마음에 품었던 소망이 이루어지고, 우리를 그곳으로 이끈 힘의 근원이 밝혀지는 기쁜 순간이다. 우리는 그 순간을 어떻게 기렸을까?

여행의 목적지인 신성한 장소에 도착하는 그날 아침, 그 경사스러운 순간을 맞기 위해 꿈에서나 아니면 책에서 보았던 예언이 무엇이었는지를 상기해보자. 그 순간 주위의 모든 것 — 창 밖에서 지저귀는 새, 올리브 덤불 위로 비치는 햇살, 멀리 보이는 산 위에 걸린 구름 — 을 일종의 전조라고 생각해보자. 눈을 감은 채 침대에 몇 분쯤 더 앉아 있자. 그날 아침에

---

5) Diane Skafte. 미국의 심리학자.

는 기대에 차서 다른 날보다 더 일찍 일어났을 것이다. 의식의 표면에서 아직 떠돌고 있는 어떤 꿈에 정신을 집중해보자. 마음속에서 꿈으로 불타올랐던 어떤 생각이 떠오르는가? 다른 일을 하기 전에 우리가 성스러운 곳을 찾아가는 일과 관련해서 정신적으로 어울린다고 생각되는 책의 몇 구절을 읽어보자. 델포이로 향하는 여행에서는 그것이 고매한 사포의 시 가운데 몇 구절일 수도 있다.

여러 세기 동안 열정적인 느낌을 불러일으킨 그리스 에피다우루스의 원형 극장. 필 쿠지노가 동료 순례자들인 바바라 헤이(Barbara Haigh), 수 비튼(Sue Beaton)과 환담하고 있다.

244

그대는 잊을지도 모르지만
이 말만은 해야겠습니다.
언젠가 어떤 사람이
우리를 생각할 것이라고.

여러 세기에 걸친 순례자들의 집단적인 꿈이 최면에 걸린 듯한 분위기를 만들어내는 델포이, 에피다우루스,[6] 코냐,[7] 에베소 같은 곳에서는 부활을 기원하는 기도를 올리는 것이 좋다. 그 기도는 사람마다 다른 형식을 취한다. 전통적인 기도일 수도 있고, 찬송가일 수도 있고, 불교나 힌두교의 진언, 또는 부처의 말씀 가운데 한 구절일 수도 있다. 우리가 그날 하루를 신심 깊게 시작한다면 모든 것이 성스러워지고 마음에 평화를 가져다줄 것이다.

따라서 그날그날의 질문을 미리 생각해두는 것이 좋다. 매일 아침 그날 하루 동안 숙고하려는 것을 여행 일지에 몇 줄씩 적어보자. 신성하다고 여겨지는 시간에 정신을 집중하는 것은 참으로 좋은 일이다. 그 다음에는 하루 동안 꼭 필요한 일들만을 마음에 새기자. 간단하게, 간단하게, 간단하게. 간단히 먹고, 간단히 입고, 걱정은 하지 말자. 그리고 가능하다면, 그 지역의 교회나 부속 예배당에서 귀기울여 들을 만한 성스러운 음악을 찾아보자. 그런 일들은 간단히 해볼 수 있는 정신적 기지개로, 우리가 순수한 순간을 향해 조금씩 앞으로 나아갈 수 있게 해주는 훈련이 된다. 또 그 훈련은 우리의 마음이 특별한 즐거움을 맞이할 수 있도록 준비를 시켜주기도 한다. 어떤 안내인이나 여행 안내서도 우리에게 신성한 경험을 직접 건네주지는 못한다.

---

6) 치료의 신인 아스클레피우스의 신전이 있는 그리스의 지역.
7) 터키 중부의 도시로 사도 바울의 첫 전도지이다.

에머슨이 자기의 청중들에게 환기시켰던 것처럼, "우리 자신을 제외하고는 누구도 우리에게 평화를 가져다주지 못한다." 그러나 영감을 받은 말의 메아리 속에서 우리가 열망하는 것들 ― 사랑, 행복, 평화 ― 덕분에 오랫동안 갈망해온 여행의 진실이 우리에게로 점점 더 가까이 다가온다. 그 진실이란 우리가 언제나 진정한 집에 이르려고 애썼다는 것이다.

세상의 맥박

우리는 누군가가 검은 수정, 말하자면 불규칙하고 굴절되는 물질 속으로 들어가듯 그리스로 들어간다. (……) 우리가 다른 나라들에서 발견할 수 있는 것은 민간 전승이나 경치 같은 것이겠지만, 그리스에서는 좀더 견실한 것, 즉 자기 자신을 발견할 수 있다.
― 로렌스 더렐,[8] 『그리스』

성스러운 여행에 대해서 생각할 때면 내 마음속에서는 언제나 형언할 수 없다는 말이 떠오른다. 여행자들이 델포이, 에이브버리,[9] 부다 가야[10] 같은 곳에서 하는 경험은 보통 형언하기가 어려워서 말로 표현할 수 없을 것처럼 보인다. 그러나 때로는 누군가가 순례자의 마음속에 경외감을 불러일으킬 수 있는 장소를 표현할 말을 찾아내기도 한다. 헨리 밀러가 그의 그리스 여행을 설명한 말을 들으면 마음속에 하나의 경치가 떠오른다. 그가 고대 문명의 발상지였던 구릉 지대에서 시시각각으로 퍼져나가는 평화를 글로 옮길 때, 그리스 시골 지방의 아침 이슬이 그의 펜으로

8) Lawrence Durrell, 1912~1990. 인도 태생의 영국계 아일랜드 소설가, 극작가.
9) 영국 윌트셔 주의 마을이며 선사시대 유적이 많이 남아 있다.
10) 인도 북동부 비하르 주의 마을로 불교 4대 성지 가운데 하나.

246

스며든 것이다.

　밀러의 순례여행은 파리에서 한 친구와 나누었던 간단한 대화로 시작되어 그의 친구이자 작가인 로렌스 더렐에게서 받은 여러 통의 편지로 촉진되었고, 그리스인 의과대학생과의 대화로 실행에 옮겨졌다. 그리스 전역을 돌아다니는 여행으로 인해 그의 정신과 문체가 동시에 바뀌었다. 파리에 거주하던 시기에 출간한 『남회귀선』과 『북회귀선』의 남근숭배 스타일로부터 그가 '그리스에서는 우리에게 놀라운 일 — 놀라울 만큼 훌륭한 일이 일어난다' 고 한 것처럼 '더없는 축복 이상의 어떤 것' 이라고 기술하기 시작한 직관으로 바뀌었던 것이다.

　그의 여행은 뜻하지 않은 발견을 하게 될 신성한 여행으로 전개되었다. 여행을 하는 동안 밀러는 그리스어로 카트심발리스(Katsimbalis)라고 하는 아폴로 신의 거상을 지나게 되었는데, 그의 표현대로라면 그 거상은 어디에서나 창조의 빛을 보는 그리스의 기적을 구체화한 단 하나뿐인 숭고한 조각상이라는 것이었다. 그 거상을 본 뒤로 삶에 너무도 고취된 나머지, 밀러는 펠로폰네서스 반도[11]의 성스러운 유적지들을 탐방하게 되었고, 에피다우루스로 긴 여행을 하는 순례자들은 목적지에 도착하기도 전에 치유된다고 기술했다. 그것은 순례라는 행위 그 자체로 치유가 시작된다는 고대 신앙의 메아리였다. 마침내 목적지에 이르자 그는 '이상하게도 조용한 원형극장' 으로 걸어들어가 자기가 그곳에 이르기 위해 돌아온 길, 평화를 알지도 못하고 자신이 미노타우르임을 깨닫지도 못한 채 30년 동안 갇혀 있었던 미궁을 생각해보았다.

　그 조용한 원형 극장으로 들어서서, 나는 대리석에서 반사되는 빛을 온몸으로 받으며 극장 한가운데로 걸어갔다. 들릴 듯 말 듯한 속삭임

---

11) 그리스 남부의 반도로 고대 스파르타 등의 도시국가가 있었다.

이 즐겁게 지저귀는 새처럼 솟아올랐다가 야트막한 언덕 너머로 사라졌다. 벨벳 같은 검은 밤 앞에서 맑게 갠 날의 빛이 물러나는 동안에……

에피다우루스는 단지 상징적인 장소일 뿐이다. 진정한 장소는, 만일 우리가 멈춰 서서 찾아보려고만 한다면, 마음속에, 모든 사람들의 마음속에 있다. 발견되는 것들 모두가 그처럼 예상치 않게 직접적이고 그처럼 가깝고 그처럼 멀면서도 잘 알려진 것이라는 점은 신비롭다. 현자는 여행할 필요가 없다. 무지개 끝에서 황금 항아리를 찾는 것은 바보들이다. 하지만 그 두 가지는 언제나 만나서 하나가 될 운명이다. 그것들은 길의 시작이자 끝인 세상의 중심에서 만난다. 그 두 가지는 깨달음 속에서 만나 역할을 초월하여 하나로 통합된다.

옛 순례자들처럼, 밀러에게는 그 고요한 경험이 개인적인 계시가 되었고, 갈망해온 치유가 시작되었다. 그런 일이 신선한 존경심을 불러일으킨다. 아내 냉[12]은 밀러가 파리를 둘러보며 걷는 동안 아무것도 놓치지 않고 삶의 표면에 나타난 것을 모두 알아차리는 초인적인 재능에 대해서 기술한 바 있다. 그러나 에피다우루스에서 그는 표면 아래에 숨어 고동치는 깊이를 알게 되었다.

그것은 탐구—힘든 여행을 한 뒤 사원으로 들어가 신성한 중심에 이르는 일—의 영원한 메시지 가운데 하나이자 죽음과 부활의 상징이다. 밀러에게는 에피다우루스가 그의 아픈 마음과 정신을 치료하는 진통제였다. 다른 여행자였다면 흩어진 잔해밖에 보지 못했을 것이고, 돌과 이야기 사이의 공백을 상상력으로 채울 수도 없었을 것이다. 그러나 비결을 전수받은 사람들은 신성함 앞에서 태연하게 경이감과 겸손함을 보일 수 있다. 그것은 마치 우리가 세상 한가운데에 잠복해 있는 비밀을 기습공격

---

12) Anais Nin, 1903~1977. 프랑스 태생의 미국 소설가.

한 것과도 같다.

*

혼자서 신성한 곳에 이르렀다고 상상해보자. 그런 곳에서 우리는 아마도 틀림없이 수많은 사람들을 대해야 할 것이다. 그들이 어떤 식으로 우리에게 영향을 미치도록 해야 할까? 정말로 숭배할 만한 고대의 유적지를 혼자서 경험하고 싶다면 제철이 아닌 한산한 때에 가야 한다. 그런 곳들은 우리가 태어나기 오래 전부터 사람들로 붐볐고 오늘날의 관광 열풍이 휩쓸고 지나간 뒤에도 오래도록 그럴 것이다. 어느 정도 수양을 쌓으면 멍하니 바라보는 다수의 군중들을 우아하게 대하는 방법을 알 수 있다. 우리 자신을 고대의 여행자라고 생각해보자. 우리보다 먼저 그 길을 거쳐간 여행자들의 기록을 읽음으로써 준비를 하자.

단체여행을 하고 있다면 마음이 맞는 사람을 찾아보자. 오래된 돌을 좋아하지 않거나 박물관에서 쉽게 싫증을 내는 사람과 함께 유적지를 둘러보다가는 하루를 망치게 된다. 단체여행의 장점은 공동체의식을 느낄 기회가 주어진다는 것인데, 여러 영적인 지도자들과 빅터 터너 같은 인류학자들은 그것을 순례에서 가장 중요한 것 가운데 하나라고 생각한다.

본래 순례란 다양한 문화권에서 온 다양한 민족들의 합류점이다. 사람들은 누구나 시간을 낭비하게 될까 두려워하고 진정한 것을 소망한다.

인내하는 법을 배우고 다른 사람들을 동료 탐구자로 생각하자.

진실의 순간

그 순간을 놓치면 인생을 잃는 것이다. — 존 다이도 루리 [13]

베티나 셀비(Bettina Selby)는 영국에서 자전거 여행을 시작했을 때
는 무신론자이자 불가지론자였지만, 옛 순례자들의 길을 따라 수천 마일
을 여행하여 산티아고 데 콤포스텔라의 '별의 들판(Field of the Star)'에
도착했을 때는 사람이 바뀌어 있었다.

그녀는 『순례자의 길(Pilgrim's Road)』에서 이렇게 적고 있다. "여행
은 시간과 현실을 벗어난 것이 아니었다. 그러나 같은 현실을 다른 각도
와 다른 관점에서 바라볼 수 있는 기회였다. 나는 성 야고보가 살아서건
죽어서건 스페인에 발을 들여놓았으리라고는 단 한 순간도 믿지 않았다.
그러나 유적지들에는 이성적으로 설명할 수 없는 이상한 힘이 스며 있다.
그런 장소들로는 헤브리디즈 제도,[14] 터키 동부의 수도원들, 린디스파르
네[15] 같은 곳들뿐 아니라 '유령 같은' 느낌을 주는 '정말로 무시무시한
행위'가 행해진 유적지들도 있다."

그녀가 "마음은 내키지 않았지만 진정한 순례"를 하도록 만든 것은
순례 길에서 배운 겸손한 태도 덕분이었다. 그녀는 길에서 만난 사람들로
부터 '우리를 위해 기도해주세요'라는 전통적인 요청을 거듭거듭 받았
다. 그녀가 여행을 마치면 어떤 힘을 얻게 되리라는 무언의 믿음이 있었
던 것이다. 그녀의 가장 큰 두려움은 여행의 목적이 점점 희미해지지 않

---

13) John Daido Loori. 미국의 선 연구가.
14) 영국 스코트랜드에 속한 제도로 워즈워스의 시에도 등장한다. 멘델스존은 이곳의 경치와
전설에 영감을 받아 〈핑갈의 동굴〉을 작곡했다.
15) 영국 북서부에 있는 작은 섬으로 해안에서 3킬로미터 떨어져 있지만 썰물 때는 본토와 연
결된다.

을까 하는 것이었다. 그러나 자전거 페달을 밟아 마지막 구역을 지나 산티아고로 들어섰을 때, 셸비는 그곳이 자기의 순례여행에서 '왕관에 박힌 보석'임을 알게 되었다. 여러 달에 걸친 고독이 성당 근처에 있는, "유럽에서 가장 성스러운 광장들 중의 한 곳"에 모인 수천 명의 다른 순례자들과 하나가 되었다는 느낌으로 바뀌었던 것이다. 그녀는 성 야고보의 유골을 보기 위해 돌계단을 올라가 영광의 문(Portico de la Gloria)[16] 밑을 지나 문턱을 넘어 성당 안으로 들어가는 신성한 의식을 따랐다. (……) 새로 도착한 순례자들이 보게 되는 것은, 길고 힘든 여행길 막바지에 이르러 목적지로 다가가는 동안 이미 보았던 온갖 장엄함과 아름다움에 고취되어 있는 만큼, 그들에게로 다가오는 따듯한 황금빛 웅덩이다.

『순례자의 안내서』에 기술된 것처럼, 산티아고 데 콤포스텔라의 성당을 찾아가는 일은 언제나 복잡한 의식이었다. 원래 순례자들은 그곳에 도착하자마자 경의를 표하기 위해 사도의 무덤을 찾아갔고, 그런 다음에는 초와 성유(聖油)를 바치는 의식이 포함된 미사에 참석했다. 그와 관련하여 윌리엄 멜크저는 8세기의 순례사(巡禮史)를 다룬 연구에서 이렇게 지적했다. "그러나 몇 세대가 지나자 돈을 더 효과적으로, 더 일정하게 거둬들이기 위해 더 정교한 예배 의식이 고안되었다." 그래서 실제로 무덤을 찾아가기 위한 준비 절차로 도착 의식에 철야기도와 고백성사와 성찬식이 추가되었고, 성당 직원들이 근처에서 연보함을 들고 돌아다니며 돈을 더 집어넣도록 순례자들을 부추겼다.

나중에는 도착 의식의 초점이 전시된 유골을 만지고 보는 일에 맞추어졌다. 가장 중요한 절차는 '놀라운 경이를 지닌 번쩍이는 상자'를 보는 것이었고, 그런 다음 "원개형(圓蓋形) 무덤에 안치된 야고보의 유골에 경

---

16) 산티아고 데 콤포스텔라 성당의 문. 천사와 성자의 모습을 조각한 200개의 주랑으로 이루어져 있다.

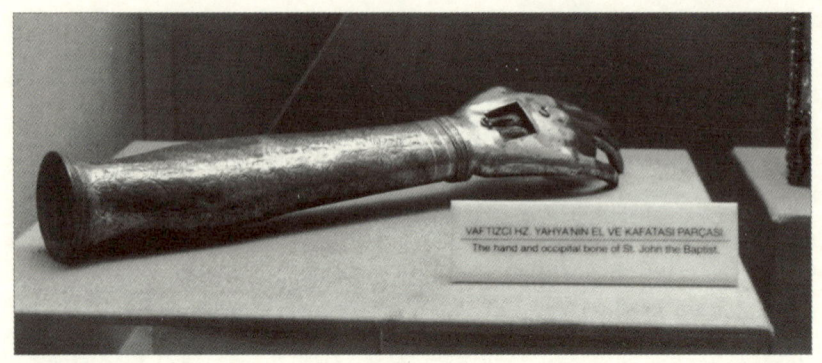
순례의 원동력 가운데 하나는 존경하는 성인이나 영웅의 유물을 보거나 만지려는 소망이다. 터키 이스탄불의 토프카피 박물관에 세례 요한의 팔뼈가 전시되어 있다.

의를 표하는 일이 순례자에게 가장 고매한 성찰의 순간, 이제부터 소중히 간직하게 될 순간, 마음속에 품고 자기의 고향으로 돌아가 무덤 속으로까지 가져갈 순간이 되었다. (……) 성 야고보의 유골을 안치한 성골함 앞에서 무릎을 꿇고 (……) 순례자들은 깊은 생각에, 그리고 대개는 오랫동안 간직해온, 성인이 기적적으로 중재해주기를 바라는 개인적 소망을 비는 기도에 빠져들었다."

목적지에 이르자 셸비는 놀라지 않을 수 없었다. 유골이 담긴 은 상자가 놓인 번쩍이는 제단 앞에서 유골보다 그 장소에 더 경외감을 느꼈던 것이다. "자기네들을 위해 기도해달라고 요청했던 모든 사람들이 내가 기도해주기를 바랐을 것이다. (……) 이곳에 안치되어 있는 성 야고보, 내가 순례여행을 하면서 차츰차츰 알게 된 성 야고보는 그 수백 년 세월 동안 의미와 양심과 믿음, 혹은 부족한 믿음과 싸우며 카미노 데 산티아고를 걸었던 수천 수만 사람들의 마음과 정신으로부터 온 것이었다."

검은 돌 앞에서

잠잠의 샘물은 마시는 사람의 목적을 이루어준다. 치료를 위해 마시면 치료를 해줄 것이고, 배를 채우려고 마시면 포만감을 줄 것이고, 타는 듯한 갈증을 덜기 위해 마시면 목을 축여줄 것이다. ―키타브 알카우캅 알 두리[17]

모로코의 이븐 바투타는 마침내 메카에 도착해서 매일 아침 북을 치는 소리에 매혹되었고, 음식의 삼분의 일을 가난한 사람들과 나누어 먹는 관습을 지닌 그 지역 사람들에게서 깊은 감명을 받았다. 그는 매일같이 드리는 기도와 부복(俯伏), 즉 신전 한가운데에 있는 검은 돌에 입맞추기 위해 엎드리는 의식에 대해서 다음과 같이 썼었다.

"회교 승려가 계단을 오를 준비를 하는 동안 기도 시각을 알리는 사람이 그에게 칼을 건네면, 이맘(이슬람교의 지도자)은 그 칼로 첫번째 계단을 친다. 그 소리가 군중들의 주의를 끈다. 그는 다음 계단에서도 같은 행동을 하고 네번째로 맨 윗 계단을 친다. 다음에 그가 카바(Ka'aba)[18]를 향해 낮은 목소리로 기도를 한 다음 군중들을 돌아보며 좌우로 절을 하면 회중(會衆)이 그 몸짓을 따라한다. 그가 자리에 앉는 순간, 기도 시각을 알리는 사람이 잠잠(Zamzam)[19] 샘물의 돔 위에 서서 기도문을 외치기 시작한다."

많은 순례자들이 메카를 찾아와 여러 해 동안 머물렀다. 그들 가운데는 경건한 신앙심으로 이븐 바투타에게 감명을 준, 알 야피(al-Yafi'i)라고 알려진 이슬람 신비주의자가 있었다.

---

17) Kitab al-Kawkab al-Durri. 중앙아시아 출신의 시인.
18) 예배의 방향을 정하는 직사각형의 검은 돌을 모신 이슬람교의 신전. 성지순례 시 일곱 번 돌며 입을 맞춘다.
19) 이슬람 성지인 메카에 있는 우물.

"이 남자는 '밤이건 낮이건 가리지 않고' 끊임없이 카바 주위를 돌고 또 돌았다. 그리고 때로는 저녁 순행을 마친 뒤 무자파리야 대학 지붕 위로 올라가 거기에 앉아서 잠이 들 때까지 카바를 지켜보곤 했다. 납작한 돌을 머리 밑에 받치고 잠시 쉰 다음 그는 다시 세정식(洗淨式)을 치르고 아침기도 시간이 될 때까지 카바 주위를 돌았다."

바투타는 또 다른 순례자 샤이키 아부 알—압바스 이븐 마르주그 (Shaykhy Abu al–Abbas ibn Marjug)도 눈여겨보았다. "가장 굳은 결의로 카바 주위를 도는 사람, 내리쬐는 땡볕에도 굴하지 않는 그의 끈기가 나를 놀라게 했다. 사원 주위의 땅은 검은 돌로 된 포석(鋪石)이 깔려 있어서 한낮의 태양이 그곳을 이글거리는 철판처럼 달구었다. 물동이를 진 사람들이 돌을 적시려고 하였지만, 돌에 물이 닿기가 무섭게 그 자리는 색이 변해 김을 피워올리기 시작했다. 의식적인 순행을 하는 사람들은 대부분 샌들을 신었지만 이 사람은 샌들도 없이 맨발로 그 일을 해냈다."

성스러운 중심의 순행

바로 그때 나는 소름끼치는 운명의 순간을 느꼈다. — 제임스 P. 카스[20]

켈트 족에게는 이 세상이, 존 오도노휴[21]가 『아남 카라(Anam Cara)』에서 적은 것처럼 "언제나 잠재적으로, 그리고 적극적으로 영적"이다. 태곳적부터 그들에게는 언어가 '신성한 사건'을 간접적으로, 아니 심지어는 직접적으로 촉발할 수 있는 힘이라는 믿음이 있었고, 그래서 순

---

20) James P. Carse. 미국의 종교 연구가. 뉴욕 대학에서 종교의 역사와 문학을 가르쳤다.
21) John O' Donoghue, 1956~ . 아일랜드의 시인, 가톨릭 신부.

레는 고대 켈트 족의 말 대로라면 두 세상 사이에 있는 에너지의 흐름에 참여하는 방법이었다.

피터 하비슨[22]은 아일랜드 순례사에서 이렇게 쓰고 있다. "아일랜드 사람들에게 순례는 지난 1400년 이상에 걸친 종교적 욕구와 갈망을 충족시켜준 경건한 훈련이다." 그곳에서는 몇 가지 형태의 순례가 꽃을 피웠다. 그중에는 고국을 영원히 등지고 마지막 숨을 거둘 때까지 순례를 떠나는 고행이 있었고, 속죄를 하기 위해 행해지는 참회도 있었다. 그러나 가장 유명한 것은 아마도 성 패트릭[23]이 아일랜드에서 뱀들을 몰아냈다고 전해지는 크로프 패트릭 산으로의 순례일 것이다. 하비슨은 동시대의 기록에 이미 순례로 기록된 성 브렌든[24]과 성 컬럼사일[25]의 초기 항해도 언급했다.

전에는 투라 여행이 옛 순례자들의 길을 따랐고 산에 오르는 일은 자정에 시작되었다. 램프나 촛불, 또는 손전등에 어쩌면 곤봉이나 물푸레나무 지팡이만 들고 순례자는 맨발로 꼭대기 근처의 날카로운 돌 위를 걸었다. 첫번째 기착지인 성 베넨의 침대라고 불리는 돌에 이르면 순례자는 기도를 하면서 일곱 번을 돌고, 정상에 이르러 새로운 예배당 주위를 돌면서 기도를 한 다음 미사에 참석하여 영성체를 받는다.

오늘날에는 영혼을 회복하려는 믿음에서 성자의 무덤이나 초기 기독교 유적지나 성스러운 우물을 돌며 기도를 올리거나 찬송가를 부르는 투라가 성행한다. 켈트 족의 신화에 나오는 바다의 신, 마난난 맥 리어 (Manannan mac Lir)는 이렇게 말한다. "샘에서 물을 마시지 않는 자는 어느 누구도 지혜를 얻지 못할 것이다." 아일랜드에서는 샘이 지하 세계

---

22) Peter Harbison. 아일랜드의 고고학자.

23) 아일랜드의 수호 성인.

24) 484~578. 켈트 족의 성인이자 대서양으로 진출한 전설적인 항해 영웅.

25) 521~597. 스코틀랜드와 아일랜드의 섬 지역에 많은 교회를 세운 성인.

로 들어가는 신성한 통로이자 모든 성스러운 곳에 잠재하는 강력한 힘의 상징이었다.

캘리포니아의 산타 로사에서 교구를 이끌고 있는 아일랜드인 성직자 스티븐 캐니 신부는 순례의 힘에 대한 열렬한 신봉자이다. 그는 크로프 패트릭 산을 세 번 올랐고, 신심 깊은 사람들에게 놀라운 일이 일어나는 것도 보았다. "어떤 어려운 일을 극복한 뒤에는 삶이 더 활기에 넘친다. 우리는 산(山) 덕분에, 우리의 믿음을 확인했다는 사실 덕분에, 변화한다. 그러므로 이런 질문을 던져보자. 나의 목적은 무엇인가?"

하이쿠 여행

선인들의 발자취를 따르려 하지 말고, 그들이 추구한 바를 찾으라. ─ 마쓰오 바쇼

어떤 여행자들에게는 도착하는 순간에 순례의 의미가 있다. 내딛는 한 걸음 한 걸음이 찾으려는 대답의 편린을 드러내주는, 여행 그 자체에 의미가 있을 수도 있다. 17세기 일본의 시인이자 순례자인 마쓰오 바쇼는 자신의 시집 『먼 곳으로 이르는 좁은 길(A Narrow Road to Far Place)』에서 이렇게 말했다. "지나가는 날과 달은 시간의 영원한 여행자들. 오고 가는 해 역시 여행자들의 삶. 그 자체가 여행인 것……"

스물두 살 때부터 1694년에 생을 마감할 때까지, 바쇼는 두 가지 열정에 몸과 마음을 바쳤다. 시를 쓰고, 일본 시인들이 예찬한 불후의 장소들로 순례를 다니는 일이 그것이었다. 소카(草加)[26]를 떠나기 전에 그는

---

26) 일본 도쿄 북쪽 아야세 강가에 있는 도시. 도쿠가와 막부 시대(1603~1867)에는 역참(驛站)이었으며, 피혁과 염색으로 유명했다. 2차대전 이후에는 게이힌 공업지대로 편입되었다.

눈밭을 헤치며 걸어가는 일본의 두 여행자를 묘사한 중세의 우키요에(浮世繪).[27] 시인이자 순례자인 바쇼의 정신을 생각하게 한다.

다음과 같은 비장한 글을 남겼다. "내 머리칼을 세게 할 정도로 많은 역경이 닥치더라도 나는 듣기만 했던 곳들을 내 눈으로 직접 보아야 겠다. 나의 미래를 그 불확실한 희망에 건 만큼, 내가 살아서 돌아온다면 행운일 것이다."

우리는 전 세계의 순례자들이 품고 있는, '내 눈으로 직접 보려는' 소망을 여기서도 확인할 수 있다. 정처 없이 떠돌아다닌 바쇼의 일생은 삶이 곧 '순례자의 길'이라는 불교의 믿음을 실현한 것이다. 전해오는 말

---

27) 일본의 전통 목판화.

에 따르면 그가 쓰고 다녔던 모자에는 '신과 벗하여 나는 집 없이 방랑하노라' 라는 말이 새겨져 있었다고 한다.

그는 순례여행 경비를 마련하기 위해 집을 팔아버렸지만, 세계 도처의 순례자들이 그렇듯 매일 밤 괴롭고도 기쁜 마음으로 묵을 곳을 찾아냈다. 지난 3세기 동안 순례자들의 필독서가 된 그의 여행일지는 순례에 단 한 번의 도착만 있는 것은 아니라고 설명한다. 바쇼는 다섯 달 동안 여행을 하면서 머물렀던 모든 사원과 모든 주막에 대해 그 세세한 모습까지도 특유의 관능적이고 세밀한 시로 표현해냈다. 그에게는 그 모든 것들이 의미 있는 도착이었기 때문이다. 나는 그의 뛰어난 관찰에서 숭고한 주의력으로 영감을 받은 여행의 간단한 지침을 발견한다.

스카가와의 '정적과 고독' 속에서 사이교[28]의 시가 떠오르자, 그는 종이와 붓을 꺼내 먼저 시의 표의성(表意性)과 상징성에 대해 논하고, 자신의 시를 씀으로써 그 순간의 정신에 응답했다. 타케쿠마에서 줄기가 두 갈래로 갈라진 유명한 소나무를 보고 그의 영감 역시 두 갈래로 갈라졌고, 그는 오래 전 같은 나무를 소재로 시를 쓴 10세기의 진정한 시인이자 승려였던 노인(Noin)을 떠올렸다. 작별을 고할 때가 되면 그와 동료는 그들의 방문을 기념하여 서로에게 시를 써주었다. 센다이에서 그는 그 지방의 시인과 함께 '시에서 언급된 가까운 곳들, 거의 사라졌지만 그가 여러 번 헤맨 끝에 발견한 흔적들' 을 찾아나섰다. 그리고 다음에는 토부 성에서 그의 상상력을 알 수 있게 해주는 열쇠를 남긴다. 그곳의 유명한 돌에 대해 이야기하면서 바쇼는 이렇게 말하고 있다. "이 기념물은 천 년 전에 만들어졌지만 지금도 현실처럼 생생하게 과거와 연결되어 있다. 그 기념물을 보았다는 것은 여행을 가치 있게 해준 것들 가운데 하나, 삶의 가장 행복한 순간 가운데 하나이다. 완전한 기쁨이 벅차올라 나는 여행의

---

28) 西行, 1118~1190. 일본의 승려이자 시인. 일본의 전통시 단카(短歌)의 대가.

모든 시련을 잊고 울었다."

이 문장은 바쇼의 글이 지닌 매
력과 여행에 대한 그의 접근방법과
순례에의 헌신을 드러내준다. 이 시
인 순례자는 사당이나 사원들, 시적
인 민요, 또는 어떻게 해서인지는 몰
라도, 마음속 '깊은 곳까지 정화된'
느낌을 주는 장소의 '심오한 평정과
아름다움'에 대해 '경탄하지 않을 수
없었다'고 고백한다.

그 경탄과 '서글픈 아름다움을
음미했다'고 할 수 있는 그의 능력은
일본인들이 '사비'라고 하는 것, 어
떤 장면이나 만남, 회상의 '순간에 내
쉬는 한숨'이다.

승려 고보(弘法) 대사의 모습을 담은 목판화. 대나
무로 엮은 삿갓과 지팡이, 시주 그릇으로 순례자를
묘사했다. 근대의 일본 순례자들처럼 바쇼 역시 이
와 비슷한 복장을 하고 있었을 것이다.

바위 속까지 스며드는
이 깊은 정적 속에서
정적을 더해주는 매미 소리.

17음절로 이루어진 일본의 전통 시 하이쿠를 통해 바쇼는 순례 기법,
안목 있는 관찰, 주의 깊은 영혼, 결의에 찬 마음을 한 마디로 요약한다.
현대의 여행자들은 그런 것들 모두가 수세기 전에 방랑하던 순례자에게
나 옳고 좋은 것이라고 할지도 모른다. 우리의 경우는 어떨까? 어떻게 하
면 우리는 그처럼 다정다감하게 보고 그처럼 깊게 느낄 수 있을까? 특히
목적지에 이르렀을 때 길이 우리에게서 그처럼 많은 것을 앗아갔다면?

위대한 정신을 지닌 다른 여러 사람들과 마찬가지로, 바쇼는 단 한 번도 직접적인 대답을 하지 않았다. 그의 반응은 고요한 연못과 같고, 그의 말은 스스로 고요함을 향해 가도록 일깨운다.

그는 이렇게 썼다. "산과 강, 나무와 풀, 그리고 인간, 언제나 이 모든 창조물들의 참된 본질을 마음에 간직하고 세상을 벗으로 삼으리라."

*

이제부터 우리가 재창조하려는 여행에서 현자들이 추구했던 것이 무엇인지를 생각해보자. 그것은 우리가 자기만의 여행을 떠나면서 느끼는 '깊은 정적', 자연과 벗하는 일, 옛사람들의 축복이 아닐까? 어떻게 하면 그런 헌신이 우리로 하여금 우리의 내면과 어느 특정한 성소에 있는 생명의 힘을 알 수 있게 도와줄까?

시인이자 순례자인 바쇼는 보는 법, 인지하는 법의 현현이다. 그의 글에서 우리는 여행에 깃들인 영성(靈性)의 역할, 세상의 길을 따라 밖으로 여행하는 동안에 얻는 내면적인 경험을 떠올릴 수 있다. 현대의 많은 여행자들은 정신을 위축시킬까 두려워하지만, 영적인 추구는 상상력이 더 자유롭게 활동할 수 있도록 해준다. 생각 없이 과거를 회상하는 것이 아니라 지난날의 시인들이 남긴 수많은 교우관계를 주의 깊게 고찰하자는 것이 바쇼의 의도였다. '괴로운 자기 성찰의 단계'를 견디며 영원한 것에 전념함으로써 보기 드물게 깊은 지혜, 시간의 영고성쇠에 맞서는 불변의 지혜를 얻었다.

여행에서 우리를 감동시킨 겸허한 이미지들을 떠올려보자. 수도승의 빈 보시 주발이라든가 산중에서 땅을 두드리는 늙은 도보 여행자의 지팡이, 또는 중세 음악을 선보이는 야외 콘서트에 참가한 성가대의 목소리, 그 어느 것이라도 좋다.

우리는 가야 할 곳으로 감으로써 배우고, 우리를 향해 다가오는 길에서 자신을 발견함으로써 목적지에 이른다.

정점

우리는 조용히 멈춰 있으면서도 또 다른 강렬함을 향해 나아가야 한다. ─T. S. 엘리엇

1973년 여름, 시인 제임스 라이트(James Wright)는 아내와 함께 이탈리아를 방문했다. 그는 괴테, 디킨스, 로렌스를 비롯하여 그곳을 찾아갔던 수백만의 다른 사람들처럼 단순하면서도 소박한 삶의 우아함을 발견하고 원기를 회복했다.

라이트는 이렇게 썼다. "내가 마음속으로 원한 것은 어질러지지 않은 조그마한 장소였다. 물론 파스타 요리와 잠, 그리고 내가 염려하는 사람들의 안전과 더불어."

이탈리아에 머무는 동안 그는 노트를 벗 삼아 고독한 시간을 보냈다. 그 노트들에는 그가 '지금 이 순간의 언어' 라고 한 것을 포착하려 하면서 관찰한 신비한 빛, 이상한 돌, 작은 숲을 거니는 여자들의 모습이 그 자신의 언어와 다른 사람들의 언어로 적혀 있다. 그는 단테의 시를 큰 소리로 낭송하면서 걷는 동안 근육과 핏줄이 점점 더 넓게 퍼져나가는 파문처럼 느껴졌던 일을 '나는 그대의 혀 아래서 새처럼' 이라는 글로 묘사했다.

천년 전 로마인들이 건축한 베로나 원형 경기장에 내리쬐는 땡볕 아래서 그는 고대 이탈리아인들의 목소리와 20년 전 친구들의 목소리를 들었고, 다음에는 『신곡』의 단테처럼 인생길 중간에서 사로잡혔다. 그는 아내에게 짧은 편지를 썼다.

오늘 내 삶의 한가운데서, 나는 아디게 강 옆에서 잠을 깼소.

햇살이 하도 좋기에 우리는 처음으로 서둘러 아침을 먹었고, 경기장 안으로 들어가 한 바퀴를 다 돌아보고 싶었소.

우리는 경기장으로 올라가 가장자리에서 아래로 떨어지지 않는 한 멀리 떨어져 서 있었지. 아메리고 베스푸치가 그랬을 법하게 말이오. 멀리서 나는 당신을 볼 수 있었소. 반짝이는 황금빛 피부에 챙 넓은 밀집 모자가 바람결을 타고 올라가는 날개의 깃털처럼 펄럭이는 모습을. 우리는 이내 집으로 돌아왔고 나는 조바심을 내며 당신에게 쓰오. 시간을 낭비하고 싶지 않아서.

시간의 신성함과 사랑하는 사람에 대한 갈망을 이보다 더 멋지게 묘사한 글을 나는 알지 못한다. 라이트는 이 한 장의 짧은 편지로 찬미가를 부르는 시인이자, 신성한 시간을 알아보는 순례자인 자신의 역할을 대변한다. 나는 여행중에는 오후에 낮잠을 자지 않겠다고 다짐하곤 한다. 라이트가 쓴 햇살이 아롱진 편지를 떠올리고 다시 거리로 나가 전에 보지 못했던 것을 한 가지 더 보거나, 전에 맡지 못했던 냄새를 한 가지 더 맡거나, 아니면 하다못해 색다른 곳에서 지는 해를 지켜보며 가슴이 뛰는 것을 느끼기 위해서라도.

기쁨은 사물들의 본질에 있는 것이다.

윌라 캐서는 첫번째 소설 『오, 개척자들이여!(O, Pioneers!)』를 쓰기 오래 전에 간략하게나마 그랜드 투어를 했고, 『네브라스카 주 저널』지에 수많은 여행기를 기고했다. 그녀의 궁극적인 통찰은 프랑스의 시골 지방 특히 도르도뉴의 라방두 마을에서 생겨났다.

오랫동안 계속해서 사람들이나 장소를 만나고 헤어지는 방황을

12세기에 지어진 프랑스의 르토로네 수도원. 정원이나 수도원을 거니는 산책 같은 은밀한 명상의 순간들은 순례여행의 우아한 표상이다.

해오면서도 다른 곳보다 먼저 기억되는 장소는 늘 있게 마련이다. 그것은 내적 또는 외적인 조건으로 그 장소를 떠올리기만 하면 거의 언제나 행복감이 찾아들기 때문이다. 내게는 그런 곳이 언제나 라방두일 것이라고 확신한다. 영국이나 프랑스의 어느 곳도 내게 그처럼 뿌듯한 느낌과 무한한 만족감을 주지는 못했다. 초록색 소나무들과 파란 바다와 도자깃빛 하늘밖에는 아무것도 없는 초라하고 조그만 어촌 마을이, 내가 평생 보고 싶어했던 수많은 다른 장소들보다 어째서 더 중요한 의미를 갖는지는 아무리 생각해도 모를 일이다. 라방두에 대해서는 어떤 책도 씌어지지 않았고, 어떤 음악이나 그림도 그곳을 소재로 해서 생겨나지 않았지만, 런던이나 파리를 잊은 오랜 후에도 내가 그곳을 동경하리라는 것을 너무도 잘 알고 있다. 누구도 행복이 찾아올 때를 미리 점치거나 예언할 수 없다. 다만 우연히, 어느 운 좋은 시간에 이 세상 끝 어딘가에서 마주쳐 나날이 그대로 이어지는 것일 뿐……

위의 문장에 도착의 본질이 있다. 캐서는 주의하는 기법을 양방향으로 완성시켰다. 즉 그녀는 라방두 마을을 보면서 그 마을이 초라하면서도 아름답게 펼쳐져 있다는 것을 이해했고, 또 한편으로는 그녀 자신의 숨겨진 마음을 들여다보았다. 그리고 다음에는 라방두 마을에 대한 즉각적인 반응으로 흐뭇한 만족감에 빠져든다. 그녀가 표현한 행복감이 바다에서 불어오는 온화한 미풍처럼 느껴진다. 그녀의 언어는 잠깐 동안 낙원의 한 부분을 찾은 친구가 보낸 탐나는 우편엽서처럼, 소박하고 가벼운 부러움을 불러일으킨다. 나의 라방두는 어디에 있는가, 그리고 만일 내가 그곳을 찾아낸다면 그곳을 기억하기 위해 나는 무슨 일을 할 수 있을까, 라는 말이 우리를 경탄케 한다.

깨어나는 기술

신비를 본 사람은 세 배로 행복하다. ─소포클레스

고대 순례의 기능 가운데 하나는 우리를 곤한 잠에서 깨우는 것이다. 미국 미시건 주 출신의 화가인 메리 레즈머스키(Mary Rezmerski)는 1992년 가을에 내가 인도했던 그리스와 터키로의 순례에서 몇 년 전 어머니를 잃은 슬픔에 대처하도록 어떻게 도움을 받았는지 설명했다. 논리보다는 직관으로 그녀는 어머니의 유물 가운데 몇 점을 순례에 가져갈 부적으로 챙겼다. 가장 중요한 품목은 아주 조그만 손거울로, "그 안에 우리 어머니의 얼굴이 들어 있는 작은 것, 아주 작지만 그렇더라도 진실을 보여줄 수 있는 것"이었다.

우리 일행은 엘레우시스[29]의 여러 폐허와 성소들을 여행했다. 그 가운데에는 데메테르[30]의 사당이 포함되어 있었다. 데메테르는 딸 페르세포네가 저승의 신인 하데스에게 유괴되자 딸을 찾아 온 세상을 돌아다니며 모든 곳을 둘러보았다. 하지만 아무리 찾아보아도 어두운 밤 같은 영혼은 아무 빛도 비춰주지 않았다. 우리 어머니가 암으로 돌아가셨을 때, 그분 역시 유괴된 것이었다. 나는 어머니를 찾아 헤매고 또 헤맸지만, 순례를 떠나서야 어머니를 찾을 수 있었다. 나는 내 영혼의 어둠 속에서 나그네가 되어야 했다. 그 일은 우리 여행의 초빙 강사이자『아프로디테의 웃음(Laughter of Aphrodite)』을 쓴 작가인 캐럴 크라이스트(Carol Christ)가 우리를 작은 동굴로 인도했을 때 일어났다. 우리는 동굴 입구에 모여 서서 캐럴이 읽어주는, 최근에 세상을 떠난 어머니를 소재로 쓴 작품에 귀를 기울였다. 바로 그 순간 나는 순례가 동시성의 속박을 풀어준다는 확신을 얻었다. 어머니와 딸의 관계에 대한 기쁨과 두려움을 웅변적으로 표현한 그녀의 정서가 내 마음 깊은 곳에 와 닿았다. 슬픔이 북받쳐 눈물이 흘러내렸고, 다른 사람들 앞에서 울고 슬퍼할 수 있었다. 캐럴의 작품은 데메테르 여신과 그 여신의 딸을 소재로 한 신화를 빌려, 그녀 자신과 어머니의 관계를 찬미한 것이었다. 호텔로 돌아오자 어머니의 거울을 한참이나 가만히 들여다보았다. 그리고 처음으로 나 자신을 보았다. 어머니가 나를 위해, 내가 나 자신을 볼 수 있도록 거울을 받쳐들고 있다는 것을 알 수 있었다.

이 이야기는 순례에 치유력이 있다는 뛰어난 예가 된다. 고통과 비탄과 슬픔에 사로잡혀 있을 때, 메리는 어린 시절 책에서 읽어왔던 것처럼, 직관에 따라 순례를 떠나기 위해 많은 위험을 무릅썼다. 꿈을 통해 그녀

---

29) 고대 그리스 국가 중 하나인 아티카의 도시.
30) 농업, 결혼, 사회, 질서의 여신.

는 자기에게 어떤 의미심장한 일이 일어나리라는 것을 알았고, 다음에는 심오한 목적을 가지고 — 어머니의 죽음에 대해 어느 정도 평정을 되찾고 예술가로서의 영감을 다시 얻기 위해 — 여행을 떠났다. 그녀는 순례자처럼 출발 준비를 갖추었다. 기도를 하고, 친구들 가족들과 함께 축하를 함으로써 의식을 치르고, 순례 길에 있는 다른 장소들에 이르렀을 때 '알아보는 즐거움'을 한껏 누리기 위해 수많은 책을 읽었다.

순례자들은 각기 다른 시대에 여러 가지 방법으로 은밀한 치유, 즉 개별적 존재의 의미를 예언하는 엘레우시스의 집단 의식에서 생겨난 보기 드문 환희를 경험했다. 메리에게는 성스러운 땅에서 들려온 말이 가슴을 곧장 파고드는 화살이었다. 그녀는 죽음의 지하 세계로 들어가는 행렬의 일원이 되었고 슬픔을 드러내는 기쁨을 누렸다. 원래부터 엘레우시스 미스터리는 변화가 따르게 마련이라는 가정(假定)으로 죽음에 대한 숙명적인 태도를 보였다. 그러므로 의식을 치를 때 가장 진실된 순간은 부활의 상징인 밀 다발을 바치는 것이었다.

캐럴과 대화를 나눈 지 얼마 되지 않아 우리는 엘레우시스 고고학 박물관 근처에 있는 정교하게 조각된 대리석 석관 옆을 지나게 되었다. 나는 메리를 돌아다보고 죽음에 대한 그리스 사람들의 태도를 상징하는 돌무덤 쪽을 넌지시 가리켰다. 사르코파구스(sarcophagus)는 무덤 속에서의 오랜 세월에 걸친 부패를 암시하는 '살을 먹는 자'를 뜻하지만 그리스인들은 그 양옆에 프시케인(psychein), 즉 나비를 새겨놓았다. 변환을 의미하는 고대의 상징이자 '날개를 단 영혼의 비상'으로서.

메리가 손가락 끝으로 고대의 조각상을 매만지는 동안 그녀의 얼굴에는 환한 빛이 어른거렸다.

장소의 존재

나는 공부하고 준비할 것이다. 그러면 아마도 기회가 올 것이다. ─ 링컨

인류학자인 제이 파이크스(Jay Fikes)는 어린 시절의 영웅에게 경의를 표하고 싶다는, 오랫동안 간직해온 소망을 실현시킬 흔치 않은 기회를 맞았다. 그는 미국 워싱턴에 있는 링컨 기념관을 찾았을 때의 일을 생생히 기술하고 있다. 1995년 여름, 위네바고 족의 주술사였던 루벤 스네이크의 추도식에 참석한 뒤 파이크스는 링컨의 묘소를 찾아가기 위해 아내와 딸을 데리고 미주리 주의 세인트루이스에서부터 일리노이 주의 스프링필드로 차를 몰았다. 딸은 교과서와는 다른 방법으로 미국의 역사를 배우고 경험하기를 원했고, 또 그 스스로도 '그 장소의 존재를 느끼고' 싶어서였다. 스프링필드에서 그들은 한 역사 기념관을 찾아갔는데, 그가 기술한 대로라면 '마치 역사의 자궁 속으로 돌아가는, 어떤 원시 시대로 돌아가는' 것 같았다고 한다. 그는 나와 함께 기념관에서 투시화(透視畵)들을 보았다. 그러다 링컨을 기리는, 어렸을 때부터 기억하고 있던 게티스버그 연설이 포함된 명판(銘板)들을 읽는 동안 그의 얼굴을 따라 눈물이 흘러내렸다.

명판의 구절들은 내가 존경하는 사람과 관련된 장소에서 맞는 절정에 대비할 준비를 시켜주었다. 왜냐하면 그는 자기의 이상을 실현시키기 위해 정말로 큰 대가를 치렀기 때문이다. 영웅이 감수하는 위험 ─ 사람들이 미래상을 좇아 행동한다면, 영웅은 자신을 희생하고 사회를 개혁시키는 미래상을 위해 위험을 감수한다. 기념관 안에 있는 동안 나는 링컨으로 분장한 남자에게 어째서 대통령이 1862년 산테 수족[31]의 반란이 있은 뒤 인디언들을 감형시켜주었는지 물어보았다. 그

대답은 이런 것이었다. 인디언 거주지에는 사냥감이 충분하지 못했다. 그런데 몇몇 젊은 라코타 족[32] 남자들이 어떤 음식을 먹고 반란을 일으켰다. 그들이 패한 뒤 392명이 재판에 회부되었는데, 그들 중 대부분은 살인범이나 강간범이어서 303명의 라코타 족 사람들이 교수형을 선고받았다. 그러나 링컨 대통령은 군법회의에서 사형을 선고받은 라코타 족 사람들 가운데서 38명만을 제외하고 형을 감해주었다. 링컨은 형을 선고할 증거가 불충분하다는 것을 알고 있었고, 그래서 '착한 인디언은 죽은 인디언뿐'이라는 사회 일반의 독단적 견해에 그대로 따르기를 거부했던 것이다. 미네소타 시민들은 인디언 편을 들어 형을 감해준 링컨의 결정에 분노했다. 반(反)인디언 정서가 압도적이었기 때문이다. 나는 라코타 족을 위해 옳은 일을 한 링컨의 용기가 자랑스러웠다.

링컨으로 분장한 남자가 그 결정을 설명했을 때 나는 종교 자유를 지키기 위한 나의 투쟁에도 어떤 역사적 유대가 있다는 느낌이 들었다.

링컨은 미국인들에게 무엇이 가장 좋은지를 상징적으로 보여주었다. 모든 인간은 존경받을 가치가 있고 그들의 권리는 종교의 자유에 이르기까지 법 아래서 동등하게 보호되어야 한다는 것이 우리 연방 정부에 의해 보증되어야만 한다. 나는 그가 암살된 것에 슬픔을 느꼈고, 미국에서 가장 사랑받았던 대통령에 대한 고마움과 미국인들의 이상에 대해 새로운 책임을 느끼며 그 묘소를 떠났다.

헌신적인 평화주의자이자 미국과 멕시코에서 원주민들의 종교의 자유를 보존하는 일에 깊이 관여하고 있는 학자인 파이크스에게 링컨은 다른 어떤 미국인보다도 그가 가장 높이 평가하는 특성들을 상징적으로 보

---

31) 북미 평원 인디언인 수 족의 큰 갈래 가운데 하나.

32) 수 족의 다른 이름으로 '동맹자'를 뜻한다.

268

여주었다.

옛 순례자처럼, 그에게는 링컨이 탄생한 곳을 찾아가 그가 생전에 쓰던 '유물들'을 보고, 묘소와 집에서 말로 표현할 수 없는 존재의 느낌을 받는 것이 대단히 중요한 일이었다. 더군다나 그 일은 고마움을 표하고 그가 젊은 시절에 했던 약속 — 자기 나라의 이상에 헌신하는 일 — 을 완전하게 실현시킬 기회였다. 지금까지도 파이크스는 그 일이 링컨에게서 구체화되었다고 굳게 믿고 있다.

제임스 밴 하퍼(James Van Harper)는 미국 앨라배마 주의 버밍햄 교외에서 살고 있는 코미디언이자 배우이다. 그의 전 생애는 엘비스 프레슬리의 삶에서 영감을 받았는데, 아내인 카르멘과 결혼한 지 2년 뒤에 그는 로큰롤의 제왕에 대한 그의 열정을 공유할 필요가 있다는 결론을 내렸다. 1998년 발렌타인 데이에 그들은 그레이스랜드를 찾아갔다.

1960년대와 1970년대는 우리 남부 소년들에게 신나는 시기였다. 그가 에드 설리번 쇼에 처음 출연했을 때부터 내가 풋볼 경기 전에 용기를 얻으려고 그의 45회전 레코드를 틀곤 하던 때까지, 언제나 그는 나의 우상이었다. 엘비스 프레슬리는 가난한 사람이었지만 자신의 재능을 잘 이용해서 그것을 황금으로 바꾸었다. 그는 땀을 흘린다는 것, 돈을 번다는 것이 무엇인지 알고 있었다. 그에게는 여자들을 졸도시킬 만한 매력이 있었다. 그의 피부는 흰색이었지만 그에게는 블루스와 재즈를 개척한 어느 흑인 가수에게도 못지 않은 정신이 있었다. 그는 미시시피 주의 빌 스트리트와 투펠로의 불길 위에서 자신의 영혼을 단련했다. 그의 출생지는 멤피스 남쪽의 작은 마을이었다. 처음 흥분된 마음으로 그레이스랜드를 찾아갔을 때 조금은 불안한 마음이 없지 않았다. 그는 내가 가장 숭배하는 영웅들 중의 하나였기 때문이다. 나는 전 세계에서 온 사람들이 엘비스에게 가까워지는 것을 열심히 지켜보았다.

일본에서 온 한 여자는 몇 번씩이고 거듭해서 그가 얼마나 아름다웠으며 자기 아버지와 얼마나 닮아 보였는지를 설명하고 있었다.

전 세계에서 온 사람들이 나와 내 친구들처럼 남부에서 태어난 멋진 청년을 보기 위해 그곳으로 모여든 것을 보고 참으로 큰 감동을 받았다. 만일 200년 뒤에 엘비스교라고 불리는 새로운 종파가 생겨난다 하더라도 나는 놀라지 않을 것이다. 그들의 예복은 보석 박힌 낙하복(落下服)일 것이고 그들의 예배 시간은 그가 벌였던 콘서트처럼 두 시간 동안 앙코르를 외치는 기도와 함께 이어질 것이다. 그리고 성직자는 성찬용 빵 대신 남부 지방의 동그란 파이와 콜라와 핑거 샌드위치를 들어올릴 것이다.

하퍼는 시인과 작가들이 대서양을 건너 숭배하는 문학가들의 유명한 전당을 찾아가는 일과 자기가 프레슬리의 창의력에서 참된 정신을 인정하려 애쓰는 일을 비교해보고 커다란 감명을 받았다. 그는 자신이 그 성전을 찾아간 순례가 로큰롤의 제왕이 남긴 '유물들'에 가까워지는 기회였음을 넌지시 비치고 있다. 그 유물들이 하퍼 자신의 창조적인 꿈에 마술 같은 영향을 미쳤을 수도 있기 때문이다.

"그는 내가 숭배하는 영웅들 가운데 하나였을 뿐 아니라, 한 걸음 더 나아가서 그에 대한 존경심을 아내와 공유함으로써 아내에게 더 가까워지고 싶었습니다. 나는 아내가 마침내는 내 열정이 젊은 시절로 죽 거슬러올라가 어디에서부터 오는지를 이해했을 거라고 생각합니다."

그는 프레슬리의 노래를 듣고 있으면 자기의 삶에서 가장 소중한 시기로 되돌아간다고 덧붙인다.

"정말 그 음악은 나에겐 또다른 시기의 시금석입니다. 아내인 카르멘에게도 그렇게 말했어요. 내가 희망을 알게 된 것은 그 시기였고, 그 희망은 아직도 충만합니다. 그래서 지금까지 꿈을 실현하기 위해 싸울 수 있지요. 엘비스는, 내게 마지막까지 남는 단 한 가지는 우리가 다른 사람들을 위해 한 일이라는 것도 가르쳐주었습니다. 정확하게 꼬집어 말하기는 어렵지만 나는 거기, 그레이스랜드에 있는 것만으로도 일종의 치유력을 느꼈어요. 어쩌면 나는 그의 전설을 통해 대리로 삶을 살고 있는지도 모르지요. 그가 자기 가족을 위해 — 자기의 팬들만을 위해서가 아니라 — 어떻게 살아왔는지를 보면 가족이 최고라는 생각이 듭니다. 이상한 일이지만 나는 그 때문에 내 가족과 더 가까워지고 싶은 겁니다."

그레이스랜드를 찾아갔을 때 어떤 영향을 받았느냐고 묻자 하퍼는 이렇게 대답했다. "그 순례여행은 내게 아무리 높은 경지에 이르더라도 더욱 열심히 노력해야 한다는 것을 가르쳐주었습니다. 신기한 일이지만 그레이스랜드를 찾아간 덕분에 나는 어떤 식으로든 내 짐을 기꺼이 떠맡을 수 있게 되었지요."

문학 순례

카드모스[33]건 페니키아인들이건 또는 다른 누구이건, 책을 고안한 사람들에게 축복 있으라. — 토머스 칼라일[34]

1995년, 시인이자 화가이며, 출판업자인 동시에 샌프란시스코 시티라이츠 서점의 공동 창립자인 로렌스 페를링게티(Lawrence Ferlinghetti)는 베이 에어리어 서평가협회로부터 종신 공로상을 받았다. 그날 저녁 기조 연설자는 『샌프란시스코 크로니클』지의 칼럼니스트인 존 캐럴(Jon

---

33) 그리스 신화에서, 용을 물리치고 테베를 창건했다고 전해지는 페니키아 왕자.

34) Thomas Carlyle, 1795~1881. 영국의 비평가, 역사가.

Carrol)이었는데, 그는 자기가 문학적 성취라는 고매한 목표를 품은 젊은 이였을 때 그 목표의 시금석이 된 서점으로 찾아갔던 순례여행을 이렇게 회상했다.

내 기억이 옳다면 페를링게티는, 내가 처음으로 접해본 모든 장르의 시를 다 쓰는 시인이었습니다. 지금까지도 나는 길쭉한 검은색 문고판 『마음의 코니 아일랜드(A Coney Island of the Mind)』가 진열대에 놓인 다른 책들 옆에서 발하던 위험한 광채를 기억하고 있습니다. 그 옆에 있던 책들은 아마도 『예언자(The Prophet)』 아니면 『낯선 땅의 낯선 사람들(Stranger in a Strange Land)』이었던 것 같습니다. 그때 나는 몬트레이에서 샌프란시스코까지 버스를 타고 시티 라이츠 서점을 찾아갔었습니다. 지하실에 앉아 페를링게티를 기다리며, 그가 걸어 들어오다 내 시적인 영혼을 알아보았으면, 하고 있었지요.

그분은 내게 캐너리 로 사람들이 늘 그러듯, 아무 스스럼없이 이렇게 말을 걸 것 같았습니다. "어미, 새로운 친구. 우리집으로 가서 적포도주를 마시고 밤새 시를 읽고 여자들과 즐기세." 그러나 슬프게도 시티 라이츠 서점에 앉아 있던 몇 시간 동안 아무도 내게 뭘 하자고 청하지 않더군요. 어쩌면 위험한 광채를 발한 것은 『마음의 코니 아일랜드』라기보다는 내 『정신의 호두나무 개울(Walnut Creek of the Spirit)』이 있는지도 모릅니다. 나는 계단 옆의 게시판에 붙여진 벽보들을 보며 시간을 보낸 걸로 기억합니다. ─ 뉴욕까지 동승 원함, 휘발유 값은 분담하겠음. 만일 내게 더 많은 용기와 한 대의 차가 있었더라면 나는 기꺼이 차를 몰고 돌아다니며 달마 범(Dharma Bum)[35]이 되었을 것입니

---

35) 비트 문학 운동의 주도자인 잭 케루악이 1958년에 발표한 『달마 범즈(Dharma Bums)』에 나오는 인물들.

다. 아니, 내가 달마(Dharma)[36]라는 말의 의미를 더 분명히 알았더라면 사정이 달라졌겠지요.

1998년 어느 봄날 오후, 나는 시티 라이츠 서점에서 멀지 않은, 집 근처 카페 스텝스 오브 로움(Steps of Rome)에서 점심을 먹으면서 문학 순례가 남긴 것들에 대해 생각하고 있었는데, 바로 그 참에 페를링게티가 걸어 들어왔다. 나는 그를 내 테이블로 초대해서 때를 놓치지 않고 시와 문학의 관점에서 순례의 힘을 어떻게 생각하느냐고 물어보았다. 그가 미소를 짓더니 자기의 시 「샤를로와의 작별(Adieu a Charlot)」 가운데서 몇 행을 암송했다.

구세대 사람들은 수명을 넘겨 살았다.
그리니치 빌리지에서 보헤미아의 신화를 넘고
『태양은 다시 떠오른다』에서
헤밍웨이의 신화를 넘어⋯⋯

그는 몇 분 동안 다른 문학 순례자들, 즉 파리에서 헨리 밀러, 멕시코에서 D.H. 로렌스, 미국의 성스러운 길들에서 잭 케루악의 발자취를 따라 걸은 작가들에 대한 이야기를 하다가 고매한 방랑자인 찰리 채플린(프랑스 사람들이 부르는 대로 하자면 샤를로)에 대한 묘사로 이야기를 마무리했다. 그는 찰리 채플린이 지금까지도 길을 걷는 사람들의 마음속에 숨어 있다는 느낌이 든다고 했다.

그리고 페를링게티는 체코 공화국 여행중에 들은 어떤 이야기를 떠올리고 회상에 잠겨 말을 이었다. "거기서 현재 문학예술계를 이끌고 있

---

36) 힌두교의 덕, 불교의 법, 지켜야 할 계율.

는 사람들은 예전에 저항 운동을 했던 사람들이지요. 그 사람들이 내게 이러더군요. 러시아 군대 점령 기간 동안 지하 문학계 사람들에게는 샌프란시스코의 시인들과 시티 라이츠 서점이 지평선 위에 있는 빛과 같았다고 말입니다."

그의 푸른 눈이 밝게 빛났다. 그는 미술과 문학의 거장답게 고개를 끄덕이고 와인을 홀짝인 다음 점심식사를 주문했다.

영화제작자인 존 안토넬리(John Antonelli)에게는 1983년에 미국 매사추세츠 주의 로웰을 찾아갔던 여행이 동창회 이상의 것이었다. 그 여행은 잭 케루악의 근원지를 찾아가는 순례이기도 했다. 그 당시 안토넬리는 국립인문과학기금으로부터 연구 보조금을 받아 케루악의 삶을 다룬 다큐멘터리를 시작하고 있었다. 케루악이 예전에 자주 드나들던 곳들을 찾아다니는 동안 그는 자기의 프로젝트가 정말로 운명적인 만남이라는 느낌을 받기 시작했다. 케루악이 다녔던 고등학교 근처에 있는 에드슨 묘지에서 안토넬리는, 한 번도 만나보지 못한 사람의 무덤을 찾아가는 것이 이상하게 느껴지기는 했지만, 케루악의 묘지가 어디에 있는지 물었다. 수위가 그에게 묘지의 위치가 표시된 간단한 지도를 건네주었고, 그는 세계 각지에서 자기보다 먼저 '신성한 장소를 보고 잭 케루악의 기억을 신성한 것으로 만들기 위해' 찾아온 신봉자들이 상당히 많다는 것을 알게 되었다.

안토넬리는 그 순간을 이렇게 기술한다.

내가 하려는 일이 그것이었을까? 거기에 이르면 무슨 일을 해야 할까? 나는 위선자 같은 기분이 들었지만 계속 걸었다. 묘비는 수수했다. 그것이 다큐멘터리 작업과 관련이 있는 것으로는 보이지 않았다. 나는 케루악이 글을 쓰면서 포착했던 광적인 흥분을 얼마만이라도 시각적으로 포착할 수 있는 방법을 찾고 있었다. 천편일률적인 수백 개의 다른

274

묘비들이 흩어진 묘지에 있는 그저 그런 묘비가 내 일과 무슨 관계가 있을까? 나는 내가 그곳으로 왔다는 것 자체가 당혹스러워서 너댓 걸음쯤 뒤로 물러났다가 다시 몸을 돌려 묘비 앞으로 걸어가 찬찬히 살펴보았다. 정말 아무 표시도 없었다…… 20년 전에 죽은 사람에게, 설령 그의 글이 내가 그 글을 읽기 전부터 현재의 내 모습을 갖추는 데 도움이 되었다손 치더라도, 무슨 말을 할 수 있었을까?

나는 로웰에서 콜로라도로, 멕시코 주에서 캘리포니아로 그가 여행했던 길을 다시 따라갔다. 그런 곳들이 바로 1960년대에 히피들이 찾아갔던 곳이기 때문이었다. 차를 얻어탈 때마다 나는 그의 이름을 들었고, 때로는 이런 질문을 받았다. "당신 로웰에서 왔군요. 거기에 있는 케루악의 생가는 어떻습니까?" 그 다음에 나는 불교를 믿는 일단의 청년들이 벌인 심층적인 토론의 방청객이 되었다. 그 토론은 인종차별과 전쟁과 자본주의로 인해 의미를 박탈당한 세상에 깨우침을 주는, 모종의 영적인 선(禪)을 찾아나서도록 한 책을 두고 벌어진 것이었다. 나는 그들이 상세히 설명하는 가치를 모두 알고 있었지만 그것들이 원래 케루악에서부터 출발했다는 것은 알지 못했다. 로웰에서부터? 어떻게 그런 일이 가능할까? 수백만의 사람들에게 영향을 미쳤던, 그리고 비트 족과 히피 족 모두의 근원이었던 멋진 봉화(烽火)가 어떻게 로웰 같은 문화의 불모지에서 타오를 수 있었을까? 나는 『폐허의 천사들(Desolation Angels)』을 읽기 시작했고 이어서 『지하(The Subterranean)』, 고전적 작품인 『길에서』, 그리고 로웰에서 생겨난 서사적 이야기인 『마을과 도시(The Town and The City)』를 읽었다. 부분적으로는 마치 나 자신의 이야기를 읽는 것 같았다. 20년의 시간 격차가 있다는 것만 제외하고는 내 삶과 같은 것들이 너무도 많았다. 내가 마약과 섹스와 로큰롤로 시도했던 실험의 대부분이 훨씬 오래 전 케루악과 그의 친구들에 의해 행해졌고, 그들과 비교해본다면 우리의 모험은 형편없이 빛이 바랬다는 사실을 알게 되었다. 다음에 나는 그에 관한 영화가 이미 만들어졌어야 했지만 참으로 이상하게도 아직 만들어지지 않았다는 생각을 하면서 그 영화를 만들기로 했다.

　　이제 나는 여기에서 영화를 만들고 있다. 이 모든 것은 그의 덕분이다. 나는 그에게 감사했고, 이 일을 훌륭하게 해내겠다고 약속했다. 바로 그것이었다. 내가 정말로 그 일을 하기로 했다면 나는 그에게 도움을 청하고 그 프로젝트에 미소를 보내달라거나 적어도 방해는 하지 말라고 요청할 셈이었다. 그러나 사실 나는 그럴 필요가 없었다. 그는 어떤 식으로든 도움을 주었으니까.

조상들의 길

사람들은 우리가 추구하는 것을 궁금해한다.
우리는 그들에게 실마리에 대해서 설명해주어야 한다. ― 윌리엄 스태포드[37]

　　존 보튼의 경우는, 과거로의 순례가 자기 집안을 제대로 이해하려는 깊은 개인적 필요에 의해 촉발되었다. 그는 '광란적인 혈통 조사'를 거쳤다고 하는데, 그 과정에서 친인척들의 오래된 사진과 편지 등의 기록물을 다량으로 찾아냈다. 근 2년 동안 친인척들을 만나기 위해 텍사스, 위스콘신, 미시건 등지로 돌아다닌 결과였다. 그가 찾고 있던 것은 성가시게 마음을 괴롭히는, '소속되지 못했고 완전하지 못하다'는 느낌에 대한 해답이었다. 두 명의 누이도 마찬가지였다.

---

37) William Stafford, 1914~1993. 미국의 시인.

나나 보튼의 필드 집안 혈통이 나를 보스턴으로 이끌었고, 나는 거기에서 그녀의 혈통을 1650년까지 거슬러올라갔다. 마침내 나는 벙커 힐에서 정말로 전투를 벌였던 독립전쟁 영웅인 르뮈엘 필드의 기록을 찾아냈다. 현재는 국립문서보관소에 마이크로 필름으로 보관되어 있는 그의 법정 기록 문서에서 나는 그 자신의 말로 구술된 온전한 전쟁 경력 요약 문서를 찾아냈다. 그가 선택한 문장과 단어들이 시공을 가로질러 내 머릿속으로 쏟아져들어오는 동안, 그의 말 속에서 할머니의 말과 내 말이 메아리쳤다. 그의 말투를 통해 나는 당장, 수세기의 시간 간격에도 불구하고, 이 남자는 누가 뭐래도 내 혈족이라는 것을 알 수 있었다.

미시건과 캘리포니아로 가서 보튼 집안의 조상들을 계속 추적하는 동안 나는 내 머릿속에서 들리는, 그 일은 내가 추구할 길이 아니라는 부모의 목소리를 끊임없이 억누르고 있었다. 내가 그 일을 계속했던 것은 그 여행을 끝내지 않고는 살 수 없다는 느낌이 들어서였다. 누이들은 정신적인 도움을 주기는 했지만 그들도 비슷한 두려움을 느꼈고, 그 정도까지도 갈 수 없었다고 인정했다.

막내여동생은 모슬린 천에 인쇄된 가족 사진들을 나나 보튼이 쓰던 직물과 오래된 단추들로 장식해서 하나의 작품을 만들었다. 그것이 내게 용기를 북돋워주었다. 둘째여동생은 내게 편지를 써보내고, 조사를 하여, 우리가 수집한 편지와 사진들에서 중요한 세부사항들을 관련짓도록 도와주었다. 그녀가 나를 찾아와서 엄청난 양의 자료들을 좀더 일관성 있게, 전체로 통합하도록 도와준 덕분에 몇 가지 패턴이 드러나기 시작했고, 나는 다시 한번 더 제대로 된 질문들을 할 수 있었다. 그리고 다음에는 아버지가 친척들에게 편지를 써보내기 시작하면서 전체적인 윤곽이 드러나기 시작했다.

가장 예기치 못했던 것은 둘째여동생과 내가 미시건 법원에서 찾아낸, 고조부인 프레드 보튼이 입양되었음을 암시하는 서류가 사실로 밝혀졌다는 통지를 받은 것이었다. 갑자기 지난 여러 해 동안 우리가 아버지 쪽 집안에 대해 뭔가 이상하다고 느꼈던 것이 분명하게 드러났다. 그것이 바로 인구 통계에 다른 이름이 나타나지 않은 이유, 우리 집안이 어떤 비밀을 지키고 있던 이유였다. 마침내 한 아주머니가 오래 전에 들었던, 고조부가 남북전쟁 기간 동안 보튼 집안에 맡겨졌고 그의 어머니는 남편을 찾아나섰다가 돌아오지 않았다는 이야기를 떠올렸다.

10대에 그 이야기를 듣게 되자 내 고조부인 프레드 보튼은 몹시 동요되고 화가 나서 자기가 사랑받지 못하고 버려졌다는 느낌으로 세상을 떠돌아다녔다. 그 느낌이 100년도 더 넘게 대대손손 전해내려와 누이들과 내가 추적을 시작하도록 이끈 정서가 된 것 같았다. 이제 우리는 진실을 밝힘으로써 우리 자신과 집안을 치유하고 원만한 삶을 살아갈 수 있었다. 과거로부터 따라다니던 망령을 잠재운 것이다. 우리는 이제 우리가 누구인지 알고, 미래를 내다볼 수 있었다. 막내여동생도 가정과 아이를 가질 수 있었다. 그리고 나머지 사람들은 안도의 한숨을 내쉬었다. 이제 우리 앞에는 밝은 미래가 있고 과거는 분명히 밝혀졌다. 이 여행이 끝난 것이다.

보튼의 순례는 외면적이면서 동시에 내면적이었다. 중대하고 극적인 모든 사건에서처럼, 그의 세계에서 잃어버린 단편들을 찾아내는 일은 삶과 죽음의 문제였다. 그가 추구한 일은 어느 한 시기에 걸쳐 아래로부터, 영혼으로부터 솟아날 수 있는 힘, 우리를 다시 젊어지게 해줄 우물을 향해 가려는 소망의 좋은 예가 된다.

사진작가인 에릭 로튼(Eric Lawton)의 첫번째 기억은 어머니가 중국의 텐진에서 보낸 어린 시절 이야기로 채워져 있었다. 1988년에 그는 자기 가족들이 살던 집을 찾아보기 위해 중국으로 여행하려는 꿈을 실행에 옮겼다. 그가 중국으로 떠나기 전에 어머니의 어린 시절 친구가 그들의 집이 있던 거리, 그 당시에는 우드로 윌슨 가라고 불렸던 거리의 약도를 그려주었다. 그러나 전쟁과 지진을 거치며 75년의 세월이 흐른 뒤라서 그 집이 험난한 세월을 견디고 남아 있는지는 알 수 없었다. 로튼은 그의 할아버지가 1920년대에 그 집의 돌계단 — 계단 양쪽으로 난간이 우아하게 구부러져 오르고 그 앞에는 조붓한 나무 탑이 솟아 있는 — 에서 찍은 빛바랜 사진을 한 장 가져갔다. 인도에서는 두 강이 하나로 합쳐지는 강의 합류점을 상가마(sanghama)라고 부르는데, 그는 자기가 중국을 찾아간 그 순례여행이 상가마, 즉 자신이 살아온 시간과 조상이 살았던 시간의 합류점을 찾기 위한 것이었다고 설명한다.

　나는 아스토르 호텔을 찾아냈고 풍상에 찌든 그 장엄한 건물에서 우리 어머니가 어린 시절에 뛰어놀던 공원을 건너다보았다. 그리고 다음에는 집이 있어야 할 모퉁이를 바라보았다. 거기엔 단지 조그만 정원이 있을 뿐이었다. 나는 가슴이 덜컥 내려앉았다. 그 집이 사라져버린 것이었다. 여행이 수포로 돌아갔다는 것을 알게 된 순간, 엄청난 상실감이 엄습해왔다. 나는 집이 있어야 할 자리에 놓인 나무 벤치에 앉았다. 그 집이 마땅히 여기에 남아 있어야 한다는 생각이 들었다. 너무 늦게 찾아온 탓으로 그 집을 만져볼 수도 없다는 생각에 나는 화가 났다.

　그날 밤 나는 무거운 마음으로 집에 전화를 걸어 어머니에게 그 집이 사라졌다고 알렸다. 어머니는 내게 어디를 찾아보았느냐고 물었다가 내 말을 듣고 웃음을 터뜨리더니 이렇게 알려주었다. "아니, 그 집은 아스토르 호텔 맞은편이 아니라 길을 따라 내려간 곳에 있었어." 나는 당장 그곳을 다시 찾아갈 셈으로 벌떡 일어났지만 시간이 너무 늦어 있었다. 다음날 동이 트자마자 나는 통역과 함께 서둘러 그곳을 찾아갔다. 내가 길에서 마주친 가장 나이든 사람은 호두를 파는 늙은 행상이었다. 우리는 그에게 약도를 보여주고 그 길이 어디에 있는지 기억할 수 있겠느냐고 물었다. 한참 생각을 해본 뒤에 그가 방향을 가리켰다. 내 눈이 그의 손길을 따라 갔고, 어머니가 살던 집의 계단과 굽이진 난간이 눈에 들어왔다.

나는 할아버지의 사진을 손에 들고 그 집을 향해 숨가쁘게 달려갔다. 내가 사진 속의 그 자리에 서 있는 동안 75년의 세월이 녹아내렸다. 돌계단 위에는, 이곳에서 살던 때의 우리 어머니 나이 또래인 어린 중국 소년이 앉아 있었다. 우리는 그 아이에게 사진을 보여주고 왜 찾아왔는지를 설명했다. 그 아이가 아버지를 불렀고, 그는 우리를 따뜻하게 안으로 맞아들였다. 방에는 높은 천장에 단 하나뿐인 창문이 있었고, 나무 바닥의 맨 끝에는 침대가 놓여 있었다. 나는 현재에서 벗어나 그 방을 거닐며 기억을 흡수했고, 보이지 않는 실재를 들이쉬어 거기에 생명을 불어넣으며 지켜보았다. 어머니의 손길이 얼마나 여러 번 이 난간, 그처럼 많은 손길에 닳아 이처럼 우아한 형태를 띤 난간을 따라 오르내렸을까? 어머니는 어떤 꿈들을 꾸었을까? 나는 그 꿈속에 들어 있었을까? 어머니는 이 천장을 올려다보면서 나를, 외아들인 나를 낳는 꿈을 꾸었을까? 누군가 다가오는 소리가 들리더니 미소 띤 노부인이 나타났다. 그녀는 손에서 손으로 전해진 기억이 깊게 스민, 표지가 가죽으로 된 낡은 앨범을 들고 있었다. 우리는 손길에 닳은 테이블에 앉았다. 그녀가 앨범을 열자 그 집의 내력이 드러났다. 지진이 일어났을 때 첨탑이 무너졌고 전쟁통에 앞뜰이 바뀌었다. 점령 기간에는 그 집이 장교 숙소로 쓰였다. 이런저런 사람들이 한때 그 집에서 살았었고, 이제는 다섯 가족이 그 집을 공유하고 있었다.

그들의 양해를 얻어 나는 그 집, 특히 내가 말로 표현할 수 없는 유대감을 느낀 소년의 사진을 찍었다. 그들은 빛 바랜 사진 속에서 우리 할아버지가 서 있던 곳에 선 내 사진을 찍어주었다. 나는 그들에게 고마움을 표했고 이제 떠날 시간이 되었다. 돌계단을 걸어 내려오는 동안 나는 그들에게 그 거리의 이름이 어떻게 바뀌었는지 물어보았다. 그 거리는 이제 우드로 윌슨 가가 아니라 해방길이라고 불리고 있었다.

경이를 생각하며

때때로 나는 자신이 가여워서 돌아다닌다. 그러는 동안 내내 큰 바람이 하늘을 가로질러 나를 실어나른다. — 오지브웨이 족[38]의 속담

    헨리 베스톤(Henry Beston)은 『가장 먼 집(The Outermost House)』에서 자기가 서른여섯 살 되던 해인 1927년에 어떻게 '본질적인 것들'을 찾아내야겠다고 결심했는지 설명하고 있다. 직관적 경험주의자들의 전통에 따라 그는 케이프 코드에서 독거 생활에 들어갔다. 그곳에 있는 '본질적인 존재들'을 자기 눈으로 직접 보고 '자연과 세월의 비길 데 없는 장관'을 목격하기 위해서였다. 그는 잠시 동안만 그곳에서 머물 계획이었지만, '그 신비하고 본질적인 삶'을 함께 할 필요가 있다는 것을 깨달았다. 자기도 모르는 사이에 자연이 우리에게 가르쳐주는 것을 목격하게 되었던 것이다. 거기에는 언제나 모래 언덕에 찍힌 새 발자국 같은 '시적이고 신비한' 것이 있었다. 어느 날 그는 파도를 응시하고 멀리까지 펼쳐진 바다를 바라보며 바다 저편에 있는 곳 — '순례자들에게 이름 높은' 산티

---

38) 미국 미네소타 주와 타코다 주에 걸친 슈피리어 호수 연안에서 살던 인디언.

아고 데 콤포스텔라— 을 생각해보다가 자기가 그곳을 찾아갔을 때의 일을 떠올렸다. 그때 베스톤은 가리비 조개 껍질을 선물 받았지만, 그것을 받으려 하지 않고 갈리시아[39]의 어부들이 준 조가비를 받았다. 자기 스스로 보고 자신의 부적을 찾아내는 그런 정신이 참된 순례자의 정신을 반영한다.

관조적인 여행자의 차분한 어조로 그는 이렇게 적고 있다. "우리가 보는 것의 경이로움을 생각하자. 대양 어딘가에서, 어쩌면 이 바닷가로부터 수천 마일 떨어진 곳에서, 지구의 맥박이 뛰어 대양의 파도를 일으키고…… 그래서 대양의 파도는 밤낮으로 이어져 지구의 은밀한 심장이 마지막 박동을 할 때까지 계속되고, 마지막 파도는 잊혀진 해안에서 부서지리라." 그곳에서 머무는 동안 그는 세월이 '달력을 따라가는 여행'이며, 이 세상의 경이를 알기 위해서는 '태양의 순례에 대한 지식'이 있어야 한다는 것을 알게 되었다.

함께 보낸 1년 동안 베스톤이 해준 이야기는 우리가 할 수 있는 순례 여행의 범위를 깨닫게 해준다. 그는 케이프 코드로의 여행을 가장 성스러운 여행으로 접근했고, 그 성소에 바쳐진 그의 존경심은 예언자들이 고대의 성소들에 바친 존경심만큼이나 깊었다. 그가 가지고 돌아온 선물, 즉 그의 통찰력과 관찰력은 이슬람교 신비주의자들의 말처럼 '마음의 눈'으로 볼 줄 아는 사람들에게 끊임없이 아름다움과 신비감을 일깨워준다. 위대한 여행작가들이 그러듯, 그는 모든 여행이, 다른 여러 사람들과 함께하건 혼자서 하건, 경외와 통찰의 순간, 신성한 것과 접하는 순간을 어떻게 창출하는지 보여준다. 잃어버린 시간들에 대한 보상은 고요함 속에, 여행의 정지점에 있다.

---

39) 스페인 북서부 해안 지역.

*

　지혜를 주는 곳과 순례여행지에서 존재 뒤에 숨은 것을 생각하자. 그 존재가 우리의 존재를 요구한다고 생각하자. 우리를 이곳으로 데려온 부름은 우리의 삶 중에서 신성한 원천에 더 면밀한 주의를 기울이라는 부름이다. 모든 준비를 다 갖추어 힘든 여행을 하고 나면 우리를 이곳으로 부른 힘은 우리만이 줄 수 있는 어떤 중요한 것을 요구한다. 그것이 무엇일까? 우리는 보답으로 무엇을 줄 수 있을까? 우리는 충분히 놀랐는가?

　도착이라는 경이를 생각해보자.

여행자의 등불

　우리의 나날이 축복받았다는 것을 잊지 말자. 그날그날을 이용하는 법을 알 수도 있고 모를 수도 있지만, 우리의 하루하루는 축복을 받았으니. ─나디아 불랑제[40]

　바쇼에게는 여행길에서 매일 밤 등불을 켜는 일이 주막에서 자기의 조그만 방을 밝히는 수단이었을 뿐 아니라 지난날을 기억하는 성스러운 행위를 향한 첫걸음이기도 했다.

　사라시나 마을을 방문했을 때 그는 이렇게 적었다. "등불을 켠 뒤 나는 붓과 먹을 꺼내놓고 내가 보았던 경치들과 내가 지었던 시들을 떠올리면서 눈을 감았다."

　그것은 마음을 가다듬는 훈련이다. 바쇼는 자기의 여행에서 모든 행

---

40) Nadia Boulanger, 1887~1979. 프랑스의 작곡가, 지휘자.

위를 의식화했다. 하나 마나 한 몸짓이나 이도저도 아닌 생각 따위는 없다는 것, 순례라는 행위 그 자체가 여행의 모든 단계를 끌어안는다는 것을 분명히 알았기 때문이었다. 그랬기에 바쇼는 하루 종일 힘들게 걷고 나면 자기 자신에게 무엇을 보았고 무엇을 느꼈는지 물었다.

어떻게 하면 우리는 자신의 경험을 더 잘 설명할 수 있을까? 저널리스트인 윌리엄 진세는 『미국의 성소들』에서, 1980년대 말, 이 세상에 과연 진정한 것이 하나라도 남아 있을까 의심하던 때에 어떻게 '진정한' 것을 찾아나섰는지 설명한다. 그는 옐로스톤 국립공원, 라이트 형제가 첫 비행을 했던 곳인 키티호크, 게티스버그 전몰자 유적지 같은 몇몇 유명한 곳들을 찾아보고 나서 이렇게 적었다. "나는 순례자로서 그곳에 있었다는 것이 기쁘다." 그의 탐구는 월든 호수에서 끝을 맺었다.

월든 호수에 이른 날 저녁, 그는 호수 주변을 거닐면서 헨리 데이비드 소로가 남긴 공적을 생각해보다가 그 유명한 호숫가에서 인도 사람으로 보이는, 깊은 생각에 잠긴 것이 분명한 어떤 남자를 보았다. 적당히 때를 보아 진세는 그 남자에게로 다가가서 그가 정말로 인도에서 왔는지, 그렇다면 어째서 그 먼길을 왔는지 물어보았다. 그 남자는 자기가 '언제라도 콩코드[41]로 순례여행을 하려고 했던' 간디의 친구라고 설명했다. 간디가 때아닌 죽음을 맞게 되자 그를 대신해서 자기가 순례를 마무리하겠다고 맹세했다는 것이었다. 간디가 시민 불복종이라는 철학을 추구하도록 고취시킨 책을 쓰게끔 소로에게 마음의 평정을 준 것이 무엇인지 자기 눈으로 직접 보고 싶었던 것이다.

진세는 간디가 죽은 지 근 40년 뒤에 친구를 대신해서 순례를 마무리하려는 그 남자의 정서와 태도에 깊은 감명을 받았다. 깊은 목적이 있는 여행을 하려면 대단한 힘이 있어야 하지만, 어떤 여행이라도 더 넓은 전

---

41) 미국 매사추세츠 주 동부에 있는 도시.

망을 추구함으로써 더 심오해질 수 있다. 만일 진세가 자기만의 생각에 잠겨 혼자이기를 고집했다면, 그는 결코 월든 호수를 같은 방식으로 보지 못했을 것이다.

순전한 즐거움이나 기분 전환, 또는 한 해 동안 힘든 일을 한 자기 보상으로 하는 평범한 여행에서도 잠시 가던 길에서 벗어나 생판 낯모르는 사람과 대화를 트지 말아야 할 이유는 없을 것이다.

순례는 우리에게 바로 그것을 요구한다. 길은 더이상 빛을 필요로 하지 않는다. 우리 자신의 타고난 호기심이라는 빛을 다른 여행자들의 세상에 던짐으로써 경이가 드러날 수 있다. 집에서 잊어버린 신비한 것들을 기억하자.

트로이의 바람 부는 벽

어떤 사람도 그의 운명보다 위대하지는 못하다. — 호머, 『일리아드』

1993년에 나는 트로이로 순례를 떠났다. 그곳의 바람과 소리와 어렸을 적에 책으로 읽었던 땅이 내 발 밑에 와 닿는 느낌을 맛보기 위해서. 트로이의 왕자 파리스(Paris)에게 반해 달아났다가 그녀를 구하러 온 '1만 척의 배'를 끌어들였던 헬렌의 땅, 호머의 땅을 찾아서.

알렉산더 대왕은 인도를 원정하는 길에 아킬레스의 무덤이라고 알려진 곳에서 경의를 표했고, 마크 트웨인 역시 성스러운 땅으로의 순례길에 그곳에서 걸음을 멈추었다. 당시 나는 그 유적지로 여행단을 이끌고 있었다. 하지만 그 유적지는 옛날 교과서에서 질 나쁜 수채화 그림을 보고 아가멤논과 오디세이가 이끄는 그리스 군대의 공격으로부터 9년이나 버틴 성채를 상상한 사람들을 실망시킬 소지가 많았다. 나는 하인리히 슐라이만[42]의 업적에서부터 최근의 신시내티 대학 발굴팀의 활동에 이르기까지, 그 유적지 발굴 역사로 내 여행단을 즐겁게 해줄 자신이 있었다. 하지만 그보다는 장소의 힘을 일깨울 필요가 있다는 것을 느끼고 미국을 떠나기 전에 호머의 『일리아드』에서 한 장면을 찾아내어 알렉산더 포프[43]로부터 리처드 래티모어[44]에 이르기까지 6명의 다른 사람들이 번역한 글을 입수했다.

히사르리크에 도착해서 스케안 성문으로 다가가는 동안 여행단원들은 말이 없었다. 나는 그들에게 오래된 자갈들이 포위된 성 안으로 트로이의 목마를 끌어들였던 경사로의 잔해라고 설명한 다음, 폐허 사이를 누비고 다니면서 아가멤논의 가면이 발견된 장소며, 고대 극장의 대리석 좌석이며, 아테네 신전에서 떨어져나온 박공벽 같은 것들을 가리켰다.

그리고 다음에는 큰 전쟁이 벌어졌던 들판이 내려다보이는 낭떠러지 위에 앉아 『일리아드』에 나오는 가슴 철렁한 장면, 즉 트로이의 영웅 헥토르가 포위된 성채의 진지에서 아내와 열두 살 난 아들에게 작별을 고하는 장면의 복사본을 나누어주었다. 여행에 참가한 사람들이 호머의 장려한 시구들, 전쟁의 개관과 영웅심과 신들을 각기 다르게 반영한 번역본들을 하나하나 읽었다. 그렇게 한 번 한 번 읽을 때마다 만일 글이 없었더라면 느끼지 못했을, 주위의 말없는 돌멩이들의 숨겨진 사연에서 크나큰 감동을 받았다.

날이 저물어가는 동안 머리칼을 바람에 날리며 나는 그 글을 읽었고 호머의 '날개 달린 말들'을 떠올리며 내 영혼이 떠오르는 느낌을 받았다.

---

42) Heinrich Schliemann, 1822~1890. 독일의 고고학자로 트로이, 미케네, 티린스 등을 발굴했다.
43) Alexander Pope, 1688~1744. 영국의 시인, 풍자가.
44) Richard Lattimore, 1906~1984. 미국의 시인. 고대 그리스의 시를 번역하여 이름을 얻었다.

BC 1250년경 세워진 트로이의 전설적인 스케안 성문. 호머가 이곳으로 트로이 목마를 끌어들였다고 하며, 왼쪽에는 프리암 왕이 아킬레스가 헥토르와 싸우는 장면을 지켜보았던 거대한 탑의 초석(礎石)이 있다.

나는 나 자신과 다른 사람들이 유적지의 매력을 더 잘 보고, 많은 노력을 기울여 찾아온 성인이나 예술가들의 성취를 더 잘 느낄 수 있는 방법을 끊임없이 찾고 있다.

　　기버니[45]에 있는 정원들은, 순례를 생활 속으로 가져와 영원한 것으로 만들고 삶의 한 방식으로 고쳐시킨 훌륭한 예다. 클로드 모네가 '인상을 추구하는 일'에 동행했던 프랑스 소설가 기 드 모파상은 그 일이 어떻게 실현되었는지를 기술하고 있다. "그럴 때면 그는 더이상 화가가 아니라 사냥꾼이었다." 1889년에 개최된 모네-로댕 전시회의 팸플릿에 실린 서문에서 시인 옥타브 미르보[46]는 이렇게 썼다. "모네는 어떤 주어진 효과가 하루에 30분도 채 지속되지 않는다는 것을 관찰했다. 그러므로 그 30분 동안의 이야기를 표현해야 했는데, 그것은 자연의 어느 주어진 부분에서, 빛의 조화와 일치된 움직임에서의 조화 이 두 가지를 표현해야 했다는 의미이다."

　　이것은 빛 그 자체가 모네에게 하나의 성소, 즉 그가 라임 대성당과 파리의 기차역, 프로방스의 건초 노적가리를 보러 여행했을 때 추구한 것이라는 말이 된다. 그가 추구한 것은 장소가 아니라 경치, 빛의 경치였다.

　　따라서 그는 들판에서 노니는 빛의 기적에 진정으로 감동을 받았고, 날마다 '사물에 깃들인 생명'을 발견하는 일이 그의 열정이 되었다.

　　『타임』지의 미술비평가였던 알렉산더 엘리엇은 자신이 여행할 때 치르는 의식을 이렇게 기술한다. "하루 일을 마치고 돌아오면 나는 그날의 일을 곰곰이 생각해보고 잠들기 전에 기억하려고 애쓴다. 여러 해 동안 내가 한 일은 미술관의 그림들을 잊지 않고 기억한 것이었다. 나는 늘 사람들에게 미술관 경험을 단순화하라고 말한다. 한 사람의 화가, 혹은 몇

---

45) 프랑스의 인상파 화가 클로드 모네가 작품 활동을 하고 노년을 보낸 곳.

46) Octave Mirbeau, 1850~1917. 프랑스의 작가로 당대의 성직자 계급과 사회 분위기를 풍자한 소설과 희곡을 썼다.

점의 그림만을 택해서 거기에 관심을 집중하라고. 만일 어떤 미술 작품이 마음에 든다면 그것을 바로 거기 미술관에서 눈과 상상력으로 기억하는 것이 좋다. 그러면 절대로 그 그림을 잊지 않게 된다. 그런 식으로 우리는 수집가가 될 수 있는 것이다! 만일 어느 매혹적인 오후에 한 점의 조각이나 그림을 보게 되면 그것을 꼭 움켜쥐고 놓치지 말아야 한다. 잘 차려진 식사를 할 때는 음식을 한꺼번에 우겨넣지 말고 맛을 음미해야 한다. 그것은 여행에서도 마찬가지다."

*

하루 종일 빛을 따라간다고 상상해보자. 화가들이 그러듯이 건물에 비치는 빛의 유희를, 하루가 지나는 동안 건축물의 세부구조에서 그림자의 유희가 불러내는 방식을 보려고 노력하자. 빛과 어둠이 우리에게 미치는 다양한 효과를 생각해보자.

여행자의 임무

깊은 감동이 상상력을 불러일으키는 날보다 더 기억에 남는 날은 없다.

— 랠프 왈도 에머슨

일단 목적지에 이르면 하룻밤을 보낼 여관을 찾아 짐을 내려놓자. 그런 다음 여행가방을 열어 공책과 지도를 꺼내자. 기진맥진해 있거나 몸이 아프지 않다면 너무 일찍 쉬려 하지 말자. 그 때문에 며칠 동안의 리듬이 깨어질 수도 있다. 그러는 대신 가벼운 산책을 하자. 그것이 우리 자신을

아일랜드 아란 제도의 이니시모어 섬에 있는 9~10세기경의 돌무덤들. 오랫동안 양치기들의 오두막이나 유럽 선사시대의 '벌집꼴 오두막'으로 알려졌지만 '순례자들의 숙소' 역할을 한 것으로 보인다.

갈채로 맞이하는 방법이며, 그럼으로써 우리의 '영혼이 따라잡을' 시간을 벌 수 있다. 가벼운 산책은 환경에 적응하는 데 도움이 된다. 또 여행자들이 자기가 어디에 있는지도 모르는 채 잠을 청할 때 흔히 겪는 불안감을 덜어주기도 한다.

정상적으로 잠자리에 들 시간이 될 때까지 걷거나 밖에 나와 있자. 그리고 걷는 동안 이번 여행을 신성한 순례로 만들겠다는 다짐을 새롭게 하자. 우리가 애초에 왜 이 여행을 떠났는지 그 이유를 상기하자. 자주자주 어두운 의심의 그림자가 끼어들어 써버린 돈이라든가, 허비한 시간, 집에서 하다 말고 놓아둔 일 같은 성가신 생각들을 불러일으킨다. 위대한 방랑자 브루스 채트윈은 낯선 곳에 도착했을 때 종종 자신에게 이런 질문을 던졌다. 나는 여기에서 무엇을 하고 있는가? 순례자로서 우리는 자신에게 그런 식으로 묻고 싶다. 그런 다음 우리의 대답을 일기장이나 엽서에 요약하거나 마음에 드는 교회를 찾아 기도문에 집어넣자.

나에게는 도착이 시금석을 꺼낸다는 의미도 된다. 새로운 곳에서의

포르투칼 리스본에 있는 공동 우물을 표현한 18세기의 목판화. 사람들이 모이는 장소로도 이용됐다.

시험은 중심을 찾는 일로 시작되는데, 그곳이 지중해 연안의 조그만 어촌이건 스페인의 분주한 도시건 상관없다. 내가 맨 처음 하는 일은 언제나 마치 내가 미궁에 있는 것처럼 그런 마을이나 도시의 중심을 향해 걷는 것이다. 그곳은 대체로 카페나 음식점, 술집, 노천 식당, 도서관 계단, 서점 앞에 있는 벤치 같은 것들로 밝혀진다. 목적지에 도착했다는 것을 알기 위해 웅성거리는 이야기 소리, 즐거운 웃음소리, 오락가락 하는 생각을 느껴야 한다. 만일 우리가 유럽 남부의 어떤 나라에 있다면 산책로를 따라 걷는 일로 그 뜻을 이룰 수 있다.

반드시 해야 할 일은 순례를 마쳤다는 스릴을 느끼는 것이다. 스릴이 원래는 화살이 과녁에 맞을 때의 떨림을 일컫는 말임을 기억한다면 기쁨이 배가될 것이다. 순간순간마다 도착했다는 즐거움이 있다.

불교 승려인 틱낫한은 이렇게 말했다. "우리가 할 일은 지금 이 순간에 집중하면서 한 걸음 한 걸음을 뗄 때마다 기뻐하는 것입니다. 그러니까 모든 근심 걱정을 떨쳐버리고, 앞날을 생각하지도 말고, 지난날을 생각하지도 않으면서, 다만 지금 이 순간을 즐겨야 합니다. 다른 사람들을 성심성의껏 맞아들이면 어떤 인사말을 쓰건 그 안에 부처님이 있습니다. (……) 갑자기 각자의 마음속에 있는 부처님이 빛을 발하고 우리는 지금 이 순간과 접하게 됩니다."

계속해서 순례에 충실하고 여행의 목적에 초점을 맞추자. 그러기 위해서는 매일 아침마다 방을 나서기 전에, 이 세상을 굽이굽이 여행한 뒤 좋아하지 않는 것을 지나가라는 교훈을 얻은 탐험가의 점잖은 충고를 떠올려야 한다.

모로코의 마라케시를 방문한 첫날 해질 무렵, 나는 몹시 피곤했고 생소한 낯선 곳이 의심스럽기까지 했지만, 호텔에 남아 저녁을 먹고 나서 잠자리에 들고 싶은 유혹을 물리쳤다. 그 대신, 광장의 시장에서 풍겨나는 갖가지 냄새와 시끌벅적한 소리에 끌려 호텔 밖으로 나왔다.

몇 분 뒤에 나는 소란스러운 시장 한가운데서 크고 작은 북들을 차려 놓고 있는 악사들과 이야기꾼들 근처에서 걸음을 멈추었다. 그들 가운데 한 사람이 자기 주위의 흙바닥에 원을 그리고 통로로 쓸 자리를 조금 터놓더니 서성거리고 있던 사람들 몇을 안으로 불러들였다.

우리가 그 마법의 원 안으로 들어가자 그가 원을 마저 다 그려 통로를 닫고 음악을 연주하기 시작했다. 밤이 내렸을 때 그는 매혹적인 이야기꾼으로 바뀌었지만 원 밖에 있는 사람들은 안중에도 없었다. 노래꾼, 고수(鼓手), 춤꾼, 마술사들이 오가면서 사막의 더운 밤에 긴긴 즐거움을 남겼다.

아홉 시간 뒤 그는 우리에게 떠나도 좋다고 했다. 그렇게 하룻밤을 보낸 뒤 나는 날아갈 것 같은 기분을 느끼며 천천히 호텔로 돌아왔다. 이상하게도 힘이 솟는 느낌이었고 내 귀에서는 사막의 북소리가 울리고 있었다. 나는 포만감을 느끼며 이제 더이상 여행을 할 필요가 없다고, 내가 이미 있어야 할 곳으로 와 있다고 확신했다. 내가 어떻게 그보다 더 행복할 수 있었을까?

선물

신은 마음을 원한다. ―『탈무드』

트로이에서 나는 그 유적지의 신을 기릴 필요가 있다고 느꼈다. 여행으로 우리를 축복해준 신들은 모든 신성한 목적지에서 우리의 선물을 기다리고 있다. 기도건, 절이건, 땅에 무릎을 꿇는 행위건, 또는 성서의 한 구절을 인용하건 어떤 형태라도 좋다. 발리 섬에서는 사람들이 사원에 음식을 남기고, 아일랜드에서는 사원 근처의 나무들에 천 조각을 매달거나 성직자들에게 헌금을 한다. 또 티베트에서는 수도원을 찾은 순례자들이 야크 젖으로 만든 버터를 남기기도 한다. 언제나 선물을 남김으로써 축성을 하는 것이다.

감사하는 마음을 키울 수 있는 방법은 무수히 많다. 우리의 여행은 수없이 많은 다른 사람들과 힘을 합친 노력의 결과이다. 발리 섬에서는 종교 의식적인 선물이 꽃이나 과일을 바친다. 그래서 덴파사르[47]나 어느 작은 마을의 길거리를 걷다보면 신에게 바칠 선물을 가지고 사원을 찾아가는

---

47) 인도네시아 발리 섬 남부에 있는 도시.

캄보디아에 있는 앙코르톰의 바이온 사원에서 한 승려가 젊은 순례자를 위해 던진 역경
(易經) 막대기의 의미를 풀고 있다.

사람들의 끊임없는 행렬을 볼 수 있다. 우리가 자선 모금함에 집어넣는 몇 개의 동전은 도움을 주는 것만이 아니라 안전하게 도착함으로써 받은 선물에 대해 고마움을 표시하는 방법이기도 하다. 터키의 에베소에 있는 성모 마리아 사당에서 본 하얀 꽃들과 프라하에 있는 존 레논 기념 성소에서 본 와인 병과 촛불들, 영국의 글래스턴베리에 있는 성찬배(聖餐杯) 우물 주위의 신성한 덤불에 묶여 있던 하얀 리본들이 바로 그런 표시이다.

문학적 성소로의 순례를 위해서도 작은 고마움을 표시할 준비가 되어 있어야 한다. 시인인 테스 갤러거(Tess Gallagher)는 남편이었던 작가 레이먼드 카버(Raymond Carver)의 무덤이 문학적 성소가 되었음을 확인했다. 워싱턴의 포트 타운젠트 외곽에 있는 그 무덤을 찾아갈 때마다 선물로 바쳐진 꽃이나 시를 보게 된다는 것이다.

*

우리에게 격조 있는 도착에 상응하는 것이 무엇일지 생각해보자. 도착한 날 저녁에 우리가 서 있는 땅에서 씌어진 성서의 한 구절을 읽어보자. 우리의 자손들이 그것을 통해 우리를 기억해주었으면 싶은 글을 써보자. 선물을 남기고 우리의 기쁨을 드러내 보이자. 이제는 우리가 이 세상에서 이방인이 아니라는 생각을 즐기자. 우리에게로 다가오는 구원의 은총이 무엇일지 생각해보자. 성스러운 곳들은 장미 무늬 창을 통해 흘러드는 햇살처럼 영원히 빛나는 곳들이라는 것을 기억하자.

체코 프라하의 찰스 다리 근처 벽에 낙서처럼 새긴 존 레논의 초상화가 지금은 유명한 성소로 바뀌어, 향과 촛불 같은 선물들이 바쳐진다.

　　1984년 여름에 나는 소설가인 조이아 팀파넬리(Gioia Timpanelli), 그리고 시인인 로버트 블라이와 함께 아일랜드로 문학 순례를 이끌었다. 시골 지방을 이리저리 돌아다니면서 우리는 놀라운 경치와 소리들을 경험했지만, 가장 기억에 남은 것은 순전히 우연한 발견에서 비롯됐다. 여행 마지막 날 밤 우리는 더블린으로 돌아왔는데, 거기에서 블라이가 아일랜드의 시인인 세이머스 히니[48]가 벨파스트로부터 내려와 셸부른 호텔에서 열리는 우리의 독회(讀會)에 참석할 것이 분명하다는 놀라운 뉴스를 전했다.

　　그날 저녁 우리는 즐거운 분위기에서 열린 고대 켈트 족의 시 대결을 지켜볼 수 있었다. 나는 블라이가 히니를 소개할 때 자랑스럽게 웃으면서

---

48) Seamus Heaney, 1939~ . 1995년 노벨 문학상을 수상했다.

"세이머스, 우리에게 예이츠의 시를 좀 들려주시지요"라고 했던 말을 지금도 기억한다. 그러자 그는 한쪽 다리를 무릎에 걸치고 미소를 짓더니 암기하고 있는 시들을 한 편 한 편 낭송하기 시작했다. 낭송이 끝나자 그가 블라이를 돌아다보며 시로 화답하라고, 그러나 암기하고 있는 시라야만 된다고 요구했다. 블라이는 릴케와 아크마토프의 시로 응수했다.

　최근에 나는 그날 저녁 내가 썼던, 그러나 지난 14년 동안 얇은 예이츠 시 선집 속에 끼워져 있던 몇 편의 시를 찾아냈다. 그리고 히니의 단순한 이미지는 눈 깜짝 할 사이에 나를 그때 그곳으로 이끌었다.

　　긴 손가락으로 숱 많은
　　흰 머리칼을 쓸어올리며
　　제2의 아버지인
　　예이츠의 존재를 일깨우는 동안
　　그의 눈길이 슬리고[49]에 있는 오래된 돌집으로 달려간다.

　　그는 마치 바람에 쓸린 아란 제도의 바위턱에 앉은 것처럼
　　자기 자리에 고요히 앉아 있다.
　　고대의 바위에 뿌리 박은
　　명상에 잠긴 순례자.

　　얼마나 이상하고 놀라운 일인가!
　　소금기 밴 태고의 바다 돌로 만들어진
　　소원을 들어주는 의자를 찾아
　　여행하는 사람을 찾아간다는 것은.

---

49) 아일랜드의 항구도시로 시인 예이츠의 고향.

296

영국 바스의 성당 근처 어느 카페에서 트레버 그린(Trevor Green)이 편지와 여행일지를 쓰고 그림을 그리면서 한가한 오후를 보내고 있다.

VII
은혜로운 선물

Bringing back the Boon

길은 얼마나 먼가.
그러나 우리가 여기까지 오는 동안 내내
길이 지나게 해준 것을 알기 위해
그 한 순간 한 순간이 얼마나 필요했던가.
―다그 함마르셸, 『이정표(Markings)』

옛날에 보통 사람들보다 훨씬 더 북쪽에 사는 사람이 있었습니다. 그 사람은 해마다 봄이 되면 개 썰매를 타고 곰을 사냥했지요.

그러던 어느 날, 사냥감을 쫓고 있다가 그 사람은 우연히 이상한 썰매 자국을 보게 되었고, 그 자국을 낸 사람들이 누구인지 찾아보기로 마음먹었습니다. 그래서 다음해에는 예년보다 좀더 일찍 곰 사냥에 나섰지요. 사흘째 되던 날, 그 사람은 자기가 늘 보아왔던 것과는 다른 집들을 보게 되었습니다. 아무도 보이지는 않았지만 썰매 자국이 선명한 것으로 보아 사람들이 그곳을 떠난 지가 얼마 되지 않았다는 것을 알 수 있었지요.

다음해에 그 곰 사냥꾼은 낯선 사람들에게 줄 선물로 나무를 싣고 길을 떠났습니다. 그 사람들이 일각고래의 엄니를 지붕 들보로 쓴 것을 보고 나무가 부족해서 많은 고생을 할 것이 틀림없다고 생각했기 때문이지요.

하지만 두번째로 찾아갔을 때에도 낯선 사람들을 만나지는 못했어요. 썰매 자국이 지난번에 보았을 때보다 더 선명했던 것은 사실이지만 그 낯선 사람들을 뒤쫓아 자기가 사는 곳에서 너무 멀리 벗어날 엄두가 나지 않았던 겁니다. 그래서 선물로 가져온 나무를 근처 눈 속에 남기는 것으로 만족하고 집으로 돌아갔지요.

3년째 되던 해에 그 사람은 최고의 개 썰매 팀을 만들었고, 곰과 낯선 사람들을 찾아 1년 전보다 더 일찍 북쪽으로 썰매를 몰아갔습니다. 마침내 낯선 사람들의 마을에 당도해보니 그곳은 예전 그대로였고 사람들은 이미 떠난 뒤였어요. 하지만 눈 속에, 그 사람이 나무를 남겨두었던 자리에 해마(海馬)의 엄니들을 묶은 커다란 꾸러미가 묻혀 있었고 집 안으로 들어가는 통로에는 멋진 암캐와 강아지들이 있었지요. 그게 낯선 사람들이 보답으로 준 선물이었던 겁니다.

그 사람은 자기 썰매에 그것들을 싣고 돌아왔지만 누구보다도 더 북쪽에서 사는 사람들은 결코 만나지 못했어요.

이것은 덴마크의 탐험가인 크누트 라스무센(Knut Rasmusen)이 그린란드의 한 노인에게 들은 이야기이다.

'북쪽으로 난 썰매 자국' 이라는 이 안타까운 전설은 세계 도처의 여행자들에게 적절한 비유가 된다. 신화의 영역에서 우리는 예기치 못한 근원으로부터 들려오는 현명한 이야기를 듣는다. 그 이야기가 아름다운 이유는 우리로 하여금 여행에서 우리에게 선물을 준 사람이 누구였는지 생각해보도록 하고, 그 다음에는 우리가 운명이건 신이건 또는 '북쪽의 낯선 사람들' 이건 찾지 못해도 좋다는 암시를 주기 때문이다.

어떤 사람은 사냥꾼의 이야기가 그런 식으로 끝난 것에 실망할 수도 있다. 그 사냥꾼은 선물을 준 사람들이 누구인지도 모르면서 어떻게 발길을 돌릴 수 있었을까? 그러나 늙은 그린란드인은 '그 나머지는 모두 수수

302

사람들은 터키 이스탄불의 블루 모스크에서 볼 수 있는 것과 같은 광탑(光塔)의 뾰족한 끝은
신심 깊은 기도가 더 쉽게 천국으로 올라갈 수 있도록 하기 위한 것이라고 믿었다.

께끼' 라고 결론짓는다.

*

돌아오는 여행을 서사적인 이야기의 마지막 장이라고 상상해보자.

어느 순간이 더 밝게 빛나고 우리에게 휴식을 주고 우리가 전에 믿던 모든 것에 의문을 제기하며 성스러운 중심에서 우리의 믿음을 강화시켰는가? 우리는 어떻게 그런 순간들과 마주쳤는가? 그 순간들은 저절로 찾아왔을까, 그렇지 않으면 세심한 계획의 결과였을까, 아니면 우연히 찾아낸 것이었을까? 우리는 어떤 이상한 기쁨의 축복을 느꼈을까? 집으로 돌아온 후에도 그 축복을 되찾을 수 있을까?

때로는 순례자들을 위해 직관이 번뜩이지만 어떤 때는 우리의 여행에서 무엇이 발견될 듯 말 듯 어렴풋이 명멸하는 순간도 있다. 아미엥 대성당에서 합창단원들이 연습을 하는 동안 오래된 원기둥에 떨어지는 저녁 햇살, 블루 모스크 옆의 카페에서 무너져내리는 도미노와 까르르 웃는 아이들의 웃음소리, 상트페테르부르크에서 세 시간이나 맴을 돈 뒤 방향 감각을 완전히 잃은 관광객에게 시인 안나 아크마토바의 아파트로 가는 길을 알려주러 퍼붓는 비를 뚫고 길을 건너 달려온 여인…… 이런 작은 기쁨, 그런 겸허한 경험들을 마음에 새기자.

우리는 집을 떠나기 전에 그런 사람들과 장소에 대해 알고 있었지만 잊고 있었다. 이 여행은 우리에게 신성한 리듬을 일깨워준다. 우리가 집으로 돌아갈 때 기억해야 한다는 것을 어떻게 생각해낼 것인가?

*

중국의 킹유안 웨이신(Qingyuan Weixin) 대사는 감동적인 여행 이야기들에 깃들여 있는 삶의 역설을 설명했다. 타성에 젖어 삶을 당연한 것으로 받아들이게 되었을때, 우리는 바로 눈앞에서 펼쳐지는 삶의 필연적인 진실을 다시 배우기 위해 고된 여행을 떠나야 한다는 것이다.

아직 선을 배우지 않았던 30년 전, 나는 산은 산이고 물은 물이라고 생각했다. 그러다 나중에 스승님의 가르침을 친히 받게 되자 산은 산이 아니고 물은 물이 아니라는 것을 깨닫고 이해하기 시작했다. 그러나 무념무상의 길로 들어선 지금은 예전처럼 산은 산일 뿐이고 물은 물일 뿐이라고 본다.

르네 도멀의 감동적인 우화 『산』은 '불가능(Impossible)' 이라는 이름이 붙여진 요트를 타고 전설의 산이 주무대가 된 신비한 섬을 찾아가는 모험여행에 관한 미완성의 이야기이다. 그 섬에 사는 사람들의 신비한 능력 때문에 탐구자적인 정신을 지닌 사람들은 그 산으로 이끌리고, 산을 오르는 동안 숨은 의미를 배우게 된다. 마르셀 프루스트[1]처럼, 그들은 '특별한 순간', 즉 계시를 얻는 순간이 오기를 고대한다. 그러나 시작을 한다는 것이, 산을 오르는 일은 고사하고 야영 천막을 세우는 일부터도 얼마나 어려운지를 알고 당혹감에 휩싸인다. 어디에서나 장애물이 기다리고 있다. 르네 도멀이 쓴 것처럼 "근원으로 돌아가기 위해서는 반대 방향으로 여행을 해야만 한다."

도멀의 우화에 나오는 인물들은 단순히 책을 읽는 데 만족하지 않았다. 모든 영적인 순례자들처럼, 그들은 전설의 산에 관한 책을 읽는 데에 그치지 않고 실제로 그 산에 발을 들여놓으려 했다. 정상으로 오르는 영광과 영웅적 행위는 그 이야기의 주안점이 아니다. 그 이야기에는 산을 오르는 일이 내려오는 일 없이는 완성되지 않는다는 지혜가 깃들어 있다. 이야기의 거의 끝 부분은 '순례자의 법칙' 이라고 부를 만한 황금 실로 짜인 상세한 설명이다.

---

1) Marcel Proust, 1871~1922. 프랑스의 소설가. 『잃어버린 시간을 찾아서』 등의 작품을 남겼다.

정신으로 충만한 여행자는 다음에 올 사람들을 위해 야영지를 다시 채워놓는다. 그리고 우리는 여행길에서 복되게 배운 모든 지혜를 이제 막 여행을 떠나려는 사람들과 함께 나누어야 한다.

도멀의 우화는 심오한 목적을 가지고 여행의 또 다른 성스러운 요소, 즉 여행의 의미를 반추(反芻)하고 집으로 돌아와 더 큰 용기를 가지고 살아갈 수 있도록 기억을 되살릴 필요성을 암시한다.

언어에 그처럼 많은 압박을 가하는 과정에서 생각은 말의 도움을 받는 데 만족하지 않게 된다. 다른 어떤 곳에서 해답을 찾기 위해 말로부터 떨어져나간다. 그러나 이 '다른 어떤 곳'은 선험적(先驗的)인 영역이나 신비한 형이상학의 범주로 이해되어서는 안 된다.

이 '다른 어떤 곳'은 우리가 곧바로 접할 수 있는 실생활 속에 있다. 우리의 생각이 떠오르는 곳은 바로 거기이고 우리가 돌아가야 하는 곳도 바로 거기다. 그러나 얼마나 많은 여행을 한 뒤라야 할까! 삶이 먼저이고 그 다음엔 철학으로 눈을 돌리지만 세번째는 다시 삶이다. 그러므로 철학이라는 동굴에 있는 사람은 밖으로 나와 태양을 응시해야 하고, 그런 다음 기억 속에 계속 남게 될 태양으로부터 힘을 얻어 다시 동굴로 들어가야 한다. 말로 표현된 철학은 이 여행에서 필요한 한 단계일 뿐이다.

시공(時空)을 거쳐 예술과 문학과 종교를 탐구하고 자연을 탐험하는 대순환을 하고 나면 비로소 순례의 숨은 의미가 드러난다. 도스토예프스키가 썼듯이, "우리는 삶의 의미보다 삶을 더 사랑해야 한다."

『산』을 오르는 사람들처럼, 순례자는 다른 부름을 느끼고 여행을 함으로써 달라진다. 이러한 변화 가운데서 가장 심오한 것은 황금과 지혜,

즉 여행의 선물을 함께 나눌 필요성이다. 그러나 긴 여행을 마치고 집으로 돌아올 즈음에 마주치는 쓰라린 현실은, 얼마 안 가서 곧 한 사람의 신비가 다른 사람에게는 미신이 될 수 있다는 사실을 알게 해준다. 말로 표현할 수 없는 이것을 어떻게 설명해야 할까?

마르코 폴로와 그의 아버지가 베니스로 돌아왔을 때 사람들은 그 두 부자의 너덜너덜 해진 옷을 보고 알은체도 하지 않았다고 한다. 그러나 두 사람의 옷 안쪽에는 길고 먼 여행에서 얻은 다이아몬드와 보석들이 꿰매져 있었다. 그 보석들은 단순히 이익을 얻기 위해 팔려는 것이었을까, 아니면 사람들이 믿으려고 하지 않을 경우에 대비한, 그들이 믿어지지 않는 여행을 했음을 보여주는 구체적인 증거였을까?

우리의 '다이아몬드와 보석들' 은 실제의 다이아몬드와 보석들이 아니다. 자랑을 하고 허풍을 떨고 잘난 척을 하면 틀림없이 반감을 사게 된다.

조셉 캠벨은 그의 인기 있는 수필집 『살아 있는 신화(Myth to Live)』에서 신성한 여행의 주제에 꼭 들어맞는 말을 했다. "돌아가기로 되어 있다면 탐구의 궁극적인 목적은 자신을 위해 환희를 발산하는 것이어서는 절대로 안 되고 다른 사람들에게 봉사하기 위한 지혜와 힘이어야 한다."

이제 여행 이야기를 듣거나 영화를 보거나 책을 읽을 때면 이런 질문을 하지 않을 수 없다. "집으로 무엇을 가져왔는가? 선물은 어디에 있는가? 코트 안에 꿰매진 보물들을 보여달라. 은혜는 어디에 있는가?"

지혜로운 옛 스승들은 세상의 슬픔에 대한 궁극적인 대답은 더 커진 자각이라는 은혜라고 가르쳤다. 인류학자 루이스 하이드(Lewis Hyde)는 그의 책 『선물(The Gift)』에서 고대에는 진정한 선물이 '변화를 일으키는 힘' 이었다고 주장한다. 사람이 한 가지 변화에 너무 오래 매달리지 못하는 이유는 그 변화가 '황금을 지키는' 늙은 용과 같아질 것이기 때문이다.

모로코의 마라케시에 있는 오래된 시장 제마 엘 프나 광장. 뱀 놀리는 이야기꾼이 모여든 사람들을 즐겁게 해주고 있다.

시인 윌리엄 스태포드는 그의 수필 「시의 목격자(A Witness for Poetry)」에서, "1948년에는 사정이 어땠나요?" 하는 따위의 질문을 받으며 구닥다리로 취급되지나 않을까 걱정했던 일을 기술한다.

그러나 다행히도 강연에서 그가 받은 질문은 그의 마음에 꼭 드는 주제, 즉 시를 쓰는 과정에 관한 것이었다. 그는 다음과 같이 글을 끝맺는다. "우리가 지금부터 100년 후의 사람들이 알고 싶어할 것을 안다는 사실을 생각하면 참으로 신기하다. 그러나 우리는 그것들을 잊어버린다."

이러한 통찰력은 세계 도처의 시인들과 여행자들에게 하나의 선물이다. 순례에 대한 시가 궁극적으로 말하고자 하는 바는 우리가 여행에서 가지고 돌아오는 이야기가 바로 선물이라는 것이다. 그것은 여행 한가운데서 우리에게 전해지는 은혜로운 선물이다. 그 선물은 영적인 삶에 대한 통찰일 수도 있고 전혀 다른 문화권의 지혜로운 전통을 일별(一瞥)하는 것일 수도 있고 동정심이나 더 깊어진 지식일 수도 있다. 이 모든 것이 이제 다른 사람들에게 전해져야 한다. 은혜로운 선물은 델포이에서, 엘레판타[2]에서, 앙코르에서, 어느 지방의 사당에서, 아버지의 묘소에서, 우

---

2) 인도 봄베이 만에 있는 섬으로 힌두교 석굴사원이 있다.

리가 태어난 병원에서, 느낄 수 있고 기릴 수 있고 마음속에 담아 올 수 있는, 세상의 정신에 깃들인 실재인 것이다.

*

우리가 집으로 돌아올 때 마주치는, 문지기처럼 버티고 있는 저항이나 불신, 또는 시기(猜忌)를 생각해보자. 관습은 본국의 문턱을 지키는 신에게 어떤 식으로든 평화의 선물을 바치라고 요구한다.

집으로 돌아오면서 우리의 여행을 거듭거듭 다시 생각해보는 일이 마지막 문턱을 넘는 고통에 대한 위안이 될 수 있다. 여행을 떠날 때 축하해주었던 가족과 친구들은 그들 나름의 일 때문에 바쁠 수도 있고 또 여행한 이야기와 슬라이드와 놀라운 일들을 함께 나누려고 할 때는 종적이 묘연해질 수도 있다.

그런 상황에 대처할 준비를 하자. 우리의 이야기를 들어줄 사람을 찾기가 생각보다 어려울 것이다. 집으로 돌아갔을 때 기회가 생기면 평범한 말을 하기보다는 고마움을 표하자. 진정한 보석은 숨겨진 보물 같은 이야기, 집에 남아 있는 많은 사람들이 시대와 장소를 가리지 않고 듣기를 갈망하는 이야기 — 진정한 이상향의 이야기, 자아가 아니라 정신이 견딘 이야기이다.

여행에서 무엇을 배웠는지 이야기하자.

모든 은혜로운 선물 가운데서 가장 오래되고 가장 심오한 것은 어렵게 얻은 지혜이다.

경이로운 것들을 위해

나는 가슴에서 이는 애정과 상상력의 진실성 ─ 상상력이 아름답다고 파악한 것은 틀림 없는 진실이라는 ─ 이 성스럽다는 것 외에는 아무것도 믿지 않는다. 그 상상력이 전에 있었건 없었건 간에. ─ 존 키츠[3]

　나는 12세기의 여행안내서인 『로마의 경이』의 맺음말을 읽을 때마다 깊은 감동을 받는다. 그 책은 최초로 그 당시의 열렬한 유물 수집 열풍을 뛰어넘어 순례자와 여행자들을 고대의 건축과 역사로 이끈 책이었다. 과거로부터 기억할 만한 것이 있고 평범한 사람들도 창조를 할 수 있다는 첫번째 관념은 다음과 같은 멋진 구절로 암시되어 있다.

　　우리가 옛 기록들에서 읽고 눈으로 직접 보고 고대인들의 이야기를 들었던 것처럼, 더 많은 사원들과 황제, 집정관, 원로원 의원, 그리고 장관들이 살던 궁전들이 이교도들의 시대에 여기 로마 시내에 있었다. 글을 쓰면서 우리는 로마인들이 금, 은, 청동, 상아, 그리고 고대의 돌로 이룬 아름다움이 얼마나 대단했는지를 사람들의 기억 속에 되살리려고 최선의 노력을 기울였다.

　그런 식으로 기억하는 기술, 즉 '그것들의 아름다움이 얼마나 대단했는지를 인간의 기억에 되살려주는' 기술을 통해 우리는 우리 자신의 삶을 재건한다. 회상은 순례자와 시인과 여행자의 마지막 훈련이다. 거기에는 출발하기 전에 한 맹세를 떠올리는 일과 우리가 여행이라는 선물로 축

---

3) John Keats, 1975~1821. 영국의 낭만파 시인.

복을 받은 만큼 이제 축복을 주어야 한다는 생각을 실천하는 일이 포함된다. 우리는 기억하는 연습을 통해, 한때 우리의 마음을 사로잡은 순간들을 포착하는 상상력을 매일같이 발휘하여 끊임없이 아름다움을 떠올린다.

그런 후에는 칼 샌드버그[4]처럼 다음과 같은 것을 발견하게 될지도 모른다.

우리 앞에 아무것도 없다면 그때는 끝까지 다 온 것이다.
우리 뒤에 아무것도 없다면 그때는 앞에 시작이 놓여 있는 것이다.

처음으로 돌아가기

집으로 돌아오는 것은 이상한 일이다. 그러나 아직 여행중일 때에는 그것이 얼마나 이상한 일일지를 전혀 알지 못한다. ─ 셀마 라거뢰프[5]

트리쉬 오리엘리에게는 집으로 돌아오는 일이 새로운 출구가 생겨날 수 있도록 하기 위해 한동안 쉰다는 뜻이다. 그녀는 견뎌낸 것들을 평가하기 위한 시간이 필요하다고 말한다. "아마 그 일은 언제까지고 끝나지 않을 거예요. 집에서도 세상이 우리를 부르고 있는 만큼, 그 일은 물론 이상하고 힘들어요. 하지만 우리는 먼저 기억을 존중해야 해요. 나는 그걸 '출발점을 다시 확립하는 일'이라고 생각해요. 이제 우리는 출발한 곳으로 돌아와서 우리가 한 바퀴를 다 돌았는지 알아야 하니까요. 나는 새로운 시작과 연속, 그리고 다음 단계에 대해 확고한 견해를 갖고 있어요. 어디엘

---

4) Karl Sandburg, 1878~1967. 미국의 시인, 소설가, 역사학자, 민속학자.
5) Selma Lagerlöf, 1858~1940. 1909년 노벨 문학상을 수상한 스웨덴의 소설가.

다녀왔는지 모른다면 다음번에 뭘 해야 할지 어떻게 알 수 있겠어요?"

그녀는 집으로 돌아오면 시간을 갖고 과정을 음미해서 그 원형을 다시 펼친다. 그렇게 하지 않으면, 많은 여행자들이 자주 그러듯이, 한 여행이 다른 여행과 혼동되고 다음번 순례를 떠나려는 열망에 근심이 끼어들수도 있다.

미셸 컬랭은 미혼 남자들이 바다로 순례를 떠나는 고대 마야의 풍습을 좋아한다. 그 여행을 한 남자들은 집의 제단을 장식하기 위해 풍요의 상징인 조가비, 과일, 돌멩이 들을 가져오곤 했다. 그 일이 순례로부터 개개인의 제단을 만드는 의식을 고취시켰는데, 컬랭은 다른 사람들에게도 그 일을 해보라고 권한다.

"모든 여행에서 무언가 의미 있는 물건을 한 가지 가져와 그것을 집에 있는 제단의 일부로 만들어야 합니다. 그것이 라틴아메리카 식 가정생활의 일부, 우리집을 보호해주는 제단이 된다는 것이 나에게 중요합니다. 그러니까 제단을 다시 만들기 위해 뭔가를, 매끄러운 광석이건 시금석이건

아크로폴리스 그림자가 드리워진 아테네의 한 카페 벽에 나무로 된 '기억 상자' 또는 '조각상 단편 모음'이 걸려 있다. 카페 주인은 근처의 폐허와 그리스 전역을 도는 여행에서 그 조각상들을 모았는데, 이것은 어느 순례자라도 집으로 돌아와 창작할 수 있는 독창적인 예가 된다.

가져오세요. 그 일은 순례의 중요한 부분, 우리가 잊어버린 사람들을 기억하게 해주는 기억 의식을 재창조하는 일입니다. 나에게는 그것이 다른 사람들과 나 자신을 솔직하게 기억하는 또 한 가지 방법이지요."

조앤 말러에게는 선물이 순례여행길에서 생겨날 수 있는 시련에 대해서까지도 감사한다는 뜻이다. 말타 섬 여행을 위해 고안한 마무리 의식에 그녀의 생각이 잘 드러난다. 그때 여행단은 어느 오래된 사원에서 네 시간을 보냈는데, 시간 그 자체가 선물이었다. 지역 당국이 최근 그곳의 사냥꾼들에 의해 자행되는 문화재 파괴 행위를 막기 위해 날이 어두워진 뒤에는 방문객들에게 사원을 개방하지 않았기 때문이었다. "그건 한때 완전히 성스러웠던 섬에서 황혼과 어둠, 달과 별, 그리고 촛불로 의식을 치른 아주 특별한 시간이었어요."

대부분의 사람들과 마찬가지로 조앤 역시 집으로 돌아올 때면 딜레마에 직면한다. "어떻게 해야 신성한 기억들이 계속 살아남게 될까요? 어떻게 해야 나날의 고단한 삶으로 돌아온 후에도 여행을 삶의 일부로 만들 수 있을까요? 집으로 돌아가는 시간은 재통합하는 시간, 여행에 대해서 가능한 한 많이 상기하는 시간, 꿈에 귀를 기울이고 깨달음이 지속될 수 있도록 뭔가 새로운 것을 창조하는 시간이라고 생각해요. 그건 우리가 변화했기 때문에 정말로 중요해요. 뭔가가 걸러져서 의식 속으로 들어왔어요. 이제 우리는 도처에 신성함이 있다는 걸 알고 있어요. 그 축소판이 우리의 마음속에 있다는 것도 알고 있죠. 그리고 다시 한번 더 이야기를 함으로써 어떤 생각이 떠올라 우리 자신의 지혜를 믿을 수 있게 돼요. 이걸 꼭 기억해야 해요. 여행은 삶이라는 더 큰 것의 축소판이고 삶의 모든 것을 포함해요. 삶의 모든 것이 들어 있는 은혜로운 순간을 찾을 수 있다면 우리는 진수를 찾아낸 거예요."

캐나다의 밴쿠버에 사는 포슈안 자이드(Pohsuan Zaide)에게 여행에서 가장 중요한 것은, 집으로 돌아왔을 때 자신의 삶에 더 잘 유의함으

화가 매기 레즈머스키가 지중해 순례를 기념해서 만든 이 콜라주 작품은, 여행자들이 어떻게 그들의
여행을 생생히 살아남게 하고 새로운 여행을 꿈꾸는지 보여주는 감동적인 예가 된다.

로써 삶을 존중하는 법을 배우는 것이다. 그녀는 자기가 했던 여행을 이
렇게 회상한다. "몇 년 전에 했던 지중해 여행 덕분에 나는 어려운 시기를
무사히 넘길 수 있었어요. 만일 그러지 않았더라면 내 삶이 몹시 고통스
러웠을 거예요." 그녀는 자기가 그리스의 에피다우루스와 터키의 에베소
같은 곳들로 했던 순례여행 덕분에 피상적인 삶을 사는 것만으로는 충분

하지 못하다는 확신을 얻었다고 한다.

"고대 그리스 사람들이 알고 있던 비결은 삶이 모두 현재 여기에 있으며, 만일 내가 삶을 찾는다면 온 주위에 나를 계속 살아 있게 해주는 독창성이 있다는 것이었어요. 우리의 여행에는 파로스 섬의 올리브나무 아래서 그랬던 것처럼 내 마음속 깊은 곳을 여는 데 도움이 된 반짝이는 빛과 같은 순간들, 내가 집으로 돌아갔을 때 삶에서 좀더 독창적인 것을 열망하도록 하는 순간들이 있었어요. 그게 내가 고대 그리스로부터 배운 삶의 교훈이었죠. 순례의 매력을 떠올릴 수 있다면 단테의 연옥이라도 지나갈 수 있고 나 자신을 위해 여기에서 순례자의 삶, 깊이 느끼고 충분히 고취된 삶을 창조할 수 있다는 거였죠. 이제 나는 에피다우루스로건 도심지에 있는 진료소로건 진정한 순례는 신에 가까워지는 한 방법이란 걸 알 수 있어요. 그런 곳들이 모두 세상의 중심이죠. 나는 브리티시 콜럼비아 역시 세상의 중심으로 보일 수 있다는 걸 알고 있어요. 헨리 밀러가 에피다우루스를 그렇게 보았던 것처럼 말이죠. 우리는 모두 의미를 추구하는 존재들이고 때로는 그 점을 상기할 수 있도록 여행을 해야 해요."

*

중세 로마의 보르기아 도로에서 시간의 사원을 찾아가는 순례자가 되었다고 상상해보자. 화려한 건물에 설치된 시계 장치가 일반 대중에게 선을 보이고 있다. 그때까지 누구도 시계바늘이 째깍째깍 움직이는 과정을 목격하지 못했었다. 그 광경을 보기 위해 몇 마일씩 장사진을 치고 있던 순례자들은 바로 자기네들 눈앞에서 사라져가는 시간을 지켜보며 넋을 잃었고, 겁에 질렸다. 집으로 돌아오는 현대의 여행자 역시 시간을 매혹적인 것으로 볼 수도 있고 두려운 것으로 볼 수도 있다.

프랑스 파리의 한 문방구에 진열되어 있는 '시계와 타이프라이터' 는 시간에 대한 글을 씀으로써
시간을 존중하는 비범한 시각적 우화의 평범한 예이다.

    집으로 돌아왔을 때 시간을 어떻게 포착할 수 있을까? 여행일지를
마저 다 쓰고 스케치를 마무리하자. 여행한 길을 소중히 간직할 독창적인
앨범을 만들자. 내 친구 중에는 사진, 신문 스크랩, 심지어는 여행길에서
모은 나뭇잎들과 뾰족한 소나무 잎들로 콜라주를 만드는 사람도 있다. 또
내가 알고 있는 한 여성은 돌멩이, 나뭇잎, 오래된 우편엽서 같은 부적들

을 모아, 그녀가 부르는 대로라면 '기억 상자들'을 만들어 한 번 한 번의 여행을 영원히 상기시켜주는 기념물로 벽에 걸어둔다. 몇몇 친구들은 제단의 전통을 부활시켰다.

존 버니언은 순례여행 과정의 막바지에서 다음과 같은 말을 남겼다.

> 오래된 것들은 지나가버리고 모든 것이 새로워진다.
> 이상하도다! 아무리 보아도 그는 새 사람이니……

우리가 다른 사람처럼 느껴지는지 스스로에게 물어보자. 그렇다면 어떤 면에서 그럴까? 집 주위의 길들이 달라 보이고 음식 맛이 다르고 매일 같이 하는 생각들이 순례여행길에서 마주친 것들로 영향을 받았는가? 많은 것들이 달라 보이겠지만 이제부터 해야 할 일은 나날의 삶을 하나의 순례로 보기 위해 길에서 그러모은 통찰력을 이용하는 것이다. 틱낫한이 말했던 것처럼 "우리집 주위의 길은 깨달음을 얻는 터전이기도 하다."

진정한 순례란 자신의 상상 속에 있는 미지의 땅으로 들어가는 일이라는 것을 거듭거듭 명심하자. 그 여행은 배낭에 감사하는 마음을 담고 눈에 띄는 모든 것에 대한 시금석으로 연민의 정을 담아 미지의 땅을 지나는 것 이외의 다른 어떤 방법으로도 탐구될 수 없다.

톨스토이가 삶의 막바지에 이르러 꿈속에서 들었던 목소리를 떠올리자. "네가 기억한다는 것을 알아라." 이것은 우리의 여권에 찍힌 통행 허가 도장처럼 보일 수도 있는 말이다.

집에서 하는 자축 행사

집에서부터 여행을 떠나 계속 옳은 길을 간다면 자기 집 문 앞으로 돌아오게 될 것이다.
— 존 맨드빌 경[6]

여행에서 얼마나 많이 바뀌었는가에 따라 세상도 그만큼 다르게 보일 것이다. 우리의 여행이 정말로 감동적인 것이었다면 예전에 영위하던 삶은 거의 알아볼 수도 없게 된다. 옛 친구들은 그저 진부한 여행 이야기가 아닌 신비한 이야기에 진정한 흥미를 느낄 수도 있고 부러워하거나 질투하거나, 또는 화를 낼 수도 있다.

무엇보다도 먼저 잔치를 벌여 우리의 순례여행을 축하하자. 친척과 친구들을 불러모아 격식을 차려 시간과 지나온 경로를 기념하자. 성찬(聖餐)은 고마움과 기쁨을 표현하는 한 방법이며 잘 살아온 삶과 감동적으로 마친 여행의 징표이다.

마틴 팔머는 『성스러운 여행』에서 이렇게 말한다. "지구 반대편에 있는 곳을 찾아가건 우리 자신의 집 뒷마당으로 나가건, 진정한 순례는 삶을 바꾼다." 중요한 것은 들어오느냐 나가느냐이다. 박물학자 존 무어는 광막한 황야로의 당일치기 자전거 여행을 묘사하면서 순례자의 정신을 불러일으킨다. "나는 그저 산보를 하러 나갔다가 결국에는 해가 질 때까지 밖에 그대로 있어야겠다는 결론을 내렸죠. 왜냐하면 밖으로 나간다는 것이 사실은 들어오는 것이라는 걸 알았으니까요."

여행의 특성을 어떻게 나날의 삶에 옮기는지를 배워야만 한다. 순례의 기법은 시간을 진지하고 우아하게 받아들이는 기술이다. 모든 여행자

---

6) John Mandeville. 1356년경에 활동한 영국의 작가. 여행자들로부터 들은 이야기를 모아 『기사 존 맨드빌 경의 여행기(The Voyage and Travels of Sir John Mandeville, Knight)』라는 책을 썼다.

318

들은 여행에서 하루하루를 보내는 방법이 삶을 살아가는 방법이라는 것을 곧 알게 된다. 여행으로 영감을 받는다면, 우리가 찾고 있는 '참된 삶'이 여행과 집이 겹치는 지금 이곳이라는 것을 알게 될 것이다.

그때서야 우리는 탐험의 결말을 알게 될 것이다. T. S 엘리엇이 노래한 것처럼.

출발했던 곳에 도착해서
처음으로 그곳을 알게 되리라.

걷고 또 걸어

바람결에 무엇이 있는지 물어보라. 신성한 것이 무엇인지 물어보라.
—마거릿 애트우드[7)

1975년 겨울, 나는 스티브 버켓이라는 친구로부터 영국 북부 요크셔의 리버시지 마을에 있는 자기 집에서 그의 가족과 함께 크리스마스를 보내자는 초대를 받았다. 그는 이스라엘의 키부츠에 있는 아보카도 농원에서 함께 일했던 동료였다. 첫날 우리는 히스로 덮인 구릉지대를 돌아다니는 상쾌한 자전거 여행에 나섰고, 둘째 날에는 근처의 리즈에 있는 스타디움으로 축구 경기를 보러 갔다. 여러 해가 지난 지금은 어느 팀이 이겼고 누가 득점을 했는지, 또는 날씨가 어땠는지 하는 것들은 기억을 하지 못한다. 다만 내가 절대로 잊지 못하는 것은 경기가 끝났을 때의 일이

---

7) Margaret Atwood, 1939~ . 캐나다의 소설가. 『눈 먼 암살자(The Blind Assassin)』로 부커 상을 수상했다.

영국 브라이튼[8] 근처에서 한 여행자가 패트챔 마을에 있는 집을 향해 가고 있다.

었다. 6000명의 축구 팬들이 음료수 병과 프로그램을 내려놓고 서로 팔짱을 끼더니 그들의 클럽송인 〈그대는 결코 혼자 걷지 않으리(You'll Never Walk Alone)〉를 부르는 것이 아닌가. 나는 그들이 옛날에 브로드웨이에서 불리던 노래를 합창하는 것에 놀랐고 관중들이 하나 되어 발산하는 열정에 휩쓸려 동참하면서 나 자신의 감정적인 반응에 놀랐다.

저녁을 먹은 뒤 스티브는 나를 데리고 그 지역에 있는 술집들을 차례로 돌아다니기 시작했다. 술집 순례는 안개에 갇힌 습지 어딘가에 있는 16세기풍의 외딴 술집에서 끝났다. 술집들이 문을 닫는 시간인 열한 시를 십 분 남겨놓고 사람들은 모두 술잔을 내려놓더니 다시 한번 서로 팔짱을 끼고 일제히 클럽송을 불렀다. 어쩐 일인지 그곳 습지에서는 그 노래가 다르게, 이방인이 평가받아야 할 대상이었던 옛 시절의 메아리처

8) 영국 잉글랜드 남부에 있는 해변 휴양 도시.

320

럼 들렸다. 옛날에는 이방인이 문 한쪽에서는 의심을 받는 대상이었고 다른 쪽에서는 온정과 음식과 마실것과 친구와 밤을 보낼 이야기가 필요한 사람이었다.

만일 순례여행을 하면서 감사하는 태도와 앞서간 여행자와의 연대감을 가지고 의심과 실망과 외로움의 어두운 미궁에 발을 들여놓는다면 그날 밤 내가 느꼈던 '가슴 설레는' 환희를 알게 될 것이다.

우리가 집을 떠나는 것은 바로 그런 순간을 위해서다— 이 세상에서 더이상 이방인처럼 느끼지 않기 위해, 운명의 힘에 대항해서 자신의 용기를 시험하기 위해, 만나지 못한 친구들을 찾기 위해, 그리고 우리가 순례자로서 아무리 멀리 방황하더라도 '그대는 결코 혼자 걷지 않으리' 라는 말을 듣기 위해.

앙코르 순례는 옳은 일로 밝혀진다

—1920년대 앙코르 유적 단지 외곽에 있던 여행자들을 위한 표지판.

앙코르에서의 마지막 날, 동생과 나는 타 프롬 사원의 잔해일지도 모르는 덩굴 식물들이 얽힌 돌 더미를 넘어 오래된 길을 따라 내려갔다. 길가에 최근 발견된 순례자의 숙소가 있었다. 내가 사원 입구 근처에서 팔이 하나밖에 없는 상인에게 50센트를 주고 산 얄팍하고 조잡한 안내서에는 사원의 주된 건물들이 1840년대에 프랑스 탐험가들에 의해 재발견되었지만 이 소박한 건물은 1994년까지 길에서 불과 몇 미터밖에 떨어져 있지 않았음에도 발견되지 않았다고 적혀 있었다. 지난 여러 세기 동안 순례자들은 지상에 있는 천국, 수많은 불상들로 채워진 돌과 물과 성소의

캄보디아의 앙코르와트에서 발견된 순례자들의 숙소.

낙원을 보기 위해 서남아시아로부터 수백 마일을 걸어와 그곳에 유숙했었다. 순례자들은 산적과 강도, 위험한 짐승들과 질병에 맞닥뜨릴 수도 있었지만, 그들이 가진 믿음 덕분에 두려워하지 않았다. 그들에게는 목적이 있었다. 나는 그들과 놀라운 동류의식을 느꼈다.

성인이 된 이후로 나는 이 폐허의 꿈에 줄곧 매혹되었다. 마치 아버지가 나로서는 알 수 없는 이유로 내게 선물한 단순한 이미지를 평생 마음속에 간직한 것처럼. 나는 그린란드의 늙은 사냥꾼, '훨씬 더 북쪽에 사는 사람들'에게서 선물과 신화의 아름다움을 받은 그 사냥꾼을 떠올릴 때까지 위로받을 길 없는 외로움을 느꼈다.

그날 오후 늦게 귀신이 나올 것 같은 바이온 사원의 습기 찬 복도 깊숙한 곳에서 54위의 거대한 관음보살 상들이 수수께끼 같은 미소를 띠고 나를 내려다보는 동안 나는 아버지와 했던 마지막 대화를 생각했다. 나로서는 당연하다고밖에 생각할 수 없는 질문을 아버지는 내게 던졌다. "내가 책을 좋아했던 게 너에게 영향을 주었니?"

초와 향에 불을 붙이고 아버지의 영혼이 평화를 찾을 수 있도록 바이온 사원의 어두운 복도에서 조용히 기도를 올리는 동안 그 말이 낙철(烙鐵)처럼 뜨겁게 파고들었다.

황혼이 내리고 있었다. 동생과 나는 다시 앙코르와트로 달려가 저 멀리 정글의 나무 꼭대기들 위로 지는 해를 보려고 가장 높은 난간까지 깎아지른 듯 가파른 계단을 올라갔다. 순례자의 의식을 더 높은 수준으로 고양

앙코르와트의 주된 사원으로 오르는 계단에서 동생 폴 쿠지노가 세월에 닳은 계단들을 돌아보기 위해 멈춰 서 있다.

시키기 위해 고안된 그 계단은 천년 세월에 걸친 무수한 발길에 닳아 깊은 홈이 패 있었다. 우리는 꼭대기에 이르러서야 숨을 돌릴 수 있었다.

좌우로 늘어앉은 승려들 틈에 끼어 정글의 더위에 땀을 뻘뻘 흘리며 앉아 있는 동안 나는 알베르 카뮈의 아름다운 글귀를 생각했다―사람의 일생은 예술이라는 에움길을 지나 처음으로 마음을 열어준 한두 가지의 이미지를 다시 발견하는 것에 지나지 않는다.

그곳의 무엇이 내게 그토록 커다란 감동을 주었을까? 나는 궁금했다. 나는 불교와 힌두교의 믿음에 깊은 공감을 느꼈지만 실천을 하지는 않았다. 고고학에 관심이 많은 독자였지만 서남아시아의 예술에 대해서는 초보적인 지식밖에 갖고 있지 않았다. 그런데도 나는 마치 내 집에 와 있는 듯한 느낌이었다.

이윽고 불타는 태양이 지평선 아래로 떨어졌다. 밤이 찾아들면서 날벌레들이 들끓고 주위의 정글에서 이상한 소리들이 들려왔다. 근처 마을에서는 어둠 속에서 가스등 불빛들이 깜박거렸다. 불교 승려들과 몇 안 되는 여행자들이 긴 둑길을 향해, 사원 주위로 둘린 1마일 남짓한 길을 따라

하나씩하나씩 깎아지른 듯 가파른 수백 단의 계단을 내려가기 시작했다.

　나는 세월에 닳은 돌기둥에 기대어 조용히 지는 해를 응시했다. 집에서 하던 식으로 동생과 나는 그저 서로에게 고개를 끄덕이며 미소를 지었다. 우리 두 사람 모두 아버지 생각을 하고 있었다.

　계단을 내려가려다 저 아래쪽으로 부처들을 모신 홀의 복도에서 단 한 자루의 가냘픈 촛불 빛이 흘러나오는 것을 보게 되었다. 4층으로 이루어진 계단을 한 단 한 단 내려올 때마다 나는 뒤를 돌아다보았고, 기적 같은 건축 구조 덕분에 어느 방향에서도 그 희미한 불빛을 볼 수 있었다. 그 불빛이 내 마음속에서 아버지의 영혼이 발하는 빛과 다르지 않다고 생각하면서 나는 내 삶을 되돌아보고 아버지의 사랑이라는 희미하고 거의 알아볼 수 없는 빛이 여전히 거기에서 깜빡거리며 내 앞길에 믿음과 방향을 주고 있는 것을 보았다.

　그것을 알게 되자 내 마음속에서 어떤 것이 이루어졌다는 느낌이 들었다. 이와 같은 여행을 통해서만 나는 내 삶에서 한 바퀴를 다 돌아 내 삶을 소생시킬 수 있는 어떤 신성한 것과 접할 수 있었다.

　캄보디아의 칠흑같은 밤길을 걸으며, 내 샌들이 긴 둑길의 오래된 돌바닥을 철썩철썩 치는 동안 내 머릿속에는 어느 먼 시간을 돌아 온 생각이 들어와 박혔다. 어쩌면 우리는 두 번 죽는지도 몰라. 한 번은 우리의 심장이 멈추었을 때이고 또 한 번은 삶이 우리에게 이야기하는 것을 멈추었을 때야.

　그 순간 내 마음이 기쁨으로 용솟음쳤다. 내 순례는 완성되었고 아버지와 함께 한 여행은 끝났다. 또 다른 순례는 내가 불그스레한 불빛으로부터 몸을 돌려, 고대의 사원을 둘러싼 숲에서 어둠밖에는 아무것도 보지 못하고 멀리 떨어진 사원에서 울리는 풍경 소리 외에는 아무것도 듣지 못했을 때 시작되었다.

　선물이 내 손에 있었다.

별들이 그대의 앞길을 비추어
그대가 내면의 길을 찾게 되기를!

—아일랜드의 전통적인 작별인사

옮긴이 **황보석**

1953년 충북 청주 출생. 서울대 불문과 졸업. 전문번역가로 활동중.
역서로『공중곡예사』『달의 궁전』『백년보다 긴 하루』『거대한 괴물』『나는 훌리아 아주머니와
결혼했다』 등이 있으며, 저서로『기초 프랑스어』『알기 쉬운 프랑스어 회화』 등이 있다.

문학동네 세계문학
성스러운 여행 순례이야기

초판인쇄 │ 2003년 2월 25일
초판발행 │ 2003년 3월 5일

지 은 이 │ 필 쿠지노
옮 긴 이 │ 황보석
책임편집 │ 손미선
펴 낸 이 │ 강병선
펴 낸 곳 │ (주)문학동네
출판등록 │ 1993년 10월 22일 제22-188호

주   소 │ 136-034 서울시 성북구 동소문동 4가 260번지 동소문빌딩 6층
전자우편 │ editor@munhak.com
전화번호 │ 927-6790~5, 927-6751~2
팩   스 │ 927-6753

ISBN 89-8281-635-6 03840
* 잘못된 책은 바꿔드립니다.
www.munhak.com